펭귄 하이웨이

ペンギン・ハイウェイ

모리미 도미히코 장편소설
서혜영 옮김

작가정신

차례

episode 1

해변의 카페

나는 머리가 매우 좋은 데다가 공부도 열심히 한다. 크면 분명 훌륭한 사람이 될 거다.

나는 초등학교 4학년밖에 안 됐지만 벌써 어른에 지지 않을 정도로 많은 것을 알고 있다. 매일 착실히 노트에 많은 것을 기록하고 책도 많이 읽기 때문이다. 나는 알고 싶은 것이 많다. 우주에 대해서도 알고 싶고 생물이나 바다나 로봇에도 관심이 있다. 역사도 좋아하고 훌륭한 사람의 전기 같은 것도 좋아한다. 차고에서 로봇도 만들어봤고 '해변의 카페' 야마구치 씨의 천체 망원경으로 천체 관측도 해봤다. 바다는 아직 본 적이 없지만 가까운 시일 안에 탐험하러 갈 계획이다. 실물을 보는 건 중요한 일이다. 백문이 불여일견이니까.

다른 사람에게 지는 건 부끄러운 일이 아니지만 어제의 나 자신에게 지는 건 부끄러운 일이다. 하루하루 세계에 대해 배워나가면 나는 어제보다 조금씩 훌륭해진다. 내가 어른이 될 때까지는 아직 긴 시간이 남아 있다. 오늘 계산해보니 내가 스무 살이 될 때까지 3000하고도 888일이 남아 있다. 그러면 나는 3000하고도 888일을 나날이 훌륭해지는 거다. 그날이 왔을 때 내가 얼마나 훌륭해져 있을지는 짐작도 못 하겠다. 너무 훌륭해져서 큰일이 나는 건 아닐까. 모두들 깜짝 놀랄 거다. 결혼해달라는 여자도 많겠지. 하지만 나는 벌써 상대를 정해놓았기 때문에 결혼해줄 수 없다.

미안하긴 하지만 이것만큼은 어쩔 수 없다.

* * *

내가 사는 곳은 교외에 있는 작은 도시다. 완만하게 이어지는 언덕 위에 작은 집들이 많이 있다. 그 언덕을 지나면 분위기가 바뀌면서 레고 블록으로 만든 것 같은 밝은색의 귀여운 집들이 이어진다. 화창하게 갠 날이면 도시 전체가 반짝반짝 빛나서 마치 달콤한 과자가 가득 담긴 바구니 같다.

역에서 시작되는 버스 노선은 모세혈관같이 도시를 뒤덮

고 있다.

우리 집은 도시의 한 귀퉁이에 있는데, 이곳은 버스 종점 가까이에 새로이 개발된 지역으로, 도시의 최전선에 해당한다. 반듯하게 구획이 나뉜 거리에는 아직 집을 짓지 않은 빈 터가 여럿 있다. 바람이 불면 정사각형 빈터에서 풀들이 나부낀다. 나는 그런 광경을 볼 때마다 왠지 사바나 같다는 생각을 한다. 난 진짜 사바나를 본 적이 없으니 이건 어디까지나 추측일 뿐이다. 하지만 언젠가 사바나에도 탐험하러 갈 것이다. 초원을 이리저리 달려가는 진짜 얼룩말을 보면 어떤 느낌이 들까. 아마도 내 눈은 반짝반짝 빛나겠지.

우리 집이 현 경계 너머에 있는 도시에서 이쪽으로 이사를 온 건 내가 일곱 살하고 9개월이 되었을 때다. 아버지와 어머니와 여동생과 나, 이렇게 네 식구가 이사를 왔다. 그때는 동네에 지금보다 집이 적었고 해변의 카페도 없었고 우리 식구가 주말마다 방문하는 쇼핑센터도 없었다. 주변이 생명이 탄생하기 전의 지구처럼 텅 비어 있는 외로운 곳이었다. 버스정류장과 전신주와 넓디넓은 분양예정지와 우리 집만이 있었다.

그 당시 아버지는 회사가 끝나면 전철을 타고 역까지 왔다가 역 앞의 정류장에서 버스로 갈아타고 집까지 왔다. 그럴 때면 오는 동안 주변이 점점 어두워져서 마음이 무척 불안했다고 한다. 버스에서 내리면 우리 집 불빛이 마치 황야의 외딴집에서 나오는 불빛처럼 저 멀리 오도카니 보였다. 아버지는 그 작은 불빛을 향해 가로등이 드문드문 서 있는 길을 걸어오다가, 집에서 새어 나오는 여동생의 웃음소리가 들리면 그제서야 겨우 마음을 놓았다. 어머니에게는 조금 무사태평인 면이 있고 여동생은 인형인지 사람인지 구분이 안 될 정도로 작았기 때문에, 나는 문 잠그는 걸 잊지 않으려고 정신을 똑바로 차려야 했다. 인터폰이 울려도 아버지라는 걸 알 때까지는 현관문을 열지 않았다. 아무도 알아주지 않았지만 나는 우리 집의 안전에 기여한 공로자였다.

지금 도시는 훨씬 밝아졌다. 빈터는 예쁜 집들로 메워져 갔고 맛있는 빵을 파는 해변의 카페가 생겼고 주차장에 차들이 줄지어 선 쇼핑센터가 생겼고 평판이 좋은 보습학원, 편의점, 예쁜 누나들이 일하는 치과도 생겼다. 나는 우주정거장 같은 그 치과가 특히 좋다.

나는 매일 아침 치과 앞을 지난다. 학교까지는 걸어서 대충 이십이 분이 걸린다.

* * *

여기까지는 시험 삼아 써본 거다.

나는 매일 노트에 많은 것을 적는다. 누가 보면 깜짝 놀랄 정도로 많이 적는다. 아마도 일본에서 메모를 가장 많이 하는 초등학교 4학년일 거다. 어쩌면 세계에서 최고일지도 모른다. 전에 도서관에서 미나카타 구마구스(생물학자이자 민속학자. 박물학·세균학·천문학·인류학 등의 학문에 두루 정통한 천재였다—옮긴이)라는 훌륭한 사람의 전기를 읽었는데 그 사람도 노트에 많은 것을 적었다고 한다. 어쩌면 나는 미나카타 구마구스한테는 못 당할지 모른다. 하지만 미나카타 구마구스 같은 초등학생은 별로 없을 거다.

나는 이 습관 덕분에 부쩍부쩍 훌륭해져서 드디어 두각을 나타내게 되었다.

아버지는 그 사실을 알고 있다. 노트 쓰는 법을 아버지가 알려줬으니까. 이 글을 쓰고 있는 빨갛고 단단한 표지의 노트도 아버지가 사주었다. 아버지는 내가 글을 써서 노트를 가득 채우면 칭찬을 해준다. 초콜릿을 주기도 한다.

그런데 이런 일기 같은 글은 지금까지 써본 적이 없다.

왜 갑자기 이런 글을 쓰려고 마음먹었느냐면, 어제 아버지와 카페에서 얘기를 하다가 내가 인생에서 매우 중요한 국면에 서 있다는 사실을 깨달았기 때문이다. 아버지는 그걸 미지의 세계와의 조우라고 했다.

아버지는 그러면서 "매일 발견한 것들을 기록해둬라"라고 했다.

그래서 나는 기록한다.

* * *

내가 처음으로 펭귄을 목격한 것은 5월이었다.

그날 아침은 노트에 "오전 여섯 시 반 기상. 아버지는 나와 여동생이 일어나는 걸 보고 나서 출근. 쾌청. 습도는 60퍼센트. 부드러운 바람"이라고 기록되어 있다.

여동생을 데리고 집을 나선 건 일곱 시 삼십오 분이다. 일곱 시 사십 분에는 여느 때와 같이 주택가의 가운데 있는 공원 앞에 아이들이 모여 함께 등교한다. 우리는 모눈처럼 구획 지어진 주택가를 빠져나갔다. 도로 건너편에서도 초등학생들이 등에 멘 책가방을 흔들며 걸어갔다. 여기저기서 덧문 여는 소리가 나고 개 짖는 소리도 났다. 도로변에 서 있는 자동판매기가 아침 햇살을 받아 반짝인다. 전선을 흔들고 지나가는 바람이 우리의 넓적다리를 시원하게 해주었다.

나는 이 계절이 무척 좋다. 두뇌가 명석해지기 때문이다.

등교하는 동안에도 내 동생은 계속 떠들어댔다. 아무렇지도 않게 아무 데나 끼어들었다. 초등학생의 레벨을 뛰어넘을 만큼 훌륭해져버린 나와 달리 여동생은 아주 평범한 초등학교 2학년이다. 여동생은 오빠가 얼마나 비범한지 잘 모르긴 하지만 나쁜 아이는 아니다. 나는 마음속으로 '오빠로서 네가 구김살 없이 자라주길 빌게' 하고 생각했다.

수다는 여동생에게 맡기고 나는 노트를 읽으며 걸었다. 학교에 도착할 때까지 전날 쓴 노트를 복습하는 것이 나의 정해진 일과다.

우리는 '오리너구리' 공원으로 이어지는 버스길을 따라 걸었다. 그리고 치과가 있는 모퉁이에서 남쪽으로 꺾어져 거기서부터는 느티나무 가로수 길을 따라 걸어갔다. 치과의 길 건너에 해변의 카페가 있다. 해변의 카페는 아침 일찍부터 열기 때문에 창가 자리에서 손님이 커피를 마시며 우리를 바라볼 때도 있다. 나는 방금 구운 프랑스빵의 따뜻함과 기분 좋은 냄새를 상상한다. 이른 아침이라서 치과는 아직 열지 않았다. 나는 저녁에 예약이 되어 있다는 사실을 기억해내고 노트를 확인했다. 예약은 내가 직접 한다. 치과 병원에는 친하게 지내는 누나가 있는데, 그 누나는 급수탑 옆의 하얀 아파트에서 아직 잠자고 있을 거다. 누나는 잠자는 것을 좋아한다.

나는 작은 볼펜으로 잠든 누나를 그리고 나서 누나를 만나면 무슨 얘기를 할까 생각했다. 누나에게 얘기해야 할 것들의 리스트를 다시 읽어본 다음 몇 개 덧붙였다. 나는 걸어가면서 노트를 읽을 뿐 아니라 글씨를 쓸 수도 있다.

그때 맨 앞에서 걸어가던 6학년이 "어라?" 하는 소리를 내는 바람에 뒤를 쫓아가던 우리는 모두 멈춰 섰다. 나는 열심히 메모를 하며 걷던 중이라 그만 앞서가던 여동생의 신발 뒤꿈치를 밟았다. 보통 때라면 입이 부어 화를 냈을 여동생이 그날은 아무 불평도 없이 비틀거리는 발걸음을 바로잡고는 동쪽 빈터를 바라보는 것이었다.

치과를 조금 지나면 차도 옆에 분양을 기다리는 빈터가 있다. 콘크리트로 작게 구획된 초원이 전봇대에 둘러싸인 채 쫙 펼쳐져 있다. 그 빈터를 따라 서 있는 느티나무 가로수 아래에 수많은 아이들이 한 줄로 서서 바스락거리는 소리 하나 없이 빈터 건너편을 바라보고 있었다. 동생이 "오빠" 하고 말했다. 동생은 배꼽 앞에 양손을 꽉 쥔 채 그냥 있어도 큰 눈을 더 크게 떠서 당장이라도 눈알이 튀어나와 굴러떨어질 것 같았다.

바람이 불어 지나가자 아침 이슬에 젖은 풀이 반짝반짝 빛났다. 끼익끼익, 삐걱삐걱, 학교 마룻바닥에서 나는 것 같은 소리가 들렸다. 뭔가 하고 보니 넓디넓은 빈터 한가운데에 펭귄 무리가 아장아장 걸어 돌아다니지 않는가. 마치 작은 영국 신사들이 길을 잃고 어쩔 줄 몰라 왔다 갔다 하는 것 같았다.

아니, 우리 동네에 어떻게 펭귄이?

아이들은 누구 하나 꼼짝하지 않았다.

나는 가까이 다가가서 자세히 관찰해보기로 했다. 그것이 정말 틀림없는 펭귄인지, 아니면 유전자에 돌연변이가 생겨 땅딸막해진 까마귀인지 연구할 필요가 있었다. 내가 혼자서 빈터로 들어가도 다른 아이들은 아무 말도 하지 않았다. 풀을 밟는 내 발소리, 전선을 흔드는 바람 소리, 펭귄인지 아닌지 아직은 알 수 없는 것들이 내는 괴상망측한 소리만 들려왔다.

내가 곁으로 다가가도 펭귄들은 도망가지 않았다.

진짜 펭귄을 가까이에서 본 적은 없지만, 그 새들은 펭귄을 꼭 닮았다. 그것들은 나를 조금도 무서워하지 않았다. 날개를 파닥파닥거리거나 생각났다는 듯이 아장아장 걸어가다 넘어질 뻔하거나 했다. 뜬금없이 나타난 펭귄들은 왠지 먼 혹성에서 이제 막 지구에 도착한 우주 생명체 같았다.

그중 한 마리가 행실이 나쁜 어른이 버리고 간 오토바이 옆에 서서 푸른 하늘을 멍하니 바라보고 있다. 털은 촉촉이 젖어 있는 것 같고 장난감 같은 눈은 거의 움직이지 않는다. 하얗고 몽실몽실해 보이는 배에 진흙이 한 줄기 달라붙어 있다. 배를 깔고 뒹굴었는지도 모른다. 나는 노트를 펼쳐 새로운 페이지에 날짜와 시각을 쓰고 펭귄의 모습을 얼른 스케치했다. 펭귄 연구의 첫 페이지다.

잠시 후 이웃의 어른들이 모여들면서 아이들을 내몰았다.

나는 연구를 조금 더 하고 싶었지만 학교에 지각할까 봐 할 수 없이 노트를 덮었다. 아이들과 함께 걸어가면서 뒤를 돌아봤다. 수많은 어른들이 펭귄 무리를 앞에 두고 조금 전의 우리처럼 멍청하니 서 있었다.

나중에 알아보니 그건 아델리펭귄이었다. 학명 피고스켈리스 아델리에. 남극과 그 주변 섬에 서식한다고 책에는 쓰여 있다.

교외의 주택가에서 서식하는 새가 아니다.

* * *

아침의 교실은 온통 주택가 한가운데 나타난 펭귄 이야기였다.

내가 노트를 펴서 펭귄에 대해 쓴 메모를 노려보고 있자니까, 보통 때는 별로 얘기도 나누지 않던 아이들까지 보여 달라며 다가왔다. 학교로 오는 도중에 펭귄을 본 아이들은 다른 아이들에게 그거 못 봤지, 하며 자랑을 해댔다. 교실이 자못 시끌벅적하자, 펭귄을 못 본 스즈키가 화를 냈다. 스즈키는 동물원에서 펭귄을 본 적이 있다면서, "펭귄은 보기 드문 동물도 아니야" 하고 주장했다. 우리는 펭귄 그 자체를 신기해하는 것이 아니라 주택가에 펭귄이 나타난 것을 신기해하는 것이니, 스즈키의 비판은 초점을 잘못 맞춘 것이다. 하지만 스즈키가 화를 내자 반 아이들이 모두 겁을 냈고 교실은 이내 조용해졌다.

스즈키는 내 노트를 들여다보고 "흥" 하고 코웃음 쳤다. "그런 걸 그리는 게 재밌니?"

"스즈키 너도 보고 싶었지?" 내가 말했다.

"난 벌써 옛날에 펭귄을 봤어." 스즈키가 잘난 척하며 말했다. "관심 없다고."

하마모토가 다가와서 "관심 없어?" 하고 물었다. 스즈키는 "관심 없어"라고 말했지만 조금은 자신감이 흔들리는 것 같았다. 하마모토는 자신감이 넘치는 아이라서 스즈키조차 함부로 대하지 못한다. 그 애는 내 노트를 들여다보더니 "흐음, 그렇군" 하고 중얼거렸다. "펭귄, 귀여운데"라고도 말했다.

하마모토는 피부색이 하얗고 머리는 밝은 밤색이다. 마치 유럽 어느 나라에서 온 여자아이 같다. 올해 4월부터 같은 반이 되었는데 나하고는 얘기를 나눈 적이 거의 없다. 그 애가 일부러 내 노트를 들여다보러 온 것이다. 그만큼 펭귄 뉴스는 센세이셔널했다.

나는 하루 온종일 펭귄에 대해서 생각했다.

펭귄은 어디에서 왔을까. 그것이 문제다.

수업을 들으며 펭귄 출현 가설을 여섯 가지로 나누어 노트에 써봤다. 내가 볼펜으로 글씨를 쓰고 있자, 선생님이 다가와서 노트를 들여다보고는 그게 뭐냐고 물으며 웃었다. 선생님은 내가 펭귄에 대해 쓰고 있다는 걸 몰랐을 거다. 내가 속기법을 쓰기 때문이다.

오후가 되자 스즈키가 마구 화를 낸 탓인지 펭귄 열기는 많이 가라앉았다. 교실 구석에서는 하마모토가 다른 아이들과 체스를 두고 있다. 하마모토는 체스를 보급하는 데 열심이다. 스즈키는 고바야시와 다른 몇몇 아이들과 함께 교실 뒤쪽에서 날뛰고 있다.

내가 노트에 쓴 펭귄 가설을 들여다보고 있는데 우치다가 다가왔다. 우치다하고는 올봄에 처음 같은 반이 됐다. 나는 우치다와 함께 탐험대를 조직했다. 이 탐험대의 임무는 우리가 사는 지역을 탐험해서 비밀지도를 만드는 것이다. 사회 수업시간에 짝이 되어 발표한 적이 있는데, 그때 재미가 있었기 때문에 같이 지도를 만들자고 했다. 지금은 이 지역에 대해 세계에서 가장 상세한 지도를 만들고 있는 중이다.

우치다는 “학교 끝나고 언덕 위 급수탑에 갈 거니?” 하고 물었다.

"오늘은 안 돼. 학교가 끝나면 치과에 가야 돼." 내가 말했다. "일요일 오전에는 시간이 비어 있으니까 갈 거면 일요일에 가자."

"응. 좋아."

우치다는 다시 어슬렁어슬렁 자기 자리로 돌아갔다.

우치다가 펭귄에 관심이 있는지 없는지는 알 수 없다. 그 애는 때때로 과묵해진다.

그 애와 얘기할 때면 내가 지나치게 말이 많은 게 아닌가 하고 저절로 반성하게 된다. 그래서 지금부터는 과묵해져야지 하고 매번 결의를 다지곤 하는데, 그게 얼마 안 간다는 게 문제다. 나는 아무래도 말이 너무 많다. 훌륭한 사람이 되려면 조금 더 과묵해야 한다.

* * *

학교에서 돌아가는 길에 치과에 들렀다.

내가 치과에 다니는 이유는 내 뇌가 무척 활발하게 활동하기 때문이다.

나의 뇌는 에너지를 많이 쓴다. 뇌의 에너지원은 당분이다. 집에서 먹는 간식만으로는 내 뇌가 필요로 하는 당분을 감당할 수 없어서 나는 내 예산에 간식비를 두고 독자적으로 에너지를 비축한다. 그러다 보니 그만 단 과자를 많이 먹게 된다. 그렇다면 자기 전에 이라도 제대로 닦으면 좋으련만, 낮 동안 뇌를 많이 쓰는 바람에 밤이 되면 칫솔을 들지도 못할 정도로 졸려서 뭐가 뭔지 정신을 차릴 수 없게 된다. 그래서 이를 닦을 틈이 없다. 아침에 이를 닦는 것만으로는 충치를 예방할 수 없다는 사실을 나는 나 자신을 통해 분명하게 증명했다.

하지만 치과에 가는 건 싫지 않다. 아니, 무척 좋다.

치과 대기실은 늘 조용하고 약냄새가 난다. 물고기 모양의 은색 모빌이 천장에 매달려 흔들린다. 창가에 있는 가짜 관엽식물도 늘 에어컨 바람에 흔들린다. 하얀 소파는 살이 닿으면 차갑고 하얀 바닥은 청결해서 반짝거린다. 투명한 잡지 선반에는 아름다운 사진으로 가득한 큰 잡지가 잘 정돈되어 있다.

우주선을 쏘아 올리는 곳은 이런 분위기일 거라고 난 늘 상상한다.

* * *

치과 대기실에서는 단 한 명뿐인 손님이 치료실에서 들려오는 기계소리에 귀를 기울이고 있었다. 스즈키였다. 나를 보자 깜짝 놀란 표정을 짓더니 바로 아무렇지도 않은 얼굴로 돌아갔다.

나는 평상시대로 잡지 선반에서 잡지를 꺼내 유리 테이블 위에 펼쳐놓고 읽었다.

스즈키는 우리 반에서 가장 목소리가 크고 힘이 세다. 스즈키 휘하의 남자아이들은 스즈키에게 절대 복종이다. 그런 구조가 흥미로워서 나는 '스즈키 제국 관찰기록'을 작성해서 연구를 하는 중이다.

스즈키는 우치다나 다른 남자아이들을 괴롭히곤 한다. 책상에 걸레를 던지거나 화장실에 가는 것을 방해하거나 말을 하지 못하게 하라고 부하들에게 명령을 내리거나 노트를 볼펜으로 죽죽 그어 엉망진창으로 만들거나 한다. 스즈키는 그게 즐거운 모양이다. 하지만 그건 스즈키의 착각이다. 왜냐하면 나 자신의 만족을 위해 다른 사람이 뭔가를 못 하게 하려면 그 나름의 이유와 절차가 필요한데, 스즈키나 그 친구들은 정당한 이유도 없을뿐더러, 절차도 밟지 않기 때문이다.

나는 잡지를 탁 덮었다. 스즈키가 깜짝 놀랐다.

"스즈키." 내가 말을 걸자, 그 애는 더 깜짝 놀라서 눈썹을 찌푸리고 "뭐야" 하고 말했다.

"너도 그 병에 걸린 거니? 얼굴색을 보면 난 알 수 있어."

"그 병이라니?"

"스타니스와프 증후군 말이야. 이 속에 세균이 가득 생겨서 이를 전부 빼지 않으면 못 고치는 병이야."

"뭐야, 그게? 난 몰라."

"그래? 모르는구나. 난 벌써 다 뽑았어. 한 번에 다 뽑으면 밥을 못 먹어서 죽어버리니까 일주일에 한 번씩 조금씩 빼. 그리고 이를 뺀 곳에는 인공 치아를 꽂아 넣는 거야. 난 피가 너무 많이 나서 혼났어. 너도 같은 병일 거야."

"난 그런 병 아니라니까."

스즈키가 화를 냈다. "이를 메웠던 것이 빠져버렸어! 엄마가 그렇다고 했어."

"엄마들은 다 그렇게 말해서 안심시키는 법이야. 이를 다 뺀다고 하면 아이가 무서워서 치과에 안 가려고 할 테니까. 하지만 넌 이제부터 어떤 일을 당할지 알 권리가 있다고 난 생각해. 그래서 가르쳐주는 거야."

"진짜야?"

"병의 진행을 멈추기 위해서는 이를 빼는 것 말고는 달리 방법이 없어. 세균이 잇몸을 통해 몸 안으로 들어가면 얼굴이 만두처럼 부풀어 올라. 거기까지 진행이 되면 이미 늦어. 고열이 나고 이 사이사이에서 쓴맛을 내는 버섯 비슷한 것이 나와. 얼굴도 다른 사람같이 변해버리고 괴로움에 몸부

림치다 죽게 돼. 열을 내리려 해도 세균이 너무나 강해서 약이 듣지 않아. 유럽에서 온 기이한 병인데 지금 정부에서는 대소동이 났어. 신문에 매일 나오잖아."

"난 신문 같은 거 안 읽어……."

"그러니까 의사선생님께 부탁해서 빨리 이를 다 빼달라고 해. 입안에서 버섯이 자라는 것보다는 낫잖아. 한 달 정도만 아픈 걸 참으면 되니까, 쉬워."

창구에서 "스즈키, 들어오세요" 하고 불렀을 때, 스즈키 제국 초대 황제의 얼굴은 얼어붙은 듯 질려 있었다. 스즈키가 진료실로 들어간 후 얼마 안 있어 누나가 나왔다. 닫히는 문 너머로 스즈키가 훌쩍훌쩍 우는 소리가 작게 들려왔다. 내가 모른 척 잡지를 읽고 있자 누나가 내 옆에 걸터앉았다. 향긋한 냄새가 났다. "이봐, 소년" 하면서 누나가 나한테서 잡지를 뺏었다. "어째서 그런 엉뚱한 얘기를 한 거니? 너라는 소년은."

"그런 거라니, 뭘요?"

"이 거짓말쟁이 녀석. 스즈키한테 이상한 말 했지? 불쌍하잖아."

"불쌍해요? 불쌍한 건 우치다예요."

"우치다라니, 그게 누군데?"

"안 가르쳐줄래요. 이건 우리 문제니까요."

"이 못된 녀석이, 말 돌리는 법을 벌써 배우다니."

누나는 "아 건방져, 시건방져" 하더니 소파에 털썩 주저앉아 허벅지 위에 잡지를 올려놓고 페이지를 넘겼다. 접수대에 앉은 직원이 "저기요" 하고 속삭이자 잡지에 눈길을 준 채로 "잠깐만요" 하고 말했다. "지금 이 아이에게 교육적 지도를 하고 있는 참이에요."

그래놓고 계속 잡지를 읽는다.

나는 손을 무릎에 놓고 등을 쫙 폈다. 그러고 나서 누나의 옆얼굴을 들여다봤다. 그녀는 평소 해변의 카페에서 책을 읽을 때처럼 흥, 흥, 하고 고개도 끄덕끄덕하면서 잡지 기사를 읽는다. 마치 나라는 존재는 잊어버린 것 같다. 시계가 재깍재깍 울렸다. 접수대에 앉은 사람이 걱정스러운 얼굴을 했다. 나는 누나가 일을 안 하고 이대로 있다가 선생님한테 야단맞으면 어떻게 하지, 하고 걱정했다.

"내가 좀 어른스럽지 못한 짓을 했는지도 모르겠어요." 내가 말했다.

"아니, 너, 원래 어른 아니잖아."

누나는 얼굴을 들지 않은 채로 말했다. "그러니까 하고 싶은 대로 하면 되지 않니?"

"스즈키는 우치다한테 아주 나쁜 짓을 했어요. 그렇다고 우치다가 나한테 복수를 해달라고 한 건 아니에요. 그러니까 내가 우치다를 대신해서 스즈키한테 복수를 할 권리는 없었어요. 적어도 난 우치다하고 대화를 한 뒤에 그렇게 해야 했어요."

"너도 복잡한 아이구나…… 오오, 여기 있네. 이거 봐, 이거."

누나가 뚫어져라 바라보는 페이지에는 펭귄이 바위 해변을 뒤덮고 있는 사진이 실려 있었다. 누나는 코맹맹이 소리로 말했다. "펭귄도 수수께끼야. 어떻게 된 노릇인지 모르겠어." 그때 나는 아침에 있었던 펭귄 사건에 대해 누나에게 얘기해보자고 생각했다. 어쨌든 사건 현장은 치과 바로 옆 빈터였다. 하지만 누나가 "난 펭귄을 좋아해. 흰긴수염고래도 좋아. 오리너구리도"라고 해서, 무심코 "오리너구리과 오리너구리속이죠"라고 말해버렸다.

"뭐가?" 누나가 의아하다는 표정을 지었다.

"오리너구리가."

"오리너구리가 뭐라고?"

"오리너구리과 오리너구리속이에요. 도감에서 조사했어요."

"흐음, 그래. 하지만 그런 사실도 그들의 묘한 귀여움 앞에서는 아무것도 아니야."

"그래요."

"이거, 내가 가져가야지."

그녀는 찌지직 소리를 내며 그 페이지를 찢었다. 그렇게 찢어낸 사진을 바라보더니 "이거, 널 좀 닮았네" 했다. "쬐그만 주제에 잘난 체하잖아."

* * *

치과 치료가 끝날 무렵에는 이미 석양이 져서 거리가 금빛으로 물들었다.

나는 치과를 나온 뒤에 옆 빈터로 들어갔다. 펭귄이 출현한 지점을 한 번 더 조사해보자는 생각에서였다. 빈터는 사바나같이 풀이 바람에 흔들릴 뿐 펭귄은 한 마리도 없었다. 어른들이 트럭에 실어 어디론가 옮겨갔겠지. 빈터는 더 텅 빈 느낌이었다.

빈터 한가운데까지 가서 하늘을 올려다보니, 내가 사바나에 굴러다니는 돌멩이가 된 듯한 기분이었다. 하지만 이건 어디까지나 비유다. 돌멩이의 기분이 어떤지는 사실 나도 잘 모른다.

하늘은 우주 과학관의 플라네타륨(천체 투영실. 반구형의 천장에 설치된 스크린에 달, 태양, 항성, 행성 등의 천체를 투영하는 장치—옮긴이)에서 본 하늘처럼 크림색이 섞인 물색이었다. 돔처럼 둥근 하늘을 비행기구름이 또렷하게 가로질러 갔다. 꼼짝 않고 바라보고 있자니, 비행기구름 끝에서 작은 여객기가 매끄러운 곡선을 그리며 미끄러지듯 움직이면서 구름을 조금씩 만들어내고 있었다.

작은 은색 입자가 천천히 움직이며 선을 그려나가는 것이 재미있어서 오랫동안 고개를 뒤로 젖히고 쳐다보았더니 목이 아파왔다. 비행기구름이 있으면 나도 모르게 계속 보게 된다. 우치다와 언젠가 우주왕복선 발사를 보러 가자고 약속했는데, 거기에 갔다가는 아마도 내 목은 뒤로 젖혀져서 한동안 원래 상태로 돌아오지 않을 것이다.

잠깐, 내가 지금 뭘 하기 위해 이 빈터에 와 있는 거지? 아, 펭귄 때문이었지. 펭귄들은 지금쯤 뭘 하고 있을까. 왜 갑자기 이 동네에 나타난 거지? 이 사건은 정말 연구대상이다.

나는 명탐정 셜록 홈스같이 뒷짐을 지고 천천히 걸었다. 빈터 건너편에 치과 창문이 보였다. 누나가 얼굴을 보이며 씩 웃는 모습이 언뜻 비쳤다.

누나는 나를 '건방지다'고 했다. 내가 초등학생이라고 방심한 거다. 내가 평소 열심히 노력하여 두각을 나타내고 있다는 걸 모르고 한 말이다.

"날 우습게 보다니!" 하고 중얼거려봤다.

풀을 흔드는 차가운 바람을 타고 어느 집 부엌에서 나온 건지 맛있는 카레 냄새가 날아왔다. 어쩌면 우리 집 부엌에서 날아온 냄새일지도 모른다. 뒷문을 열고 손을 흔드는 엄마의 모습이 보이는 것 같았다.

그 순간 나는 배가 고파졌고, 졸리기까지 했다.

* * *

저녁밥을 먹으며 엄마에게 물었더니 역시 트럭이 와서 펭귄들을 싣고 갔다고 한다. 펭귄들이 얌전히 줄 서서 트럭을 타는 풍경을 상상해보았다.

"엄마, 그 펭귄들은 어디에서 왔어요?" 여동생이 물었다.

"어디에서 왔을까?" 엄마는 천천히 말했다. 엄마는 늘 서두르지 않는다. "누가 데려왔다가 버린 걸까? 애완동물을 버리는 사람처럼 말이야."

"버려진 펭귄들이 불쌍해요."

여동생이 그런 말을 했다. 착하군.

그렇게 그날은 끝났지만 펭귄 사건은 끝나지 않았다.

트럭으로 운반하던 펭귄들이 도중에 사라진 것이다. 관계자가 목적지에 도착해서 짐칸을 열어보니 펭귄은 한 마리도 남지 않고 모두 사라졌다고 한다. 너무 신기한 사건이라서 신문에까지 실렸다. 나는 그 기사를 노트에 오려 붙였다.

그런데 놀랍게도 펭귄들이 다시 우리 동네에 출현했다. 내 기록에 의하면 그 주에만 해도 수요일과 금요일에 펭귄이 목격됐다.

수요일 사건은 낮에 일어났다. 펭귄들이 오리너구리 공원에서 한 줄로 걸어 나와 차도를 건너가는 것을 승용차가 치었다. 펭귄은 공중으로 붕 떠올라 아스팔트 도로에 데굴데굴 굴렀지만 태연하게 도망갔다고 한다. 펭귄들이 굉장히 튼튼하다는 사실이 밝혀졌다.

금요일 사건은 아침에 있었다. 치과와 같은 블록에 있는 요시다 씨네 집 마당에 펭귄이 많이 들어왔는데, 개가 짖어대자 겁을 내고 도망갔다. 요시다 씨의 개가 펭귄을 물었지만 거꾸로 개가 깨갱깨갱 울었다고 한다. 펭귄을 문 건 처음이라 물고 나서는 자기가 되레 깜짝 놀란 모양이다.

나는 학교에서 돌아오는 길에 펭귄이 출현한 지점을 몇 번이나 돌아봤고, 시립도서관에서 펭귄의 생태에 대해서도 조사해봤다. 하지만 유력한 실마리는 잡히지 않고 수수께끼는 깊어지기만 했다.

＊＊＊

토요일은 아침부터 바쁘다.

나는 흔들거리는 젖니를 걱정하면서도 책상 앞에 앉아 그동안의 연구를 정리했다. 지금까지 쓴 노트를 책상에 쌓아놓고 색인 붙인 곳을 읽는다. 이건 중요해, 라고 생각한 부분을 정리해 새 노트에 쓴다. 이것이 나의 연구방법이다. 이렇게 하면 여러 가지를 알게 된다. 색인은 '스즈키 제국'이나 '프로젝트 아마존', '누나', '버릇없는 여동생에 대한 기록' 등등 많이 있다.

이번에는 노트를 점검하다가 새 색인을 붙였다. '펭귄 하이웨이'라는 항목이다. 펭귄에 관해 메모하는 것이다. 펭귄들이 바다에서 육지로 올라올 때 으레 지나가는 루트를 '펭귄 하이웨이'라고 부른다고 책에서 읽었다. 그 말이 멋지다는 생각이 들어서 나는 이번 펭귄 출현에 대한 탐구의 제목을 '펭귄 하이웨이'로 했다.

오후에는 레고 블록으로 우주정거장을 만들었다. 그러고 나서 체스를 공부했다. 밤에 해변의 카페에서 치과 누나와 체스를 하기로 약속했기 때문이다.

누나는 말하는 게 늘 장난스럽기는 하지만 사실은 매우 장래성 있는 노력가다. 왜냐하면 토요일에 일을 끝내고 나면 늘 공부를 하기 때문이다. 무슨 공부를 하는지는 모르겠지만 저녁부터 밤까지 카페 창가에 앉아 노트에 뭔가를 적거나 책을 읽거나 한다. 그럴 때 누나는 눈이 조금 부신 듯 눈을 가늘게 뜨기도 하고 눈썹을 찌푸리기도 하고 혼자 고개를 끄덕이기도 한다.

내가 해변의 카페로 갈 때쯤에는 누나의 공부도 거의 끝난다. 주택가를 빠져나가 도로로 나서서 밝게 빛나는 해변의 카페가 가까워지면 늘 같은 자리에 앉아 있는 누나의 모습이 보인다. 그럴 때 나는 왠지 무척 기뻐진다.

나는 꼬박 한 시간 동안 누나에게 체스를 배운다.

같은 반의 하마모토는 체스를 보급시키려고 애쓰고 있다. 하마모토와 체스를 해본 적은 없지만 나도 체스를 좋아한 지 꽤 됐다. 사각형이 규칙 바르게 늘어선 체스 판도 좋고, 성이나 말 형태를 한 체스 말을 잡아 위치를 옮길 때의 느낌도 좋다. 그리고 체스를 하면서 누나와 대화하는 것도 좋다. 나는 노트에 써놓은 것들에 대해 이것저것 누나에게 가르쳐준다. 누나는 감탄한 적도 있지만 체스 판을 노려본 채 "흐음" 하고 넘어갈 때가 많다. "그래?" 하고 반문한 적도 때로는 있다. "굉장하구나" 하고 대꾸하는 것은 아주 가끔이다.

그날의 누나는 얇은 하늘색 스웨터를 입었다. 나는 체스 판에서 눈을 들어 누나의 젖가슴을 바라보며 마치 언덕처럼 솟아올랐구나 하고 생각했다.

"이봐 소년. 체스 판을 보라고. 체스 판을."

"보고 있어요."

"안 보잖아."

"보고 있어요."

"내 가슴만 보고 있잖아."

"안 봐요."

"보고 있는 거야, 안 보고 있는 거야?"

"보고 있고, 보고 있지 않아요."

"장래가 심히 걱정되는군, 정말."

체스의 첫 번째 승부는 누나의 승리, 두 번째는 내가 이겼다. "백중세구나." 누나가 말했다.

나는 누나에게 펭귄에 대해서 강의했다. 황제펭귄, 젠투펭귄 등 펭귄에도 여러 종류가 있다는 것. 펭귄들이 알을 품는 집단서식지와 펭귄 하이웨이에 대해서도 얘기해줬다. 누나는 "그래?"라고 했다. 펭귄 사건에 대해서는 누나도 알고 있었다. 누나는 "정말 놀랄 일이야"라며 웃었다. "그래, 넌 어떻게 추리했니? 펭귄들은 어디에서 왔을까?"

"아직 정보가 부족해요."

"난 우주인이 데려왔다고 생각해."

"가능성만 놓고 보면 부정할 수 없지만, 우주인이 굳이 그런 일을 하는 이유가 뭐죠?"

"침략이지. 펭귄은 귀여우니까 그것으로 지구인을 홀려놓고 모두가 방심하는 사이에 유엔 본부를 탈취하는 거야."

"그럴듯하네요. 얘기는 돼요."

내가 그렇게 말하자 누나는 무서운 얼굴을 했다. "날 너무 바보로 만들지 마라. 이를 뽑아버릴 거야."

내 뇌의 활동을 조금 약하게 해서 밤늦게까지 깨어 있을 수 있으면 좋겠는데, 아쉽게도 여덟 시가 지나면 졸려서 견딜 수가 없다. 체스의 말이 점점 뿌옇게 보이기 시작했다. 그만 꾸벅꾸벅 졸았더니, 누나는 "어이" 한다. "졸리지?"

"졸리지 않아요."

"또 거짓말하네!"

"난 뇌를 많이 써서 금방 잠이 오는 거예요."

"부럽구나. 난 잠이 안 올 때가 많아."

"밤늦게까지 잠을 안 자면 어때요?"

"밤은 굉장히 신비한 세계야. 뭐, 아이들은 몰라도 좋지만."

누나가 체스 말을 정리하기 시작하자, 나는 무척 슬픈 기분이 들었다. 왠지 모르지만 나는 졸음이 오면 슬퍼지는 경향이 있다.

"얼른 집에 가. 오늘은 마중 나오시는 게 늦는구나."

"아직 괜찮아요. 난 아직 안 자요."

"잠 잘 자는 아이가 잘 큰다잖니. 자라, 소년."

누나는 혼자서 고개를 끄덕였다. "얼른 자고 얼른 크렴."

드디어 딸랑 하고 문이 열리는 소리가 나더니 아버지가 들어왔다. 어두운 밤의 주택가를 혼자서 걷는 건 위험하기 때문에, 나는 아버지가 데리러 올 때까지 기다리기로 되어 있다. 딸랑 소리가 들리면 내 슬픔은 더욱더 커지지만, 졸음 또한 커진다. 이제는 도저히 참을 수가 없다.

아버지는 누나에게 머리를 숙이고 누나는 미소를 짓는다. 아버지를 대할 때 누나는 어른이 된다. "방해가 된 건 아닌가요?" 아버지가 말했다.

"아니요, 아니요. 천만에요. 재미있기만 한걸요. 아오야마는 똑똑한 아이라서요."

"내가 똑똑하긴 하지요."

나는 누나에게 잘 자라고 말하고 아버지와 둘이 밤길을 걸어 집으로 돌아왔다.

너무 졸려서 이 닦는 것도 잊었던 모양이다. 정말로 개탄스러운 일이다. 더 자율적으로 할 필요가 있다. 실망하지 말자. 나도 언젠가는 졸음을 견뎌낼 수 있는 어른이 될 것이다. 이 닦는 것도 게을리하지 않아 가지런하고 하얀 영구치를 가진 훌륭한 어른이 될 것이다.

* * *

일요일은 아침 열 시에 일어나서 아버지와 함께 해변의 카페로 빵을 사러 갔다.

활짝 갠 하늘에서 쏟아지는 눈부신 아침 햇살에 느티나무 잎이 투명해 보였다. 아버지는 과자 네 개와 빵, 그리고 기다란 프랑스빵을 샀다. 종이봉지에 든 따뜻한 프랑스빵을 끌어안는 건 내 역할이다. 빵에 습기가 차지 않게 봉투 입구를 열어놓은 채 걷고 있으려니 빵 냄새가 달콤했다.

가로수 길을 걸으며 누나는 벌써 성당에 있을까 하고 생각했다. 누나는 오리너구리 공원 옆에 있는 작은 성당에 다닌다. 나는 딱 한 번 안에 들어가본 적이 있다.

집에 돌아와 아버지와 어머니가 아침식사 준비를 하는 동안 나는 동생을 깨우러 갔다. 동생은 내버려두면 질리지도 않고 얼마든지 잔다. 스스로 아직 아기라고 생각하는 거겠지. 내가 깨우러 가도 투정을 부리면서 좀처럼 일어나려 들지 않는다. 정말 어이없는 아이다. 하지만 악의는 없다.

아침식사 후에 아버지는 일할 게 있다면서 해변의 카페로 갔다. 그럴 때 아버지는 모눈 노트와 만년필과 여러 가지 자료를 담은 투명 케이스를 가지고 간다. 나도 언젠가 그런 투명 케이스에 내 연구 자료를 많이 넣어가지고 다니면서 여러 장소에서 자유로이 연구를 하고 싶다.

나는 이 층 연구소(나의 방)에 틀어박혀 우주정거장 건축을 계속했다. 진짜 우주정거장 사진을 연구해 똑같이 닮은 것을 만들 계획이다. 그러나 내가 갖고 있는 블록의 개수에 한계가 있는 것이 고민이다. 하얀 블록이 더 필요하다. 여기저기를 뒤지며 블록을 찾고 있으려니까 창으로 불어 들어온 따뜻한 바람을 타고 밥 먹으라는 소리가 들려왔다.

어머니와 여동생과 셋이서 점심을 막 다 먹었을 때 같이 탐험하러 가기로 약속한 우치다가 왔다.

나는 탐험하러 나갈 때 늘 배낭을 메고 간다. 모눈 노트, 나침반, 작은 담요, 접이식 우산, 어머니가 달콤하게 만든 홍차를 담아준 보온병, 비상식량 같은 것들을 넣은 것이다. 비상식량은 아버지가 미국에 출장 갔을 때 사다 준, 맛 좋고 영양이 풍부한 소고기 육포 약간이다. 하지만 이 맛있는 비상식량은 정말로 비상일 때만 먹어야 한다. 비상식량이란 건 두고도 못 먹으니 허전하다.

"조심해서 다녀오너라."

어머니와 여동생이 배웅해주었다.

우리는 주택가를 빠져나와 탐험을 시작했다. 일요일 오후의 쥐죽은 듯 조용한 주택가로 따사로운 햇볕이 내리쬐었다. 산울타리 사이로 나온 고양이가 발걸음을 멈추고 우리를 쳐다봤다.

우리는 걸어가면서 우주에 대해 얘기했다.

우치다는 우주의 탄생이니 빅뱅이론이니 블랙홀이니 하는 것들에 대해 나에게 가르쳐준다. 나는 우주왕복선과 우주정거장과 우주 엘리베이터에 대해서 말해준다. 내가 언덕 위의 급수탑을 좋아하는 건 급수탑이 지구 탈출선 같아 보이기 때문이다. 내가 우주선을 타고 멀리 있는 별에 가는 얘기를 하자, 우치다는 그 우주선이 블랙홀로 빠져들면 어떻게 하느냐고 걱정했다. 우치다는 블랙홀에 사로잡혀 있다. "욕조에서 목욕물을 뺄 때면 배수구가 블랙홀 같아서 무서워" 하고 말했다. 재미있는 아이다.

주택가 동쪽에 언덕이 있고 거기에 큰 급수탑이 있다.

언덕 주위로는 아직 개발되지 않은 숲이 펼쳐져 있고 어디로 빠져나갈지 모르는 오솔길이 숲 주변을 종횡으로 달린다. 그 일대의 지도를 만드는 건 우리의 중요한 임무이기도 하다.

우리는 급수탑이 있는 언덕으로 이어지는 콘크리트 계단을 올라갔다. 계단이 끝난 곳에는 높은 펜스가 둘러쳐져 있고 그 너머로 급수탑과 크고 둥근 텐트가 보인다. 아이가 물에 빠지는 그림이 그려진 출입금지 간판이 여기저기 매달려 있다. 가슴이 철렁 내려앉는 간판이다.

급수탑 뒤는 깊은 숲이다.

＊＊＊

따뜻한 바람이 언덕을 스쳐갈 때마다 숲이 소리를 내며 흔들렸다. 폭포수가 떨어질 때 나는 울림이 이런 걸까 하는 생각을 해보지만, 직접 폭포 소리를 들은 적은 없으니 이건 상상일 뿐이다. 쏴아 하고 격렬한 바람이 한 번 불고 지나가자, 투명한 초록 숲은 계속해서 쏴아쏴아 작은 소리를 냈다.

우치다가 급수탑 사진을 찍겠다고 해서 우리는 각자 개별 조사활동에 들어가기로 했다. 우치다는 촬영 지점을 고르느라 어슬렁거렸다. 나는 언덕에서 내려다보이는 거리의 모습을 노트에 기록하기로 했다.

눈 아래로 거리가 한눈에 보였다.

저 멀리 현 경계에 산들이 줄지어 있다. 여기저기에 초록 언덕이 솟아 있다. 빽빽이 줄지어 서 있는 집들의 지붕이 햇빛에 반짝인다. 산 경사면에는 아파트가 케이크를 잘라놓은 것처럼 서 있다. 누나가 기도하러 다니는 성당의 뾰족한 지붕도 보인다. 특히 눈에 띄는 건 커다란 쇼핑센터다. 건물들 사이를 누비듯이 뻗어나간 도로를 따라 움직이는 빛의 알갱이는 자동차들이다. 언덕 위에서 보고 있자니 가로수와 저 멀리 언덕을 뒤덮은 숲이 쏴아쏴아 흔들리는 것이 보였다. 소리가 이쪽까지 들리지는 않지만 바람이 거리를 돌아다니는 모습이 또렷이 보였다.

나는 이런 것들을 노트에 써넣었다.

잠시 후 우치다가 내 곁으로 와서 앉았고 우리는 홍차를 마셨다. 여기서 한 잔 마신 뒤에는 숲속을 탐험하는 거다.

이 도시에는 언덕이 많다. 언덕을 보며 마치 푸른 하늘 아래 부드럽게 솟아오른 초록 젖가슴 같다고 생각했다. 빠지려고 흔들거리는 젖니를 붙잡고 있던 나의 생각이 자동으로 젖가슴으로 옮겨갔다.

젖가슴은 수수께끼야, 하고 나는 요즘 끊임없이 생각한다. 내가 자주 떠올리는 건 누나의 가슴이다. 왜 누나의 가슴은 엄마의 가슴과 다르지? 물체로 치자면 같은 건데 내가 받는 인상은 왜 이렇게 다른 걸까. 엄마의 가슴을 문득 바라보는 일은 없는데 누나의 가슴은 나도 모르게 자꾸 바라보게 된다. 아무리 보고 있어도 질리지 않는다. 만져보면 어떨까 하는 생각을 할 때도 있다. 생각하면 할수록 내 기분이 신기하게 느껴진다. 이게 나를 관찰한다는 걸까?

나는 그 얘기를 우치다에게 해봤다. "우치다 넌, 어떻게 생각하니?"

"난 아무것도 몰라."

급수탑을 올려다보는 우치다의 귀가 조금 붉어졌다.

휴식을 끝내고 탐험을 계속하려고 일어선 우리의 귀에 어디에선지 끼끼끼끽 하는 소리가 들려왔다. 바람이 숲을 울리는 소리하고는 달랐다. 뭘까 하고 둘이서 주변을 둘러보는데 숲에서 펭귄들이 오솔길을 따라 아장아장 걸어 나오는 것이었다.

"으갸!" 하고 우치다가 이상한 소리를 냈다.

* * *

급수탑 뒤에서 숲을 구불구불 빠져나오는 오솔길은 온통 펭귄투성이였다.

날개를 파닥거리며 달려오는 펭귄도 있고, 나무 사이로 내리비치는 햇빛을 받으며 멍청히 서 있는 펭귄도 있다. 우치다와 함께 펭귄 하이웨이를 역방향으로 거슬러 올라가면서 나는 조금 흥분했다. 최근 주택지를 떠들썩하게 한 펭귄들이 어디에서 왔는지, 그 수수께끼를 풀 수 있을 것 같았기 때문이다. 우리의 탐험 목적은 급히 '펭귄 하이웨이 조사'로 변경되었다. 바람에 윙윙 흔들리는 숲도, 지도도, 급수탑도, 젖가슴도 잊고 우리는 걸어갔다.

"일곱! 여덟!" 하고 우치다가 외쳤다.

"아홉! 열! 아, 열하나, 열둘, 열셋!" 내가 외쳤다.

펭귄은 순식간에 스물을 넘었다.

펭귄의 수가 늘어남에 따라 우리의 발걸음도 점점 빨라져 이제는 거의 달리다시피 하게 되었다. 오솔길이 좁아지는 곳에서는 수많은 펭귄이 밀어내기 놀이를 할 때처럼 서로 달라붙어 있었다. 더 이상 수를 셀 수 없었다. 나와 우치다가 달려가니까 펭귄들은 아장아장 길을 열어줬다. 드디어 펭귄 하이웨이의 출발점에 다다른 거라고 나는 생각했다.

하지만 예상과는 달리 거기서부터 펭귄의 수는 오히려 점점 적어졌다.

나는 이 숲속에 펭귄의 집단서식지가 있고 거기서부터 펭귄이 우리 동네로 내려오는 거라고 추측했는데, 아닌 것 같았다. 숲속으로 이어질 줄 알았던 오솔길이 갑자기 다시 꺾여서 계단식 관람석이 있는 커다란 시영운동장의 네트 뒤를 지나갔다. 초록색 네트 너머로 보이는 운동장은 사람 그림자 하나 없이 텅 비어 있었다. 펭귄 한 마리가 나무에 기대듯이 하고 서서 쉬고 있을 뿐 다른 펭귄들의 모습은 보이지 않았다. "이쪽이 아니었나?" 우치다가 말했다.

우리는 그냥 포기할 수가 없어서 운동장 뒤로 가보았다. 주위는 조용했다. 잡목숲 속에는 어떻게 들어왔는지 알 수 없는 소형 트럭의 잔해가 나뒹굴고 있었다.

거기를 지나자 풀이 우거진 평탄한 황무지가 나왔다.

황무지에는 고압선 철탑이 푸른 하늘을 관통하듯이 치솟아 있었다. 풀을 헤치며 황무지의 북쪽으로 가보니 콘크리트로 포장된 급경사면 위아래로 이어지는 긴 계단이 있었다. 계단 아래에는 차가 거의 다니지 않는 이차선 도로가 있었고 그 건너편에는 버스가 돌아 나가는 광장이 보였다. 그곳은 버스 노선의 종점, 즉 우리 동네가 끝나는 버스터미널이었다. 급수탑에서 운동장 뒤를 빠져나가 버스터미널까지 갈 수 있는 길을 발견한 것은 수확이었지만 펭귄은 한 마리도 없었다.

우리는 풀이 난 황무지를 둘러보고 멍해졌다. 펭귄의 출몰지라고 생각해서 정신없이 달려온 곳에 펭귄이 한 마리도 없다니, 좀 창피한 느낌이 들었다. 한 뭉치의 구름이 흘러와 햇빛을 가로막자 주위가 금방 어두워졌다. 나와 우치다는 고압 철탑 앞에서 이제 어떻게 해야 할지 고민에 빠졌다.

"펭귄은 도대체 어디에서 온 걸까?" 우치다가 고압 철탑을 올려다보며 말했다.

나는 황무지 건너편에 있는 숲을 봤다. "어쩌면 우리는 도중에 펭귄 하이웨이에서 벗어난 건지도 몰라. 펭귄들은 숲 속 어딘가에서 나온 게 아닐까?"

우리는 풀 위에 아직 완성되지 않은 지도를 펼치고 펭귄들이 어디에서 왔을까 추정을 해보았다.

주저앉은 자세로 정신없이 얘기하느라, 우리는 스즈키와 그 부하 두 명이 우리를 둘러싸는 것도 몰랐다. 발소리를 깨닫고 퍼뜩 얼굴을 든 우치다가 울상을 지었다. 하지만 그날 스즈키의 표적은 나였다. 전날 치과에서 당했던 일에 대한 복수다. 스즈키 제국 황제에게 칼을 들이댄 사람은 누구든 용서받지 못한다. 아무래도 그런 규칙이 있는 모양이었다.

스즈키는 빙글빙글 웃으며 우리 쪽으로 다가왔다. 그러고는 "우와, 우치다가 있네" 하고 불쾌하다는 듯이 말했다. 우치다는 아무 말도 않고 뒷걸음질을 쳤다.

스즈키는 나를 노려보며, "너 말이야" 하고 내 어깨를 잡았다. 키는 나와 비슷하지만 통통하다. "거짓말쟁이 녀석. 죽여버릴 테다."

"거짓말이라니, 뭐가?"

"치과에서 이상한 소릴 했잖아."

"아아, 네가 치과에서 울고 있었을 때 말이니?"

"이 자식!"

스즈키는 얼굴이 빨개져서 내 어깨를 밀쳤다. "계속 거짓말만 하고 있어! 죽여버릴 거야! 죽어!"

나는 조금 비틀거렸지만 곧 발을 바로 디뎠다.

"넌 정말 죽이고 싶을 정도로 내가 밉니? 나를 죽여봤자 너한테는 아무런 이득도 없어. 난 쉽게 죽임을 당하지 않을 거고, 죽기 전에 네 눈알을 뽑아버리거나 귀를 물어뜯어버릴 수도 있어. 그러면 굉장히 아플 거야. 게다가 넌 경찰에 잡힐 거야. 네 아버지와 어머니도 울겠지. 눈과 귀가 없어진 채 감옥에 들어가도 상관없을 정도로 날 미워한다면 뭐 나로서도 어쩔 수 없지만, 안타깝게도 나도 온 힘을 다해 되갚아줄 거야."

내가 의견을 말하자 스즈키는 조금 멍한 표정을 짓더니 이내 "시끄러워" 하고 소리를 질렀다. "뭔 소린지 알 수 없는 말만 하고 있어."

"난 널 설득하고 있는 거야."

"시끄러워."

"하지만 분명히 요전번에는 내가 안 좋은 짓을 했어. 그러니까 너한테 사과할게. 미안하다. 너한테도 나쁜 짓을 했고, 우치다한테도 나쁜 짓을 했어."

내가 머리를 숙이자 우치다가 깜짝 놀라서 "무슨 일?" 하고 말했다.

"치과에서 난 스즈키를 혼내주려고 했어. 네가 나한테 부탁한 것도 아닌데 너를 위해 스즈키한테 복수를 해주려고 했어. 보복할 권리를 너한테서 인정받은 것도 아닌데 내가 너의 대리인이 되어 스즈키를 괴롭힌 건, 분명 반칙이야. 확실하게 너한테 동의를 구한 후, 스즈키에게 그 뜻을 통보한 다음에 괴롭혀야 했어."

"무슨 소린지 모르겠어."

우치다가 난처한 얼굴을 했다.

스즈키는 "입 닥쳐" 하고 한 번 더 낮은 목소리로 말한 다음 갑자기 실실 웃기 시작했다. 그리고 부하에게 명령해 긴 끈을 꺼내게 했다.

"지금부터 형을 집행한다. 너희 둘 다야."

우치다가 내 팔을 꽉 쥐었다.

"싫어." 내가 말했다. "우리는 바빠."

그 순간 실실 웃던 스즈키가 갑자기 무서운 얼굴을 하고 달려들었다. 우치다가 비명을 지르며 도망쳤다. 나도 빠져나가려 했지만 스즈키에게 머리를 붙잡혀버렸다.

스즈키는 내 머리카락을 잡고 질질 끌어당겼다. 굉장히 아팠다.

"잠깐만. 스즈키, 아파!" 내가 말했다. 스즈키는 계속 "이 자식! 이 자식!" 하고 외쳐댔다. 순간 나는 스즈키의 고환을 꽉 움켜쥐고, 모근이 빠져서 머리가 안 나게 되면 스즈키의 책임이니까 머리에서 손을 떼라고 충고했다. 스즈키는 "꺄악!" 하고 소리쳤다. 나는 힘이 빠진 스즈키를 밀쳤다. 그 애는 공터에 나뒹굴며 "젠장!" 하고 울부짖었다. "죽여버려! 죽여버려!"

난 "우치다!" 하고 외치면서 배낭을 등에 메고 지도를 쥐고 공터 북쪽으로 도망치기 시작했다. "도망치자! 일단 퇴각!"

나와 우치다는 비바람에 바랜 긴 콘크리트 계단을 달려 내려갔다.

본래라면 도망칠 수 있었겠지만 나는 계단 아래 굴러다니던 빈 콜라 캔에 발을 잘못 디뎌 넘어지고 말았다. 틈을 주지 않고 스즈키 일행이 내 위로 덮쳐와 꽉꽉 눌러댔다. "무거워!" 내가 말했다. 우치다는 주택가 쪽으로 이어지는 인적 없는 아스팔트 도로를 따라 총알처럼 재빠르게 도망쳤다. 우치다가 무사히 도망갈 수 있었던 건 불행 중 다행이었다.

나는 아스팔트 도로 건너편에 있는 버스터미널로 끌려갔다. 버스터미널이라고 해봤자 작은 공간의 한구석에 간이 대합실과 콜라 자동판매기가 오도카니 서 있는 곳이었다.

스즈키는 가지고 있던 끈을 써서 나를 차렷 자세인 채로 자동판매기에 묶었다. 그건 스즈키 제국의 유명한 형벌 중 하나로, 전에도 여러 가지 것에 묶여 있는 남자애를 본 적이 있다. 스즈키가 조금 전의 복수로 내 고환을 꽉 쥐어서 나는 "으음" 했다. 스즈키는 부하에게 명령해 내 배낭을 공중에서 뒤집어 내용물을 모두 길 위에 쏟았다.

달콤한 홍차가 담긴 보온병은 버스터미널 뒤에 있는 숲

속으로 던져버렸다. 나와 우치다가 제작한 지도는 스즈키의 주머니로 들어갔다. 스즈키는 내 노트를 아스팔트에 던져놓았고 패거리가 돌아가며 그 위에 오줌을 누었다. 노트는 매우 불쌍하게 돼버렸다.

"꼴좋다."

그렇게 말하고 스즈키 제국 황제는 물러갔다.

* * *

나는 자동판매기에 묶인 채로 꼼짝 않고 있었다. 스즈키의 부하인 고바야시가 매우 훌륭하게 묶었기 때문에 차렷 자세를 한 상태에서 몸을 옴짝달싹할 수가 없었다. 나는 고바야시의 솜씨에 감탄했다.

아름다운 햇빛이 내리비치는 버스터미널에는 아무도 없었다. 일요일 낮이라서 버스도 드문드문 다닐 터였다. 나는 바람 소리에 귀를 기울였다. 특별히 스케줄이 있는 것도 아니고 해야 할 일이라고는 '젖니를 빼는 일' 정도니, 누군가가 구해주러 올 때까지 기다리자. 그때까지 할 수 있는 걸 하자고 생각했다.

몸을 움직여서 주머니에 손을 넣는 데 성공했다. 내 주머니 속에는 언제나 특별히 만든 작은 노트와 아버지가 사준

초소형 볼펜이 들어 있다. 나는 연습을 거듭한 결과 지금은 주머니에 손을 넣은 채로 메모를 할 수 있다.

나는 아스팔트 위에 굴러다니고 있는 노트를 봤다. 스즈키 일행의 오줌에 젖은 노트가 오후의 햇빛을 반사해 반짝반짝 빛났다. 기억을 더듬어 노트의 내용을 메모하는 작업을 시작했다. 복사본을 만드는 거다.

종달새가 귀엽게 울면서 하늘 높이 올라갔다. 부드럽고 따뜻한 바람이 내 머리카락을 쓰다듬었다. 무척 시원한 오후다. 달리 할 일이 없을 때면 젖니가 흔들거리는 게 몹시 신경 쓰인다. 나는 겨우 붙어 있는 젖니가 빠질까 싶어 혀로 꾹꾹 밀어봤다. 하늘은 이렇게 푸른데 나는 이렇게 혼자서 젖니를 빼려고 애쓰면서 어른이 되는 계단을 올라가고 있구나! 문득 떠오른 생각이 시 같았기 때문에 나는 그 말도 메모했다. 언젠가 시도 쓰자. 나에게는 시인이 될 재능도 있는지 몰라. 나는 흔들리는 젖니의 존재를 잊기 위해 노래를 부르기로 했다. 달리 생각나는 노래가 없어서 계절에 맞지 않는 징글벨을 부르기로 하고 "징글벨" 하고 노래를 했다. "징글벨."

그때 웃음소리가 들려왔다. 감쪽같이 몰랐는데 자동판매기 옆의 대합실에 사람이 있었던 거다. 웃음소리만으로도 그 사람의 정체를 알 수 있었다. 대합실에서 누나가 천천히 걸어 나왔다. 그녀는 푸른 하늘을 한 조각 찢어 만든 것 같은 푸르른 옷에 핸드백을 들었다. 졸린 듯한 눈에 얼굴엔 웃음을 띠었고 머리는 조금 흐트러져 있었다.

누나는 햇빛 속으로 걸어 나오다 그만 내 노트를 밟을 뻔하고는 으악 하고 비틀거렸다. 그러더니 사실은 이미 알고 있었으면서도 그제야 비로소 나의 존재를 알아차렸다는 얼굴을 했다.

"뭐 하고 있는 거니, 소년?"

"자동판매기 놀이예요."

"재미있니, 그거?"

"별로 재미없어요."

"너도 참 수수께끼구나."

누나는 웃었다. "사실은 스즈키한테 복수를 당한 거지? 그런 거짓말을 한 네가 나빠."

"계속 여기에 있었으면서 왜 도와주지 않았어요?"

"넌 살려달라고 하지 않았잖아."

"틀린 말은 아니네요." 나는 말했다. "뭘 하고 있었어요?"

"역 앞에 갈 일이 있어서 버스를 타려고 왔는데 맥이 빠지면서 귀찮아졌어. 그래서 대합실에 앉아 꾸벅꾸벅 졸았어. 종종 그래."

누나가 끈을 풀어줬다. 자유로워진 나는 피해상황을 조사했다. 배낭은 짓밟혀서 엉망이 되긴 했지만 무사했다. 숲속에 던져진 보온병도 그럭저럭 찾아낼 수 있었다. 그런데 노트는 흠뻑 젖어 어떻게 해볼 도리가 없는 상태였다. 누나는 "어쩜 이런 지독한 짓을 생각해냈을까" 하고 감탄했다는 듯이 말했다. "스즈키도 참, 그런 귀여운 녀석이 이런 나쁜 짓을 다 하네."

"황제니까요."

"그게 뭔데?"

젖니가 흔들거려서 내가 손가락으로 잡고 있자 누나가 "뽑아줄까?" 했다.

"괜찮아요. 내가 직접 뽑기로 했어요."

"아프게는 하지 않을게. 실험이야."

"그래요? 실험이라면 좋아요."

누나는 핸드백에서 바느질 세트를 꺼내 실을 자르더니 내 흔들리는 젖니에 묶었다. 바람에 날리는 그녀의 머리카락에서 향긋한 냄새가 났다.

"자, 소년. 이 실을 내가 잡아당길 거야. 그러면 이가 빠질 거거든. 신기하지?"

하지만 누나가 실을 잡아당길 때마다 내가 정확하게 몸을 그쪽으로 기울이는 바람에 이는 빠지지 않았다. 그녀는 버스터미널 안을 이리저리 움직이기 시작했고, 나 또한 그녀의 위성처럼 이리저리 따라다녔다. 누나는 "이봐" 하고 소리쳤다.

"따라오면 안 되잖아. 가만히 좀 있어."

이를 빼는 것이 무서웠던 게 아니다. 그저 내 몸이 멋대로 움직인 거다.

누나는 빨간 자동판매기 앞에 서서 "좋은 생각이 났어" 하고 말했다. 동전을 넣고 반짝반짝 빛나는 콜라를 하나 꺼냈다. "이걸 잘 봐봐" 하고 콜라 캔을 들어 올려 보였다. 그리고 나와 그녀 사이에 있는 실을 팽팽하게 한 채로 그 캔을 내 오른쪽 위를 향해 던졌다. 나는 상큼한 푸른 하늘을 미끄러지는 빨간 캔을 얼굴은 거의 움직이지 않은 채 눈으로만 좇았다. 이런 식으로 해서 이가 빠질 리 없다고 생각했다. 콜라에 거품이 생길 뿐이다. 그런데…….

원통형 캔은 회전하면서 푸른 하늘을 가로질렀다. 자전을 이용해 내부에 인력을 만들어내는 우주선 같았다. 나는 가능한 한 콜라 캔을 눈으로만 좇으려 했다. 사실은 실이 잡아당겨져 있었기 때문에 얼굴을 움직일 수가 없었다. 그런데 내 시야에서 사라져가던 빨간 캔이 갑자기 성에가 낀 것처럼 하얀 것에 둘러싸이는 것을 보고 일단 거둬들이던 시선을 되돌려 캔을 좇았다.

그 현상은 '코카콜라'라고 쓰인 캔의 아래쪽 '라' 부분에서 시작되어 쓰나미가 바다 위를 나아가듯이 캔의 옆면을 침식해 들어갔다. 일단 하얘진 부분에 거품이 이는가 싶더니 까맣게 색깔이 변해갔다. 그러더니 캔 전체가 흐읍 하고 숨을 들이마신 것처럼 부풀기 시작했다. 까매진 부분이 한층 더 심하게 부풀어 오르나 싶더니 양쪽으로 터지듯 새까만 날개가 튀어나왔다. 콜라 캔은 흰색과 검은색을 띠면서 변태를 거듭했다. 하늘을 나는 캔은 더욱 봉긋하게 부풀었지만 터지지는 않았다. 회전을 계속하면서 솟구칠 만큼 솟구친 후 방향을 바꾸어 서서히 내려왔다. 그러면서 캔은 점점 더 커지고 끝이 둥글어지는가 싶더니 부리가 만들어지고 이내 파닥파닥 날갯짓을 하는 것이었다. 드디어 캔은 버스 터미널의 중앙에 착륙해 뒹굴뒹굴 구르더니 뒤뚱 하고 일어났다.

굽질리듯이 일어선 콜라 캔은 이미 콜라 캔이 아니었다. '콜라 캔이었던 그것'은 검은 날개를 어설프게 흔들면서 아장아장 조금 걸어보고 나서는 마치 '여기가 어디지?' 하는 품으로 푸른 하늘을 바라보며 멈춰 선 펭귄이었다.

'펭귄이 탄생하는 순간'이었다.

나는 한동안 그 펭귄을 바라보다가 갑자기 입안에 피가 퍼지는 것을 느끼고 누나를 돌아다봤다. 자동판매기 앞에서 있는 누나는 콜라를 한 캔 더 꺼내 마시면서 내 젖니를 들어 올렸다. "봐봐, 빠졌어"라고 말했다. 나는 피가 뒤섞인 침을 아스팔트에 뱉었다. 누나가 생수를 사줘서 조금씩 입에 머금었다가 뱉는 식으로 피를 씻어냈다.

"저건 뭐예요?"

내가 말했다. 누나는 "펭귄이잖니" 하고는 빠진 젖니를 내 손바닥 위에 올려놓았다. 그녀는 콜라를 마시면서 펭귄이 있는 곳으로 걸어갔다. 펭귄은 아장아장 걸어오다 누나의 다리에 부딪쳐 비틀거렸다.

누나는 불어오는 바람을 맞으며 눈부신 듯이 이마에 손을 갖다 댔다.

"나도 수수께끼지."

누나가 말했다. "이 수수께끼를 풀어봐. 어때, 할 수 있겠니?"

* * *

저녁, 나는 해변의 카페로 갔다.

현의 경계에 있는 산 건너편으로부터 내리비치는 햇빛이 하늘에 떠 있는 돔 모양 구름을 핑크색으로 물들였다. 거리가 온통 플라네타륨 속에 있는 것 같았다. 도로 옆에 있는 해변의 카페는 이름 그대로 마치 해변에 세워진 신기한 연구소처럼 밝게 빛났다.

창가의 테이블에서는 아버지가 서류를 펼쳐놓고 일을 하고 있었다.

방해를 하는 건 안 좋다고 생각했지만, 아무래도 아버지와 얘기하고 싶어서 아버지의 맞은편에 앉았다. 하지만 내가 목격한 현상에 대해 제대로 설명할 자신이 없었다. 그리고 자리에 앉는 순간 갑자기 이것을 나와 누나, 둘만의 비밀로 해두고 싶은 마음이 들었다.

내가 입을 다물고 있는 건 드문 일이라서 아버지는 조금 놀랐을지도 모른다. 아버지는 만년필로 모눈 노트에 도형을 그려 넣다가 이윽고 얼굴을 들어 안경 너머로 나를 봤다.

"왜? 무슨 일이 있었니?" 아버지가 말했다.

"아버지. 내가 놀랄 만한 현상을 발견했어요."

나는 말했다. "하지만 객관적인 증거가 없어서 지금은 아무 말도 할 수 없어요. 좀 더 검토를 해봐야 해요."

"뭐라도 힌트를 좀 주지 않겠니?"

"치과 병원의 누나예요."

"조금 더."

"말로 잘 표현할 수는 없지만, 누나는 참 신기하고 재미있어요. 무척 흥미로워요."

아버지는 "흠, 그렇구나" 하고 고개를 끄덕였다.

"그거 멋진 과제를 발견했구나."

그리고 아버지는 약간 쓴맛이 나는 초콜릿을 내게 건네주었다.

＊＊＊

나는 뇌를 많이 쓰는 생활을 하기 때문에, 밤에는 여동생보다 빨리 잠이 든다. 그 대신 아침은 이르다. 아침 해가 떠오르는 것보다 더 일찍 일어나기도 한다. 근처 초등학생 중에서는 최고라고 자부한다.

침대 오른쪽에 있는 큰 창에는 하늘색 블라인드가 내려져 있다. 아침이 되면 블라인드를 통과한 아침 햇살이 희미한 빛의 줄무늬를 만든다. 그걸 보면 나는 소립자에 대해 연구할 때 읽은 '이중 슬릿 실험'이 생각난다. 빛은 파동이기도 하고 입자이기도 하단다. 그걸 이해하는 건 매우 어렵다. 나는 아직 모르는 것이 많다.

그날 아침 눈을 떴을 때, 방 안 공기가 싸늘하니 푸른빛을 띠고 있는 게 마치 내가 물속에 있는 것 같았다.

나는 침대 속에서 내가 이제 막 여울에서 태어난 생명체라면 어떨까 하고 생각했다. 사십억 년이나 먼 옛날에 바위 해변의 작은 물웅덩이에서 첫 생명이 홀로 태어나 물속을 흔들흔들 떠다녔다. 방금 태어난 생명은 아주 작았고, 그것이 크면서 점점 복잡해졌다. 어떤 생물은 멸종했고, 또 어떤 생물은 번영해서 지금 같은 세계가 되었다.

우리는 아버지와 어머니에게서 태어났다. 아버지와 어머니는 각자의 아버지와 어머니한테서 태어났다. 흰긴수염고래도 얼룩말도 펭귄도 그렇다. 생명은 모두 생명으로부터 태어난다. 하지만 정신이 아득해질 만큼 옛날로 거슬러 올라가다 보면 어디쯤엔가 아버지도 어머니도 없이 태어난 아기가 있는 거다.

나와 우치다는 생명의 기원에 대해서도 대화를 나눈 적이 있다. 우치다는 "생각하자면 머릿속이 멍해져" 하고 말했다.

지구 최초의 신기한 아이는 어떻게 최초의 벽을 뛰어넘었을까?

이것은 매우 중요한 문제다. 어쩌면 먼 훗날 모든 것이 내 연구를 통해 밝혀져서 내가 노벨상을 받을지도 모른다.

이렇게 지구 전체를 놓고 생각하면서 내 방을 둘러보는 것이 나는 좋다. 만들다가 놔둔 우주정거장이 보인다. 책장에는 아버지가 한 권씩 사준 책들이랑 연구 성과를 정리한 노트가 나란히 꽂혀 있다. 책꽂이 위에 놓인 건 크리스마스 이브에 받은, 종이로 만든 트리케라톱스의 골격 모형이다. 책상 위에는 할아버지에게서 입학 축하 선물로 받은 지구본

이 있다. 탐험용 배낭이랑 등에 메는 책가방은 책상 옆에 놓여 있다. 새 노트는 잊지 않도록 어제 책상 위에 꺼내놓았다.

일 층 거실에서 아버지 어머니의 이야기 소리가 들려왔다. 식기 부딪치는 소리도 들린다. 아버지가 아침밥을 먹고 있는 거다. 그 소리를 들으며 하루의 계획을 세우는 것이 나는 무척 좋다. 평상시보다 훨씬 즐겁다.

"이건 뭐지?" 하고 생각하다가 펭귄과 누나가 떠올랐다.

그래, 굉장한 연구를 시작했어. 그렇고말고.

그러자 나는 갑자기 너무 신이 나서 침대에서 벌떡 일어나고 싶어졌다. 때마침 드물게 일찍 일어난 여동생이 "오빠 일어나!" 하며 방으로 뛰어 들어왔다. 내가 벌써 잠에서 깼다는 사실을 모르기 때문에 제멋대로 구는 거다. 나는 침대 안에서 지구 전체를 놓고 장대한 생각을 했단다, 동생아.

여동생은 침대로 뛰어 올라와 캥거루 새끼처럼 점프를 해댔다. 나는 그에 대한 반격으로 그 애를 담요로 돌돌 말아버렸다. 여동생은 옴짝달싹할 수 없게 되자, "꺼내줘! 꺼내줘!" 하고 우는소리를 냈다. 불쌍해져서 담요에서 꺼내줬더니 바로 깔깔깔 웃고는 "오빠는 이빨 빠진 할아범!" 하고 소리 질렀다.

오빠의 위엄을 보여주는 것은 무척 어려운 일이다.

* * *

학교에 있는 동안에도 나는 펭귄과 누나에 대한 연구를 계속했다.

새 노트에 펭귄 그림을 그리고, 누나가 빈 캔에서 펭귄을 만들어내던 때의 상황을 가능한 한 세세하게 분석해보았다. 어디에 누나의 비밀이 있는 걸까. 내가 펭귄의 탄생을 목격한 것은 단 한 번뿐이었으니 이걸로는 데이터가 많이 부족하다. 누나에게 도와달라고 해야겠다. 오늘 집에 가는 길에 치과에 들러서 누나한테 부탁해보자.

쉬는 시간에 우치다가 말없이 다가와 내 책상 앞에 섰다. 우치다는 과묵한 아이지만 그날은 평소보다 훨씬 본격적인 과묵 상태였다. 왜 그럴까 생각하는데, "아오야마, 화났니?" 하고 이상한 소리를 해서 깜짝 놀랐다. "왜?"

"일요일에 내가 널 버리고 도망갔잖아."

"화 안 났어. 난 다섯 살 때부터 화 안 내."

"그래도" 하고 우치다는 고개를 숙였다. "난 정말로 도망쳤어. 그건 별로 좋은 일이 아니었어!"

"그건 현명한 판단이었어. 그때 네가 돌아왔더라면 우린 둘 다 잡혔을 거야. 난 너라도 안 잡힌 게 잘한 일이라고 생각해."

"그래? 내가 현명했어?"

"현명했어."

"그거 다행이네."

우치다는 기운을 되찾았다.

교실 구석에 스즈키네 패거리와 여자아이들이 모여 떠들고 있었다. 우치다가 "하마모토가 스즈키랑 체스를 하고 있어" 하고 가르쳐줬다. "스즈키가 도전했어."

"희한한 일이네."

"스즈키가 하마모토의 체스 실력을 비웃어서 하마모토가 너 정도는 열 명이 달라붙어도 이길 수 있어, 하고 약을 올렸대."

"스즈키도 참 한심해!"

스즈키네가 내 노트에 오줌을 눠서 엉망을 만들고 탐험지도를 빼앗아 갔다고 얘기하자, 우치다는 무척 분해했다.

"나쁜 놈들!"

"노트는 복사본을 만들었으니까 안심해도 돼. 탐험지도는 다시 그리면 되고. 스즈키한테서 되찾는 것보다 새로 만드는 편이 효율적일 거야."

"너는 스즈키한테도 화가 안 나는 모양이구나."

"화가 날 것 같을 때, 유방을 생각하면 돼. 그렇게 하면 마음이 굉장히 평화로워져."

"넌 정말 훌륭해…… 하지만, 그런 건 자주 생각하지 않는 게 좋겠어."

"유방 말이야?"

"잘은 모르겠지만, 안 좋은 것 같아."

"계속 그 생각만 한 건 아니야. 매일 기껏해야 삼십 분 정도."

그날은 스즈키가 쉬는 시간마다 하마모토에게 체스를 하자고 도전했다. 스즈키는 하마모토의 정신을 산란하게 하거나 체스 말을 속이는 등 여러 가지로 방해 공작을 벌였지만, 아무리 해도 하마모토를 이길 수 없었다. 하마모토는 강했다. 방과 후에는 새빨개진 스즈키와 태연자약한 얼굴로 체스 판을 바라보는 하마모토 주위로 반 아이들이 모여들었다. 체스 판을 들여다보니 스즈키는 도저히 살아날 수 없을 정도로 열세였다. 스즈키가 생각에 생각을 거듭한 끝에 수를 둬도 하마모토는 간단히 바로 다음 수를 놓는다. 마치 초콜릿을 죽 늘어놓는 로봇같이 정확하게 말을 움직이는 것을 보고, 나는 몹시 감탄했다.

스즈키가 체스 판에서 불쑥 얼굴을 들더니 "뭐야!" 하고 나한테 화를 냈다.

"아무것도 아니야. 그냥 보고 있었어."

"보지 마! 보지 말라고!"

스즈키는 "아오야마 탓에 정신이 산란해졌어" 하고 주장하며 체스 말을 확 섞어버렸다. 그리고 고바야시와 다른 애들을 이끌고 교실에서 나가버렸다. 하마모토는 스즈키가 체스 말을 그렇게 엉망진창으로 해놓았는데도 화를 내지 않았다. 체스 말을 하나하나 주워 담으며 "나랑 상대가 될 리 없지!" 하고 들판에서 노래하듯이 중얼거렸다.

"하마모토는 정말 체스를 잘하는구나."

이 점에서 나와 우치다의 의견은 일치했다.

그날은 집에 가는 길에 치과에 들렀다.

나는 늘 하던 대로 선반에서 잡지를 집어 들고 하얀 소파에 앉았다. 잡지에 우주론 특집이 실려 있는 걸 발견하고 열심히 읽었다. 아름다운 일러스트가 있는, 몇 페이지에 걸쳐 이어진 기사였다. 나는 스스로 우주에 대해 잘 안다고 자부하고 있었지만 그런 나에게도 그 글은 약간 어려워서 '이건 좀 더 깊게 연구해야겠어' 하고 생각했다. 치료가 끝난 뒤에 내가 그런 말을 했더니, 선생님이 "가지고 가도 돼" 했다. 치과 선생님은 내 연구에 협조적이다.

"누나는 오늘 쉬나요?"

"몸이 안 좋은 모양이야." 선생님이 말했다. "걱정되니?"

"걱정돼요."

선생님은 아무 말 없이 웃고는 내 머리를 툭 쳤다.

치료비를 내기 위해 접수대에 섰더니 접수대에 앉은 사람이 "너한테 줄 엽서야" 했다. 하얀 눈으로 덮인 땅 위에 펭귄이 홀로 서 있는 그림엽서였다. 펭귄을 가리키는 화살표와 함께 "여기에 네가 서 있어"라는 메모가 쓰여 있었다. 누나의 글씨였다.

* * *

꿈에서 본 것에 대한 메모.

누나가 울퉁불퉁한 바위해변에 서 있다. 주변은 텅 비어 있고 풀은 하나도 나 있지 않다. 당연한 일이지만, 나는 그것이 캄브리아기의 바다라는 걸 알고 있다. 꿈속은 신기하게도 늘 그런 식이다. 바다 끝으로는 아프리카 다큐멘터리에서 본 것 같은 번개가 번쩍번쩍 내달린다. 짙푸른 색깔의 하늘 한 부분이 어슴푸레하게 밝아온다. 내가 이 도시의 초등학생 중에서 가장 일찍 일어났을 때 블라인드 틈새로 보이는 바로 그 하늘색이다.

바위의 움푹 들어간 곳에 누나가 서 있었다. 누나는 무척 졸린 얼굴이고 외로워 보였다. 누나는 발밑에 굴러다니는 돌을 주웠다. 표면이 반짝반짝 빛나는 그 돌은 마치 알루미늄으로 만들어진 것 같았다. 누나가 손바닥에 올려놓고 굴리자 돌은 단단하게, 차갑게 빛났다.

누나는 마치 데우려는 듯이 그 돌을 가슴에 품었다. 충분히 따뜻해졌는지 가늠하고 나더니 드디어 바다로 던졌다. 회전하며 날아가던 반짝이는 돌은 부르르르 물풍선같이 진동하다 다음 순간 팽창했다. 은색으로 빛나는 커다란 거품이 차례차례 돌 표면으로 떠올랐다. 하나의 거품이 다른 거품을 밀쳐내기도 하고 삼키기도 한다. 마치 격렬한 화학반응이 일어나는 것 같다. 돌은 자꾸자꾸 커져서 드디어 나보다 커지고, 이어서 누나보다도 커졌다. 바다에 떨어져서도 계속 부푼다.

그러더니 커다란 은색 흰긴수염고래가 나타났다.

저 흰긴수염고래가 진화해서 우리가 된 거구나. 나는 왠지 그런 생각이 들었다. 누나가 우리를 만들었다고 생각하니 기뻤다. 그런데도 누나는 여전히 졸린 것 같고 계속 쓸쓸해 보였다. 왜 그렇게 쓸쓸해 보이는지 가르쳐주면 좋으련만.

* * *

초등학교는 한 변이 180미터나 되는 커다란 정사각형 땅에 서 있다.

나는 3학년 9월에서 10월에 걸쳐 정사각형에 대해 연구했다. 그때 나는 거리에서 정사각형 모양을 발견할 때마다 기록했다. 정사각형을 아주 좋아했기 때문에, 거리가 지평선 끝까지 모두 모눈종이처럼 정확하게 구획되어 있으면 얼마나 멋있을까, 하고 생각했을 정도다.

머지않아 삼각형과 원과 곡선에 대해서도 연구를 시작했지만, 지금도 역시 정사각형이 제일 멋있다. 나는 모눈종이를 좋아하며, 정사각형 모양의 공터를 발견하면 즐거워진다. 내가 다니는 초등학교가 정사각형 모양의 땅 위에 서 있고 학교 건물이 ㅁ자, 정사각형 모양이라는 것이 나는 좋다.

나와 우치다는 초등학교 가장자리 바깥쪽을 한 바퀴 돌아본 적이 있다.

수업이 끝난 후에 선생님들에게 들키지 않게 조심하며 학교 운동장 펜스 뒤와 텅 빈 풀밭과 주차장을 빠져나갔다. 그 탐험을 통해 우리는 이 큰 정사각형이 정확한 정사각형이라는 걸 확인했다. 그리고 소각로 뒤에 정문과는 별개의 출입구가 있다는 사실도 발견했다. 블록을 쌓은 담에 나 있는 작은 정사각형 문이었다. 학교 옆으로 펼쳐진 풀밭에 수로가 있다는 사실도 발견했다.

우리는 이렇게 발견한 것을 지도에 그려 넣었었다. 이전의 지도는 스즈키한테 빼앗겼지만 발견한 것들은 나의 뇌에 분명하게 기록되어 있다.

* * *

수요일은 학교가 일찍 끝나서 나와 우치다는 수로를 더듬어 가보기로 했다. 물이 어디서부터 흘러오는지, 수원이 어디인지 정확히 알아보기 위해서다. 내가 그 계획에 '프로젝트 아마존'이라는 이름을 붙이자, 우치다는 매우 기뻐했다. '펭귄 하이웨이' 연구가 지지부진한 것은 아쉬운 일이지만, 나에겐 그 밖에도 많은 연구 프로젝트가 있다. 하나가 중단되면 다른 연구를 진행하면 되는 것이다.

방과 후, 우리는 소각로 뒤에 있는 비밀 출구로 나가 학교 운동장 펜스 건너편의 풀밭을 가로질러 갔다. 구름이 떠 있었지만 비가 내릴까 봐 걱정할 정도는 아니란 걸 알 수 있었다. 때때로 회색 구름조각 사이로 해가 엿보였고, 그럴 때면 우리가 걸어가는 풀밭이 수면으로 떠오른 수초처럼 밝아졌다. 그러다가 구름이 해를 가리면 바로 어슴푸레해졌다. 누군가가 하늘의 스위치를 켰다 껐다 하는 것 같았다.

나는 나침반을 보며 걸었고, 우치다는 땅에서 뽑은 풀을 휘휘 돌렸다.

"여기는 유치원을 만들 예정이었대." 우치다가 말했다.

"하지만 지금은 빈터인걸."

"중단된 걸까? 아니면 다른 걸 만들 건가?"

"역을 만들면 좋을 텐데." 내가 말했다.

"초등학교 옆에 역이 있으면 아주 편리해."

우리가 탐험하는 수로는 동쪽에서 서쪽으로 흐른다. 콘크리트로 단단하게 만든 수로는 폭이 약 1미터. 물은 우리 가슴 정도까지 온다. 수로 건너편에는 조릿대가 우거져 있다. 우리는 수원을 찾으러 북쪽을 향해 걸었다.

"우치다, 떨어지지 않게 조심해."

"물이 시작되는 곳은 어떤 곳일까? 샘물, 아니면 우물?" 우치다가 말했다. "아오야마, 우물 본 적 있니?"

"이론은 알아."

"굉장히 깊은 우물이면 무섭겠는걸. 블랙홀 같을 거야."

조릿대가 점점 더 늘어나서 탐험대가 가는 길을 방해했다. 우리는 수로의 가장자리를 조릿대를 밀치듯이 하며 걸어야 했다. 때때로 수로 속을 헤엄치는 물고기가 보였다. 돌아보니 초등학교 건물은 풀에 가려 보이지 않았고 운동장을 둘러싼 펜스만 보였다.

얼마 가지 않아 녹나무 잎으로 뒤덮인 펜스가 우리 앞에 나타났다. 수로가 그 안으로 이어지고 있어서 우리는 잠시 고민하다가 펜스를 넘어가기로 했다. 어쩌면 펜스 너머에 수로가 시작되는 장소가 있을지도 모른다.

녹나무 잎으로 덮인 펜스는 사방 25미터쯤 되는 정사각형 땅을 둘러싸고 있었다. 그 안에는 피라미드를 거꾸로 해놓은 것 같은 모양의 저수지가 있고 수로는 그곳으로 이어지고 있었다. 바닥에만 물이 조금 남아 있어서 우리가 빠질 염려는 없어 보였다. 저수지 경사면은 콘크리트 블록으로 굳혀져 있고 블록 틈새에는 초록 풀이 나 있었다. 물 안에는 소시지 모양의 열매를 단 우주 식물 같은 풀이 자라고 있었다. 저수지 주위에도 풀이 우거졌다. 이곳에는 분명 아무도 오지 않을 거다. 나는 고대문명의 유적을 발견하기라도 한 듯 기분이 좋았다.

저수지 안에는 작은 회색 탑이 있고 제방에서 거기까지 갈 수 있는 다리가 걸려 있었다. 우리는 그 다리 바로 앞까지 갔는데 다리에는 들어가지 못하게 자물쇠가 잠겨 있었다.

"누가 살고 있나?" 우치다가 불안한 목소리로 말했다.

"몰라. 그냥 물의 양을 조사하는 기계 같은 것이 있겠지. 이렇게 풀로 뒤덮여 있으니까 수도국 사람도 잊어버렸을 거야."

"물이 여기서부터 솟아나오는 건가?"

"난 아닐 거라고 생각해. 저기에 또 수로가 있잖아? 물은 다른 곳에서 흘러나와 이곳으로 와서 일단 고이게 되어 있는 거야. 그렇지 않으면 수로가 흘러넘칠 테니까."

"아하!" 하고 우치다가 감탄했다. "이론은 알겠어."

나는 저수지 가장자리에 담요를 펼쳤다.

나와 우치다는 이 담요를 '기지'라고 부른다. 여동생이 아기 때 침 흘리며 덮던 담요지만, 어머니가 정성껏 빨아줬으니 안심이다. 여동생이 쓰던 물건이라고는 생각할 수 없을 만큼 유용하다. 색깔도 밝은 연두색이고 정사각형이다. 작게 접었다가 어디서든 펼쳐서 기지로 만들 수 있다. 탐험대에게는 필수 도구다.

나는 기지에 앉아 노트를 펴고 저수지에 대해 메모했다. 우치다는 휘파람을 불었다.

저수지 주위는 조용하다. 학교는 종소리도 들리지 않을 정도로 여기서 멀다.

내가 치과 선생님에게 우주에 대한 잡지를 받았다고 말하자 우치다는 부러워했다. 우치다는 "우주는 무에서 태어났어" 하고 말했다. 잡지에 그런 얘기가 쓰여 있었던 사실이 기억났다. "무라는 건 어떤 느낌일까?" 내가 말했다.

"그냥 텅 빈 건 아닐 거야. 배가 고파 배 속이 텅 비어도 '배 속이 무가 되었다'고는 하지 않잖아."

"텅 빈 우리의 배가 존재하지 않을 정도로 굉장히 텅 빈 거네."

"그래."

"그거 정말 굉장하구나."

"굉장해. 시간도 공간도 없대."

"시간도 공간도 없다니, 어떤 거지? 무척 어려운 문제인걸."

"공간이 없으면 우리는 거기 앉아 있을 수도 없을 거고, 시간이 흐르지 않을 테니까 '여기에는 시간이 없구나' 하고 중얼거릴 수도 없겠네."

우치다는 그렇게 말한 뒤에 "무섭겠는걸" 했다. "우리가 죽으면 그런 데로 가나?"

"우리, 태어나기 전에는 쭉 그런 곳에 있었을지도 몰라."

"아, 그래."

"하지만 전혀 기억이 없지."

우치다는 얼굴을 찌푸렸다. "……이런 생각을 하고 있자면 난 머릿속이 띵해져. 뭔가 빙글빙글 도는 거 같아."

우리가 한동안 그렇게 담요에 앉아 있자니까, 저수지 건너편의 우거진 덤불이 바스락바스락 소리를 내며 움직였다. 바람에 흔들린 건 아니었다. 덤불 건너편에 뭔가 동물이 숨어 있었다. 나는 헉하고 노트를 덮었다. 우치다는 깜짝 놀라 내 팔을 잡았다.

끼익끼익 하는 소리가 나더니 펭귄 한 마리가 나타났다. 그 펭귄은 우리가 있건 말건 개의치 않고 아장아장 저수지 가장자리까지 다가와서는 그리스 철학자같이 서서 가만히 있었다.

"뭘 하는 거지?" 우치다가 말했다. "저 펭귄들은 어디서 온 걸까?"

"몰라."

나는 우치다에게 거짓말을 하고 말았다.

펭귄이 어디에서 왔는지 나는 안다. 아는 건 나쁜이다. 나는 그 사실에 대해 당분간 아무에게도 말하지 말자고 생각했다. 비록 상대가 우치다라 할지라도.

만약 누나에게 펭귄을 만들어내는 능력이 있다는 사실이 알려지면 정부의 연구소나 대학, 그 밖의 여러 곳에서 우리 도시로 조사단을 보낼 것이다. 그리고 누나를 연구해 펭귄을 무한히 만들어내는 방법을 밝혀내서 펭귄 학회에 발표할 것이다. 그렇게 되면 나는 누나와 더 이상 못 만나게 될 것이고, 펭귄 하이웨이에 대한 연구도 더 이상 할 수 없게 될 것이다. 그건 나로서는 매우 견디기 힘든 일이다.

우치다에게 거짓말을 한 건 안 좋은 일이지만 이 연구는 비밀리에 진행해야 한다. 펭귄이 덤불 속으로 부스럭부스럭 모습을 숨길 때까지 우리는 저수지 가장자리에 그대로 앉아 있었다.

* * *

해변의 카페 천장에는 하늘로 뚫린 커다란 창이 있다. 가게 주인인 야마구치 씨는 그 창을 열 때 특별한 긴 나무막대를 쓴다. 하늘로 난 창문 옆에는 커다란 모형 고래가 매달려 있다. 창문으로 햇빛이 쏟아져 들어오면 고래는 희미한 은색으로 빛나고, 방추형 몸을 흔들면서 커다란 입을 벌려 자랑스러운 듯이 빙긋 웃는다. 마치 먼 미래의 우주선 같아 보이는 그 고래에게 나는 경의를 표하곤 한다.

그 고래가 어떤 종류인지 야마구치 씨에게 물었더니 그는 "조사해보렴" 했다. 야마구치 씨는 천체 망원경을 보여주기도 하고 때로는 이렇게 과제를 내주기도 한다. 나는 모형을 충분히 관찰해 노트에 잘 그린 다음 도서관에 가서 도감과 대조했다. 내가 그 고래가 '흰긴수염고래'라는 걸 밝혀내자 야마구치 씨는 크림소다를 마시게 해주었다.

흰긴수염고래는 고래목 긴수염고래과의 수염고래다. 고래는 본래 무척 크지만 흰긴수염고래는 유독 더 크다. 30미터가 넘는 경우도 있다고 한다. 너비가 25미터인 학교 수영장에도 다 들어가지 못할 정도로 큰 생물이 바다를 헤엄쳐 돌아다닌다는 건 놀라운 일이다.

크다는 건 훌륭하다는 얘기다. 어찌됐건 난 작다.

흰긴수염고래는 태어났을 때의 크기가 7미터에 무게는 2톤이라고 한다. 아기 고래가 몸을 뒤집는 순간 난 납작하게 깔릴 것이다. 그리고 그 아기는 이루 말할 수 없을 만큼 거대한 응가를 눌 것이다. 정말 감당이 안 된다. 나는 그저 감탄할 뿐이다.

나는 해변의 카페에서 누나와 흰긴수염고래 얘기에 열을 올렸다.

내가 아기 고래에 대해 말하면 누나는 늘 웃는다.

* * *

난 일찍 일어나서 탐험 도구를 배낭에 담고 오리너구리 공원으로 갔다.

일요일 아침의 주택가는 늘 조용하다.

해변의 카페를 지나가는데 야마구치 씨가 창가에서 손을 흔들어주었다. 나도 손을 흔들었다. 버스가 다니는 큰길을 걸어가니 따뜻한 남서풍이 불었고 가로수 잎이 반짝반짝 빛났다. 둥글고 푸른 하늘에는 어린 양 모양의 구름이 떠갔다. 나는 빈터에 자란 식물의 줄기를 꺾어 지휘봉처럼 흔들며 걸었다. 개 짖는 소리가 들리기에 나도 먼 곳을 향해 개 울음소리를 내봤다. 나는 개 언어 연구를 한 적도 있다.

오리너구리 공원에는 길을 따라 벤치와 운동기구가 놓여 있다. 개를 데리고 걷는 사람도 있고 운동기구에서 땀을 흘리는 사람도 있다. 걸어가다 보니 목에 수건을 두른 치과 선생님이 복근 운동을 하고 있었다. 나는 "안녕하세요" 하고 인사했다.

오리너구리 공원 옆에는 성당이 있어서 일요일 아침마다 미사가 있다. 나는 누나가 이 성당에 다니는 걸 알고 있다. 이 도시의 성당은 텔레비전에서 본 유럽의 대성당보다 훨씬 작다. 우리 집 정도 크기다. 하지만 지붕에 십자가가 솟아 있는 진짜 성당이다. 미사가 끝나고 누나가 나올 때까지 나는 공원 벤치에 앉아 기다리며 노트에 필기를 했다.

얼마 안 있어 누나가 성당에서 나오는 것을 보고 손을 흔들었다. "안녕하세요."

"안녕. 일광욕하니?" 누나는 내 옆에 걸터앉고는 고개를 푹 숙이고 잠든 척했다.

"졸려요?"

"잠을 잘 못 자. 이상한 꿈도 꾸고. 너무 힘들어."

"그거 걱정이네요." 내가 말했다. "그럼 실험은 못 하겠죠?"

누나는 하품을 했다. "실험이라니, 무슨 실험?"

나는 조심스레 목소리를 줄이고 "펭귄!"이라고 속삭였다.

누나도 소리를 죽였다. “수수께끼는 풀었니?”

“풀 수가 없어요. 그래서 실험을 해보자는 거죠.”

“으음. 실험하면 수수께끼가 풀리나?”

“해봐야 알죠. 협조해줄 거죠?”

“좋아. 졸리긴 하지만.”

우리는 누나가 처음으로 펭귄을 만들어 보여준 버스터미널을 실험장소로 정했다. 거기는 남의 눈에 띄지 않으니까. 버스터미널을 향해 걸어가면서, 나는 누나에게 수수께끼를 풀 힌트를 달라고 부탁해봤다. 하지만 누나는 졸린 눈을 깜빡이며 하늘을 올려다볼 뿐이었다. 그리고 “오늘은 왠지 펭귄이 안 나올 것 같아” 하고 말했다. 누나가 진심으로 그런 말을 하는 건지, 평소처럼 나를 놀리는 건지, 나는 알 수가 없었다.

“솔직히 말해 나도 어떻게 만들어지는지 몰라. 왠지 기분이 좋아져서 몸이 근질거리면 펭귄이 나와. 뽕 하고.”

“늘 콜라 캔을 던져요? 나한테 보여줬을 때처럼?”

“아닐 때도 있어.”

“이론은 모르는 거네요.”

“이론을 생각하는 건 네가 할 일이잖아.”

“만들 수 있는 건 펭귄뿐이에요? 난 다른 동물도 보고 싶어요. 박쥐나 뭐 그런 거.”

"욕심쟁이네! 박쥐는 못 만들어." 누나는 한숨을 쉬었다. "조금만 더 착실하게 연구해주지 않을래?"

"나는 태어났을 때부터 쭉 착실했어요."

일요일의 버스터미널은 텅 비어 아무도 없었다. 대합실 시간표를 보니 버스는 앞으로 삼십 분 후에나 온다는 걸 알 수 있었다. 누나는 터미널 한가운데 서서 눈이 부신 듯 가늘게 뜬 눈으로 하늘을 올려다봤다.

나는 배낭을 내려놓고 집에서 가지고 온 물건들을 늘어놓았다. 아버지에게 빌린 카메라도 있고 노트도 있다. 부엌에서 어머니한테 받아 온 빈 잼병, 연구하는 틈틈이 빨아먹던 드롭스 캔, 우치다와 놀 때 쓰는 소프트볼, 거실 소파에 놓여 있던 작은 정사각형 쿠션, 지금은 사용하지 않는 아버지의 안경 케이스, 나는 그것들을 누나 주변에 늘어놓았다.

"뭐니, 이건?" 누나가 의아하다는 얼굴을 했다.

"실험용 샘플이에요. 펭귄이 되는지 안 되는지 실험해보고 싶어요."

"난 여기 서서 던지면 되는 거고?"

"네……. 난 여기 서 있었지요?"

"잊어버렸어, 지난일 같은 거."

맑게 갰다고 할 수 있는 하늘에 기분 좋은 바람이 불어왔고, 어디서부턴지 종달새 울음소리도 들려왔다. 버스터미널에는 아무도 없었다. 나는 지난번 상황을 노트에 일일이 기록해 체크리스트를 만들어놨다. 그걸 하나씩 꼼꼼히 체크했다. 좋아. 실험 개시다.

빈 잼병, 드롭스 캔, 소프트볼, 쿠션, 안경 케이스가 순서대로 푸른 하늘을 날아갔다. 나는 카메라를 준비하고 바라봤지만, 아무 일도 일어나지 않았다. 자동판매기에서 콜라 캔을 사서 누나한테 던져달라고도 해봤다. 결과는 마찬가지였다. 뭐가 다른 걸까. 노트를 다시 읽고 캔이 내부에 중력을 만들어내는 우주선처럼 회전했다는 사실을 기억해냈다. 누나에게 한 번 더 던져달라고 부탁했다.

"또 던져?"

"실험정신이에요."

"그랬지. 넌 과학의 아이지."

하지만 결과는 마찬가지였다. 아무 일도 일어나지 않았다. 혹시 몰라서 지난번처럼 내 이에 묶은 실을 누나에게 들게 하고 캔을 던지게 해보기도 했다. 그것도 실패로 끝나고 말았다.

* * *

실험이 실패하는 것은 슬픈 일이다.

나는 다른 조건도 검토해봤다. 내 젖니가 흔들거렸던 거라든가 시간이 오후였던 거라든가, 또는 내가 자동판매기에 묶여 있었던 거라든가 스즈키의 패거리가 내 노트에 오줌을 눠 엉망으로 만든 거라든가, 여러 가지 조건이 있었다. 하지만 그런 것들은 펭귄 출현과 관계가 없을 것 같았다.

내가 노트를 노려보고 있자니 누나가 다가왔다.

"초조해해도 소용없어. 오늘은 안 될 거야."

"누나, 정말로 못 하는 거예요? 날 놀리려고 이러는 건 아니죠?"

어른스럽지 못한 발언이었다. 실험에 실패했다고 해서 도움을 준 누나를 의심하는 건 잘못이다. 나는 누나를 의심하기 전에 내 가설을 재검토했어야 했다.

"그럼 혼자서 하시지." 누나는 화를 내고 걸어갔다.

내가 실험도구를 가방에 넣는 사이에 누나는 시영운동장 뒤쪽으로 올라가는 콘크리트 계단을 쓱쓱 올라갔다. 내가 당황해서 차도를 건너려 하자 누나는 주위에 울리는 큰 목소리로 "손 들고 건너기!"라고 외쳤다. 나는 마법에 걸린 것처럼 멈춰 섰다. 내가 손을 들고 차도를 건넜을 때 누나는 벌써 계단 위쪽에 도달해 있었다.

긴 콘크리트 계단을 올라가자 시영운동장 뒤, 우거진 풀로 뒤덮인 황폐한 땅이 펼쳐져 있었다. 나와 우치다가 스즈키 제국과 훌륭히 맞서 싸웠던 바로 그곳이다. 황무지에는 고압 철탑이 솟아 있고 부근에는 어둠침침한 숲이 있다. 급수탑이 있는 언덕에서부터 펼쳐진 깊은 숲이다. 이 숲을 탐험하는 것은 위험하기 때문에 나와 우치다도 아직 이 숲의 지도는 만들지 못했다.

향긋한 냄새가 나는 바람이 불어오자 주위 풀들이 바다의 파도처럼 출렁였고 우리는 마치 어느 해변에 서 있는 것 같았다. 누나는 그 해변에 서서 바람에 날리는 머리를 누르고 주위를 둘러보고는 "아무것도 없는 곳이구나" 하고 중얼거렸다.

나는 누나 옆으로 가서 "미안해요"라고 말했다. "어른스럽지 않은 말을 했어요."

"넌 어른이 아니잖니. 그러니까 괜찮아."

"앞으로 3881일이 지나면 나도 어른이 돼요."

"기가 막혀. 잘도 셌구나!"

조금 떨어진 곳에서 종달새가 황무지 위로 날아올랐다. 종달새는 삐익삐익 울면서 하늘을 향해 수직으로 올라가 푸른 하늘로 빨려 들어갔다. 마치 우주 엘리베이터를 탄 것 같았다. 누나는 이마에 손을 갖다 대고 종달새를 바라봤다. 종달새는 점차 보이지 않게 되고 소리만 들려왔다. 나는 목이 아파왔다.

"여기는 빈터지?"

누나가 주위를 바라보며 말했다. "여기다 뭘 만들려는 걸까?"

"기차역일지도 몰라요."

"바다까지 이어지는 기찻길?"

"그래요."

"좋겠네. 치과에서도 가깝고, 편리해질 거야."

"기찻길이 놓이면 '해변의 카페'가 정말로 해변의 카페가 되는 거예요."

"좋아. 잠깐 탐험해볼까?" 누나가 말했다. 화가 가라앉은 모양이었다.

우리는 황무지를 걸어갔다. 누나는 오른쪽에 보이는 숲을 가리키며 "저 숲에 들어가본 적 있니?" 하고 물었다.

"아주 조금 들어가보긴 했지만 깊숙이까지는 탐험하지 않았어요. 숲은 위험하니까 충분히 주의해야지요."

"재버워크가 나올 거야."

"재버워크가 뭐예요?"

"책에 나오는 괴물."

고압 철탑 옆에까지 왔을 때 누나가 "여기서 쉬자"고 해서 나는 거기에 기지를 만들기로 했다. 가방에서 연두색 담요를 꺼내 풀 위에 펼쳤다.

"기지예요."

"소년, 이건 담요야."

"기지예요."

누나는 작은 담요에 앉아, "아, 기분 좋아라!" 하며 하늘을 올려다봤다. "그래. 기지구나."

늘 생각하는 건데, 담요로 기지를 만들어 앉으면 보이는 경치가 걸을 때하고는 다르다. 하늘과 땅이 넓어진다. 나는 치과에서 받은 과학 잡지를 가방에서 꺼내 읽었다. 내가 블랙홀에 대해 열심히 연구하고 있는데 누나가 내 등에 살짝 기댔다. 누나의 등은 따뜻한 것 같기도 하고 차가운 것 같기도 해서 신기했다.

"펭귄 못 만들어줘서 미안해." 누나의 목소리가 등으로 전해져왔다.

"누나가 사과할 거 없어요."

"이제는 영영 못 만들지도 몰라. 그동안은 어쩌다가 나왔던 건가 봐."

"분명 어떤 법칙이 있을 거예요."

"네가 알아낼 수 있겠니? 나도 모르는데."

"난 똑똑해요."

"자신만만하구나, 너."

바람이 황무지의 풀을 쓰다듬으며 지나갔다. 따뜻해서 기분이 좋았다. 바람 소리만 들려와서 마치 우리가 세상 끝의 기지에서 뭔가를 관측하고 있는 것 같았다. 누나가 고개를 갸우뚱하며 내가 읽고 있는 잡지를 들여다봤다.

"그거 선생님이 어려워 어려워, 하며 읽던 건데, 잘 읽네."

"아는 것도 있고 모르는 것도 있어요. 난 다른 책도 읽다가 이것도 읽다가 해요."

"뭐 재미있는 거라도 쓰여 있니?"

"사상事象의 지평면이 멋있어요."

"뭔데, 그게?"

"굉장히 큰 별이 나이를 먹으면 자기 중량을 버텨내지 못하게 돼서 부서지는 거예요. 부서지면 중력 때문에 중심을 향해서 자꾸만 쪼그라들어요. 쪼그라들면 쪼그라들수록 물질이 압축되어 중력이 점점 더 강해지고요. 그게 계속되다 보면 중력이 엄청나게 세져서 빛마저 밖으로 나올 수 없게 되지요. 그러면 밖에서는 안의 모습을 관측할 수 없게 돼요. 그 아무것도 관측할 수 없게 되는 경계를 '사상의 지평면'이라고 해요."

"흐음."

누나는 그렇게만 말했다. 그녀는 우주에 대해선 별로 관심이 없다.

그때 누나가 "어라?" 하는 소리를 냈다. 그리고 숲 쪽을 바라봤다. 나는 재버워크가 나타났나 하고 깜짝 놀랐는데, 숲과 황무지 중간에 서 있는 건 작은 여자아이였다.

"하마모토" 하고 내가 중얼거렸다. "같은 반 아이예요."

"이런 데를 여자아이가 혼자서 돌아다니면 안 되는데."

하마모토는 뭔가 생각에 잠겨 숲과 황무지의 경계를 천천히 걷고 있었다. 그러더니 시영운동장 쪽으로 걸어갔다. 하마모토가 나와 누나를 봤는지 어땠는지는 알 수 없었다.

* * *

교실에서 들은 소문에 관한 메모.

급수탑이 있는 언덕 위에 은색 달이 떠오른다. 그것은 진짜 달이 아니라 유령 달이다. 은색 달의 표면에는 펭귄들이 들락거린다. 그것을 본 아이는 병에 걸린다.

그러니까 밤이 되면 급수탑 언덕을 보지 말 것.

그리고 숲에는 절대로 들어가지 말 것.

* * *

그다음 주, 학교가 끝난 뒤에 나는 우치다와 함께 시립도서관에 갔다.

나는 학교 도서관보다 시립도서관이 좋다. 책도 더 많고 편안한 갈색 소파도 있기 때문이다. 나는 늘 같은 소파에 앉는다. 비밀 은신처같이 책꽂이 그늘에 숨어 있는 소파다. 거기에 앉아 책을 읽다가 얼굴을 들면 세로로 길게 난 유리창 밖으로 안뜰이 보인다. 안뜰에는 은색으로 반짝반짝 빛나는 커다란 예술품이 있다. 뇌를 지나치게 많이 써서 피곤할 때 그 은색 예술품을 바라보면 피로가 풀리면서 내 두뇌가 더 잘 움직일 것 같은 기분이 든다. 나는 책을 읽다가 중요하다 싶은 부분이 있으면 무릎 위에 올려놓은 노트에 작은 글씨로 적어둔다. 그렇게 하면 책을 빌리지 않아도 나중에 중요한 부분을 기억해낼 수 있다.

나는 소파에 앉아 도서관 직원이 권해준 『상대성이론』이라는 책을 읽었다. 치과 선생님이 준 잡지만 갖고는 잘 알 수 없어서 다른 책을 읽고 연구하려는 거다.

나는 책을 읽으며 노트에 '$E=mc^2$'이라고 메모했다. 신기한 식이다.

나는 아버지에게 방정식 이론을 배운 적이 있어서 이 식의 의미를 안다. 초등학교 2학년 무렵까지는 등호 '='을 '답은?'이라고 생각했었다. 예를 들어 '2+2의 답은?'이라고 하듯이. 하지만 그건 잘못이었다. '='은 왼쪽과 오른쪽이 같은 값이라는 의미였다. 아버지가 그 사실을 얘기해줬을 때 마치 천지가 거꾸로 뒤집힌 것 같은 느낌이 들었던 기억이 난다.

우치다는 내 옆 소파에서 펭귄에 관한 책을 읽고 있었다.

"펭귄은 역시 물고기를 먹어." 우치다가 중얼거렸다.

"펭귄은 바다에서 헤엄치는 것이 특기야. 우주 로켓같이 헤엄쳐." 나는 설명했다.

"그 펭귄들도 물고기를 먹을까?"

우치다는 우리 도시에 나타난 펭귄에 대해 얘기하는 거였다. 나는 조금 생각을 해봐야 했다. 글쎄 그 펭귄들은 원래 콜라 캔이었는데. 콜라 캔이 물고기를 먹을까?

"잘은 모르지만, 역시 물고기를 먹겠지" 하고 말하기는 했지만, 나는 자신이 없었다.

"이 근처에는 물고기가 별로 없잖아."

"우리가 본 수로에 작은 물고기가 조금 있었지. 하지만 펭귄들은 배 속이 비었을 가능성도 있어."

"그 펭귄들, 유령이라고 생각하니?"

"유령이라니?"

"소문이 도니까. 유령의 달. 아오야마 너, 들었어?"

"메모했어. 하지만 그건 소문인걸. 우린 몇 번이나 펭귄을 봤지만 병에 안 걸렸잖아. 그 소문에는 구체적인 증거가 아무것도 없어. 그래서 난 무섭지 않아."

"그래. 괜찮을 거야."

우치다는 마음이 놓이는 모양이었다. 내 노트를 들여다보더니 물었다. "그거, 영어니?"

"이건 방정식이야. 수학이라고."

"너, 수학을 할 줄 아는구나. 굉장해."

내가 '$E=mc^2$'에 대해 설명하는데, 우치다가 깜짝 놀란 표정을 짓더니 입을 다물었다. 책꽂이 사이에 있는 통로 저편에 하마모토가 서 있었다. 그 애를 시립도서관에서 보는 건 처음이었다. 밤색 머리가 반짝반짝 빛났다. 책을 가슴에 꼭 끌어안고 있다. 그 애는 아직 어른이 아니니까 유방은 존재하지 않는다.

하마모토는 통로를 빠져나와 이쪽으로 걸어왔다.

하마모토가 내 노트를 들여다보고 '상대성이론'이라고 중얼거리는 소리를 듣고 나는 무척 놀랐다. 나 말고도 상대성이론을 아는 초등학생이 있을 줄은 몰랐다.

"그 책, 나도 읽었어. 아오야마 넌 이해가 돼?"

"조금 어려워. 아직 이해가 안 돼."

"나도. 어려워."

하마모토가 가슴에 안고 있는 건 해양학 책이었다.

그 애는 우치다가 읽고 있는 책을 가리키며 "펭귄!" 하고 씩 웃어 보인 후, 그대로 쓱쓱 걸어갔다. 나와 우치다가 뒷모습을 바라보고 있자니 책꽂이 건너편으로 사라지기 직전,

이쪽을 돌아보고 아인슈타인의 사진처럼 혀를 날름 내밀었다. 물론 그 애의 행동은 아인슈타인보다는 조금 얌전했다.

"하마모토는 별난 애야." 우치다가 말했다.

"응. 별나긴 하지만 훌륭해."

"응, 그래. 나도 그렇게 말하려고 했어. 별나다고 하면 흉보는 거 같으니까."

내가 이렇게 책을 읽거나 노트를 적거나 탐험하거나 하는 동안에도 어딘가에는 하마모토처럼 연구하는 애가 있는 거다. 나는 내가 이 도시에서 가장 훌륭한 초등학생이 아닐까 하고 생각했던 사실을 반성했다. 어쩌면 하마모토가 더 훌륭할지도 모른다. 방심하면 안 되겠네, 하고 생각했다.

이처럼 교만한 마음을 갖지 않는 것이 나의 훌륭한 점이다.

* * *

아버지의 3원칙에 대하여.

아버지는 나에게 문제 푸는 법을 가르쳐줄 때 세 가지 도움이 되는 생각을 가르쳐줬다. 나는 그것들을 노트 표지 뒷면에 써서 언제라도 볼 수 있게 해놓았다. 그건 수학 같은 문제를 풀 때 도움이 된다.

▷ 문제를 작은 문제들로 쪼갠다.

▷ 다른 각도에서 문제를 바라본다.

▷ 닮은 문제를 찾는다.

나는 펭귄 하이웨이 연구를 크게 두 가지로 나눌 수 있다고 생각했다. '누나'와 '펭귄'이다. 나는 누나를 좋아해서 누나를 연구하는 것만 생각했었다. 그래서 막혀버린 거다. 관점을 바꾸면 이 수수께끼는 펭귄들의 수수께끼이기도 하다. 펭귄에 대해 좀 더 연구해야 한다.

그리고 나는 닮은 문제도 찾아야 한다.

하지만 이건 매우 보기 드문 문제다. 닮은 문제가 있기나 할까.

* * *

프로젝트 아마존.

나와 우치다는 초등학교 뒤에 있는 수로를 따라 저수지까지 가는 탐험을 한 번 더 해보기로 했다. 그날은 습하고 기온이 높아 갑자기 여름이 온 것 같았다. 수로 주변에서 번식하는 식물들도 쑥쑥 커가는 것 같았다.

우치다는 그날 말이 없었다. 그럴 때면 나도 과묵해지는 연습을 한다. 스물네 시간 과묵한 상태로 있는 건 괴롭지만 두 시간쯤이면 견딜 만하다. 나는 입을 다문 채 꽉 막힌 펭권 하이웨이 연구에 대해 이리저리 생각해보면서 풀을 헤치고 앞으로 걸어갔다.

우리는 한 번 더 저수탑까지 왔다. 전날 비가 내렸기 때문에 물의 양이 조금 늘어난 것 같았다. 우리는 저수지 가장자리를 걸어 물이 흘러 들어오는 수로 입구까지 갔다. 거기에도 펜스가 쳐져 있다.

지난번에 우리는 여기서 탐험을 중지했었다. 오늘은 좀 더 앞쪽까지 가볼 거다.

우리는 펜스를 넘어 수로 옆으로 난 좁은 길을 걸어갔다. 거기도 조릿대로 뒤덮여 있어서 어두컴컴했다. 이윽고 조릿대 덤불에서 벗어나자 대나무 숲에 둘러싸인 논이 여러 이랑 줄지어 있는 장소가 나왔다. 논 사이로 포장도로와 수로가 굽이굽이 지나갔다. 군데군데 쇠로 된 작은 수문도 있었다. 논에는 물이 차 있었지만 아직 아무것도 심어놓지 않았다.

"타임슬립 한 것 같아."

우치다가 겨우 입을 열었다.

"하지만 저기에 쇼핑센터가 있어." 나는 대나무 숲 너머를 가리켰다. 거기에는 우리가 주말이 되면 쇼핑하러 가는 큰 쇼핑센터가 대나무 사이로 언뜻언뜻 보였다.

우리는 논 사이를 빠져나갔다. 무더위에 땀이 흘렀다.

도중에 신기하게도 한 줄기 길이 포장도로에서 갈라져 나와 논을 가로질러 갔다. 양쪽으로 소나무가 줄지어 서 있는 그 길을 따라가니 대나무 숲에 둘러싸이다시피 한 신사가 나왔다. 우리는 신사 도리이(신사의 경내로 들어가는 입구를 나타내는 관문—옮긴이) 아래 있는 돌계단에 기지를 만들고 차가운 홍차를 마시며 땀을 닦았다. 반짝반짝 은색으로 빛나는 보온병은 우주 공간에서 실험에 사용하는 도구 같았다. 우리는 새로 만들기 시작한 지도에 이 신사를 그려 넣었다.

"봐봐, 이제 스즈키에게 뺏긴 지도보다 더 최신인 게 됐어."

"그러네." 우치다가 기뻐했다.

"걔네들은 지도를 봐도 이 신사가 있다는 걸 모를 거야."

우리는 휴식을 끝내고 다시 논 가운데를 걷기 시작했다. 대나무 숲에 둘러싸인 논 건너편에 차도가 보였다. 차도로 큰 트럭과 자동차가 지나갔다.

"아오야마, 스즈키를 해치워." 불쑥 우치다가 말했다. "그리고 아오야마 제국을 만들어."

"난 아오야마 제국은 안 만들어. 난 황제가 되고 싶지 않거든. 게다가 아오야마 제국을 만들면 이렇게 우리 둘이서 자유로이 탐험하는 것도 불가능해."

"그렇구나." 우치다는 조금 생각한 뒤에 말했다. "나도 역시 지금 이대로가 좋아."

이차선 도로에는 차들이 제법 많이 지나다녔다. 국도다. 수로는 그 국도 밑의 터널을 지나 건너편으로 이어졌다. 우리는 캄캄한 터널을 조심조심 지나갔는데, 다행히도 보행자용 길이 따로 나 있었다.

터널 건너편으로 빠져나가자 수로는 주차장에 막혀 오른쪽으로 커브를 틀었다. 우리는 멈춰 서서 황폐해진 주차장을 관찰했다. 커다란 자동차가 부서진 채로 버려져 있었다. 주차장은 국도변에 있는 레스토랑의 것인 듯했는데 레스토랑도 폐허가 되어 있었다. 이 레스토랑은 우리 도시가 만들어지기 훨씬 전부터 이곳에 있었을지도 모른다. 일본의 성 모양으로 만든 훌륭한 지붕에는 까마귀가 앉아 있었다.

"우리, 너무 멀리 왔나 봐." 우치다가 불안한 목소리로 말했다.

수로는 주차장과 레스토랑 뒤로 계속 이어졌고, 수로 주위에는 지금까지와 마찬가지로 식물이 우거져 있었다. 까마귀 울음소리가 들릴 때마다 우치다는 내 옷을 꽉 붙잡았다.

나는 "이 수로는 어디까지 가는 걸까?" 하고 중얼거렸다. "세계의 끝에 가 닿는 건가?"

"세계의 끝?"

"난 늘 그런 느낌이 들어. 아버지랑 드라이브 갈 때도 이 길을 달리다 보면 세계의 끝이 나올 것 같은 느낌이 들어."

"거긴 어떤 곳인데?"

"몰라. 하지만 아무것도 없는 텅 빈 장소란 건 분명해. 거기에는 세계의 끝을 관측하는 작은 연구소가 있는데, 아무도 더 이상은 앞쪽으로 나아갈 수 없어. 이게 내가 상상하는 세계의 끝이야."

"무서운 곳이네."

"난 별로 무섭다고 생각하지 않아. 있다면 가보고 싶어."

이 도시로 막 이사 왔을 때, 나는 일곱 살이었다.

지금이야 우치다와 탐험을 하거나 아버지와 드라이브를 다녀오기도 해서 내가 사는 세상이 넓다는 걸 안다. 하지만 당시의 내 세계는 매우 작았다. 넓디넓은 공터 안에 오도카니 서 있는 우리 집이 나한테는 세계의 끝을 관측하는 연구소처럼 보였다. 아기 때부터 살던 현 경계에 있는 도시에서 정말 멀리까지 이사 온 거라고, 일곱 살인 나는 생각했다. 여기는 세계의 끝자락이고 저 언덕을 넘으면 거기엔 정말 세계의 끝이 있는 것이다. 나한테는 세계의 끝을 탐험할 책임이 있다.

그래서 나는 일요일이면 아침 일찍 혼자 일어나 거리를 탐험했고, 세계의 끝이 좀 더 멀리 있다는 걸 안 지금도 이렇게 우치다와 함께 탐험에 나서고 있다.

"아오야마, 넌 정말로 이 물이 세계의 끝에서 흘러온다고 생각하니?"

"사실은 그렇게는 생각 안 해." 내가 말했다. "내 말은 그렇다면 좋겠다는 거야."

"하긴 지구는 둥글잖아." 우치다가 말했다. "지구에 끝은 없지."

"그래. 그러니까 진짜 세계의 끝은 우주 저 멀리에 있을 거야."

그래도 내 안의 또 다른 나는 그렇지 않다고 느낀다. 지구가 둥글다는 건 알고 있지만 역시 세계의 끝 같은 장소가 우리가 걸어갈 수 있는 어딘가에 있을지 모른다는 느낌이 든다. 왠지는 모르겠다. 이런 느낌을 잘 설명할 수 없다는 게 안타깝다.

우리는 다시 침묵에 잠겨 수로를 따라 걸어갔다. 수로를 뒤덮듯 우거져 있던 수풀이 갑자기 사라지고 주위가 밝아졌다. 새로 만든 녹색 펜스가 수로를 따라 뻗어 있었다. 주변에는 나무를 베어 땅을 고르게 한 지 얼마 안 되는, 아직 집을 짓지 않은 빈터가 펼쳐져 있었다. 딱 우리 도시가 만들어지기 전 같은 경치였다. 그런데 뜻밖에도 바로 그 빈터에 서자 내가 늘 가는 쇼핑센터 뒤편이 눈에 들어오는 것이었다. 나는 오랜만에 사람이 사는 세계로 돌아온 기분이었다.

나와 우치다는 쇼핑센터의 푸드코트에 들어가 캔 주스를

사서 벤치에 앉아 마셨다. 큰 탐험이 끝난 뒤에 캔 주스를 사서 마시면 어른이 된 것 같은 기분이 든다.

우치다는 주스를 마시며 생각에 잠겨 있었다.

우치다는 "아오야마" 하고 나를 불러놓고는 한동안 아무 말도 하지 않았다. 나는 그럴 때 그 애를 재촉하지 않는다. 나는 골똘히 생각하고 있을 때 누가 옆에서 재촉하는 걸 좋아하지 않는다. 내가 좋아하지 않는 건 남에게도 하지 말아야 한다.

우치다는 드디어 "으음, 좋아" 했다. "말해야겠어."

"뭘?"

"남몰래 펭귄을 연구하고 있어. 아오야마 널 흉내 내서."

"그래? 우치다 너도?"

"사실 난 신기한 걸 발견했어. 쭉 비밀로 하고 있었는데 나 혼자서는 더 이상 연구를 진전시킬 수가 없어. 다른 사람에게 물어보는 건 싫지만 아오야마 너라면 괜찮을 거 같아."

"어떤 식으로 연구했는데?"

우치다는 목소리를 죽이고는 매우 자랑스러운 듯 말했다.

"난 펭귄을 키우고 있어."

* * *

우치다는 올해 3월에 현 경계에 있는 도시에서 이사 왔다.

우치다의 아버지는 매일 전철을 타고 현 경계의 산을 뚫은 터널을 지나 회사로 간다. 그 회사는 두 개의 운하 사이에 끼어 있는 작은 섬에 있다고 한다. 우치다의 아버지도 우리 아버지와 마찬가지로 아침에는 짙푸른 하늘 아래 버스정류장에서 버스를 기다리고 완전히 어두워진 밤에 주택가로 돌아온다. 우치다의 아버지와 우리 아버지가 같은 버스를 탈 수도 있다는 건 멋진 일이다.

내가 이 도시로 왔을 때 우치다가 사는 아파트는 아직 존재하지 않았다. 도시는 우리가 이사 온 뒤부터 굉장한 기세로 발전했다. 일요일마다 세계의 끝을 찾아 탐험을 하던 무렵, 나는 언덕 중턱에 세워지고 있던 우치다의 아파트를 봤을 수도 있다.

나는 우치다의 아파트에 갔다.

그 애의 비밀을 보기 위해서다.

아파트 옥상에는 비 냄새를 품은 바람이 불었다. 옥상에 둘러쳐진 높은 펜스 너머로 우리 도시가 펼쳐져 보였다. 회색으로 얼룩진 하늘의 갈라진 구름 틈새로 물색 하늘이 얼굴을 내밀었다. 우리 집과 오리너구리 공원, 급수탑이 있는 언덕도 보였다.

내가 경치를 바라보는 동안 우치다는 어디론가 가더니 천천히 걸어 돌아왔다. 그 뒤로 우치다를 어미로 착각하는지 작은 펭귄이 아장아장 뒤따라 걸어왔다. 펭귄은 걷다 말고 무슨 생각이 떠오른 듯 멈춰 섰다. 우치다가 뒤돌아서서 몸을 흔들흔들하자 펭귄도 같이 몸을 흔들흔들했다. 우치다와 아주 친해진 모양이었다.

잠시 후에 펭귄은 다시 걸어와 내 옆에 서서 가슴을 쑥 내밀었다.

"아파트 주차장에서 발견해가지고 여기 숨겨뒀어." 우치다가 자랑스럽게 말했다.

"남의 눈에 안 띄게 잘 숨겼네."

"사람이 오면 숨어."

"굉장히 똑똑한 펭귄이구나."

"그래. 내가 키우는 중이야." 우치다는 쪼그리고 앉아 펭귄을 마주 봤다.

그 애가 손가락으로 배를 만져도 펭귄은 부리를 조금 움직이고 만다. 끼익끼익 울지도 않고 집에서 키우는 고양이처럼 목을 가랑가랑하지도 않는다. 계속 먼 곳을 보고 있다. 남극을 생각하고 있는지도 모른다. 펭귄에게 이곳은 낯선 장소인 거다. 만약 내가 혼자 남극에 가서 펭귄들에게 둘러싸여 있다면 외롭겠지. 워낙에 난 남극의 추위를 견뎌내지도 못할 테지만.

그런 생각을 하다가 난 그 펭귄이 콜라 캔에서 태어났다는 사실을 기억해냈다. 이 펭귄은 남극을 모른다. 그들의 어머니는 누나고 그들의 고향은 이 도시다.

"나 고민 중이야."

우치다가 펭귄을 보며 말했다.

"이 펭귄은 밥을 안 먹어. 여기에 온 뒤로 계속 아무것도 안 먹었어."

"그건 큰일이네."

"응. 도서관에서 읽은 책에는 물고기를 먹는다고 쓰여 있었지만 물고기를 줘도 안 먹어. 햄이니 오이니 주먹밥이니 이것저것 다 줘봤지만, 아무것도 안 먹어. 눈앞에 맛있는 것이 있어도 계속 먼 곳만 쳐다봐."

"하지만 이렇게 살이 쪘고 건강하잖아."

"그러게 말이야…… 아오야마 넌 왜 이런 건지 알겠니?"

우치다의 실험은 상식을 배반하는 거였다. 누나가 만든 펭귄들은 파닥파닥 날개를 움직이며 아장아장 불안하게 걷는다. 그런 활동을 하기 위해서는 반드시 에너지가 필요하다. 만약 펭귄들이 밥을 먹지 않는다면 다른 방법으로 에너지를 얻고 있다고 생각할 수밖에 없다. 미지의 에너지 E=펭권에너지다. 난 노트를 꺼내서 '펭귄에너지'라고 썼다.

펭귄이 아장아장 돌아다니기 시작했다. 우치다 주위를 위성처럼 돈다. 우치다는 흥분한 표정이었다. "이거, 수수께끼지?"

"펭귄에너지. 무척 흥미로운 수수께끼인걸. 연구해볼게."

"상대성이론하고 관계가 있을까?"

"그건 아직 몰라."

우치다는 펭귄의 머리에 손을 올려놓았다. "여기 펭귄이 있다는 건 비밀로 해줄래?"

"약속할게. 난 비밀을 지키는 사람이야."

* * *

토요일 밤, 난 해변의 카페로 갔다.

해변의 카페에서 새어 나오는 불빛이 멀리서부터 보였다. 다가가니 다른 손님의 모습은 없고 창가에 턱을 받치고 있는 누나의 모습만 보였다. 아마도 공부는 벌써 끝났을 거다. 내가 카페 안으로 들어갔는데도 누나는 여전히 턱을 괸 채 눈을 감고 있었다. 카페의 불빛이 누나의 뺨을 비췄다. 보통 때보다 훨씬 하얘 보였다. 테이블에는 『거울 나라의 앨리스』라는 책이 놓여 있었다. 재버워크가 나오는 책이다. 나는 누나가 깰 때까지 그걸 읽었다. 칼을 든 소년과 재버워크가 싸우는 그림을 처음으로 봤다. 이것이 누나가 말한 재버워크이고, 이런 생물이 숲속 깊은 곳에 숨어 있다면, 난 두 손 들고 말 거라는 생각이 들었다. 도저히 이길 수 있을 것 같지 않았다. 난 노트를 펼쳐 재버워크의 그림을 그렸다. 제법 잘 그렸다고 생각한다.

누나가 반짝 눈을 떴다. "미안, 소년. 잠깐 잠이 들었어."

"졸려요?"

"그래, 잠이 부족해. 잠이 들었다 하면 무서운 꿈을 꾸거든."

"무슨 꿈인데요?"

누나의 꿈은 이런 거였다.

누나는 치과 대합실 소파에 앉아 있다. 접수 테이블에는 작은 불이 켜져 있지만 사람은 아무도 없다. 이제 곧 날이 밝으려는 듯 어슴푸레한 대합실 창문으로 푸른빛이 새어 들어온다. 대합실 구석에 놓인 관엽식물이 이상한 모양을 하고 있다. 플라스틱 튜브 비슷한 것이 화분에 서 있는데 끝이 나팔같이 크게 벌어져 있다. 왠지 누나는 그것이 먼 옛날에 멸종한 식물이라는 걸 알고 있다. 누나 옆에 누군가가 앉아 있다. 누나는 처음에는 그게 나라고 생각한다. 하지만 거기에 앉아 있는 건 아이라고 하기엔 너무 크다. 하얀 몸은 젖어서 미끈미끈하다. 얼굴은 보이지 않는다. 그건 재버워크였다. 재버워크는 작은 거품이 터지는 것 같은 소리로 뭔가를 중얼거리고 있다. 무슨 말을 하는지 알 수가 없다. 누나는 어서 빨리 대합실에서 나가고 싶지만 아무도 불러주지 않아 나갈 수 없다.

"그런 꿈이야. 정말 싫어."

"누나는 그 대합실에서 뭘 기다리고 있는 거예요?"

"몰라."

나도 누나를 꿈에서 본 적이 있었다. 누나가 캄브리아기의 해변에 서서 돌로 고래를 만드는 꿈이었다.

"너도 괴상한 꿈을 꾸는구나. 난 고래 같은 거 안 만들어."

누나는 한동안 말없이 멍하니 있었다.

"누나, 지금 졸리죠?" 내가 말해봤다.

"응. 졸려."

나와 누나는 체스를 했다. 나는 조금 전에 읽어본 『거울나라의 앨리스』에 대해 이야기했다. "체스의 세계에 대한 얘기죠?"

"그래서 읽어보려고. 앨리스는 처음에는 폰이었다가 마지막에는 여왕이 돼."

"난 나이트가 좋은데."

"그렇게 한달음에 어른이 되려는 꿍꿍이구나?"

누나는 나에게 체스를 가르쳐준 사람인데 본인은 체스 말을 놓는 방법을 틀리기도 하니 참 문제다. 그래서 나는 누나가 손가락으로 쥔 말을 어떻게 움직이는지 유심히 바라봐야 한다. 누나의 명예를 위해서. 누나가 스즈키같이 교활한 짓을 하기 위해 그러는 건 아니라는 걸 밝혀둔다. 누나도 깜빡하는 경우가 있는 거다.

누나가 몸이 안 좋아 보여서 걱정됐다. 누나의 상태가 나빠지는 것과 펭귄들이 출현한 것 사이에 무슨 관계가 있는 건 아닐까. 예를 들어 '펭귄을 만드는 행위는 누나의 건강을 해친다'는 가설을 세울 수 있다. 우치다의 실험에서 펭귄에너지라는 걸 추측해봤다. 어떤 시스템으로 펭귄이 에너지를 얻게 되는지는 수수께끼다. 어쩌면 펭귄들은 누나의 에너지를 사용해서 살고 있는지도 모른다.

"누나는 펭귄을 만들지 않는 게 좋겠어요."

나는 작은 소리로 말했다.

"왜?"

"그 탓에 건강이 안 좋아졌는지도 모르잖아요."

"그럴지도 모르지. 하지만 난 펭귄 만드는 게 정말 좋은데."

누나는 살짝 웃었다. "넌 뭘 만들어줬으면 하니?"

"박쥐요. 흰긴수염고래는 안 돼요."

"깔려버릴까 봐?"

"나 진심이에요. 걱정이 된단 말이에요."

"고마워."

그때 갑자기 카페의 전기가 나가면서 실내가 캄캄해졌다. 무슨 일이 일어났는지 알 수 없었다. 누나가 "뭐지?" 하고 중얼거렸다. 창밖의 거리도 캄캄했다.

카운터 너머에서 컵을 정리하고 있던 야마구치 씨가 부스럭부스럭 소리를 내며 어둠 너머로 "정전인가?" 하고 말했다.

"아오야마, 무섭니?" 누나가 물었다. 어둠 속에서 누나의 목소리는 무척 부드럽게 들렸다.

"난 정전이 무섭지 않아요. 단, 졸려서 잠들 것 같은 게 문제예요."

"캄캄하니까 이거 영 아무것도 못 하겠네."

"박쥐라면 괜찮을 텐데. 걔들은 초음파를 써서 보니까."

나는 어둠 너머에 있는 누나의 얼굴을 보려고 했다. 눈을 크게 치켜떴지만 소용없었다. 그래서 가만히 앉아 있는데 바람이 솔솔 불어와 얼굴을 쓰다듬었다. 얼굴을 천천히 숙였더니 바람은 체스 판 위에서 불어오는 거였다.

"신기한 현상이 일어나고 있어요."

"나도 알아."

체스 판 위에서 발생한 바람은 점점 세게 불었고 어느 순간 톡톡톡 하고 큰 거품이 터지는 소리가 계속해서 났다. 바람이 한층 커지더니 순간 뭔가 날갯짓하는 것이 체스 판에서 흘러나오듯이 날아올랐다. 누나는 비명을 지르며 몸을 피했고, 야마구치 씨가 "뭐야, 뭐야?" 하고 외쳤다. 어안이 벙벙해 있는 내 얼굴 위로 체스 판에서 차례차례 날아오르는 검은 바람이 스쳐 지나갔다.

정전이 끝나고 불이 돌아왔을 때는 체스 판 위에 우리가 놓아두었던 말들이 하나도 없었다. 대신 수많은 박쥐들이 천장의 창문 옆에 매달아놓은 흰긴수염고래 주변을 날아다니고 있었다. 야마구치 씨가 "어디서 들어온 거지?" 하고 놀랐다.

누나 자신도 놀랐다. "만들어졌어" 하고 작은 소리로 속삭였다.

"어떤 구조예요?"

"몰라. 수수께끼를 푸는 건 네 임무야."

"그랬지요."

누나와 나는 새끼손가락을 걸었다.

그때 나는 처음으로 누나의 손가락을 만져봤는데 치과에서 내 입으로 들어오는 손가락하고는 전혀 다른 느낌이었다. 당장이라도 부러질 것같이 가늘었고 유리같이 차가웠다.

* * *

일요일에 가족이 다 함께 쇼핑센터에 갔다.

쇼핑센터는 우리가 이 도시로 이사 오고 나서 생겼다. 주말이 되면 유원지처럼 북적이고 언제 봐도 레고 블록처럼 번쩍거린다. 무척 크다. 카페, 레스토랑, 부티크, 가전제품 매장, 서점, 영화관까지 있어서 쇼핑센터 안이 마치 하나의 도시 같다. 미래의 우주정거장도 이런 식으로 되어 있을까.

우리는 어머니와 여동생, 아버지와 나 두 팀으로 갈라졌다. 한 시간 후에 맨 위층 레스토랑에서 만나기로 했다. 여동생은 새 옷을 사달랄 거라며 신이 났다.

아버지와 나는 문구점에 갔다.

우리는 문구를 좋아해서 한 달에 한 번은 문구점에 간다. 거기서 컴퍼스와 자, 그리고 색색가지 노트를 보며 시간 가는 줄 모른다. 아버지는 늘 가까이에 커다란 노트를 두고 여러 가지를 적는다. 낙서를 할 때도 있다. 아버지는 그 노트가 맘에 들어 거실에서도 보고, 해변의 카페에 갈 때도 반드시 가지고 간다. 아버지처럼 되려면 반드시 자신의 노트를 가져야 한다. 그래서 아버지에게 처음으로 모눈 노트를 사달라고 해서 사용 방법을 배웠을 때는 무척 기뻤다. 나도 이제 아버지처럼 훌륭한 사람이 된 거야, 하고 생각했다.

내가 쓰는 노트는 짙은 회색 선으로 모눈이 인쇄된 링노트다. 아버지가 사용하는 노트보다 작아서 어디든 가져갈 수 있다. 종이는 조금 두껍고 매끈매끈해서 볼펜으로 글씨를 많이 써도 손이 피곤하지 않다. 마음에 드는 노트에 뭔가를 쓰는 건 무척 즐거운 일이므로 나는 어떤 거라도 노트에 쓴다. 내가 초등학생 수준을 뛰어넘어 두각을 나타내고 있는 건 이 노트 덕분이다.

"어느 걸로 할래?"

아버지는 늘 같은 노트를 산다. 그래서 나도 그렇게 한다.

우리는 서점을 둘러본 후에 맨 위층 레스토랑에 갔다. 어머니와 여동생이 오기를 기다리면서 나는 새로 산 노트를 봉지에서 꺼내 아무것도 쓰여 있지 않은 페이지를 펼쳐봤다. 이 페이지에 내가 발견한 것이나 조사한 것이나 생각한 것을 쓸 것이다. 내 연구 성과가 내가 직접 쓴 글씨로 노트에 쌓여가는 걸 보는 것은 멋진 일이다. 지금 당장이라도 뭔가를 쓰고 싶어졌다.

나는 레스토랑의 창문 너머로 밖을 봤다. 쇼핑센터 뒤로 원래는 숲이었던 곳에 나무를 베어내고 고른 땅이 펼쳐져 있었고 나와 우치다가 더듬어 간 수로도 보였다. 쇼핑센터에 올 때마다 그쪽을 쳐다봤을 텐데, 우치다와 함께 걷지 않았다면 그 속에 수로가 있는지도 몰랐을 거다. 나는 아직 모르는 것이 많다.

"아버지, 여기 굉장히 어려운 문제가 있다고 쳐요."

"응, 그래." 아버지는 웃음 지었다. "굉장히 어려운 문제가 있다고 칠까?"

"그리고 아버지의 세 조건을 써서 그 문제를 푼다고 쳐요."

"뭐였더라. 문제를 나누어 작게 만들 것. 보는 각도를 바꿀 것. 비슷한 문제를 찾을 것."

"그래요. 하지만 그것만으로는 알 수 없을 때도 있죠?"

"물론 그 밖에도 여러 가지 생각법이 있어. 아주 많지."

"예를 들면 어떤 거예요?"

아버지는 고개를 갸우뚱하고 새 노트를 손에 쥐었다. 마치 거기 쓰여 있는 소중한 것을 읽고 있는 것처럼 아버지는 노트를 넘기며 말했다. "예를 들어 집에 돌아가서 형광등을 켠다고 해. 스위치를 눌렀는데 불이 들어오지 않아. 이건 하나의 문제야. 자, 넌 어떻게 생각하니?"

"스위치가 고장 났어요."

"그럴지도 모르지. 만약에 그렇게 생각한다면 네가 풀어야 할 문제는 '스위치가 고장 났다'는 것이 되지. 하지만 예를 들어 어젯밤같이 도시가 정전이 됐다면 어떨까. 그렇다면 형광등이 안 들어온 건 스위치가 고장 났기 때문이 아니지. 스위치가 고장 났다고 생각하고 스위치를 열심히 연구해봤자 답을 얻지는 못해."

"문제는 스위치가 아니니까요."

"그래, 우선 문제가 무엇인지를 잘 알아야 해."

"나라면 다른 방의 전깃불은 혹시 켜지는지 알아볼 거예요."

"그것도 하나의 방법이야. 다른 방의 전깃불도 들어오지 않으면 전류 차단기에 문제가 있는 건지도 모르지. 하지만 그걸로 해결이 되지 않을 수도 있어. 그럼 옆집은 어떨까…… 하는 식으로 조사해가다 보면 진정한 문제가 무엇인가 하는 걸 차차 알게 되겠지?"

"잘 알겠어요."

"이건 가장 중요하면서도 가장 어려운 일이기도 해. 수학 문제라면 문제가 눈앞에 쓰여 있지. 하지만 실제 상황에서는 뭐가 문제인지부터 찾아내야 해. 정전인 걸 모르고 스위치만 조사하는 경우가 있을 수 있단다."

"아버지도 틀릴 때가 있나요?"

"물론 있지. 누구라도 다 그래."

아버지는 조용히 말했다. "'문제가 무엇인가'를 알게 되는 건 대부분 몇 번 틀리고 나서야. 하지만 훈련을 쌓은 사람은 뭐가 문제인지를 점차 더 빨리 찾아내게 되지."

나는 그걸 새 노트에 썼다.

＊＊＊

나는 문제를 잘 알아야 한다.

▷ 누나는 어떻게 콜라 캔으로 펭귄을 만들 수 있을까?

▷ 누나는 어떻게 체스 말을 박쥐로 만들 수 있을까?

▷ 누나는 어째서 펭귄이나 박쥐를 만들기도 하고 못 만들기도 할까?

▷ 펭귄에너지란 무엇일까?

▷ 누나의 능력과 건강은 서로 관계가 있을까?

＊＊＊

펭귄 하이웨이 연구에 아무 진전이 없는 채로 6월이 왔다.

학교는 평화로웠다. 스즈키네 패거리와 크게 다투는 일도 없었다.

스즈키네 패거리는 우리에게서 빼앗은 지도를 가지고 탐험을 하느라 정신이 없는 것 같았다. 그들은 마치 자신들이 발견한 것처럼 교실에서 지도를 자랑했다. 스즈키가 우리처럼 수로를 따라 가는 탐험대를 조직했다는 말을 들었을 때, 우치다는 완전히 풀이 죽었다. 하지만 얘기를 잘 들어보니 스즈키네는 탐험을 우리와 반대 방향으로 하고 있었다.

“그렇다면 괜찮아. 걔네들은 수로 아래로 가면서 탐험을 하고 있잖아. 마주칠 걱정도 없어.”

“하지만 스즈키네는 교활해. 우리가 발견한 수로인데.”

“우치다, 우리는 어디까지나 수원을 찾기 위해 탐험을 하고 있는 거라고. 양쪽 방향을 동시에 탐험할 수는 없어. 스즈키네 패거리가 우리 대신 탐험을 해준다니까 좋잖아.”

“너는 화를 안 내는구나.”

“유방을 생각하니까.”

수로가 어디로 흘러가는지, 나도 직접 조사해보고 싶었다. 하지만 이미 진행 중인 다른 연구가 많다. 비록 내가 훌륭한 초등학생이긴 하지만 너무 많은 일에 손을 대는 건 옳지 않다. 프로젝트 아마존과 펭귄 하이웨이 연구만으로도 초등학생으로서는 훌륭하다 할 수 있다. 게다가 나는 스즈키 제국에 대한 연구도 시작했다. 지금은 내버려두자. 나중에 스즈키네 패거리와 화해할 수 있다면 우리의 지도가 더욱 충실해질 테니 괜찮을 거야, 하고 생각하기로 했다.

스즈키 제국 황제인 스즈키는 하마모토에게 체스를 지고 나서부터 제국 내에서 누군가가 체스를 하는 것을 좋아하지 않게 되었다. 하지만 하마모토는 그런 데 신경 쓰지 않고 반 아이들 전체와 체스를 했다. 그리고 나를 뺀 모두에게 승리했다.

그 애는 무척 똑똑해서 체스를 잘한다. 나 역시 무척 똑똑해서 체스가 세다. 그래서 마침내 우리가 시합을 하게 되었을 때는 반 아이들이 모두 다 모여들었다. 스즈키도 남몰래 구경했을 정도다. 내 나이트의 활약으로 초콜릿 공장의 로봇처럼 움직이던 하마모토의 손이 멈칫했을 때 구경하던 반 아이들은 한꺼번에 한숨을 내쉬었다. 스즈키가 "해치워, 아오야마" 하고 말했다.

"쉿! 조용!"

하마모토가 손가락을 세워 스즈키의 입을 다물게 했다.

그 애는 온 정신을 집중해서 체스 판을 노려봤다. 평소에는 하얗던 뺨이 그날만큼은 빨개졌다. 흘러내리는 밤색 머리카락을 훗 하고 불어 올렸다. 마치 체스 판이 초콜릿 상자이기라도 한 양 당장이라도 먹어치울 듯이 노려봤다.

정확히 말하자면 내가 이긴 건 하마모토가 깜빡 실수를 했기 때문이다. 사실은 누가 이겨도 이상하지 않을 상황이었다. 그 정도로 백중세였다.

아주 흥미로운 게임이었다. 하마모토도 재미있었을 거라고 생각한다. 그건 그 애가 시합이 끝난 뒤에도 분해하는 것 같지 않았고, 뺨을 붉게 물들이며 웃는 얼굴로 나에게 악수를 청했기 때문이다. 우리는 호적수였다.

"아오야마, 다음에 또 하자." 하마모토가 말했다.

"좋아" 하고 내가 말했다.

누나와 해변의 카페에서 체스를 할 때 나는 하마모토와 벌였던 시합에 대해 얘기했다. 처음에 나에게 체스를 가르쳐준 건 누나니까 칭찬해줄 거라고 생각했다. 하지만 누나는 "져주었으면 좋았을걸" 하고 말했다. "어른스럽지 않군, 소년."

"난 어른이 아니니까요." 내가 반론했다.

"자기한테 유리할 때만 아이인 척하네. 지금도 나한테 져주고 있는 거지?"

만날 때마다 누나는 "펭귄 하이웨이 연구는 어때?" 하고 물어 나를 난처하게 했다. 너무 놀려대서, 모든 수수께끼의 답을 다 알고 있으면서 일부러 모르는 척하는 게 아닐까 하는 생각이 들었다. 하지만 나는 그런 생각을 결코 입 밖에 내서 말하지 않았다. 그런 말을 하면 누나는 분명 화를 낼 것이다.

"소년, 이 수수께끼를 풀 수 있겠니?"

"누나는 재미있어서 이러는 거죠?"

"그래, 재미있어. 그게 뭐?"

"이건 굉장히 어려운 문제예요. 그러니까 연구에 시간이 걸린다고요."

"빨리, 빨리 해줘."

누나는 이런 말을 했다.

"수수께끼를 빨리 풀지 않으면 바다에 안 데려갈 거야."

* * *

누나는 해변의 도시에서 왔다고 했다.

그곳은 바다 바로 옆까지 와 닿은 산이 있고 도시의 중심가에서 바다로 내려가는 수많은 언덕길이 있다.

누나는 높은 지대에 있는 집에서 바다를 바라보며 살았다. 창문으로 바닷바람이 불어 들어오고 책꽂이, 옷, 침대에서는 늘 바다 냄새가 났다. 그래서인지 누나는 지금도 자신의 몸에서 바다 냄새가 난다고 했다. 그 말을 듣고 누나의 팔 냄새를 맡아봤지만, 그냥 좋은 냄새가 날 뿐, 그게 바다 냄새인지 아닌지는 알 수 없었다. 아쉽게도 나는 아직 한 번도 바다에 가보지 못했다.

누나는 "언젠가 바다에 데려가줄게"라고 했다. 누나의 아버지와 어머니는 지금도 그 해변 도시에 사는데 날 데려가면 기뻐할 거라고 했다. 그래서 우리는 바다에 가자는 약속을 했다. 생명은 바다에서 태어났으니까 나는 인류의 한 사람으로서 바다에 대해서도 연구해야 한다.

내가 새 기찻길이 깔린다는 얘기를 들은 건 올해 들어서였다.

현 경계에 있는 산 너머에서부터 기찻길이 뻗어와서 우리 도시에 새로운 역이 생긴다고 한다. 아직 계획 단계이므로 언제 완성될지는 알 수 없다고 아버지가 말했다. 그 기찻길이 누나가 태어난 도시도 통과한다는 말을 들었을 때 나는 기뻤다. 누나와 함께 바다로 갈 때 매우 편리할 터였다.

누나와 체스를 하면서 나는 새로운 기찻길 얘기를 했다.

"그 기차를 타면 바로 바다로 갈 수 있겠네."

누나가 말했다. "……그렇다면 여기도 해변 도시가 되는 거야."

흐음, 하고 나는 생각했다.

당시 나와 누나는 체스를 하게 된 지 얼마 안 됐고 우리가 체스를 하는 카페는 아직 '해변의 카페'라는 이름이 아니었다. 카페 주인 야마구치 씨가 카페의 이름을 어려운 외국어로 지어놓아서 나는 발음조차 할 수 없었다. 누나도 발음을 못 했고 아버지 역시 발음이 안 됐다. 그 정도로 어려웠던 거다.

기찻길이 들어오면 이 도시는 해변의 도시가 되고 카페는 해변의 카페가 된다는 이유에서 누나는 카페를 '해변의 카페'라고 불렀다. 처음에는 누나와 나, 둘만 그렇게 불렀다. 그런데 그걸 들은 야마구치 씨가 갑자기 천장에 흰긴수염고래

모형을 매달아 카페 분위기를 해변의 카페처럼 만들었다.

도시 사람들도 점차 그곳을 '해변의 카페'라고 부르게 됐다. 겉에 있는 카페 간판은 어려운 외국어가 쓰인 채로 달려 있지만, 이제 사람들은 모두 거기에 간판이 있다는 것조차 잊었다.

"왜 '해변의 카페'인 거야?" 하는 사람이 있을 때는, 나는 새 기찻길과 해변 도시 얘기를 한다.

그리고 이론상으로는 이 도시도 해변이라고 주장한다.

* * *

우치다는 현 경계 너머에 있는 도시에서 이사 왔기 때문에 그곳에 친구들이 있다. 지금도 전화를 하거나 편지를 쓴다고 한다. 내가 조사한 바에 의하면 우치다가 살던 도시는 현 경계를 전철로 넘어가 한 번 더 환승을 해서 가야 한다. 우리 도시에서 한 시간 이상 걸리는 먼 도시다.

우치다가 먼저 살던 곳의 친구에게 펭귄을 보여주고 싶다고 했다.

우치다는 거기까지 혼자 전철을 타고 간 적이 없는 데다 펭귄을 데려가는 건 쉬운 일이 아니었다. 그래서 내가 같이 가주기로 하고 일요일에 우치다네 집에 갔다. 우치다는 같은 반 아이한테서 빌린 강아지용 케이지를 준비해놓고 기다리고 있었다.

펭귄은 옥상을 아장아장 걸어 돌아다니고 있었다. 그날도 무더웠지만 펭귄은 날씨를 아랑곳하지 않았다. 쪼그리고 앉아 유심히 관찰해봐도 약해진 기미라곤 조금도 보이지 않았다. 우치다에 의하면 그 펭귄은 벌써 삼 주 이상 아무것도 안 먹은 모양이었다. 펭귄에너지의 수수께끼는 깊어질 뿐이었다. 만약 내가 펭귄에너지를 이용하는 방법을 개발해낸다면 분명 노벨상감일 것이다. 노벨상을 받는 초등학생으로는 인류 최초일 것이 분명하다.

우치다가 양손을 펼치자 펭귄은 조금씩 앞으로 다가왔다. 우치다를 좋아하는 거다. 우리는 펭귄을 핑크색 케이지에 넣었다. 그때 내 몸에 닿은 펭귄의 검은 날개가 아스팔트같이 딱딱한 걸 알고 깜짝 놀랐다. 등은 상상했던 것처럼 매끈매끈한 게 아니라 털로 덮여 있어서 부드러웠다. 펭귄은 똑똑한 동물이라서 그런지 케이지에 들어가서도 난폭하게 굴지 않고 가만히 있었다.

"분명 기뻐할 거야." 우치다가 말했다.

"그 친구?"

"응. 펭귄을 보면 굉장히 좋아할걸. 입원해 있으니까 동물원에도 못 갈 거고."

"아파?"

"응. 나는 잘 모르겠지만 오랫동안 입원하고 있어."

"그 애가 그렇게 기뻐한다면 나도 좋아."

전철역까지 버스를 타고 가는 동안 우치다는 펭귄이 들어 있는 케이지에 손가락을 넣곤 했다. 펭귄은 우치다의 손가락을 부리로 쪼았다. 그렇게 하면 펭귄이 안심할지도 모른다.

"괜찮아. 참고 있어." 우치다가 펭귄에게 말했다.

역에서 표를 사는 건 내 역할이었다. 표를 사서 우치다에게 건네주자 그 애는 "넌 아버지 같아" 하고 감격했다. 하지만 나도 머리로만 알고 있었을 뿐, 아이끼리 전철을 타는 건 처음이었다.

하늘은 맑았고 전철 안은 밝았다.

"그 친구, 어떤 애니?"

"같은 아파트에 살았어. 너처럼 책을 많이 읽고 이것저것 연구도 열심히 하는 애였어. 펭귄만이 아니라 다른 여러 가지에 대해서도 잘 알아."

"그 앤 우주에도 관심이 있을까? 예를 들어 블랙홀이라든가."

"그럼, 좋아했어. 아오야마 너도 친구가 되면 좋을 거야."

"이사 올 땐 많이 서운했겠다."

"응. 너랑 탐험대를 만들기 전까지는 난 정말 전에 살던 곳으로 돌아가고 싶은 생각뿐이었는걸."

"지금은?"

"지금은 돌아가고 싶기도 하고 안 돌아가고 싶기도 해."

우리는 전철 창문 밖으로 흘러가는 도시의 경치를 바라봤다. 이렇게 굉장한 기세로 우리가 사는 도시에서 멀어져가는구나, 일본은 넓구나, 하고 생각했다. 우리 아버지와 우치다의 아버지가 이 전철을 타고 회사에 다닌다. 역 앞에서부터 이어져오던 상점과 집들이 시야에서 사라지고 좁은 논과 대나무 숲이 나타났다. 전철은 두 개의 역을 지난 뒤에 현 경계의 산을 빠져나가는 터널로 들어섰다. 어두운 터널은 굉장히 길었다. 굉음이 들렸다.

그때 우치다가 케이지를 들여다보고 걱정스러운 얼굴로 말했다. "아오야마, 펭귄이 축 늘어져 있어."

나는 허둥지둥 케이지를 들여다봤다. 펭귄이 케이지 바닥에 웅크리듯이 하고 있었다.

"전철에서 멀미를 한 걸까?"

"어쩌지?"

"우선 다음 역에서 내리자. 왜 우리가 차멀미를 할 때도 차에서 내려서 잠시 누워 있으면 낫잖아. 잠깐 여유를 가지면서 상태를 보는 게 좋을 것 같아."

우리는 다음 역에서 내렸다.

한 번도 내려본 적이 없는 작은 역이었다. 높은 플랫폼에서 내려다보니 작은 빌딩에 둘러싸인 버스터미널이 보였고 버스터미널 너머로는 작은 상점가와 주택가가 펼쳐져 있었다. 하늘에는 뭉게구름이 뭉게뭉게 피어나고 있었다. 플랫폼 북쪽에는 푸릇푸릇한 숲이 있었고 그 숲의 끝자리가 당장이라도 역을 향해 밀려들어올 것 같았다. 전철이 가버리고 난 후 텅 빈 플랫폼 끝에 케이지를 놓고 펭귄의 상태를 살폈다.

"괜찮을까?" 우치다가 걱정스럽게 말했다. "그렇게 활기찼었는데 말이야."

"미안. 나도 원인을 알 수가 없어."

"아니야. 네 탓이 아니야. 내가 억지로 데려가자고 한 거니까……."

우치다의 목소리가 점점 작아졌다. 우치다는 펭귄에게서 눈을 떼지 못했다.

케이지를 들여다보던 우치다의 앞머리가 살랑살랑 흔들렸다. 바람이 불고 있었다. 나는 이상하다고 생각했다. 홈에는 바람이 불지 않았고 역 북쪽에 우거진 숲의 나무들도 흔들리지 않았다. 우치다의 앞머리만 흔들리는 거였다. 나는 손가락에 침을 묻혀 바람이 불어오는 방향을 알아보려고 했다. 이쪽저쪽 손가락의 위치를 바꿔본 결과 케이지 안에서 바람이 불어 나온다는 것을 알 수 있었다.

"우치다."

"뭐?"

"잠깐 케이지에서 떨어져."

나는 우치다를 멀찌감치 있게 하고 역무원이 보고 있지는 않은지 확인한 뒤에 케이지를 열었다. 펭귄이 간신히 밖으로 걸어 나왔다. 둥글게 굽은 검은 등에 주름이 졌다. 날개도 늘어진 것이 파닥파닥거릴 힘도 없는 것 같았다. 균형을 잡고 서 있는 것만으로도 기진맥진인 상태였다.

그러다가 펭귄이 갑자기 부리를 들어 우치다 쪽으로 고개를 돌리고는 "끽" 하고 소리를 냈다. 그 순간 반짝거리던 펭귄의 털이 발끝에서 머리 꼭대기까지 거꾸로 섰다. 털의 표면에 일어난 파도가 마치 나선을 그리듯이 하면서 온몸을 내달렸다. 펭귄은 물고기를 삼킬 때마냥 부리를 높이 치켜들고 뭔가를 기다리듯 하늘을 향해 몸을 뻗었다.

작은 소용돌이 같은 바람이 일어났다.

나는 우치다의 머리를 끌어안고 바람을 피했다.

다음 순간 내가 본 건 날개가 달린 콜라 캔이 공중을 날아가는 모습이었다. 캔이 플랫폼으로 떨어지면서 날개는 풍선에서 바람이 빠지듯 작아지다 결국 사라져버렸다. 바람이 일어난 건 한순간의 일이었다. 아무도 없는 조용한 홈에 쨍그랑 하고 무거운 소리를 내며 콜라 캔이 떨어졌다. 펭귄은 어디에도 없었다.

나는 어안이 벙벙해서 서 있었다.

우치다 역시 아무 말도 못 한 채 서 있었다.

나는 걸어가서 플랫폼에 떨어진 캔을 주워 들고 유심히 살펴봤다. 그건 그야말로 방금 자동판매기에서 나온 것처럼 차가웠다. 물방울이 내 손바닥을 적실 정도였다.

그제서야 나는 생각났다. 펭귄들이 처음으로 우리 도시에 나타났을 때 그 펭귄을 데리고 간 트럭에서 무슨 일이 일어났는지.

그 현상을 나는 '펭귄의 증발'이라고 이름 붙였다.

＊＊＊

나는 노트에 다음 한 줄을 추가할 것이다.

▷ 펭귄은 왜 전철을 타면 증발하는가?

episode 2

관측 스테이션

내 머리카락은 예민한 습도계다. 머리카락이 말려 올라간 상태를 보면 그날의 습도를 측정할 수 있다.

요즘은 도시가 늘 비에 젖어 있는 탓에 내 머리카락이 뱅글뱅글 말려 올라가 있다. 도시를 가로지르는 강의 수위는 높아졌고 현 경계의 산은 대부분 회색 안개에 묻혀 있었다. 숲속에서는 늘 똑똑 물방울 떨어지는 소리가 들렸다.

우치다는 "이럴 때는 숲속에 바닥 없는 늪이 생겨"라고 말했다. 우리는 현명한 탐험대이므로 프로젝트 아마존은 연기하기로 하고 그 대신 '장마'에 대해 연구했다. 우리가 조사한 바에 의하면 오호츠크해 고기압과 오가사와라 고기압의 계곡에 장마 전선이 생겨 비가 내리는 것이다. 우리는 신문에

서 일기예보 부분을 잘라내 노트에 붙이고 오호츠크해 고기압과 오가사와라 고기압을 뚜렷이 구분할 수 있게끔 형광펜으로 칠했다. 연구에 몰두하고 있는데 여동생이 나를 흉내내느라 형광펜으로 신문을 온통 무지개 색으로 칠했다. "오빠, 이거 봐, 이거 봐" 하며 자랑스러운 얼굴을 하기에 "야아, 예술가구나" 하자 코를 흥흥거리며 만족해했다.

우치다는 낯을 익힌 펭귄이 사라져버린 후 무척 침울해했다. 나하고 함께 장마에 대해 연구를 하면서도 영 기운이 나지 않는 것 같았다.

"어쩌면 그건 펭귄이 아니었을지도 몰라." 우치다가 중얼거렸다. "진짜 펭귄이었다면 갑자기 사라지진 않았을 텐데."

"그럼 뭐였을 거라고 생각하니?"

"몰라. 하지만 그 펭귄은 이제 없어. 슬퍼."

"나도 안타까워."

"왜 사라졌는지 아니?"

"그건 무척 어려운 연구야. 나한테도."

"너한테도 어렵다면, 정말로 어려운 연구겠구나."

우치다는 그 펭귄과 사이가 좋았으니, 비록 그 펭귄의 정체가 수수께끼라 하더라도 갑자기 사라져버려 괴로울 거다. 하지만 나는 우치다를 위로할 수 없었다. 그러기는커녕 누나가 펭귄을 만든다는 사실조차 비밀로 해야 했다.

친구에게 중요한 이야기를 숨기는 건 별로 좋은 일이 아니다.

'답답하다'는 건 이런 기분을 말하는 걸 거다. 내가 답답한 기분을 맛보며 지내고 있는데 누나에게서 전화가 걸려왔다.

"슬슬 펭귄을 만들 건데. 실험 안 할래?" 누나가 말했다.

누나는 정말 수수께끼다.

* * *

일요일, 나는 누나를 만나기 위해 성당으로 갔다. 하늘 한가득 피어오른 회색과 은색의 폭신폭신한 구름 사이로 물색 하늘이 비쳤다. 대기에서는 비 냄새가 났다. 오리너구리 공원을 향해 버스가 다니는 도로를 걸어가는데 구름 사이로 뻗어 내리는 한 줄기 햇빛이 길에 와 닿았다. 그리고 빛이 닿아 밝게 된 부분이 길 위를 미끄러져 갔다. 하늘 위에 있는 누군가가 레이저 광선으로 우리 도시의 분자구조를 조사하고 있는 것 같았다.

성당에서 나온 누나는 기분이 좋은 듯 생글생글 웃었다. 누나가 기분이 좋으면 난 기쁘다. 누나의 머리는 알루미늄처럼 매끈거렸는데, 난 그게 무척 부러웠다. 머릿결이 곧아서 예쁘다고 하자, 누나는 내 머리를 엉망으로 흐트러뜨려놓고 "네 머리는 비뚤어졌구나!" 했다. 내 머리가 곱실거리는 건 머리털의 분자가 뒤틀려서 결합했기 때문이지 내 책임은 아니다. 하지만 나는 반론하지는 않았다.

"자, 실험은 어디서 하지?" 누나가 말했다.

실험 장소는 역시 버스터미널로 해야 한다고 나는 생각했다.

우리는 버스가 다니는 길을 걸어갔다. 버스터미널은 주택가가 끝나는 곳에 있다. 집이 점점 적어지다가 드디어 넓은 공터가 나타난다.

걷는 동안 또 비가 내렸다. 빗방울이 가늘어서 안개 같았다. 사각사각하는 소리가 주위를 감쌌다. 나는 최신식 접는 우산을 가방에서 꺼냈다. 버튼을 누르자 미항공우주국의 탐사기가 안테나를 뻗듯이 우산이 펼쳐졌다. 누나는 젖가슴처럼 둥글고 큰 녹색 우산을 폈다.

우산을 펴고 있어도 공기 속을 떠도는 가는 비 입자가 우산 아래로 들어와 얼굴이랑 팔을 조금씩 적신다.

"사이다 안을 걷고 있는 것 같네." 누나가 말했다.

"식물들이 건강해요."

"숲이 축축해. 아, 좋다."

"오늘은 펭귄을 만들어낼 수 있을 것 같아요?"

"그래. 펭귄을 만들어보자. 펭귄을 만들고 싶어. 잘 관찰해서 내가 펭귄을 만들어내는 시스템을 발견해봐."

"그건 생각했던 것보다 힘든 일이에요."

"약한 소리 하지 마. 과학의 아이면서."

나는 누나와 함께 걸어가면서 펭귄의 증발에 대해 얘기했다. 펭귄에너지의 수수께끼에 대해서도 얘기했다. 우치다가 펭귄을 키웠다는 것은 비밀이니까 말하지 않았다. 누나는 진지한 얼굴을 하고 들었지만, "수수께끼네!"라고 중얼거리며 우산을 뱅글뱅글 돌릴 뿐이었다.

* * *

비에 젖은 버스터미널은 텅 비어서 평소보다 널찍해 보였다. 버스터미널 뒤에 있는 숲은 마치 솜으로 휘감긴 것처럼 짙은 안개에 싸여 있었다. 자동판매기는 비에 젖은 채 누군가가 주스를 사주기를 기다리고 있는 것 같았다. 자동판매기라는 건 외로운 것이다. 나는 늘 동정한다.

우리는 실험을 시작했다.

누나는 자동판매기에서 콜라를 샀다. 나는 자동판매기 옆에 서서 누나의 동작을 관찰했다. 누나가 나를 향해 고개를 끄덕여 보이고는 "에잇!" 하고 콜라 캔을 집어던졌다. 빨간 캔은 빙글빙글 회전을 하면서 빗속을 날아오르더니, 그대로 아스팔트에 떨어져 퉁 소리를 냈다. 나는 달려가서 캔을 주워 들었다. 조금 찌그러져 있었지만 펭귄다운 데라곤 조금도 없었다.

우리는 실험을 세 번이나 반복했지만 펭귄은 탄생하지 않았다.

"실험은 실패예요."

"그럴 리 없는데." 누나가 말했다.

"하지만 캔에는 변화가 없어요."

누나는 "이상하네" 하면서 녹색 우산을 뱅글뱅글 돌렸다.

바로 그때 나는 '현상'이 시작되는 걸 봤다.

이번 현상은 누나의 우산 표면에서 일어났다. 처음에는 그것이 우산 표면에 붙어 있는 물방울이라고 생각했다. 물방울들은 우산과 같은 녹색이었다. 그 물방울들이 신기하게 움직이기 시작했다. 물방울과 물방울이 달라붙어 더 큰 물방울이 되면서 자꾸자꾸 커졌다. 그러더니 갑자기 물거품처럼 부풀어 올라 탁 하고 터지고, 터진 부분은 엷은 복숭아색 꽃잎이 되었다. 우산 표면에서 스며 나오듯이 계속해서 물방울이 생겼다. 그러더니 다양한 색깔의 꽃이 우산 위에 피어났고 꽃들 사이로 가느다란 녹색 줄기들이 뻗어 나왔다. 마치 화면을 빨리 돌려서 식물이 자라는 것을 보는 것 같았다.

버스터미널에 내리는 비는 안개같이 부드러웠고 주위는

조용했다. 나는 그 현상을 자세히 관찰하기 위해 우산을 돌리는 누나의 주위를 왔다 갔다 했다.

"어때?" 누나가 우산을 올려다보며 말했다.

"굉장한 일이 일어나고 있어요."

식물들은 누나의 우산 위에서 집 뺏기 놀이를 하는 것 같았다. 줄기가 나선 모양으로 길게 뻗었다. 개망초 행렬이 우산 가장자리를 따라 내달리듯 피어나는 것을 나는 분명하게 보았다. 누나의 우산은 그림물감을 칠한 것처럼 꽃으로 가득 메워졌고 줄기들은 서로 뒤엉키면서 회색 하늘을 향해 뻗어 나갔다. 이어 우산 가장자리에서 노란색 작은 열매가 부풀더니 망고 비슷한 밝은색 과일이 열렸다. 우산 위로 높이높이 뻗어 나온 여러 줄기의 길고 튼튼한 대 끝에는 커다란 해바라기 꽃이 피었다. 누나가 우산을 흔들자 해바라기도 흔들흔들했다. 누나는 우산 아래로 늘어진 넝쿨을 손가락에 감고 웃었다. 우산은 완전히 작은 식물원이 되어버렸다.

"굉장해." 누나가 말했다.

"식물을 만든 건 처음이에요?"

"첫 경험!"

구름 틈새로 서치라이트처럼 내리꽂히는 햇빛이 우리의 실험장소인 버스터미널을 눈이 부시도록 밝게 비췄다. 여우비다. 꽃잎을 투과한 햇빛이 누나의 얼굴을 비추자 그녀는 마치 셀로판을 통과한 빛 속에 있는 것 같았다.

그 순간 제2단계 현상이 일어났다.

그토록 빠른 속도로 자라나던 식물들이 움직임을 멈추고 일제히 마르기 시작했다. 꽃잎은 색이 바래갔고 높이 자란 줄기는 갈색으로 변했다. 고개 숙인 해바라기 꽃에서 씨앗이 투두둑 아스팔트 위로 떨어져 흩어졌다. 우산에서 떨어진 망고 열매가 부글부글 부풀어 오르더니 날개가 돋고 이윽고 펭귄들이 생겨났다.

"나왔다! 나왔다!" 누나가 외쳤다.

펭귄들은 차례차례 생겨나와 아장아장 걸어서 버스터미널 뒤에 있는 숲으로 들어갔다. 누나가 한 번 더 콜라 캔을 던지자 그것도 펭귄으로 바뀌었다.

누나의 우산은 이내 괴상망측한 물건으로 변했다. 마치 물을 주지 않은 채 내팽개쳐둔 꽃바구니처럼 말라비틀어졌다. 식물은 완전히 갈색으로 변했다.

"실험은 성공입니다." 누나가 자랑스러운 얼굴을 했다. "내가 말한 대로지?"

"성공이에요. 그리고 난 하나의 가설을 세웠어요."

"그래! 제법이구나."

"그걸 확인하기 위해서는 실험을 더 해봐야 해요."

"또 해?" 그녀는 한숨을 쉬었다. "사람을 힘들게 만드는 애야."

실험을 더 하고 나서 나는 몇 가지 가설을 노트에 썼다.

＊＊＊

▷ 누나는 건강해지면 펭귄을 만들어내고 싶어진다.

▷ 누나에게는 ① 펭귄을 만드는 능력, ② 펭귄 이외의 것(박쥐·식물 등)을 만드는 능력이 있다.

▷ 햇빛이 비칠 때는 ①, 햇빛이 비치지 않을 때는 ②의 능력이 발휘된다.

▷ ②의 능력을 발휘할 때, 무엇이 만들어질지는 누나도 모른다.

▷ ①의 능력을 발휘하고 나면 누나는 지친다?(※이것은 실험이 더 필요하다)

▷ ②의 능력을 발휘하고 나면 누나는 건강해진다?(※이것도 실험이 더 필요하다)

＊＊＊

어째서인지 몰라도 어머니는 나와 여동생에게 장화 신기는 걸 좋아한다. 그래서 비 오는 날 우리는 장화를 신고 등교한다. 여동생은 어머니에게 빨간 장화를 꺼내달라고 해서 신고는 만족스러워했다. 비 오는 날의 여동생은 더욱더 천방지축이 되어 우산을 휘둘러 물방울을 날리거나 일부러 물웅덩이에 뛰어드는 게 예사다. 나는 오빠로서 그 애의 그런 행동을 통제해야 한다. 하지만 장화를 신었을 때 물웅덩이에 들어가고 싶어지는 마음은 이해할 수 있다. 장화를 신으면 탐험하고픈 기분이 되기 때문이다.

나는 빗속을 걸어 등교하는 길에 하늘을 보고 '고층운'이라고 중얼거렸다. 노트를 펼칠 수는 없었기 때문에 기억 속에서 구름의 이름을 떠올리며 암송하면서 걸었다. 새털구름, 비늘구름, 두루마리구름, 비구름. 구름은 떠 있는 높이와 모양에 따라 여러 가지 이름이 있다. 나는 구름의 이름을 꽤 많이 기억하고 있다는 사실을 알게 되었다.

학교 쉬는 시간에 하마모토와 체스를 했다. 우치다도 체스를 했다.

우리 셋이 체스 판을 둘러싸고 있으면 스즈키가 때때로 참견을 했다. 스즈키도 체스를 하고 싶은가 해서 같이하자고 했더니 싫다고 했다.

대신 스즈키는 마치 나와 우치다에게 보란 듯이 지도를 펼치고 탐험 계획을 짜는 것이었다. 스즈키는 부하 고바야시와 그 밖의 아이들을 이끌고 우리를 흉내 내어 탐험대를 조직했다.

“어디까지 갈 수 있을까?” 고바야시가 말했다.

“글쎄. 이건 대모험이 될 거야.” 스즈키는 대장마냥 지도를 더듬어 보였다. 하지만 나와 우치다가 지도를 들여다보자 화를 냈다. “뭐야, 보지 마!”

원래 그 지도는 나와 우치다가 만든 것이니까 우리에게는 볼 권리가 있다. 하지만 나는 아무 말 않고 하마모토와 하던 체스로 돌아왔다. 집중하지 않으면 이길 수 없다. 그러자 스즈키는 다시 탐험 계획에 대해 떠들기 시작했다.

하마모토가 체스 판을 바라보며 “저 지도는 스즈키가 만든 거야?” 하고 물었다.

“아니야!” 우치다가 작은 소리로 말했다. “저건 우리 거야.”

“빼앗겼니?”

“우리는 스즈키 제국과 대립관계에 있어.”

“스즈키 제국이 뭐야?”

“스즈키랑 그 친구들. 아쉽게도 우리는 스즈키네 그룹하고 사이가 좋지 않아.”

하마모토는 마치 어른같이 콧소리를 냈다. “사이좋지 않아도 돼. 모든 사람과 사이좋게 지낸다는 건 불가능한 일이거든.”

그러더니 체스 판에서 눈길을 떼고 멍한 표정을 지었다. 체스를 할 때는 마치 숨을 쉬지 않는 인형처럼 집중하던 하마모토가 그런 식으로 멍하게 있는 건 예삿일이 아니다.

"하마모토, 무슨 일이니?"

"너희들 이 도시 전체를 탐험했니?"

"전체는 아니야. 아직 우리 지도는 미완성이야."

"급수탑이 있는 언덕은?"

"급수탑에는 갔었어." 우치다가 말했다. "시영운동장 뒤로 난 샛길을 찾아냈어."

"거기에는 아직 많은 수수께끼에 싸여 있는 숲이 있어." 내가 말했다. "그래서 난 그 숲에 '재버워크의 숲'이라는 이름을 붙였어. 조만간 탐험해볼 생각이야. 날씨가 좋아지면 말이지."

"하지만 거기는 유령 달이 나와." 하마모토가 중얼거렸다. "보면 죽어."

우치다가 불안한 얼굴을 했다. "……그렇다지 아마. 정말일까?"

"난 안 믿어. 그 소문에는 아무런 증거도 없으니까. 하마모토 넌 믿니?"

"설마."

하마모토는 대답은 그렇게 했지만 바로 입을 다물었다.

그 순간 누나랑 함께 시영운동장 뒤에 있는 황무지로 소풍 갔을 때의 일이 생각났다. 그때 하마모토가 재버워크의 숲에서 나오는 걸 보고 깜짝 놀랐었다. 숲속에서 뭘 했는지 물어볼까도 생각했었지만 그날은 아는 척하지 않았다.

그 애의 프라이버시를 존중해주기 위해서였다.

***

누나와 체스를 하기로 약속한 수요일 밤, 해변의 카페로 갔다.

창가 자리에 앉아 누나가 모습을 나타낼 때까지 참을성 있게 기다렸다. 기다리는 동안 노트를 펼치고 버스터미널에서 했던 실험을 정리하기로 했다. 나는 노트에 누나의 우산에서 자라나던 해바라기를 그려봤다. 관찰한 것을 정확히 기록하기 위해서는 그림 연습을 좀 더 해야 한다. 그러고 나서 노트에 색인을 붙였다. 색인을 붙이다 보면 참으로 여러 가지를 배울 수 있다.

한바탕 연구에 열중하다가 쉴 겸 해서 천장에 난 창 옆의 흰긴수염고래를 바라보았다. 해변의 카페에 다른 손님은 아무도 없었다. 안에는 음악이 조용히 흘렀고 창밖으로는 어두워진 치과와 그 옆의 빈터가 보였다. 밤의 유리에 비친 내 얼굴을 보면 늘 내가 조금 어른스러운 얼굴이 된 것 같아 흐뭇해지는데, 다음 날 아침 거울을 보면 별로 성장한 것 같아 보이지 않는다. 이건 무척 신기한 일이고 또한 실망스러운 일이기도 했다.

야마구치 씨가 믹스주스를 만들어줬다.

"이런 일도 있구나." 야마구치 씨가 내 맞은편에 앉았다.

"이런 일이라뇨?"

"기다리다 헛물켜는 거."

나는 노트에 '헛물켜다'라고 썼다.

야마구치 씨는 턱에 잔뜩 난 수염을 득득 긁었다. 야마구치 씨의 수염은 마치 자석에 붙은 쇳가루 같았다. 나는 예전에 자석 연구를 열심히 한 적이 있고 세상의 무엇보다도 자석을 좋아했다. 그때 나는 자석과 쇳가루만큼 멋지고 신기한 건 없다고 생각했었다. 나는 책상 서랍에 소중하게 보관해둔 쇳가루를 생각했다.

"나하고 체스 둘래?"

나는 야마구치 씨와 체스를 뒀다.

체스를 잘 못하는 그는 체스 판을 보기보다 수염을 문지르는 데 열심이었다. 승부는 무척 천천히 진행됐다. 그러는 동안 내가 깜빡깜빡 졸고 야마구치 씨도 꾸벅꾸벅 졸았다. 그래서 승부는 계속 느려졌고 결국 더 이상 진전이 없게 되었다.

문이 열리는 소리가 나서 누나가 왔나 했더니, 아버지였다.

"누나한테서 전화가 왔어. 오늘은 몸상태가 안 좋아서 못 오겠대." 아버지가 말했다.

아쉽지만 몸이 안 좋다니 어쩔 수 없다.

나는 야마구치 씨에게 "안녕히 주무세요" 하고 말했다. "굿 나이트" 하고 야마구치 씨가 졸린 목소리로 말했다.

나는 아버지와 함께 주택가를 걸어갔다. 넓은 빈터에 줄지어 선 가로등이 마치 해저 목장을 비추는 조명 같았다. 당장이라도 빈터의 어두운 구석에서 신기한 모양을 한 물고기들이 헤엄쳐 나올 것 같았다. 나는 하마모토가 가르쳐준 책을 도서관에서 빌려 읽은 후 해저에 관해서도 꽤 상세하게 알게 되었다고 자부한다.

"해저는 미지의 세계예요." 나는 아버지에게 말했다. "수압이 굉장해서 고기들이 납작해지고 빛도 닿지 않아요. 우주생물 같은 생물들이 있어요."

"바다 밑은 우주하고 통할지도 모르지." 아버지가 말했다.

"그러고 보니 우주비행사는 수조 속에서 훈련을 하기도 해요."

"그래."

우리는 한동안 잠자코 걸었다.

"나는 누나가 건강해졌으면 좋겠어요."

"……기다리다 바람맞으면 서운한 법이야. 아버지도 그런 경험이 있단다. 왠지 개운치 않지?"

"답답하고 개운하지가 않아요."

"답답한 건 싫지."

"……싫지만 참아야만 하는 것도 있죠, 인생에는."

"맞아, 정말 네가 말하는 대로란다."

"아버지, 굿 나이트가 뭐예요?"

"좋은 밤을. 영어야."

"좋은 밤을?"

"이 경우에는, 안녕히 주무세요, 라는 게 돼."

'굿 나이트'라는 말도 노트에 써둬야겠다. 다음에 누나와 체스를 하는 밤에는 헤어질 때 '굿 나이트'라고 영어로 말해서 누나를 놀라게 해줘야지. 누나가 '그게 뭐니!' 하고 깜짝 놀라면, '안녕히 주무세요라는 뜻이에요' 하고 가르쳐줘야지.

* * *

내가 용돈으로 단것을 사서 뇌의 에너지를 보충한다는 얘기는 이미 했을 것이다.

지금까지 나는 여러 가지 과자를 먹고 뇌의 활동 정도를 실험해봤다. 각설탕을 갉아 먹어본 적도 있다. 다양한 실험의 결과 내 뇌에 가장 좋은 영양분이 되는 것은 집 근처 빵집에서 산 '유방케이크'였다. 외국어로 된 어려운 이름이 있지만, 여동생이 처음 봤을 때 "젖! 젖!" 하고 소리쳤기 때문에 나는 그것을 '유방케이크'라고 부른다. 지름 10센티미터 정도 크기에, 아주 동그랗고 믿을 수 없을 정도로 부드럽다. 안에는 크림이 들어 있다. 내 뇌가 작동하기 위해서는 설탕 외에도 여러 가지 성분이 필요한데, 그 모든 것이 유방케이크에 다 들어 있다. 게다가 유방케이크는 각설탕보다 훨씬 맛있고 이렇게 부드러운 케이크가 있어도 괜찮나 싶을 정도로 부드럽다. 젖가슴도 이 정도로 부드러울까. 멋진 일이다.

나와 우치다는 하굣길에 유방케이크를 사기로 했다.

"옆길로 새는 건 별로 좋은 일이 아니야." 우치다가 말했다. 조금 기분이 안 좋은 듯하다.

"하지만 유방케이크는 정말 맛있어. 우치다 너도 한번 먹어봐야 해."

"빵 이름이 정말 그러니?"

"내가 붙인 이름이야. 그러니까 주문할 땐 유방케이크 주세요, 하면 안 돼. 빵집 사람이 못 알아들으니까."

"아오야마 넌 똑똑한데 그런 말을 자꾸 하니까 이상해."

"유방을 좋아하는 게 그렇게 이상한 일이니?"

"이상하지 않아…… 하지만 이상해."

학교를 오가는 길에 우리는 크림가게와 약국과 레스토랑이 늘어선 큰길을 건넌다. 큰길에서 시의 정수장으로 가는 옆길로 들어간 곳에 그 빵집이 있다.

무거운 문을 열고 들어선 가게에는 달콤한 냄새가 가득했다. 테이블 하나에는 작은 봉투와 은박지에 조금씩 나눠어 담긴 빵과 과자가 산처럼 쌓여 있었고, 정면 유리 케이스에는 장난감 같은 케이크가 진열되어 있었다. 작은 커피숍도 겸하고 있어서 커피 향도 났다. 공기가 너무 달콤해서 다들 잠들어버릴까 봐 걱정이 될 정도다. 나는 이 가게 안에 있는 것만으로도 기분이 무척 유쾌해진다. 이곳에 나의 제2연구소를 만들면 아마도 연구가 엄청 잘돼서 충치가 많아질 것이다.

나와 우치다가 봉지에 넣은 유방케이크를 받아 드는데, 문이 열리면서 하마모토가 들어왔다. 그 애는 "뭘 사러 왔니?" 하고 물었다.

"응. 뭐 좀 사려고."

그 애는 테이블에 놓인 빵과 과자를 봤다. 살 생각은 없는 듯했다. 나와 우치다가 케이크 봉지를 들고 빵집 밖으로 나가려는데 그 애가 우리를 멈춰 세웠다. "아오야마, 잠깐 의논

할 게 있어."

"뭔데?"

"너는 뭐든지 잘 알잖아?"

"응. 난 여러 가지를 알고 있어."

하마모토는 깜짝 놀랄 정도로 큰 눈으로 나를 바라보면서 밤색 머리를 쓸어내렸다. 그 애의 머리도 곱슬머리였다. 하지만 내 머리보다는 부드러웠다. 그 애는 우후후 하고 웃었다. "너희 지금 한가하니?"

"한가하다고는 할 수 없어. 난 연구를 많이 해야 해서 늘 바빠."

"무슨 연구?"

"그건 비밀이야. 무척 중요한 연구라고밖에는 말해줄 수 없어. 하지만 네가 무슨 힘든 문제를 안고 있다면 해결하는 걸 도와줄 시간 정도는 있어."

하마모토는 힐끗 빵집 안에 눈길을 주고 나서 목소리를 낮춰 "실은 나도 연구하는 게 있어"라고 말했다. "너희들의 의견을 듣고 싶어."

"그건 혹시 '펭'으로 시작되는 연구 아니니?"

우치다는 분명 펭귄일 거라고 생각한 모양이었다. 나도 그렇게 생각했는데, 그 애는 고개를 옆으로 흔들었다.

"내가 연구하고 있는 건 '바다'야."

* * *

비가 그친 뒤에 해가 내리쬐니 얼굴이 끈적끈적해질 정도로 무더웠다.

나와 우치다는 "덥구나" 하며 걷는데 하마모토는 스키라도 타듯 가벼운 발걸음이다. 그 애는 귀족 아가씨같이 정숙한 면과 에너지를 충전한 지 얼마 안 되는 여자아이 로봇 같은 면을 동시에 갖고 있다. 정말 놀라울 따름이다. 하마모토가 걸어가는 방향의 아스팔트 도로와 주택가 집들의 지붕이 햇빛에 번쩍번쩍 빛났다. 주택가 지붕들 너머로 비 그친 하늘이 펼쳐졌고 젖가슴 같은 초록 언덕 위로 급수탑이 솟아올라 있었다. 하마모토는 그 언덕을 향해 걸어갔다.

"하마모토, 어디까지 갈 거니?"

"따라오면 알아."

하마모토가 연구하고 있는 '바다'란 뭘까. 우리가 사는 도시는 바다에서 멀리 떨어져 있다. 비록 새 철도가 완성된다 할지라도 바다로 가려면 전철을 타야 한다. 그런데 그 애는 마치 걸어갈 수 있는 곳에 바다가 있다는 듯이 말한다. 나는 이미 어른이라도 감당 못 할 정도의 중요한 연구를 끌어안고 있어서 다른 연구에 손을 댈 여유는 없었지만, 하마모토가 연구하는 것에는 흥미가 갔다. 상대성이론을 아는 초등학생의 의견은 진지하게 들어야 한다는 것이 나의 생각이다.

치과 누나가 사는 하얀 아파트 앞까지 왔다. 하마모토는 언덕의 경사면을 오르는 콘크리트 계단을 가리켰다. 급수탑으로 이어지는 계단이다.

"여기를 올라갈 거야."

"여긴 알아" 하고 우치다가 말했다. "전에 올라가봤어."

"우리는 이곳을 이미 탐험했어. 아직 네 목적지까지는 많이 남았니?"

하마모토는 "아직 멀었어!" 하고 다시 걷기 시작했다.

그 애는 계단을 올라가서 급수탑을 둘러싼 펜스를 빙 돌아 숲속 길로 들어섰다. 나와 우치다가 5월에 펭귄 하이웨이를 찾아 탐험하던 숲길이다. 왼쪽으로는 시영운동장 펜스가 이어지고 오른쪽으로는 내가 재버워크의 숲이라고 명명한 깊은 숲이 펼쳐져 있다.

비는 완전히 그쳤지만 숲길에는 비가 내리는 것 같은 소리가 계속 들려왔다. 햇빛이 어두컴컴한 숲길에 내리비쳐 군데군데 빛의 덩어리가 만들어졌다. 이 숲길을 따라 이대로 계속 걸어가면 고압 철탑이 있는 황무지가 나올 것이다. 그런데 그때 하마모토가 "이쪽!"이라며 소리쳤다. 하마모토가 가리킨 쪽을 보니 우리가 걸어온 좁은 길에서 동물들이 다니는 길 같은 것이 갈라져 나왔는데, 그 길은 재버워크의 숲으로 이어지고 있었다.

"위험하지 않을까?"

내 말에 그 애는 "몇 번이나 다녀봤으니까 괜찮아. 하지만 옷이 조금 젖을 수는 있어" 하며 대수롭지 않게 대답했다. 하마모토는 굉장한 탐험가인 모양이다.

"괜찮을까?" 하고 우치다가 불안한 얼굴로 말했다. "깊은 늪이 있으면 어떻게 해."

우치다는 탐험하러 갈 때면 늘 깊은 늪을 걱정한다. 숲에는 때때로 그런 늪이 있어서 목숨을 위협한다고 했다.

"블랙홀처럼 뭐든 빨아들인대. 일단 발을 디디면 못 나와."

"늪에 가라앉는 건 상상만 해도 숨이 막혀."

"숨을 못 쉬게 돼서 죽어. 그래도 아무도 몰라."

우치다는 진지한 얼굴을 했다.

재버워크의 숲으로 들어오자 도시의 소음은 이제 조금도 들리지 않았다. 우리가 걸어가는 오솔길 양쪽으로는 풀이 우거져 있고 나무숲이 끝없이 이어졌다. 마치 정글 오지에 온 것 같았다. 나무 사이로 빛이 들어오는 곳에는 모기가 많았다. 재버워크의 숲은 무척 깊다. 우리는 이 숲이 어디까지 펼쳐져 있는지도 모른다. 그런데도 하마모토는 아무렇지도 않게 걸어갔다. 즐거워 보이기까지 했다.

오솔길은 아래로 완만하게 경사를 이루고 있었다.

"옷이 다 젖었어." 난감한 목소리로 말하던 우치다가 "흐익!" 하는 소리와 함께 고개를 움츠렸다. 나뭇가지 끝에서 물방울이 떨어져 목을 적신 거였다. 레이저광선같이 새어 들어오는 햇빛 속으로 물방울이 우두둑 떨어지면서 반짝반짝 빛났다. 마치 여우비 같았다.

느닷없이 하마모토가 뛰기 시작했다. "이제 다 왔어! 저기!"

"기다려!"

우리도 허둥지둥 달리기 시작했다.

나뭇가지 사이를 요리조리 피해가며 달리자니 배 속이 움찔움찔거렸다. 숲을 빠져나가면 세계의 끝 같은 장소가 나오고 거기에 작은 관측 스테이션이 서 있을 거라는 예감이 들었기 때문이다. 그 관측 스테이션은 새하얀 계란껍질 같은 건물로, 세계의 끝을 관측하기 위해 미국 항공우주국과 일본 정부가 공동으로 설립한 것이다. 관측 스테이션에는 파견된 연구원이 혼자서 살고 있다. 그는 이렇게 멀리까지 탐험 온 우리를 환영해줄 것이며 차와 과자를 대접할지도 모른다.

나는 그런 것을 상상했다.

정신을 차리고 보니 우리는 벌써 깊은 숲을 빠져나와 널

찍한 푸른 하늘 아래를 걷고 있었다.

* * *

마치 초록의 부드러운 융단을 깔아놓은 것 같은 초원이었다. 나무는 한 그루도 없었다.

눈부신 빛이 주위를 환하게 했다. 하늘을 올려다보니 조각난 은색 구름이 굉장한 속도로 흘러갔다. 비구름이 생겨나는 사천 미터 상공에서는 저렇게 모든 것을 날려버릴 정도로 강한 바람이 불고 있는데 그 아래 있는 이 초원은 쥐죽은 듯 조용한 게 신기했다. 하마모토는 숲에서 나온 뒤에도 성큼성큼 초원을 가로질러 걸어갔다. 재버워크의 숲에서 흘러나온 시냇물이 초원 한가운데를 큰 뱀처럼 구불구불 기어갔다. 하마모토는 시냇가에서 우리를 돌아보고 손을 흔들었다.

그 초원은 숲으로 빙 둘러싸여 있었다. 깊숙한 재버워크의 숲속에 가려져 있는 잊힌 땅인 것이다. 마치 무슨 액체를 가득 담기 위해 만들어진 커다란 수프 접시 같았다. 초원을 걸어가자 둥근 하늘이 우리 위에 덧씌워지는 것 같기도 하고, 머리 꼭대기가 하늘을 향해 잡아당겨지는 것 같기도 했다.

나와 우치다는 멈칫거리며 걸어갔다.

우리 발걸음은 점점 느려졌고 결국에는 멈춰버렸다.

그곳은 초원의 한가운데였다. 하마모토의 손끝이 가리키는 대로 시선을 옮기니 신기한 투명 물체가 보였다. 우리와의 거리를 고려하자면 그 물체의 크기는 대략 지름 5미터. 지상에서 30센티미터 정도 떠서 정지해 있었다. 엔진 같은 것을 써서 떠 있는 것은 아니었다. 아무런 소리도 나지 않았으니까. 그 신기한 물체는 햇빛을 반사해 반짝이고 있었다.

우치다가 내 옷을 잡았다. "우주선?"

"몰라." 나는 말했다. "미항공우주국이 개발한 신형 우주선일지도."

가까이 다가가려 하는 우리를 하마모토가 멈춰 세웠다.

"너무 가까이 가지 않는 게 좋아."

그 애는 진지한 얼굴로 말했다.

"위험해?"

"때때로 움직여. 가시 같은 것이 나오기도 하고."

"안전성은 증명되지 않은 거구나."

나는 쭈그리고 앉아 물체 밑을 자세히 살펴봤다. "그래도 말이야! 이건 도대체 뭘까? 신기하네. 도대체 어떤 원리로 움직이는 거지?"

"몰라. 그러니까 연구하고 있는 거지."

"이게 '바다'야?" 우치다가 물었다.

하마모토는 조금 자랑스러운 듯이 고개를 끄덕였다. "응.

내가 이름 지었어."

그 물체는 정말 물로 만들어져 있는 것 같았다. 바람이 초원을 지날 때마다 물체 표면에 작은 파도가 생겼다. 반짝반짝 빛을 반사하면서 천천히 자전하고 있는 물체의 표면에는 하얀 안개가 피어올라 있는 부분도 있었고 짙은 푸른색으로 된 부분도 있었다. 우주에서 촬영한 지구를 보고 있는 것 같았다. 하지만 그 영상보다 더 투명하다. 자세히 보니 잔파도가 이는 물체에 숲의 초록색이 비쳐 보였다.

"굉장하지?" 하마모토가 말했다.

"정말 신비로워."

메모를 하기 위해 노트를 펴자 조금 전의 페이지가 펼쳐졌는데, 그 페이지에는 마침 교실에서 나돌던 소문이 쓰여 있었다. '급수탑이 있는 언덕 위에 은색 달이 떠오른다'라는 메모였다.

하마모토가 노트를 들여다봤다.

"아, 그 소문. 내가 흘렸어."

"왜?"

"그런 소문을 흘리면 내 연구를 방해하러 오는 아이가 없어지니까."

그 애는 장난꾸러기같이 웃었다. 나는 정말 놀랐다.

"아오야마, 너 내 연구 좀 도와줄래?"

“나는 무척 바쁘지만…… 하지만 이건 굉장한데.”

“그렇게 말할 줄 알았어.”

“우리는 뇌를 잘 써서 연구해야 돼. 그러려면…… 하마모토, 케이크 먹을래?”

“줄 거야?”

우리는 조금 떨어진 장소에서 ‘바다’를 관측하면서 유방케이크를 먹었다. 이 케이크 맛은 하마모토도 좋아했다. 하마모토한테는 유방이 없지, 하고 나는 생각했다.

나는 뇌에 영양분이 퍼져나가는 것을 느끼면서 ‘바다’를 바라봤다.

그러고 있으니 내 몸이 바쁘게 작동하기 시작했다.

* * *

우리는 숲과 초원의 경계에 관측 스테이션을 설치했다.

‘바다’ 공동연구는 앞으로 장기간에 걸쳐 진행될 것이다. 비가 내리는 날에도 할 것이고 더워서 참을 수 없는 날에도 할 것이다. 편히 머물 수 있는 관측스테이션을 만들어두면 연구에 큰 도움이 될 것이다. 우치다는 해수욕을 하러 갈 때 쓰는 파라솔과 접이식 의자를 가지고 왔다. 하마모토는 캠핑 도구인 해먹을 가지고 왔다. 나는 쌍안경과 방수용 시트를 가지고 왔다. 우리는 해먹을 숲 입구에 걸어놓고 연구에 지치면 나무그늘에서 낮잠을 자기로 했다. 잠깐의 낮잠은 우리의 뇌가 잘 작동하게 해준다.

숲에서 초원으로 나오는 곳에 오렌지색 펜꽂이가 놓여 있었다. 이건 하마모토가 놓아둔 것인데 그 애가 '바다'를 정점 관측(해상의 일정한 위치에 관측선을 띄워놓고, 해상 기상·해상 고층 기상·해양 등에 대해 관측하는 일—옮긴이)하는 데 사용하던 표시다. 그 지점은 '바다'로부터 멀리 떨어져 있어 안전하게 관측할 수 있다.

"기지는 여기에 만드는 게 좋아. 지치면 바로 해먹에서 쉴 수도 있고."

하마모토가 말했다. 우치다는 펜꽂이가 놓여 있던 지점에 하얀 파라솔을 폈다.

파라솔이 만드는 그림자 아래 접이식 의자를 놓으니 우리 눈앞에 펼쳐진 초원이 마치 해변같이 느껴졌다. 파라솔은 셋이 들어가도 한 명 정도는 더 들어올 수 있을 정도로 컸다. 파라솔이 만드는 그늘은 세계의 그늘 중에서 가장 멋진 것 중 하나라는 걸 나는 알았다.

'바다'를 관측하기 위해 재버워크의 숲을 빠져나올 때 나는 늘 불안해졌다.

"'바다'가 이미 사라져버린 건 아닐까?' 하는 생각 때문이었다. 그러면 마음이 수런거려서, 나무숲 너머로 초원 가득 퍼져나간 빛이 보이기 시작할 때부터 마구 달려가야 했다. 하지만 걱정할 필요는 없었다. 우리가 갈 때마다 '바다'는 초원의 제 위치에 정확히 존재하고 있었기 때문이다.

맑은 날도 비 오는 날도 '바다'는 같은 곳에 떠 있었다. 맑은 날에는 거대한 구슬같이 푸르게 보였고, 비 오는 날에는 회색으로 부예진 초원 저쪽에서 은색으로 빛났다. 비가 그치고 저녁노을이 지면 '바다'의 북반구 일부가 타오르듯 붉어졌다.

관측 스테이션에서 쌍안경으로 '바다'를 관측하면서 나는 노트에 관측한 내용을 썼다.

"아오야마는 노트에 뭘 쓰는지 읽을 수가 없어." 하마모토가 말했다.

"속기법이야. 나는 누구보다도 빨리 메모를 할 수 있어."

"노트가 붉은색이구나."

"네 노트는 파란색이네. 그거 굉장히 좋은 노트인데."

하마모토는 파란 작은 노트를 끌어안고 후후후 하고 웃었다.

하마모토의 노트는 내 노트보다 종이가 더 두껍고 단단한 외국제다. 페이지를 펼치면 엷은 청색 괘선이 쳐져 있다. 친척 아줌마가 그 노트를 외국여행 선물로 줬을 때, 대학교 선생님인 그 애의 아버지가 노트 쓰는 법을 가르쳐줬다고 한다. 나 정도는 아니라 해도 그 애 역시 메모를 많이 하는 초등학생이다. 그러니 그 애가 두각을 나타내게 된 것은 당연하다.

하마모토는 '파란 노트'에 활자체처럼 깔끔하게 글씨를 쓴다. 그 애는 '바다'에 대해 연구한 모든 것을 그 파란 노트에 써놓았다. '바다'의 표면에서 발생하는 다양한 현상과 정점관측 지점에서 관측한 '바다'의 지름 변화에 대한 기록이다. 매우 훌륭한 연구였다.

하마모토에 의하면 '바다'의 가장 기본적인 활동은 부풀어 오르거나 축소되는 것이었다. 그 애는 부푸는 기간을 '확대기', 줄어드는 기간을 '축소기'라고 명명했다. 초원의 정해진 위치에서 삼각법을 사용해 '바다'의 지름을 관측하고 모눈종이에 그린 그래프를 파란 노트에 붙여두었다.

"흐음. 완만한 파도 모양을 그리는구나."

"지금은 축소기야. 봐봐, 계속 작아져."

"세 배쯤 커질 때도 있네. 정말 놀라운걸!"

확대기가 진행되면 어느 날 갑자기 '프로미넌스'가 일어난다. 이 현상도 하마모토가 이름을 붙였다. 우주과학에서 프로미넌스란 태양의 타오르는 대기 일부가 바깥쪽을 향해 날아오르는 현상이라는 것을 나는 알고 있다.

"프로미넌스라는 게 뭐야?" 우치다가 물었다.

"대포처럼, 작은 '바다'가 날아올라. 보면 깜짝 놀랄걸."

하마모토는 파란 노트에 직접 그린 모식도(어떤 것의 구조나 원리, 현상 따위를 한눈에 알 수 있도록 도식적으로 그린 그림—옮긴이)를 보여줬다. 공 모양의 '바다'에서 대포 같은 것이 튀어나오는 그림이었다. 그 끝에서 구슬 같은 작은 '바다'가 흘러넘쳐 떨어졌다. 하마모토는 화살표를 그려 넣고 '작은 바다가 나온다'고 메모해놓았다.

"나만 노트가 없네." 우치다가 말했다. "학교에서 쓰는 노트라면 나도 있는데."

"자기 노트가 있으면 재밌어. 발견한 것을 다 기록하는 거야."

"하지만 난 아오야마하고는 달라서 연구하는 게 없는걸."

"있잖아!" 내가 외쳤다. "블랙홀이라든가 우주탄생 같은 거."

"그런 거라도 돼?"

"네가 새롭게 안 거랑 생각난 걸 적으면 되는 거야."

하마모토는 자신의 노트를 보물처럼 들어 올리며 "재미있다고 생각되는 걸 쓰면 돼"라고 말했다. 우치다는 골똘히 생각하다가 "나도 언젠가 내 노트를 가져야지" 했다.

* * *

내가 머리를 자르러 갔을 때의 일이다.

무척 조용한 일요일이었다. 가늘게 내리는 비가 안개처럼 도시를 감쌌고, 현 경계에 있는 산들은 회색 하늘로 녹아들어가 버렸다. 치과 모퉁이를 돌아가는데 길 건너편에 있는 해변의 카페 창가에 아버지가 앉아 일하는 모습이 보였다. '날 알아볼까?' 하고 생각하며 천천히 걸어가는데 아버지가 얼굴을 들고 나를 봤다. 내가 우산을 흔들자 아버지는 유리창을 톡톡 두드렸다.

내가 머리를 자르는 미용실은 빵집 옆에 있다. 도로에 면한 벽이 모두 유리로 돼 있어서 안에서 머리를 자르는 모습이 다 보인다. 왜 그런 식으로 만들었는지는 모르겠다. 나는 갈색 소파에 앉아 있다가 순서가 되면 큰 거울 앞에 앉는다. 이 가게에는 내가 읽을 만한 잡지가 없어서 늘 읽을 책을 가지고 간다. 내가 독서를 하고 있으면 머리를 잘라주는 형은 "천재가 왔다"고 한다.

놀랍게도 그날은 누나도 와 있었다. 누나는 나보다 먼저 와서 머리를 자르고 있었다. 내가 의자에 앉자 누나는 거울 너머 세계에서 "어머, 소년" 하며 웃었다. 거울 너머의 누나는 평상시하고는 조금 달라 보였다.

아는 사람과 나란히 앉아 머리를 자르는 건 왠지 부끄럽다. 머리를 자를 때 형은 내 목에 시트 같은 걸 두르는데 그렇게 하면 나는 마치 아기같이 되어버려서 아무리 근엄한 얼굴을 해도 소용이 없다.

머리를 자르는 동안 나는 거울에 비친 누나의 얼굴을 봤다. 누나는 멍하니 잡지를 바라보고 있었다. 얼굴이 조금 창백하고 마른 것 같았다.

"소년, 뭘 보고 있니?"

거울 속의 누나가 잡지에 눈길을 둔 채 말했다.

"아무것도 안 봐요."

"또 거짓말하네!" 그러고서 누나는 "요전번에는 못 가서 미안해" 하고 말했다.

"난 기다리다 헛물켰어요. 그래서 연구를 정리하고 야마구치 씨와 체스를 했어요."

"야마구치 씨는 체스 잘하니?"

"야마구치 씨는 자면서 체스를 해요."

"달인이구나."

"나도 잠이 들어버렸어요."

"그래가지고 시합이 돼?"

누나는 "머리를 다 자르고 나면, 널 기다리게 한 걸 사과하는 뜻으로 맛있는 점심을 해줄게" 했다. 나는 미용실에서 집으로 전화를 걸었다. 아버지가 전화를 받아 "너무 폐를 끼치면 안 된다"고 했다. 누나를 바꿔주자 누나는 아버지에게 예의바르게 인사했다.

나와 누나는 우산을 쓰고 빗속을 걸어갔다.

빗속에서 누나의 얼굴은 더 하얘 보였다.

"누나, 기운이 없네요."

"그래. 기운이 없어. 넌 건강하니?"

"난 대체로 건강해요. 무슨 연유인지."

"무슨 연유인지, 라니. 아유, 건방져."

누나가 사는 하얀 아파트는 급수탑이 서 있는 언덕에 있다. 나는 바로 얼마 전에 하마모토와 우치다와 함께 이 앞을 지나갔었고 몇 번이나 "여기가 누나가 사는 아파트구나" 하며 올려다보았다. 하지만 안에 들어가는 건 처음이었다. 아파트 뒤로는 재버워크의 숲이 바로 코앞까지 다가와 있어서 빗방울이 나뭇잎에 떨어지는 소리까지 귀에 들렸다.

나는 누구보다 냉정하고 침착한 초등학생인데도, 이날은 여러 가지 실수를 했다. 장화를 벗는 데 시간이 걸렸고, 신발장 위에 있는 꽃병을 쓰러트릴 뻔했으며, 마루를 깐 복도에서는 미끄러져 넘어지는 줄 알았다. "침착해라, 소년" 하고 누나가 말했다.

누나의 아파트에는 큰 방이 하나뿐이었다. 베란다에 나가

서자 빗물에 가려 회색으로 부예진 도시가 보였다. 방 안에는 둥근 나무 테이블과 의자가 두 개, 침대, 작은 책장, 그리고 동그스름한 텔레비전이 놓여 있었다. 텔레비전 맞은편에는 혼자 앉을 수 있는 작은 소파가 있었다. 누나는 그 소파에 앉아 책을 읽거나 텔레비전을 보거나 하는 거다.

누나가 스파게티를 삶고 소스를 준비하는 동안 나는 샐러드 재료를 섞었다. 먼저 볼 안에 드레싱을 만들어놓고 그 다음에 채소를 넣어 섞는 것이 요령이라고 누나가 가르쳐줬다. 양상추와 노란 피망이 볼 안에서 회전했다.

솜씨 좋게 섞었다고 자부하는 바다.

* * *

우리는 둥근 테이블에 앉아 스파게티와 샐러드를 먹었다. 무척 맛있었다. 누나는 커트를 해서 머리가 작아져 있었다. 내 머리도 작아졌다. 누나가 머리를 흔들자 가지런히 짧게 자른 머리가 찰랑찰랑 흔들리며 금속제 섬유처럼 빛났다.

"머리를 자르면 왠지 모르게 불안한 느낌이 들지 않니?"

"내 머리는 너무 뻣뻣하기 때문에 자르는 게 좋아요. 똑똑해진 느낌이 들어요."

"기가 막히네. 더 똑똑해질 생각이니?"

"네. 똑똑해질 생각이에요."

오늘의 내가 어제의 나보다 똑똑하다는 사실을 보여주기 위해 누나에게 장마의 구조에 대해 가르쳐줬다. 누나는 "허어" 하고 놀랐다. "하지만 정말이지 비는 이제 질렸어."

누나는 스파게티를 동글동글 말면서 쉴 새 없이 하품을 했다.

"졸려요?"

"오늘도 결국 기운이 없어서 성당에 못 갔어."

"학교에는 안 가면 야단맞아요. 성당은 안 가도 혼나지 않나요?"

"그런 일 없어. 내가 좋아서 가는 것뿐이야."

"누나는 하느님이 존재한다고 생각해요?"

"글쎄, 어떨까?"

누나는 고개를 갸우뚱했다. "그건 수수께끼야."

점심식사 후에 누나는 책상 위에 놓여 있던 체스 판을 가지고 왔다. 누나가 갖고 있는 진짜 체스 판은 해변의 카페에 있다. 집에 있는 건 휴대용으로 아주 작다. 손수건 같은 체스 판 위에서 완두콩 같은 체스 말을 움직이는 거다. "네가 이렇게 강해졌으니까, 나도 연습을 해야겠구나."

"난 매일 학교에서 체스를 해요. 하마모토라는 여자아이가 아주 강해요."

"그래?"

"그 애는 상대성이론도 알고 있어요."

"호오. 그래서 갤 좋아하니?"

"난 아무하고도 좋아하지 않아요."

"글쎄 어떨는지."

나와 누나는 바닥에 앉아 체스를 했다. 누나가 베란다에 면한 유리문을 열자 습기 찬 뜨뜻미지근한 바람이 불어 들어오면서 하얀 레이스 커튼을 흔들었다. 비는 약해져 있었다. 누나는 진지하게 체스 판을 노려봤지만 바로 꾸벅꾸벅 졸기 시작해서 누나 순서가 될 때마다 내가 깨워주어야 했다. 해변의 카페에서 체스를 할 때는 내가 졸린데, 오늘은 누나가 졸린 거다.

"누나 졸려요?" 내가 말을 걸었다.

"안 졸려."

"거짓말."

"거짓말 아니야."

누나가 바닥에 뒹굴며 대자로 누웠다. 구름 낀 하늘에서 내리비치는 가느다란 빛이 누나의 얼굴을 하얗고 매끄럽게 했다. 나는 체스 판 앞에 정좌를 하고 앉아 누나의 얼굴을 들여다봤다. 누나가 큰 눈을 뜨고 나를 올려다봤다. 깜빡깜빡 눈을 깜빡였다. 누나가 마치 초등학생 여자애처럼 보여서 나는 무척 놀랐다.

누나는 들뜬 목소리로 "소년은 어제 몇 시에 잤니?" 하고 물었다.

"난 언제나 아홉 시에 자요."

"그랬지. 넌 한밤중을 몰라."

"한밤중은 굉장한가요?"

"굉장해. 모두 잠들고 거리가 어두워지면 대모험이 시작되지."

"나도 훈련을 해서 밤에 깨어 있을 수 있게 할 거예요."

"그런 훈련을 해서 뭐 하게? 밤중에 깨어 있어봤자 외로울 뿐이야."

"누나가 졸릴 때까지 체스 상대가 되어줄게요."

"쫑알거리지 말고 자, 소년."

누나는 때때로 눈을 감았다. 잠들어버렸나 싶으면 프랑스 인형처럼 반짝 눈을 떴다.

"그때 그 실험 뒤에 뭘 좀 만들었나요?"

"아니 아무것도."

"나는 가설을 세웠어요. 누나는 펭귄이 아니라 다른 것을 만드는 게 좋다고 봐요. 그렇게 하면 건강해질지도 몰라요. 해변의 카페에서 박쥐를 만들었을 때처럼."

"펭귄 말고 다른 것을 만드는 건 싫어."

"왜요?"

"무서운 꿈을 꾸니까."

"재버워크가 나오는 꿈?"

누나는 "그런 셈이야" 하고 중얼거렸다. 그리고 홱 고개를 옆으로 돌리고 베란다 너머의 회색 하늘을 바라봤다. "내가 힘을 내지 않으면 네 펭귄 연구도 더 이상 진전이 없겠지."

"졸리면 자는 게 좋아요."

내가 말했다. "굿 나이트."

"아직 밤이 아니잖니" 하고 누나는 미소 지었다. 누나는 영어를 안다.

그러더니 정말로 잠이 들어버렸다.

* * *

나에게 들리는 건 베란다 밖에 내리는 빗소리와 누나의 작은 숨소리뿐이었다.

누나는 입과 입술을 꾹 다물고 곤히 잔다. 웅얼웅얼거리며 자는 여동생하고는 많이 다르다.

누나의 얼굴을 관찰하는 동안 왜 이 사람의 얼굴은 이런 모양으로 완성된 걸까, 누가 결정한 걸까, 하는 의문이 내 머리에 떠올랐다. 물론 나는 유전자가 얼굴 생김새를 결정한다는 걸 알고 있다. 하지만 내가 정말로 알고 싶은 것은 그런 것이 아니었다. 나는 왜 누나의 얼굴을 가만히 들여다보면 마음이 기뻐질까, 그리고 내가 기쁘게 생각하는 누나의 얼굴은 왜 유전자에 의해 완벽하게 만들어져서 지금 저기에 있는 걸까, 하는 것을 나는 알고 싶었다.

나는 그 신기한 느낌을 노트에 쓰려고 했지만, 그런 신기한 느낌은 노트를 쓰기 시작한 이후로 처음으로 갖게 된 것이라 잘 쓸 수가 없었다. 나는 "누나의 얼굴, 기쁨, 유전자, 완벽"이라고만 메모해뒀다. 그리고 누나가 만들어준 스파게티 성분에 대해 쓰고, 그 스파게티가 무척 맛있었다고 기록했다. 샐러드를 만들 때는 먼저 볼 안에서 드레싱을 만들고 그 뒤에 채소를 섞는 것이 본래의 방식이라는 것도 썼다.

내가 노트를 다 쓴 후에도 누나는 여전히 잠에서 깨지 않았다.

배가 차면 누나가 병이 날 수도 있겠다는 생각이 들어서, 침대에서 홑이불을 가지고 와 덮어줬다. 이건 내가 생각해도 적절한 판단이었다. '이런 식으로 마룻바닥에서 잔다면 누나한테는 홑이불을 가져다 덮어줄 사람이 필요하겠어' 하고 나는 생각했다.

어른 여성은 어른 남성을 쉽게 방에 들이지 않는다고 한다. 하물며 그 남성 앞에서 잠든다는 건 더더욱 생각할 수 없다. 그런 건 연인이 된 뒤에 하는 거다. 누나는 나를 방으로 들어오게 해서 내 앞에서 잠들어버렸다. 누나가 이러는 건 내가 단지 아이이기 때문일까.

낮에 자는 사람은 외로워 보인다. 누나가 밤에 잠들 수 없다니 참 안됐다. 나는 밤이 되면 견딜 수 없이 잠이 쏟아지는 게 종종 슬프다. 이 어찌할 수 없는 졸음을 다른 사람에게 수출하는 시스템을 미항공우주국이 개발해주면 좋을 텐데 하는 생각을 평소에 늘 한다. '졸음 이동 시스템'이 있으면 누나는 내 졸음을 써서 밤에 잠들 수 있을 것이다. 그리고 나는 밤늦게까지 연구를 해서 훌륭한 어른이 될 수 있을 것이다.

그런 생각을 하는 사이에 나도 꾸벅꾸벅 존 모양이었다. 정신을 차리고 보니 나는 홑이불을 덮고 침대에 누워 있었다. 누나는 소파에 앉아 잡지를 읽고 있었다.

"일어났구나." 누나가 말했다.

"난 이제 그만 집에 가야 할 것 같아요."

"그렇구나. 비도 그쳤어."

현관을 나설 때 누나에게 잘 있으라는 인사와 함께, "연구가 진척되지 않아 미안해요"라고 말했다.

"왜 그렇게 풀죽은 소리를 하니."

누나는 웃었다. "과학의 아이잖아, 넌."

"과학의 아이도 풀죽을 때가 있어요."

"위대한 발견에는 시간이 필요한 법이야."

아파트에서 나오니 언덕 위 하늘이 신기한 색깔로 물들어 있었다. 하늘 한가득 퍼진 울퉁불퉁한 구름이 엷은 핑크색으로 빛났다. 나는 그런 하늘을 여태 한 번도 본 적이 없었다. 현 경계에 있는 산 너머의 구름 틈새로 햇빛이 내리비쳤다. 노을 진 하늘을 가르며.

내가 돌아보니 누나가 베란다에서 손을 흔들었다. 누나도 핑크색으로 물들어 있었다.

* * *

'바다'는 세계적인 과학자도 풀기 어려울 큰 문제다.

'바다'가 공중에 뜨는 원리가 무엇인지는 모른다. 커다란 파란 물의 덩어리처럼 보이는 그 물체의 표면은 활동이 활발하다. 호흡을 하듯이 커졌다 작아졌다 한다. 때로는 태풍 같은 하얀 소용돌이들이 발생한다. 안테나 모양의 구조물이 튀어나올 때도 있다. 계속 관측하고 있자면, 마치 신기한 생물처럼 보인다.

그런 큰 문제를 연구하는 것이 아마도 세상에서 우리 셋뿐일 거라는 사실이 나를 자랑스럽게 했다. 나는 우치다와 하마모토와 함께 노벨상 시상식에 나가는 꿈을 꾸기도 했다. 셋이 나란히 서서 목에 노벨상 메달을 거는 거다. 우리는 '바다' 연구자로서 과학 교과서에 실릴지도 모른다. 아버지와 어머니가 매우 기뻐할 것이다. 그리고 누나도 "해냈구나, 소년!"이라고 말할 것이다.

이 연구는 비밀로 해둬야 한다. 만약 '바다'의 존재가 알려지면 수많은 연구자들이 몰려올 것이고, 우리는 초등학생이라는 이유만으로 이 연구에서 밀려날지도 모르기 때문이다. 그렇기 때문에 우리는 학교에 있는 동안은 가능한 한 '바다'에 대한 얘기를 하지 않기로 했다. 하지만 새로운 아이디어가 떠올랐을 때 잠자코 있어야 한다는 건 재미없다. 그래서 참지 못하고 쉬는 시간에 얘기를 해버리는 경우도 있다. 우치다는 '바다'가 어딘가의 연구소가 만든 장치라는 의견을 갖고 있었고, 나는 '바다'의 표면에서 일어나는 현상에 대해 여러 가지로 해석을 했으며, 하마모토는 '바다'와 커뮤니케이션하는 방법을 생각해볼 계획이었다. 우리는 모두 '바다' 연구에 열심히 매달렸다.

나와 하마모토가 남몰래 얘기하는 걸 본 스즈키가 "재네 서로 좋아한대!" 하고 놀렸다. 스즈키 제국에서는 남자아이와 여자아이가 둘이서 얘기를 하면 서로 좋아하는 거다.

잠자코 있는 우리를 향해 스즈키가 큰 소리로 말했다. "아오야마랑 하마모토는 서로 좋아한대."

고바야시와 그 밖의 아이들이 마구 떠들어대는 바람에 하마모토의 귀가 빨개졌다.

"아오야마 씨, 최근에는 어떤 탐험을 하시나요?"

스즈키가 배배 꼰 공손한 목소리로 말했다.

"넌 하마모토에게 빠져서 탐험은 땡땡이겠지? 우리가 탐험을 훨씬 잘하고 있어. 우리는 벌써 강을 탐험했고 지도도 만들었어."

"굉장한 모험을 했어." 고바야시가 무게를 잡고 고개를 끄덕였다. "죽을 뻔했어, 진짜야."

"우리는 땡땡이친 게 아니야. 비가 와서 프로젝트를 연기한 것뿐이야."

"약 오르지?"

"전혀. 우리한테는 우리의 방법이 있다고."

"흥!" 하고 스즈키가 코웃음 쳤다. "우물우물거리면 우리가 다 탐험해버릴 거야."

스즈키가 저쪽으로 가버리자 하마모토가 "아휴, 시끄러" 하고 중얼거렸다.

하마모토는 화가 났는지, "우리도 탐험하러 가자!" 하고 말했다. "나도 너네랑 같이 강 탐험하러 갈 거야."

"왜 하마모토 네가 화를 내니?"

"화난 거 아니야."

"화나지 않았으면 됐어."

하마모토는 내 얼굴을 가만히 바라봤다. 그 애는 이럴 때 갑자기 어른 같은 눈을 한다. 나는 그 눈을 흉내 내려고 애써봤지만, 잘되지 않았다.

"스즈키랑 다른 애들한테 선두를 빼앗겨도 돼?" 그 애가 말했다.

"하마모토, 만약 우리랑 스즈키가 스콧과 아문센같이 남극점에 도달하려고 경쟁하는 거라면, 우리는 서두르지 않으면 안 되겠지. 하지만 스즈키와 그 친구들은 강 아래쪽으로 내려가면서 바다를 향해 가고 있고, 우리는 강을 거슬러 올라가면서 원류를 향해 가고 있어. 방향이 다르니까 초조해할 필요가 없어. 게다가 스즈키네 패가 만드는 탐험지도는 아마 정확하지도 않을 거야."

"아오야마 넌 화를 안 내는구나."

"나는 쉽게 화내지 않는 주의야."

"재미없어. 어쩌면 스즈키가 방향을 바꿔 탐험할 수도 있잖아. 그럼 어떡해?"

우치다가 옆에 와서 "그럼 안 되지" 하고 말했다.

"나도 가보고 싶어." 하마모토가 말했다. 우치다는 불만스러워했다. "하지만…… 그건 나와 아오야마의 프로젝트야."

"그렇게 말한다면 '바다'는 내 거야. 아오야마랑 우치다는 나중에 왔잖아."

"그건 네가 우리한테 부탁한 거잖아."

"공평하게 해."

하마모토가 흥 하고 삐쳤다.

"하마모토, 강 탐험은 위험해. 미끄러져서 강물에 빠질지도 몰라. 나는 별로 권하고 싶지 않아."

"미끄러지지 않게 조심하면 되고 빠진다고 해도 헤엄쳐 나올 수 있어."

하마모토가 주장했다.

* * *

그 일요일은 아버지가 대학교에서 강의를 듣는 날이었다.

우리 도시에는 대학교가 있어서 아버지는 때때로 일요일에 강의를 들으러 간다. 아버지는 대학을 졸업한 어른이지만 일하는 사람도 들을 수 있는 수업이 있다. 아버지 말로는 그 대학은 우리가 이곳으로 이사 왔을 무렵에 만들어진 신생 대학이라서 마치 미래도시에나 있을 것 같은 새 건물들이 서 있다고 한다.

점심을 다 먹고 나서 내가 탐험 갈 준비를 하고 있을 때,

아버지는 거실 테이블에서 강의 들으러 갈 준비를 하고 있었다. 아버지는 쪽지를 붙여놓은 두꺼운 책을 넘기며 만년필로 노트에 뭔가를 쓰고 있었다.

"오늘은 탐험하러 가니?" 아버지가 말했다.

"네."

"차 조심하렴. 위험한 장소에는 들어가지 말고."

"네. 난 조심스러운 아이예요."

아버지는 학교까지 차로 간다. 그래서 나는 쇼핑센터까지 태워달라고 했다. 우치다와 하마모토와 그곳에서 만나 같이 탐험하러 갈 계획이었다.

그날은 갑자기 한여름이 온 것처럼 더웠다. 주택가 위로 펼쳐진 하늘은 치과의 잡지에서 본 하와이의 하늘 같았고, 버스길의 가로수는 짙은 초록색이었다. 인적이 없는 버스도로를 차로 달리니까 마치 해변의 고속도로를 달리는 기분이었다. 오리너구리 공원 앞의 커브를 돌면 바로 반짝반짝 빛나는 바다가 나타날 것 같았다. 하지만 나는 해변의 고속도로를 달린 적이 없으니 이건 어디까지나 상상일 뿐이다.

쇼핑센터 주차장에서 아버지와 헤어져 친구들과 만날 장소인 푸드 코트로 들어갔다. 하마모토가 로봇같이 새치름한 얼굴을 하고 벤치에 앉아 있었다. 무릎에 커다란 흰 모자를 올려놓은 모습이 피크닉 가는 아이 같았다. 내가 "안녕"

하자 그 애도 "안녕!" 하고 활기차게 인사를 받았다. 얼마 안 되어 우치다도 왔다.

우선은 푸드 코트 구석에 있는 테이블에 앉아 작전회의를 하기로 했다. 내가 새로 만든 지도를 펼치자 하마모토는 그것을 들여다보며 "흠흠" 하고 감탄사를 연발했다.

"이 파란 선이 우리가 탐험하고 있는 강이야. 초등학교 뒤에 있는 빈터가 여기야. 우리가 탐험을 시작한 지점이지."

"'고대 유적'이라는 게 뭐야?"

"저수설비야. 왠지 고대의 유적 같아서 그런 이름을 붙였어. 거기서부터 강을 거슬러 올라가면 여기 논 사이를 빠져나가게 돼. 국도 아래 터널을 빠져나가서 주택예정지로 들어가. 그러면 이 쇼핑센터 뒤까지 나와."

"여기서부터는 수수께끼야." 우치다가 말했다. "원류를 발견할 거야."

"제대로 된 지도에는 실려 있지 않아?"

"이 강은 지도에 없는 강이야."

"그런 게 있어?" 하마모토는 의아한 얼굴을 했다.

"강이 무척 작아서일 거야. 지도를 만든 사람들이 빠트렸나 봐. 그러니까 우리의 역할이 중요해. 이 강이 어디서부터 시작되는지는 아무도 몰라. 우리가 조사해서 밝혀내주면 지도를 만드는 사람들도 분명 기뻐할 거야."

"흐음."

하마모토는 진지한 얼굴이 되었다.

우리는 쇼핑센터에서 나왔다. 큰 건물 뒤로 돌아가자 텅 빈 주택예정지가 마치 사막처럼 펼쳐져 있었다. 하마모토는 하얀 모자를 썼다. 그 애는 콘크리트로 단단하게 만들어놓은 수로를 보고 조금 실망한 것 같았다.

"뭐야. 난 좀 더 아마존 같은 강일 거라고 생각했어!"

"아마존 같은 곳도 있었어." 우치다가 말했다.

"따라가다 보면 또 아마존 같은 곳이 있을지도 몰라. 방심하면 안 돼." 나도 말했다.

초록색 펜스 너머로 들여다보자 깊은 콘크리트 수로에 물이 가득 흐르는 것이 보였다. 비가 많이 내렸기 때문일 것이다. 쇼핑센터 뒤에 조성된 넓은 주택예정지에는 전신주와 사각으로 구획된 빈터가 규칙 바르게 이어지고 있었다. 태양열로 아스팔트가 구워질 정도로 더웠지만 하얀 모자를 쓴 하마모토는 아무렇지도 않다는 얼굴을 하고 있었다.

"가재 같은 냄새가 나."

우치다가 강을 들여다보며 말했다.

그러자 등 뒤로 다가간 하마모토가 "왓" 하며 우치다의 등을 미는 척했다. 우치다가 비명을 지르자 그 애는 깔깔깔 웃었다. 그리고 마치 스케이트를 지치듯 쓱쓱 걸어갔다. 양팔을 허리 뒤로 돌려 잡고 “온통 빈터뿐이야!” 하고 혼잣말을 하기도 했다. 우치다는 “하마모토는 좀 별난 애야” 하고 중얼거렸다.

우리는 ‘바다’에 대해 토론하면서 강을 따라 걸어갔다. 하마모토는 ‘바다’ 내부를 탐험해봐야 한다고 주장했다.

“그건 위험할 거야.” 우치다는 반대했다.

“물론 안에 들어가는 건 안 돼. 뭔가 다른 걸 넣는 거야.”

“탐사선을 보낸다는 거니?” 내가 말했다.

“탐사선!”

우치다가 기쁜 얼굴을 했다. “그거 좋구나. 우주 같아.”

그런 얘기를 하며 우리는 걸어갔다. 돌아보니 쇼핑센터는 이미 완전히 작아져 있었다. 진짜 사막 건너에 서 있는 양, 건물이 신기루처럼 흔들렸고 옥상 주차장으로 올라가는 자동차의 차체가 반짝였다.

“강 탐험은 별 재미가 없구나.” 하마모토가 말했다.

“재미있을 때도 있고 재미없을 때도 있어.” 우치다가 말했다. “하마모토는 초심자니까.”

우리는 시영버스가 많이 서 있는 버스 종점 뒤쪽으로 빠져나갔다. 펜스 너머로 이 층 건물로 된 대합실과 자동판매기가 보였다.

시영버스 종점을 지나자 주택예정지가 갑자기 끝나고 다

시 논이 펼쳐졌다. 강을 따라가던 펜스도 사라지고, 콘크리트 수로는 논 사이를 지나갔다. 모내기가 끝난 논에는 규칙 바르게 줄지어 선 초록 벼 모종이 물에 잠겨 있었고 오른쪽 논 너머로는 넓은 국도가 뻗어 있었다.

오래된 갈색 건물 뒤편에서 수로는 지하수로로 바뀌었다. 우리는 그곳 나무그늘에서 휴식을 취하기로 했다. 하마모토는 물통을 꺼내 차를 마셨고 나는 지도를 펼치고 강의 루트를 그려 넣었다. 갈색 건물을 조사하러 갔던 우치다가 돌아와서 "글쎄 말이야" 하고 말했다. "여기는 도서관 뒤야."

"우리가 이러고 있는 걸 스즈키가 보면 또 시끄럽게 굴걸."

하마모토가 땀을 닦으며 말했다.

"불편한 일이구나." 내가 말했다.

스즈키 제국의 법률에 따르면 반 여자아이와 남자아이는 사이좋게 지내서는 안 된다. 스즈키는 나와 하마모토를 두고 서로 좋아한다며 놀린다. 나는 이상하다고 생각한다. 첫째로 이건 일부러 에너지를 써서 간섭할 정도의 사건이 아니다. 둘째로 만약 스즈키가 말하는 대로 나와 하마모토가 '좋아하는 사이'라고 해도 그건 별로 나쁜 일이 아니다. 사이가 좋은 건 좋은 일이다. 왜 떠들어대는지 나는 알 수가 없다. 셋째로 나는 하마모토랑 좋아하는 사이가 아니다. 나는 이미 상대를 정해놓았기 때문이다. 만약에 하마모토가 나를 좋아한다 하더라도 나는 거기에 응할 수 없다. 안타까운 일이다.

휴식을 끝내고 우리는 다시 강을 더듬어 갔다.

한동안 국도와 평행으로 걸어가자 논이 끝나가면서 점점 어두운 숲이 다가왔다. 숲 너머에는 고압 철탑이 솟아올라 있다. 우리는 숲 입구에 섰다. 수로는 거기서 그대로 숲속으로 이어졌다. 숲속의 그늘에 들어서자 마치 물에 잠긴 것같이 서늘했다.

"이곳은 재버워크의 숲?"

하마모토가 중얼거렸다.

"재버워크의 숲은 방향이 달라."

우리는 방충 스프레이를 뿌리고 숲으로 들어갔다.

숲에도 여러 분위기가 있다. 재버워크의 숲은 아마 우리 도시에서 가장 숲다운 숲일 거다. 숲다운 숲에는 아마존 같은 분위기가 있다.

그날 우리가 지나간 숲은 아마존 같은 분위기는 아니었다. 계속해서 잡목림이 이어지는 곳이었다. 그럴 때는 세상 끝으로 빠져나가는 것 같은 예감이 별로 들지 않는다. 아마존 같은 숲이 끝나는 곳에는 바로 앞에 세계의 끝이 있을지도 모른다. 나는 세계의 끝에 대한 내 생각을 하마모토에게 얘기해볼까 하고 생각했지만 어쩐지 내키지 않았다. 세계의 끝이라니 과학적이지 않아, 할지도 몰랐기 때문이다.

강이 지나가서 그런지 숲에는 습기가 많았다. 우리는 강으로 미끄러져 떨어지지 않게 주의하며 걸어가야 했다. 더 이상 펜스가 없었기 때문이다.

숲을 걸어가면서 하마모토는 아버지에 대한 얘기를 들려줬다. 그 애의 아버지는 대학 선생님이고 매일 이 도시의 대학에 나가서 학생들에게 수업을 가르치거나 연구를 한다. 지구에 대한 연구를 하고 있단다. 흥미로웠다.

"오늘 아빠는 대학에 가 계셔." 그 애는 말했다. "특별수업이 있대."

"우리 아빠도 대학에 갔어. 수업을 듣는다고 했는데."

"그래! 그럼 어쩌면 우리 아빠가 너희 아빠를 가르치고 있을지도 몰라."

"그거 멋진 일인데."

그때 맨 앞에서 걸어가던 우치다가 멈춰 섰다.

"무슨 일이야?" 하마모토가 말했다. 우치다는 말없이 강 앞쪽을 가리켰다.

나무들이 많이 우거져 있어서 강이 어슴푸레하게 보였다. 우치다가 가리킨 강을 보니 수면 위로 뭔가 하얀 것이 부풀어 올라 있었다. 그 부푼 것이 돌연 굉장한 속도로 우리 쪽으로 다가왔다.

하마모토가 내 팔을 잡았다. "아오야마, 저게 뭐지?"

"나도 몰라."

"물고기인가?" 우치다가 말했다.

우리가 강 옆에 서서 보고 있자니까 그 하얀 것은 강물을 가르듯이 전진해 와서 우리 눈앞을 통과했다. 우리가 양팔을 벌려도 모자랄 만큼 큰 물고기였다. 몸은 하얗고 반짝반짝 윤기가 났다. 우리 도시로 흘러오는 강에 이런 커다란 생물이 있다는 게 도저히 믿어지지 않았다. 물고기는 우리 눈앞을 지나갈 때 풍덩 하고 물을 튀겼다. 하마모토와 우치다가 비명을 질렀다. 물보라 너머로 마치 젖은 고무같이 반들반들 빛나는 은색 피부가 드러났다.

그 물고기가 지나간 뒤에도 우리는 너무 놀라 꼼짝도 할 수 없었다.

"지금 그건 뭐였지?" 하마모토가 말했다. "그거, 물고기야? 징그러워!"

"그렇게 큰 물고기가 이런 강에 있을 수 있나?" 나는 중얼거렸다.

"아마존 같아." 우치다가 말했다.

* * *

드디어 우리는 숲을 빠져나왔다. 그곳에서부터 강은 다시 펜스에 둘러싸인 수로가 되어 우거진 풀밭을 가로질러 갔다. 숲이 끝나자 열기가 확 밀려와 숨을 쉬기가 힘들었다. 풀밭 옆에는 아스팔트 도로가 뻗어 있고 도로 건너편에는 미래도시 같은 건물이 줄지어 서 있었다. 나무울타리에 둘러싸인 잔디도 보였다.

"어머, 여긴 대학교야." 하마모토가 말했다. "아빠가 있는 곳."

그 애는 풀을 밟고 걸어갔다.

"강 탐험은 어떻게 하지?" 내가 말했다.

하마모토는 탐험대 대장이 나라는 사실을 잊곤 한다. 한심스러운 일이다. 나와 우치다도 강에서 벗어나 그 애 뒤를 따라갔다.

일요일의 캠퍼스는 텅 비어서 매우 조용했다.

하마모토는 아버지의 연구실이 '지구과학 연구동'이라는 건물에 있다고 했다. 그 애는 여러 번 놀러 와봤다면서 건물 사이를 빠져나갔다. 큰 연구동과 연구동 사이의 그늘진 통로로 뜨거운 바람이 휭휭 요란한 소리를 내며 지나갔다. 우치다가 "맘대로 들어가도 돼?" 하고 불안한 목소리로 물었지만 하마모토는 아무렇지도 않은 얼굴이었다. 전체가 다 유리로 된 벽 앞을 지나가게 되었다. 유리 너머는 하얀 둥근 테이블이 많이 놓여 있는 공항대합실 같은 곳이었다. 하마모토가 '카페테리아'라고 말해줬다. 그러더니 문득 멈춰 서서 카페테리아 안을 들여다봤다. 나도 안을 살피니 구석의 한 테이블에서 수염을 멋지게 기른 사람이 우리 아버지와 얘기를 하고 있었다. 같은 테이블에 앉아 얘기하고 있는 건 뜻밖에도 치과 누나였다.

아버지가 밖에 있는 우리를 알아보고 놀란 얼굴을 하며 일어섰다.

수염이 난 사람도 우리 쪽을 봤다.

"우리 아빠야." 하마모토가 말했다.

"저 수염 난 사람 말이야?"

"응."

"정말 멋진 수염이네."

"무서워 보이는데." 우치다가 말했다. 하마모토는 "우리 아빠는 무서워"라고 말했지만, 왠지 기뻐 보였다. "굉장히 무서워."

우리는 카페테리아로 들어갔다. 시원하고 쾌적했다. 우리는 땀을 굉장히 많이 흘려서 화장실에 가서 얼굴을 닦고 와야 했다.

"놀랐다." 아버지가 말했다. "오늘은 학교를 탐험할 예정이었니?"

"아니에요. 우연히 도착한 거예요." 나는 누나를 봤다. "누나가 왜 여기 있는 거죠?"

"공부하러 왔어."

누나는 그렇게 말하면서 가슴을 폈다.

하마모토의 아버지는 이 대학 선생님이고 오늘은 '공개강좌'라는 걸 열었다고 한다. 아버지는 자치회에서 팸플릿을 보고 신청을 했고, 누나는 하마모토 선생님이 치과 환자여서 신청을 했다. 강의가 끝난 뒤에 누나가 하마모토 선생님에게 인사를 하러 갔는데 마침 아버지도 갔다. 얘기를 하다가 셋이서 카페테리아에서 차를 마시게 되었다. 거기에 우리가 나타난 것이다.

우리는 마치 소풍이라도 온 것처럼 테이블에 마주 앉아 주스를 마셨다.

하마모토의 아버지는 대기에 관한 연구를 하고 있단다. 곰처럼 큰 체구에 말이 별로 없었으며 크고 번득이는 눈은 뭔가를 노려보는 것처럼 보였다. 그도 파란 노트를 갖고 있었고 무슨 설명을 할 때는 큰 몸을 둥글게 하고 테이블 위에 올려놓은 그 노트에 빙글빙글 선을 그렸다. 그는 오늘 강의에서 얘기한 내용을 우리도 알아들을 수 있게 설명해줬다. 하늘 높이 작은 기구를 띄워서 대기의 성분을 조사하는 실험 이야기였다. 내 질문에 대해서도 성의껏 대답을 해주었다.

나는 노트를 꺼내 메모를 하다가 하마모토 선생님에게 노트를 보여달라고 했다. 선생님의 노트는 여기저기 어려운 수식과 그래프가 그려져 있는, 무척 멋진 노트였다. 나도 이런 식으로 필기를 할 수 있게 되면 좋겠다. 나는 블랙홀의 구조를 그려놓은 노트를 선생님에게 보여주었다.

"아주 잘 그렸구나. 아오야마는 우주에 관심이 많은 모양이지?"

"예. 아주 관심이 많아요."

"그거 좋은 일이구나. 나한테 책이 있으니까 빌려주마."

"선생님도 우주를 좋아하세요?"

"좋아하고말고. 우주에 관심이 없는 사람하고는 얘기를 할 수가 없어."

"저는 우주에 흥미 없어요." 누나가 웃었다. "저는 선생님하고 얘기 못 하겠네요."

"그쪽은 내 이를 치료해주잖아요. 그러니까 우주에 흥미가 없어도 봐주죠."

누나는 전에 만났을 때보다 훨씬 건강해져 있었다. 뺨에는 혈색이 돌아왔고 졸린 것 같지도 않았다. 계속 생글생글 웃고 있었다. 아버지랑 하마모토 선생님이랑 얘기하는 걸 보고 있자니 역시 누나는 어른 같았다. 그럴 때 나는 조금 쓸쓸한 기분이 든다. 이상하다.

"선생님, 아오야마는 이런저런 연구를 많이 하고 있어요. 늘 바빠요." 누나가 말했다. "나에 대해서도 연구 중이지?"

나는 누나가 그런 말을 해서 깜짝 놀랐다.

"누나에 대한 연구?" 선생님이 나를 봤다.

"누나는 매우 흥미로운 사람이에요." 나는 매우 조심스럽게 대답했다.

"그건 그래. 어쨌든 신비로운 사람이니까." 선생님이 고개를 끄덕였다.

하마모토가 "나도 아오야마하고 공동연구를 하고 있어요" 하고 가슴을 폈다.

"그런 것 같구나" 하고 선생님은 슬픈 표정을 지었다. "무슨 연구를 하는지 나한테는 가르쳐줄 생각이 없는 것 같구나."

"그러느라 아오야마 너는 나에 대한 연구는 땡땡이치고 있구나." 누나가 말했다.

"무슨 연구를 하니?"

"비밀이에요. 연구가 잘 정리된 뒤에 발표할 생각이에요."

하마모토 선생님은 나를 힐끗 봤다. 그리고 "그거 좋지"

했다. "비밀로 해두는 편이 좋아. 정말로 중요한 연구는 다른 사람에게 함부로 말하지 않는 법이야."

우리는 오늘의 탐험을 이쯤에서 끝내기로 했다. 슬슬 저녁때도 됐고 하마모토가 지친 것 같았기 때문이다. 우리 셋과 누나는 아버지가 운전하는 차를 타기로 했다. 누나가 조수석에 앉았고 우리 셋이 뒷좌석에 앉았다. 하마모토의 아버지는 아직 해야 할 일이 남아 있다며 주차장에 서서 우리를 배웅해주었다. 햇빛에 얼굴을 찌푸리니까 깊은 숲속에서 살다가 사람 사는 동네로 나와 깜짝 놀란 곰을 보는 것 같았다. 하마모토가 차창으로 손을 내밀고 흔들자 그는 얼굴을 주름투성이로 만든 채 손을 흔들어 보였다.

"너의 아버지는 연구를 열심히 하시니?" 내가 물었다.

"굉장히 열심히 하셔. 그래서 아빠는 충치가 생겨. 연구하면서 단걸 먹으니까."

"그래서 우리 치과에 오시는구나." 누나가 말했다.

"연구에 열심인 사람은 충치가 생기게 마련이야."

내가 말하자, 아버지가 "너는 이를 잘 좀 닦아라" 하고 말했다. 아버지가 옳다.

"깜빡 잊어버려요. 몹시 바쁘기 때문이에요."

"분명히 넌 바빠. 하지만 바쁘다고 이를 안 닦는 사람과 바빠도 이를 닦는 사람이 있다면 어느 쪽이 스마트할까?"

"스마트하다는 관점에서 보자면 이를 닮는 사람이지요."

"아오야마는 아빠를 쏙 빼닮았구나." 누나가 말했다. "연구에 열심인 점이라든가, 말하는 방식이라든가."

"어릴 때 나는 저 애만큼 이론가가 아니었고, 연구에 열심이지도 않았답니다."

시립도서관 앞을 지나서 주택가를 향해 버스도로를 돌 때, 나는 신기한 현상을 봤다. 그 현상을 처음 알아차린 건 하마모토였다. 그 애는 내 옆구리를 찌르며 "하늘, 하늘" 하고 말했다.

급수탑 언덕이 있는 방향으로 구름이 떠 있었다. 그 구름은 중앙이 아래로 볼록 부풀어 있었고 끝 쪽으로 갈수록 가늘어지면서 나선 모양을 이뤘다. 나는 그런 구름을 본 적이 없었다. 우치다도 몸을 앞으로 내밀고 하늘을 보더니 "괴상한 구름이네" 하고 말했다.

"저건 재버워크의 숲 쪽?"

하마모토가 눈썹을 찌푸리며 말했다.

* * *

나는 많은 책을 읽을 수 있고 주머니 안에 손을 넣어 메모를 할 줄 알며 레고 블록으로 우주정거장을 만들 수도 있다.

이렇게 몸에 익힌 여러 가지 재주들이 나를 훌륭한 어른으로 만들어줄 것이다.

수영도 내가 잘하는 것 중 하나다.

초등학교에 입학한 지 얼마 안 됐을 무렵에는 나는 물에 얼굴을 대는 것도 싫어하는 아이였다. 물속에서 숨을 멈춰야 한다는 걸 생각만 해도 숨이 막혔다. 생명은 바다에서 태어났다는데 물속에서 숨을 쉴 수 없다는 게 이상했다. 하지만 어쨌든 초등학교 때는 수영장에 들어가야 했다. 나는 아버지에게 수영을 배웠고 그러다 보니 헤엄도 칠 수 있게 되었다. 지금 나는 돌고래처럼 헤엄칠 수 있다.

7월이 되어 학교에서 수영 수업이 시작됐다. 모두 수영복으로 갈아입고 수영장으로 모였다. 짙푸른 하늘에는 폭신폭신한 구름이 부풀어 오르고 있었다.

수영장에 들어가기 전에는 큰 샤워기 아래를 두 줄로 서서 지나가야 한다. 나와 우치다는 줄 맨 뒤에 서 있었다. 수영을 좋아하지 않는 우치다는 당장이라도 울 것 같은 얼굴이었다. 조금 앞줄에 서 있던 스즈키와 그 친구들이 우리를 보고 "우치다랑 아오야마가 겁먹었어!" 하고 소리쳤다.

"무서운 건 아니야." 우치다가 떨며 말했다. "왠지 가슴이 두근거리긴 하지만 무서운 건 아니야."

"확실히 그런 게 있긴 해. 나도 천둥이 치면 배가 아파와.

하지만 무서운 건 아니야. 그냥 심박수가 올라가고 땀이 나고 배가 아파질 뿐이야."

"그래."

등을 쭉 펴고 보니 행렬 맨 앞에 선 아이들은 벌써 샤워기 아래 서 있었다. 기세 좋게 내리쏟아지는 물줄기 소리가 자꾸만 다가왔다. 물안개에 휩싸인 같은 반 아이들의 비명과 웃음소리가 들려왔다. 머리를 수영모자 속으로 꽉 집어넣은 하마모토가 이쪽을 돌아보았다. 그 애는 씩 웃은 뒤에 아무렇지도 않게 쓱쓱 앞으로 나아가 샤워기가 있는 벽 건너편으로 사라졌다. 마치 세차장으로 들어가는 작은 외제차 같았다. 샤워기의 물보라가 내 눈 앞에 가득 차올라왔다. 염소 냄새가 훅 났다. 물은 무척 차가웠다. 나는 머리를 끌어안고 있는 우치다를 잡아당기듯이 하며 샤워기 아래를 지나갔다. 나는 "왓" 하고 소리치고, 우치다는 "으!" 하고 소리를 냈다.

준비체조를 마치고 수영장으로 들어갔다. 물에 처음 들어갈 때는 차가웠지만 익숙해지자 기분이 좋아졌다. 전반은 수업이지만 후반은 자유시간이다.

우치다는 수영장 가장자리에 앉아 발만 물에 담그고 물장구를 치고 있었다. 내가 헤엄치면서 불러도 "난 됐어" 하며 손을 흔들었다. 수영복 위에 셔츠를 걸친 선생님이 찰박찰박 걸어와서 우치다 옆에 앉아 잡담을 했다.

나는 머리를 천천히 물에 집어넣고 물결을 따라 흔들리며 물과 공기의 경계를 지나갔다. 그렇게 하면서 수억 년도 더 전에 처음으로 바다에서 육지로 올라온 용감한 생물의 마음을 상상해보았다. 처음으로 육지에 올라온 생물은 '이거 괴롭구나. 물속이 좋아' 하고 생각했을지도 모른다. 그런 상상을 하다 보니 물속으로 점점 더 깊이 들어가고 싶어졌다. 나는 물에 완전히 잠겨 입으로 조금씩 공기를 내뿜으며 수영장 바닥을 둘러봤다.

물에 완전히 가라앉자 소리가 멀어지고 신기한 고요함이 나를 감쌌다. 내 입에서 공기 거품이 나오는 소리가 크게 들려왔다. 같은 반 아이들의 몸이 내 주위를 온통 감싸고 있는 것이 보였다. 잠수해서 눈을 꽉 감은 채 얼굴을 찌푸리고 있는 아이도 있었다. 건너편에 보이는 건 수영장 가장자리에 앉아 물속으로 늘어뜨린 우치다의 다리였다. 수영장 바닥에서 올려다보니 수면이 흔들렸다. 그리고 빛났다. 나는 숨을 한껏 들이마시면 꽤 오랫동안 잠수하고 있을 수 있다. 비결은 내뿜는 숨의 양과 페이스를 신중하게 조절하는 거다.

언젠가 누나와 함께 해변도시에 갈 때는 누나가 바다에서 헤엄치자고 할지도 모른다. 수영을 익혀두길 잘했다고 생각한다. 나는 바다에서 헤엄친 적이 없어서 바닷물이 어느 정도 짠지 모른다. 누나와 함께 바다에 놀러 가는 것이 무척 기다려진다.

자잘한 거품 너머로 하마모토가 하늘하늘 떠 있는 모습이 보였다.

그 애는 몸을 작게 움츠리고 마치 부표같이 수면 가까이 떠 있었다. 수영복을 입고 있어서 돌고래 같은 느낌도 든다. 돌고래는 초음파로 동료들과 대화를 한다. 그 애는 눈을 감고 물의 세계의 소리에 귀를 기울이는 것 같았다.

'나와 같은 걸 하고 있구나.'

내가 그런 생각을 하며 보고 있는데 하마모토가 눈을 반짝 떴다. 큰 눈으로 수영장 바닥에 있는 나를 바라봤다. 뺨을 부풀린 채 꼼짝 않고 있다. 그 애는 작은 손을 흔들고 입에서 작은 거품을 내뱉었다. 뭔가 말한 것 같았지만 알 수가 없었다. 우리는 돌고래가 아니기 때문이다.

그때 나는 스즈키 제국의 고바야시와 나가사키가 수상한 움직임을 보이는 것을 발견했다.

그 애들은 수영장 가장자리에 앉아 있는 우치다의 다리로 다가갔다. 우치다가 위기에 몰린 게 분명했기 때문에 나는 고바야시와 나가사키의 뒤에서 살그머니 다가갔다. 둘의 수영복을 잡아당겨 깜짝 놀라게 할 생각이었다.

고바야시와 나가사키를 바라보는 데만 정신을 판 게 실수였다.

뒤에서 다가온 누군가가 내 수영복을 붙잡았다. 세차게 쭉 잡아당기는 바람에 깜짝 놀라 물을 마셔버렸다. 나는 당황해서 수영장 가장자리를 붙잡았다. 수면 밖으로 얼굴을 내밀고 숨을 들이마셨다. 그래도 내 수영복을 잡아당기는 누군가는 힘을 늦추지 않았다. 수영복은 어느새 끈이 풀려서 줄줄 내려갔다. 정말 난처한 상황이다. 게다가 고바야시와 나가사키까지 사태를 알아차리고 합세를 해서 내 수영복을 잡아당겼다. 수영복은 그만 내 다리에서 쏙 빠져나갔다. 갑자기 아랫도리가 시원해진 느낌이 들었다.

내가 돌아보니 스즈키와 그 친구들이 내 수영복을 머리 위에서 빙글빙글 돌리며 수영장 반대편으로 도망가는 중이었다. 선생님이 호루라기를 불었다. "자, 모두들 올라와라."

물에 젖은 애들이 물 밖으로 올라가 수영장 가장자리에 나란히 섰다. 모두들 몸이 돌고래처럼 매끄럽게 빛났다. 나 혼자만 물속에 오도카니 남겨졌다. 스즈키네 애들이 내 쪽을 보며 웃어댔다. "아오야마, 무슨 일이니?" 하고 선생님이 불렀다. 나는 수영장 가장자리에 팔을 올려놓고 스즈키와 그 친구들이 왜 내 수영복을 가져갔을까 생각했다. 내 수영복을 원했던 걸까? 하지만 스즈키의 수영복이 내 것보다 더 좋은 것이니 내 수영복을 가져가봤자 아무런 도움이 되지 않는다. 그 애는 수영복을 원했던 것이 아니라 수영복을 빼앗긴 내가 쩔쩔매는 걸 보고 싶었던 거다. 자신의 즐거움을 위해 남의 수영복을 빼앗는 건 좋지 않은 일이다. 내가 쩔쩔매면 쩔쩔맬수록 그 애들은 점점 더 재미있어할 거다. 그렇다면 내가 쩔쩔매지 않으면 쩔쩔매지 않을수록 점점 더 재미없어지겠지. 내가 조금도 쩔쩔매지 않으면 그 애들은 다시는 이런 행동을 하지 않을 것이다.

이 이론에 따라 나는 쩔쩔매지 않기로 했다.

내가 그대로 물에서 나와 올라가자 선생님이 "왓" 하고 놀랐다.

"아오야마, 수영복은?"

반 여자아이들이 꺅꺅 소리 지르고 남자아이들은 눈을 둥그렇게 떴다. "아오야마, 기다려! 기다려!" 하면서 선생님이 셔츠를 벗으려 했다. 나는 목욕탕의 물에서 나오듯이 가슴을 쫙 펴고 그대로 수영장 가장자리로 걸어갔다. 스즈키가 반 아이들 뒤로 몸을 숨기려 했지만 다들 길을 열어줬다. 하마모토가 서 있다가 "어머나!" 하고 소리를 질렀다. 그 애는 숨으려는 스즈키의 팔을 잡아 내 쪽으로 밀었다. 나는 스즈키 앞에 섰다.

"내 수영복 어디 있니?"

"몰라!" 스즈키가 말했다.

"내 수영복 어디 있니?"

"몰라!"

"내 수영복 어디 있니?"

내가 젖은 몸을 들이밀자 스즈키는 "모른다니까!" 하면서 몸을 피하다가 결국엔 "수영장 바닥" 하고 실토하고 말았다.

선생님이 내 몸에 셔츠를 걸쳐주었다.

그 후 다들 수색해서 내 수영복을 찾아냈다.

＊＊＊

그날 밤은 조용하고 쓸쓸한 밤이었다. 밤이 되면 우리 도시는 바다 밑바닥같이 조용해지는데, 외롭게 느껴지는 밤과 그렇지 않은 밤이 있다. 나는 외로운 밤과 그렇지 않은 밤이 출현하는 데 어떤 규칙성이 있는지 연구해본 적이 있다. 하지만 결국엔 알 수 없었다.

나는 거실 테이블에 늘어놓은 레고 블록을 끼워 맞추고 있었다. 동생은 소파에서 잠이 들었다. 어머니가 홍차를 마시며 "뭘 만드니?" 하고 물어서 나는 "탐사선요" 하고 대답했다. 하마모토의 아버지가 대기의 성분을 관측한 얘기에서 힌트를 얻어 우리는 '바다'의 내부에 탐사선을 들여보내는 실험을 하기로 했다. 그러기 위해서는 튼튼한 장치를 만들어야 한다.

나는 탐사선을 만들면서 수영장에서 있었던 일에 대해 얘기했다. 어머니는 아무 말 없이 들었다. 어머니는 선생님 같이 곤혹스러운 얼굴을 하지도 않았고 걱정스러운 얼굴을 하지도 않았다. 늘 그렇듯 조금 물기 어린 눈으로 나를 바라봤다. 나는 어머니한테 야단맞을지도 모른다고 생각했다. 아직 훌륭한 어른이 되자고 결심하지 않았던 어린 시절에는 나도 다른 평범한 아이들과 똑같이 어머니에게 자주 야단을 맞았다.

"스즈키도 참, 짓궂은 짓을 했구나."

어머니는 느릿느릿 말했다. "왜 그랬다니?"

"모르겠어요."

"사이좋게 지내봐라."

"하지만 스즈키는 스즈키 제국 황제라서 사이좋게 지내기는 어려울 거예요."

"황제라서?"

"네."

"하지만…… 사이좋게 될 수 있다면 사이좋게 지내기는 할 거니?"

"그렇게 할 수 있다면 제일 좋지요. 스즈키가 그렇게 하자고 하면 난 언제라도 그렇게 할 생각이에요."

"그렇다면 됐어. 엄마는 다 이해해."

어머니는 초콜릿을 먹었다. 아버지가 지난주에 선물로 사 온 초콜릿인데 얇은 초콜릿 판 사이에 페퍼민트 페이스트가 발려 있다. 아버지와 어머니는 이 초콜릿은 어른을 위한 초콜릿이라며 동생에게는 주지 않는다. 동생이 잠잘 때 나한테만 살그머니 준다. 나는 그게 정말 기쁘다.

초콜릿을 먹으며 어머니는 작은 여자아이처럼 킥킥 웃었다.

"네가 발가벗고 수영장에서 올라갔을 때 다들 깜짝 놀랐겠구나."

"선생님은 깜짝 놀랐어요. 내 몸을 윗옷으로 빙빙 감싸줬어요. 반 아이들 중에는 놀란 아이도 있고 웃는 아이도 있었어요."

"다른 사람을 너무 깜짝 놀라게 하는 건 안 좋은 일이야."

"하지만 달리 방법이 없었어요. 수영장에서 나오지 않으면 추워서 견딜 수 없게 될 텐 데다, 수영장 안에서 쩔쩔매고 있으면 스즈키와 그 친구들이 좋아할 테니까요."

"그렇지. 하지만 정말로 다른 방법은 없었을까?"

"엄마한테 뭐 생각나는 게 있어요?"

엄마는 고개를 갸우뚱하고 생각에 잠겼다.

"난 아무것도 생각나지 않는구나. 이런 일은 네가 더 잘 알잖니."

어머니가 그렇게 말해서 나는 좀 더 좋은 방법이 없었을지 생각해보았다. 어머니와 이야기하면 난 늘 그런 기분이 든다.

동생은 소파 위에서 코를 골았다. 시간은 이제 곧 밤 아홉 시. 어머니는 홍차를 마시고 벽에 걸려 있는 시계를 올려다봤다.

"오늘 밤은 아버지가 늦으신다는구나. 밤중에 오신대."

"난 졸려요. 아버지가 돌아오시는 거 못 기다리겠어요."

"기다리지 않아도 돼."

"아버지는 아침에는 이르고 밤에는 늦고."

"정말 다들 잠을 푹 잘 수 있으면 좋겠는데."

"난 별로 자고 싶지 않은데."

아버지는 매일 아침 5번가의 버스정류장에서 시영버스를 탄다. 버스에 흔들리며 십오 분을 가서 역에 내린다. 그리고 전철을 갈아타고 현 경계를 넘어 회사로 간다. 아버지의 아침은 무척 이르고 일이 끝나 집에 오는 시간은 들쑥날쑥이다. 종종 오늘처럼 내가 깨어 있기 어려울 만큼 늦게 오기도 한다. 겨울이 되면 아버지는 아직 어두울 때 나가서 어두워진 뒤에 돌아온다. 아버지는 늘 어두운 버스정류장에서 가방을 늘어뜨리고 서 있다.

아버지의 귀가가 늦어진다는 걸 아는 날은, 나는 아버지를 기다릴 수 없다. 나는 침대에 들어가면 바로 잠들어버리지만, 잠들기 전 아주 잠깐 동안 '아버지는 지금 어디에 있을까?' 하고 생각한다. 아버지는 어둠 속을 달리는 버스에 흔들리면서 스쳐 지나가는 가로등 불빛을 보고 있을 거야. 이제 거의 다 왔을 거야. 지금쯤은 버스정류장에 서 있을 거야, 집을 향해 걷고 있을 거야, 하고 생각하면 왠지 무척 안심이 되고, 그렇게 잠이 든다.

"아버지는 버스정류장에서 버스를 기다리고 있을 때랑 주택가를 걷고 있을 때랑 전철을 타고 있을 때 생각을 한다고 했어요. 그러면 좋은 아이디어가 떠오른대요."

"어머, 그래?"

"그리고 또 해변의 카페에서도 좋은 생각이 떠오른대요."

"그러고 보니 해변의 카페는 진짜 이름이 아니라지. 엄마는 몰랐어."

"그래요. 그 이름은 누나가 붙인 거예요."

어머니에게 해변의 카페라는 이름의 유래를 가르쳐주는 동안 나는 쏟아지는 잠을 참을 수 없게 되었다. 그때 전화가 걸려왔다. 어머니가 받았는데 "누나야" 하면서 바꿔줬다.

"안녕, 소년." 누나의 활기찬 목소리가 들려왔다.

"안녕하세요."

"졸린 목소리구나. 맞다, 벌써 잠들었을 시간이네?"

"오늘은 무척 졸려요. 뇌가 지쳤기 때문이에요."

"얼마 전에 '펭귄 이외의 것을 만드는 게 좋겠어요'라고 했잖니? 네 가설. 그러면 난 건강해질지도 모른다고."

"아오야마 가설."

"그래. 아오야마 가설이 옳을지 모르겠어. 나 건강해졌거든."

"뭘 만들었는데요?"

누나가 쿡쿡 웃었다.

"……흰긴수염고래."

나는 좀 더 깜짝 놀라야 했을지도 모르지만, 그때는 너무나도 졸렸다. 당장이라도 수화기를 떨어뜨릴 지경이었다. 그래서 나는 아무 말도 않고 수화기를 꽉 쥔 채로 멍청히 있었다.

"그래, 넌 졸린 거지?" 전화기 저편에서 누나가 말했다.

"졸려요." 내가 말했다.

"이를 닦으렴, 소년."

누나가 말했다. "굿 나이트."

＊＊＊

그날 밤 꿈에 흰긴수염고래가 나왔다.

내가 안 된다고 주장하는데도 누나는 우리 집 안에서 흰긴수염고래를 만들어버렸다. 누나는 "아기니까 괜찮아"라고 했지만 전혀 괜찮지 않았다. 아기 흰긴수염고래는 거실에 몸이 꽉 끼어 꼼짝달싹 못하게 됐고 아주 힘들고 슬퍼 보이는 얼굴을 했다. 나는 누나가 깔려버리는 게 아닐까 걱정했다. 열심히 누나를 찾았지만 아무 데도 없었다. 내가 누나를 부르며 허둥거리는 사이에 아기 흰긴수염고래가 엄청난 응가를 했다.

믿을 수 없다. 무서운 꿈이었다.

* * *

다음 날 학교가 끝난 후 우리는 재버워크의 숲을 빠져나가 초원으로 갔다.

초원에는 뜨뜻미지근하고 습한 바람이 불었고 하늘에는 뭉게구름이 피어올랐다. 나는 한동안 혼자서 초원을 거닐었다. 심각한 생각에 잠겨서 걷는 내 모습이 그리스 철학자같이 보였을지도 모른다. 우치다와 하마모토에게서 멀어지자 나는 정말로 세계의 끝에 있는 것 같은 기분이 들었다.

돌아보니 하마모토가 풀밭 위에 구부리고 앉아 있는 것이 보였다. 하마모토는 내가 레고 블록으로 만든 탐사선에 연줄을 묶고 있었다. 우치다는 파라솔 아래서 노트에 메모를 했다. 나랑 하마모토와 마찬가지로 그 애도 노트를 쓰기 시작했다. 그 애가 쓰는 방식은 나하고는 다르다. 그 애는 대부분의 시간을 노트는 그냥 놔둔 채 생각에 잠겨 있다. 그렇게 해서 무슨 생각이 떠오르면 아주 조금만 쓴다. 그리고 쓴 것을 결코 보여주지 않는다. 그래서 나는 그 애가 노트에 뭘 썼는지 알 수가 없다.

초원에 떠오른 '바다'는 크게 부풀어 올라 우리가 관측 스테이션을 설립한 이후 최대 지름을 기록했고 지금도 갱신 중이다. 표면에서는 다양한 현상이 관측되었다. 그 현상 하나하나에 우리는 '트라이앵글', '훌라후프', '뫼비우스' 등의 이름을 붙였다. 하지만 아무리 이름을 붙이고 기록을 해도 그런 현상들이 왜 일어나는지, 무엇을 위한 것인지는 여전히 수수께끼였다.

나는 그날 '바다' 주변을 거닐며 흰긴수염고래에 대한 생각만 했다. 전날 밤 누나가 전화로 말한 것에 대해서. 예를 들어 누나가 흰긴수염고래를 만들었다 하더라도 우리의 도시에 흰긴수염고래가 숨어 있을 장소가 있을까. 펭귄들은 숲에 숨어 있다. 하지만 흰긴수염고래가 숲속을 왔다 갔다 할 수는 없지 않은가. 더구나 흰긴수염고래는 크다. 생각하면 생각할수록 알 수 없는 것투성이였다.

하마모토가 "아오야마야!" 하고 부르는 게 들렸다. "준비 됐어."

나는 생각을 멈추고 하마모토가 있는 데로 걸어갔다. 파라솔 아래서 우치다도 달려왔다. 하마모토는 탐사선을 연줄에 달아 늘어뜨리고 흔들흔들 흔들었다. 탐사선은 소프트볼 정도 크기였다. 안에는 온도계가 들어 있고 살짝 밖으로 돌출된 펜라이트가 번쩍번쩍 빛을 냈다. '바다' 속에서 어떤 힘이 작동하고 있는지 알 수 있도록 흔들리는 작은 빨간 깃발도 붙였다. 우주왕복선과 비슷하게 만들려고 노력했지만 튼튼하게 만들기 위해 이리저리 궁리하는 사이에 어느새 펭귄을 꼭 닮은 모양이 되고 말았다.

"모양새는 좀 안 좋지만."

"아니야. 괜찮아. 탐사선인걸." 우치다가 말했다. "굉장해. 정말로 실험 같아."

하마모토가 기쁜 듯이 말했다. "진짜 실험이야."

"아오야마, 우리 이 탐사선에 이름을 붙이자."

"그래. 펭귄을 닮았으니까 펭귄호는 어때?"

"좋아, 귀여워."

우리의 탐사선에는 '펭귄호'라는 이름이 붙여졌다.

그리고 드디어 탐사선을 투입할 단계가 되자, 우리는 약속이라도 한 듯 입을 다물었다. 부풀어 오른 '바다'는 여전히 아무 소리도 내지 않고 떠 있었다. 표면에 하얀 원 같은 것이 몇 개 떠올라 빙빙 돌면서 이동했다. 우리가 '훌라후프'라고 부르는 현상이다.

"무서운 건 아니지만" 하고 우치다가 중얼거렸다. "하지만 말이지, 만약 탐사선을 안에 넣었을 때 '바다'가 화를 내면 어떻게 하지? 무서운 건 아니지만 말이야."

"화낼까?" 하마모토도 걱정스러워했다.

"사실 우리는 '바다'가 생물인지 아닌지도 아직 몰라." 나는 말했다. "하지만 만약 '바다'가 생물이라면 몸 안에 갑자기 탐사선이 들어오면 화를 낼 거야."

"가능한 한 멀리 떨어져 있자!" 하마모토가 말했다.

우리는 풀밭을 걸어 '바다'로부터 멀리 떨어졌다. 하마모토가 슬슬 연줄을 늘어뜨렸다. 나는 펭귄호를 손에 쥐고 '바다'와의 거리를 쟀다. 대략 15미터다. 우치다가 연줄 끝을 들고 하마모토가 쌍안경을 들여다봤다. "아오야마, 됐어." 하마모토가 말했다.

나는 펭귄호를 휘둘러 던졌다.

펭귄호는 날아가 '바다'의 북반구 부근에 떨어졌다. 마치 빨려 들어가듯 펭귄호가 스르륵 안으로 들어가자 착지점을 중심으로 '바다' 전체가 젤리처럼 진동했다. 푸른색의 '바다' 내부에서 펜라이트 빛이 움직이는 것이 보였다. "접촉 성공"

이라고 내가 말했다.

"역시 물이 아니었어."

하마모토가 말했다. "젤리 같아. 푸들푸들해."

그때 늘어져 있던 연줄이 갑자기 핑 소리를 내며 팽팽해졌다. 우치다가 "왓" 하고 외마디 소리를 지르면서 허겁지겁 연줄을 당겼지만 역부족이었다. 그 애는 연줄 끝을 쥔 채로 '바다' 쪽으로 끌려갔다.

"아오야마! 날 좀 도와줘!"

나는 바로 우치다의 몸에 달라붙었다. 하마모토도 쌍안경을 내던지고 우치다에게 매달렸다. 우리 셋의 체중을 실어 있는 힘을 다해 버텼지만 마치 우리 셋이 반 아이들 전체와 줄다리기를 하는 것 같았다. 우리는 풀밭에 엉덩이를 댄 채 질질 끌려갔다.

"으악!"

우치다가 비명을 지르며 연줄을 놓아버렸다.

연줄은 순식간에 '바다'로 빨려 들어갔다. '바다' 내부에서 깜빡거리던 펜라이트 빛이 툭 하고 사라졌다.

하마모토가 일어나서 쌍안경을 들여다봤다.

"펭귄호 실종 관측." 내가 말했다.

"'바다'가 화를 낸 걸까?" 우치다가 고개를 움츠렸다.

갑자기 하마모토가 쌍안경에서 눈을 떼고 "프로미넌스!"

라고 속삭였다.

우리가 관측하는 바로 앞에서 그 현상이 일어났다.

'바다'의 표면이 격렬하게 움직였다. 흰색과 짙은 푸른색 안개가 넘실거렸다. 지구로 말하자면 남반구에 해당하는 곳에 청백색의 긴 벽 같은 것이 몇 개나 생겨났다. 지구상에서 일어나는 거대한 쓰나미를 우주공간에서 보면 그런 식으로 보일지도 모르겠다. 그것들이 천천히 북쪽을 향해 움직였고 그러는 과정에서 서로 연결되어 더 큰 일직선의 쓰나미 형태를 만들어갔다. 만약 그것이 진짜 쓰나미라면 엄청나게 큰 쓰나미다. 일본과 중국, 러시아까지도 전부 집어삼킬 크기다.

우리는 조심조심 '바다' 쪽으로 다가갔다. 표면에서 신기한 현상이 일어나는 것 말고는 모든 것이 평소와 똑같았다. '바다'에 햇빛이 반사되었고 마치 물가에 있는 것처럼 우리 모습도 비쳤다.

"천천히 움직이네."

"이게 프로미넌스야?" 우치다가 묻자 하마모토가 고개를 흔들었다.

"아직. 이건 그 전 단계에 일어나는 현상이야."

'바다' 표면에 발생한 쓰나미 같은 구조는 북반구까지 오자 서로 연결되어 하나의 완전한 직선이 되었다. 그러더니 뭔가를 감싸려는 듯이 활처럼 굽기 시작했다. 마지막에는 쓰나미의 끝과 끝이 융합해 커다란 고리가 되었고, 그 둥근 고리는 더욱 부풀어 올라 굴뚝처럼 솟아올랐다. 둥근 고리의 바깥쪽에는 거품을 낸 크림처럼 하얗고 폭신폭신한 것들이 생성되었고, 고리 안쪽에는 바깥하고는 완전히 다르게 바다 밑바닥이 깊이 패어가는 것처럼 푸른색이 계속 짙어져 갔다. 그것들은 천천히 변화했지만 마치 계산된 것처럼 정확했고 아무리 바라봐도 질리지 않았다.

하마모토가 갑자기 나와 우치다의 손을 잡았다.

"자, 슬슬 뒤로 물러나야 돼."

"왜?"

"프로미넌스가 시작되니까."

우리는 하마모토가 시키는 대로 달려서 도망쳤다.

관측 스테이션까지 돌아와서 바라보니 하늘을 향해 솟아오른 둥근 고리는 푸른색을 띤 투명한 튜브 같아 보였다. 잠시 후 '바다' 전체가 맥박이 뛰는 것처럼 요동쳤고 그 울림이 초원 전체로 전해졌다. 자라난 튜브 끝이 나팔 모양으로 부풀었다 줄어들었다 하면서 작은 공 모양의 물체를 밖으로 튕기듯 내보냈다. 그 물체는 활 모양을 그리며 초원의 하늘을 가로질러 숲속으로 날아갔다.

이것이 하마모토가 말한 프로미넌스라는 현상이었다. 그

렇게 해서 '바다'는 때때로 아이를 낳는다. 하마모토는 재버워크의 숲속에서 작은 '바다'가 떠다니는 것을 본 적이 있다고 했다.

* * *

미지근한 바람이 불면서 재버워크의 숲이 소란스러워졌다. 대기에는 비 냄새가 스며 있었고 내 머리도 뱅글뱅글 돌았다. 하늘로 치솟아 오른 굉장히 큰 소나기구름 아래쪽이 먹물을 섞어놓은 것 같은 빛깔로 변했다. 먹으면 배탈이 날 것 같은 색깔이었다. 문득 번개가 구름 사이로 내달리더니 한순간 회색 구름의 안쪽이 환하게 빛났다. 파란 불꽃 같은 것이 하늘에서 퍼져 날아올랐고 조금 지나자 우르릉 쾅쾅 하는 소리가 울렸다.

배가 갑자기 무지근해졌고 마음이 소란스러워졌다.

"천둥이야!"

"저기 봐, 구름이 번쩍번쩍거려." 우치다가 소나기구름을 가리켰다. 마치 거인이 우리 쪽으로 몸을 수그리며 다가오는 것 같아 보였다.

"아오야마 넌 천둥이 무섭니?" 하마모토가 말했다.

"무서운 건 아니야. 집에 있을 땐 천둥이 쳐도 난 비교적

침착해. 하지만 여긴 초원이고 주위엔 아무것도 없어서 낙뢰 가능성이 높잖아."

또 천둥이 울렸다. 나는 고개를 움츠렸다.

"저 구름이 이쪽으로도 올까?"

"천둥이 울리면 키 큰 나무, 넓게 퍼진 나무, 선로, 자동차나 철탑 가까이에 있으면 안 돼. 이런 탁 트인 곳에 있어서도 안 되고. 금속제 물건을 몸에 지녀서도 안 돼. 빨리 숲으로 가자."

나는 파라솔을 접고 재버워크의 숲을 향해 달렸다. 숲에 뛰어들어 휴 하고 한숨 놓고 있는데 우치다가 "하마모토는?" 하고 물었다.

숲속에서 초원을 보니 하마모토는 아직 초원에 서 있다. 그 애는 이론으로는 잘 알면서도 천둥의 위험성을 인식하고 있지 않은 거다. "하마모토, 위험해!" 내가 외쳤다. "빨리빨리!"

초원의 풀이 강한 바람에 뒤흔들려 파도처럼 넘실거렸다. 하마모토는 머리를 감싸 쥔 채 초원 저편을 바라보았다. 먹물 섞은 소프트크림 같은 비구름이 거침없이 다가왔다.

"펭귄이 있어." 그 애가 외쳤다.

어느 틈에 펭귄들이 '바다' 옆에 모습을 나타냈다. 펭귄들은 회색 하늘을 향해 치켜든 부리를 규칙적으로 흔들고 있었다. 대기에 충만한 전기에서 펭귄에너지를 충전하는 것인지도 모른다. 그들은 일정한 거리를 두고 '바다'를 에워싸듯이 섰다. 그 모습이 우주선의 모선을 둘러싼 우주비행사들 같았다. 그제야 나는 '바다'와 펭귄의 관계에 대해 한 번도 생각해보지 않았다는 사실을 깨달았다.

'바다'는 펭귄들을 향해 묘한 반응을 했다. 표면에 테트라포드(중심에서 사방으로 발이 나와 있는 콘크리트 블록. 방파제나 강바닥에 쌓아 파도를 분산시키는 기능을 한다—옮긴이) 모양의 구조물이 생겨났고 그것이 펭귄들을 향해 빙빙 돌았다. 펭귄들이 아장아장 걷자 뒤를 쫓듯 그 신기한 구조물도 '바다'의 표면을 이동해갔다.

"천둥이 쳐!"

나는 하마모토와 펭귄들이 있는 쪽을 향해 외쳤다.

"하마모토, 빨리 숲속으로 와!" 하고 외치는 순간 언뜻 내 시선 한쪽 구석으로 무엇인가가 움직이는 게 들어왔다. 재버워크의 숲에서 흘러나와 뱀이 기어가듯 구불구불 초원을 가로지르는 강 표면에 은색 물체가 물보라를 일으키며 앞으로 나아가는 게 보였다.

하마모토도 강을 바라보고 있었다.

강을 헤엄쳐 '바다'에 접근한 은색 물체가 수면 위로 높이 뛰어올랐다. 체구는 대형견 정도 크기밖에 안 됐지만 엄연

한 흰긴수염고래라는 걸 알 수 있었다. 흰긴수염고래가 물보라를 일으키자 지금까지 '바다'를 둘러싸고 아장아장 걷던 펭귄들이 끼우끼우 하는 괴상망측한 소리를 내면서 허둥지둥 흩어져 도망치기 시작했다.

작은 흰긴수염고래는 펭귄들을 쫓아버린 후 시냇물 바닥으로 잠수했다.

"하마모토! 천둥이 친다니까!"

내가 나무를 붙잡고 외치자 그 애는 겨우 몸을 뒤로 돌려 숲 쪽으로 뛰어왔다. 그 애가 숨이 차서 헉헉거리며 내 쪽으로 달려들듯이 뛰어든 순간 천둥 소리가 크게 울려서 나는 그만 나도 모르게 목을 움츠려 그 애를 피한 꼴이 되었다. 하마모토는 마음에 두지 않고 웃었다. "아오야마 너, 그거 봤어?"

그 애가 말했다. "강에서 이상한 물고기가 나왔어."

"봤어. 굉장히 큰 물고기였어."

"뭔가 이상했어."

하마모토는 그렇게 말하고 초원 쪽을 내다봤다.

* * *

나는 노트에 다음 문장을 더하게 될 것이다.

▷ 펭귄들은 누나가 만든 흰긴수염고래 같은 생물을 무서워한다.

▷ 펭귄과 '바다' 사이에 뭔가 중요한 관계가 있다.

episode 3

숲속

나는 노트에 다양한 계획을 쓰고 그것들을 차례차례 실행에 옮긴다.

일요일에 무엇을 할까 하는 계획. 우치다와 탐험할 계획. 도서관에서 책을 읽을 계획. 레고 블록으로 우주정거장을 건조할 계획. 충치를 치료할 계획. 학교 숙제를 척척 해치울 계획. 체스 연습을 할 계획. 다양한 연구 계획. 누나와 둘이서 해변의 도시에 가볼 계획.

나는 노트의 모눈을 이용해 시간표를 깔끔하게 만들 수 있다. 큰 계획을 작은 계획으로 나눈다. 큰 시간표를 작은 시간표로 나눈다. 그렇게 하면 시간이 레고 블록 같아진다. 나는 레고 블록으로 놀듯이 그것들을 끼워 맞춘다. 모든 것을 깨끗이 맞추고 나면 그것은 내가 훌륭한 어른이 되는 데 필요한 계획이 된다.

나는 학교가 싫진 않지만 학교 시간표는 스스로 만들 수가 없다. 만약 자유로이 학교 시간표를 만들 수 있다면 얼마나 좋을까.

이제 곧 올 여름방학을 대비해 나는 노트에 여러 가지 계획을 썼다. 시간을 분할해 블록을 여러 개 만들고 그것들을 끼워 맞췄다. 가능한 한 즐거운 일들을 많이 할 수 있도록.

* * *

종업식 날. 체육관에서 교장 선생님의 말씀을 들은 다음 대청소를 했다. 나는 창문 유리를 투명할 정도로 꼼꼼하게 닦았다. 내가 열심히 일하고 있는데 하마모토가 빗자루를 들고 걸어왔다.

"아오야마, 내일 여름축제에 갈 거니?" 그 애가 말했다.

"아마도. 갈 가능성이 높아." 내가 대답했다.

그때 스즈키가 걸레를 휘휘 돌리며 "러브러브!" 하고 외쳤다.

스즈키 제국의 황제는 방심하지 않고 늘 주위를 감시한다.

내가 스즈키에게 항의하려는데 그보다 빨리 하마모토가

돌아봤다. "그래. 우리 둘이 좋아한다! 뭐 불만 있어?!" 그 애가 외쳤다. 교실이 조용해졌다. 그런 식으로 되받아치는 아이가 지금까지 없었기 때문에 스즈키는 눈을 동그랗게 떴다. 그러고는 "그래……" 하고 맥없이 중얼거리며 교실 밖으로 나가버렸다.

하마모토는 내 쪽을 보고 "내가 말한 건 거짓말이야" 하고 속삭였다. "스즈키가 너무 귀찮아서."

나는 감탄했다.

학교에서 돌아가는 길에 우치다가 "정말 너희 둘 좋아하니?" 하고 물었다.

"아니야."

"그럼 왜 하마모토가 그런 말을 한 거니?"

"아니라고 하면 스즈키가 더 놀릴 테니까. 그래서 하마모토는 그렇다고 주장해서 스즈키가 아무 말도 못 하게 만들어버린 거야. 이건 그 애가 한 말이야."

"뭐야. 너랑 하마모토가 정말로 서로 좋아하는 줄 알고 깜짝 놀랐잖아."

"아니야."

우치다는 한동안 생각한 다음 말했다.

"하지만 내 생각에 그게 거짓말이었다는 걸 알면 스즈키가 나중에 더 화를 낼 것 같아."

"왜?"

"스즈키는 하마모토를 좋아하니까."

난 깜짝 놀라 그 자리에 멈춰 섰다.

"그거 이상하네. 스즈키는 하마모토에게 짓궂게 굴잖아. 정말로 그 애를 좋아한다면 그 애가 싫어하는 짓을 하는 건 합리적이지 않아."

"잘 모르겠어. 하지만 스즈키는 하마모토를 좋아해."

"우치다 넌 어떻게 그런 걸 아니?"

"관찰했어. 아마 다른 애들도 다 알걸. 스즈키가 무서워서 말을 안 할 뿐이지."

난 우치다의 관찰 실력에 감탄했다. 왠지 갑자기 기뻐져서 몸이 근질근질했다. 난 이제 조금 더 있으면 스즈키와 친구가 될지도 모르겠다.

"그렇구나. 스즈키가 하마모토를 좋아하는구나. 난 전혀 몰랐어. 그런 마음이라면 나한테 말해주지."

"스즈키가 너에게 그런 말을 할 리 없지."

"왜?"

"창피하니까."

"스즈키가 하마모토를 좋아한다는 게 왜 창피한 일이지? 다른 사람을 좋아하게 되는 건 얼마든지 있을 수 있는 일이잖아. 우리 아버지도 어머니를 좋아하게 됐기 때문에 결혼

한 거야. 아버지가 어머니를 좋아하지 않았으면 난 존재하지 않아."

"그건 그렇지만."

우치다가 웃었다. "넌 뭘 몰라."

"내가 뭘 모르는데?"

치과 바로 앞까지 오자 역 근처의 풀들이 뜨거운 바람에 흔들렸다. 푸른 하늘에 떠 있는 뭉게구름이 수영장에서 먹은 소프트크림처럼 맛있어 보였다. 가로수에 앉은 매미가 시끄럽게 울어댔다. 뒤를 돌아보자 우리가 걸어온 아스팔트 도로 먼 곳이 뜨거운 물에 잠긴 것처럼 흔들렸다.

우치다와 헤어질 때에야 정말로 내일부터 여름방학이 시작된다는 게 실감났다.

"우치다, 우리 내일부터 여름방학이야. 너는 이 멋진 사실에 대해 어떻게 생각하니?"

"난 기뻐."

"나도 기뻐. 우리는 여러 가지 것들을 하겠지! 계획이 많아."

"그래."

"우치다 너도 내일 여름축제에 갈 거니?"

"갈 거야."

"나도 갈 거야. 하마모토도 온대. 여름축제에 가면 정말로 여름방학이 시작됐다는 기분이 들 거야. 실감이 난다는 건 아마도 이런 걸 말하는 거겠지."

* * *

우리 도시의 여름축제는 동네별로 열린다. 공원 광장에 빨간 등롱을 달아놓고 동네 사람들이 나와 텐트를 치고 야시장을 연다. 우리가 이사 온 지 얼마 안 됐을 무렵만 해도 여름축제는 자그마했고 축제 기분도 안 났었다. 하지만 주택가의 빈터가 채워지면서 차차 참가자도 늘어나고 열기도 더해졌다.

축제날, 여동생이 아침부터 유카타를 입겠다면서 어머니를 졸랐다. 어머니가 "조금만 기다려라" 하자, 여동생은 뺨이 떡처럼 부어올라 "부우" 하며 항의했다.

"제멋대로구나."

"오빠하고는 상관없잖아."

최근에 여동생은 '상관'이라는 말을 익혀서 뭐든 "상관없어" "상관없어" 하고 주장한다. 정말 어처구니가 없다.

점심때가 지나자 공원 쪽에서 시끌벅적한 소리가 들려와 아버지와 함께 구경을 나갔다.

축구장에는 봉오도리(백중 기간 밤에 마을 주민들이 모여 추는 춤의 일종으로 흔히 백중맞이춤이라고 한다—옮긴이) 무대가 세워졌고 전깃줄에는 등롱이 매달렸다. 아버지는 주민회의 회장인 요시다 씨, 그리고 해변의 카페의 야마구치 씨와 얘기를 나눴다. 야마구치 씨가 카페 문을 닫고 아침부터 여름축제 준비를 돕고 있다고 하자 아버지도 텐트 설치를 돕겠다며 그쪽으로 갔다. 나는 일단 집으로 돌아와 그동안의 연구를 정리했다. 그리고 밤에 졸리지 않게 낮잠을 자뒀다.

날이 저물고 나서 어머니와 여동생과 함께 축제 장소로 향했다.

주택가 여기저기서 아이들이 신나하는 소리가 났고 같은 방향으로 걸어가는 사람들이 늘어났다. 여름축제가 열리는 날에는 밤늦게까지 사람들의 소리가 난다. 드디어 유카타를 입게 된 여동생은 대만족. 유카타를 입어 땅딸보 금붕어처럼 된 여동생은 가는 길에 같은 반 아이들을 만나 깍깍 웃어댔다.

밤이 되자 공원은 별세계 같았다. 아버지가 야키소바를 만들어 파는 야시장의 전깃불과 무대 주위에 늘어뜨린 등롱 불빛이 육각형 모양의 공원을 가득 메웠다. 밤의 밑바닥에 빛이 고여 있는 것 같았다.

나는 어머니와 함께 야시장을 돌아봤다. 아버지가 야키소바를 만드는 것도 구경했다. 뜰채로 금붕어를 잡기도 했다.

여동생은 이웃들에게 배워서 봉오도리를 췄다.

우리 반 여자아이들이 지나갔다. 하나같이 유카타를 입고 있었는데 그중에는 하마모토도 있었다. 하마모토는 "어때? 내 유카타야" 하면서 유카타를 펄럭여 보였다. "어울려?"

내가 "땅딸보는 아니네" 하고 말하자 불만스러운 표정을 짓더니, 어머니가 "잘 어울리는구나" 하자, 그제야 기쁜 듯이 웃고는 곧 다른 아이들에게 섞여 들어갔다.

"저 애가 하마모토니?"

"네. 상대성이론을 알고 있어요."

"귀여운 애구나. 인형 같다."

여름축제에서는 여러 사람들과 만난다.

나와 어머니가 봉오도리를 구경하고 있자니까 북적이는 사람들 속에서 누나가 나왔다. 치과 선생님이랑 접수 담당 누나도 함께였다. 어머니가 "안녕하세요" 하고 인사하자, 누나 일행도 "안녕하세요" 하며 머리를 숙였다. 누나는 조금 전까지 복권 텐트에서 일을 돕다가 교대하고 놀러 나온 거라고 했다.

"아오야마도 여름축제가 신나는가 보구나." 누나가 쿡쿡 웃었다. "그게 아니면 여름축제 연구?"

"오늘 밤은 휴가예요."

"그래. 가끔은 쉬는 것도 좋지. 오늘은 안 졸려?"

"오늘은 괜찮아요."

우리는 한동안 여동생이 봉오도리를 추는 걸 바라봤다.

"넌 춤 안 추니, 소년?" 누나가 말했다.

"난 안 춰요."

"왜?"

"난 춤을 추면 로봇 같아져요. 분명 이론적으로 지나치게 생각해서 그럴 거예요."

치과 선생님이 "어쨌든 과학의 아이니까" 하고 진지한 얼굴로 말하자 누나들이 함께 웃었다. 그러고는 "그럼 안녕" 하고 멀어져갔다.

* * *

드디어 나는 부모님과 함께 걷고 있는 우치다를 발견했다. 나는 달려가서 "안녕하세요" 하고 인사했다. 우치다의 아버지는 말랐고 어머니는 뚱뚱하다.

나와 우치다는 둘이서 여름축제를 구경하기로 했다.

우리는 공원 한구석, 빨간 등롱이 걸려 있는 곳에서 빙수를 먹었다. 빙수는 남극처럼 차갑게 내 뇌를 냉각시켰다.

우치다가 때때로 두리번두리번 주위를 둘러봤다.

"스즈키도 올까?"

“분명 올 거야. 별로 마주치고 싶지 않아.”

“나도 스즈키랑 마주쳐서 싸우는 건 싫어. 걔네는 우리의 자유를 방해할 권리가 없어. 우리는 자유롭게 여름축제에 온 거고 탐험도 계속하면 되는 거야.”

하마모토와 여동생은 아직도 봉오도리를 추고 있다. 다들 춤추는 걸 좋아한다. 하마모토가 춤을 추면서 우리 쪽을 보고 손을 흔들었다. 나도 손을 흔들었다.

“아-오-야-마-.”

등 뒤에서 소리가 들렸다.

그 순간 누군가가 내 바지를 붙잡더니 끌어 올렸다. 하반신이 꽉 껴서 발레리나같이 발끝으로 서야만 했다. 스즈키의 부하 고바야시와 나가사키가 내 바지를 단단히 쥐고 있었다.

스즈키가 내 앞에 섰다. 큰 얼굴이 등롱 불빛을 받아 새빨갰다. 손에는 침으로 끈적끈적해진 솜사탕을 마치 무기처럼 쥐고 있었다. 솜사탕이 등롱 불빛에 번쩍번쩍 빛났다.

“움직이지 마, 우치다.”

스즈키는 솜사탕을 우치다에게 들이댔다. 그런 말을 하기도 전에 이미 우치다는 깜짝 놀란 나머지 옴짝달싹 못했다. 나도 발끝으로 선 채 움직일 수 없었다. 스즈키는 솜사탕을 한입 물고 “이 자식” 하고 웅얼거렸다.

내가 빙수를 먹자 "빙수 먹지 마!" 하고 스즈키가 화를 냈다.

"왜? 나한테는 자유롭게 빙수를 먹을 권리가 있어."

"열 받게 유식한 말 좀 쓰지 마."

"난 네가 나한테 화내는 이유를 알았어. 스즈키."

"뭔데?"

"하마모토를 좋아하면 그렇게 얘기했으면 되잖아. 난 그런 줄 몰랐어. 그건 사과할게. 나랑 하마모토는 서로 좋아하는 사이가 아냐. 그러니까 네가 하마모토를 좋아한다면 하마모토한테 빨리 '난 네가 좋아'라고 말하는 게 좋을걸. 짓궂은 장난은 그만두고."

"아니야. 무슨 소리를 하는 거야. 멋대로 말하지 마!"

"누구를 좋아하는 건 부끄러운 일이 아니야."

"아니라니까!"

스즈키는 얼굴이 새빨개졌다. 왜 다들 화를 내는지 모르겠다. 스즈키는 내 빙수에 침을 뱉었다. 빙수가 못쓰게 되어버린 건 안타까운 일이다. 더 이상 그 빙수를 먹을 수 없어서 고바야시의 티셔츠를 잡고 빙수를 칼라 안쪽으로 흘려 넣었다.

고바야시가 "으악!" 하고 비명을 질렀다.

고바야시를 해치우는 데는 성공했지만 나가사키가 내 바

지를 스모 선수같이 양손으로 잡고 있었다. 나가사키는 힘이 세서 내가 힘을 써봐도 빠져나올 수가 없었다. 그러고 있는 사이에 스즈키가 침으로 끈적끈적해진 솜사탕을 내 머리에다 눌러댔다.

"그만둬 스즈키. 머리가 엉망이 되잖아!"

스즈키는 "이 자식, 당해봐라" 하면서 솜사탕을 마구 문질렀다.

"스즈키, 그만둬!" 하고 우치다가 외쳤다.

우리가 왁자지껄 시끄럽게 떠들고 있는데, "이봐 너희들!" 하는 누나의 목소리가 들려왔다. "무슨 짓이니?"

스즈키 일행은 갑자기 입을 다물어버렸다. 그 애들도 치과 누나한테는 약하다.

"소년, 왜 머리에 막대기를 꽂고 있어?" 누나가 내 머리를 보며 말했다.

"이건 솜사탕이에요."

"솜사탕은 먹는 걸 텐데. 먹는 것으로 장난치면 안 돼."

"스즈키가 머리에 대고 빙글빙글 돌렸어요."

"야, 너. 이를 거야?" 스즈키가 말했다.

"이르고말고!" 내가 말했다. 누나가 눈을 크게 뜨고 무서운 얼굴로 스즈키를 노려봤다. "또 이런 짓 하면 이를 다 뽑아버릴 거다. 마취 없이."

"피도 나고 엄청 아플 거야." 내가 말했다.

스즈키가 새파래졌다.

누나는 허리에 손을 갖다 대고 서서 "자, 자" 하고 스즈키에게 말했다.

"물론 스즈키는 착한 애니까 아오야마에게 사과할 거지?"

스즈키는 누나를 보고, 나를 보고, 그러고 나서 누나를 봤다. 그리고 입술을 꽉 다물었다. 물러나지 않겠다는 단호함이 느껴졌다. "왜요?" 그 애가 말했다. "왜 내가 사과를 해야 하는데요?"

"너라는 소년도 고집이 세구나. 치과에선 아기같이 울어 놓고."

누나가 웃자 스즈키는 "안 울었어요!" 하고 외쳤다. "거짓말쟁이!"

내가 물었다. "스즈키 넌 왜 그렇게 날 싫어하니?"

"싫으니까 싫어."

"건방지니까, 요 녀석은."

누나가 갑자기 스즈키 편을 들었다. 스즈키의 얼굴이 환해졌다. "그래요. 얜 건방져요. 이상한 어려운 말만 하고, 거짓말하고."

"어머, 스즈키야. 등에 벌레가 붙어 있어."

누나가 말하면서 스즈키의 뒤로 돌아갔다. 그러더니 뒤에서 그 애를 꽉 붙들었다. "뭐예요! 뭐예요!" 스즈키가 외쳤다. "어른이면서 왜 거짓말을 해요!"

"어른이니까 거짓말하는 거야." 누나가 말했다. "자, 소년! 눈에는 눈! 끈적끈적한 데는 끈적끈적한 것을."

나는 스즈키의 얼굴에 내 머리를 문질러댔다. 그 애는 "그만둬!" 하고 소리치며 몸부림을 쳤지만 누나가 꽉 붙들고 있어서 빠져나갈 수가 없었다. 스즈키는 통통해서 뺨이 포동포동했다. 내 머리는 솜사탕과 스즈키의 침으로 끈적끈적해져 있던 터라, 스즈키의 뺨도 당연히 솜사탕과 자신의 침으로 끈적끈적해졌다. 그리고 반짝반짝 빛났다.

드디어 누나가 스즈키를 놔줬다. "스즈키도 끈적끈적해졌으니, 오늘은 여기까지!"

"치사해요!"

스즈키가 뺨을 문지르며 말했다. "아오야마 편만 들어주고, 어른이면서."

"어른은 편들지 않는다고 누가 그러디?"

"와, 지독해!"

누나가 코웃음 치며 가슴을 쫙 폈다. 젖가슴이 흔들렸다. "억울하면 날 해치워봐, 꼬마야!"

* * *

스즈키네들이 도망간 뒤에 나는 우치다와 함께 공원 구석 수돗가에 가서 머리를 헹궈봤다. 하지만 헹구는 정도로는 원래 상태로 돌아올 것 같지 않았다. 스즈키의 침과 솜사탕으로 딱딱하게 굳은 내 머리는 형상기억합금처럼 됐다.

"좀 심했나." 누나가 말했다.

"누나는 어른스럽지 않았어요."

"네가 할 말은 아닌 것 같은데."

"하지만 덕분에 살았어요. 고마워요." 우치다가 말했다. "난 아무것도 할 수 없었어."

"아이들 싸움에는 끼어들지 않는 게 내 방침이지만, 뭐 괜찮아" 하고 말한 뒤에 누나는 내 머리를 가리켰다. "소년, 머리가 딱딱해."

"괜찮아요."

"스즈키가 왜 너한테 짓궂은 짓을 하는지 아니?"

"내가 너무 똑똑하기 때문일까요?"

누나는 우치다를 향해 웃어 보였다.

"우치다는 아니?"

그 애는 고개를 끄덕였다. "난 안다고…… 생각하는데."

"좀 전에 스즈키가 하마모토의 봉오도리를 방해했어요.

하마모토가 엄청나게 화를 냈지요."

"스즈키는 하마모토한테 짓궂게 굴어요."

"아마 스즈키는 하마모토를 좋아해서 그러는 걸 거야."

"누난 어떻게 그런 걸 알죠?"

나는 또 깜짝 놀랐다. "난 우치다가 가르쳐줄 때까지 몰랐는데."

"짓궂은 장난을 하는 건 하마모토가 마음에 있기 때문이야. 소년, 네가 하마모토와 늘 편하게 얘기하는 걸 보면 화가 나겠지."

"으음."

"넌 아직 공부할 게 많구나."

"인정하지 않을 수 없네요."

"인정하지 않을 수 없네요, 라니." 누나는 등롱 불빛 아래서 깔깔깔 웃었다.

그 뒤에 우리는 한 번 더 여름축제를 구경했다. 무대 위에 있는 스피커에서 흘러나오는 노랫소리와 복권을 뽑는 소리, 아이들과 어른들의 웃음소리가 뒤섞였다. 하늘은 이미 완전히 검푸른 색이 되어 있었다. 공원이 평상시의 공원하고는 전혀 다른 세계가 되어 있는 게 신기했다. 누나는 어른이지만 금붕어 뜨기 놀이도 진지하게 했고 솜사탕도 날름날름 먹었다. 여름축제가 정말 좋은가 보았다.

야시장의 야키소바 가게 앞에 가보니 아버지는 이미 가게 문을 닫고 해변의 카페의 야마구치 씨 일행과 맥주를 마시고 있었다. 우리 모습을 보자 아버지가 자리에서 일어나 누나에게 고개를 숙였다.

"야키소바는 다 팔린 거예요?" 누나가 물었다.

"죄송하군요. 뜻밖에 인기가 좋아서."

"우리가 그만 늦었군요."

아버지가 내 머리를 바라봤다.

"어라, 무슨 일이니? 머리가 좀 멋있어졌네."

"응. 사고로 솜사탕이랑 스즈키의 침이 묻었어요."

"그거 재난이었겠구나."

"하지만 괜찮아요."

우치다는 아버지와 어머니를 만나 먼저 집에 갔다. 우리 아버지는 야시장 뒤치다꺼리를 해야 해서 나와 어머니와 여동생, 그리고 누나는 먼저 집에 돌아가기로 했다. 공원을 나올 때 하마모토가 뛰어왔다.

"아오야마, 벌써 가니?"

"응."

"머리가 왜 그래?"

"응. 사고가 좀 있었어."

"'바다'에 대한 연구 잊지 마."

"물론."

우리는 공원 밖으로 나왔다. 누나가 가는 방향은 반대라서 공원 앞에서 헤어졌다.

누나는 머리를 숙이고 혼자서 터벅터벅 걸어갔다. 급수탑 언덕 위에 있는 하얀 아파트로 돌아가는 거다.

어머니와 여동생과 함께 한동안 걸어가다 뒤를 돌아봤다.

누나는 이미 보이지 않았다. 어두운 주택가 한가운데서 벌어진 여름축제가 유원지의 회전목마처럼 빛나고 있었다.

* * *

내가 노트에 다양한 계획을 쓰고 그것들을 하나하나 실행에 옮긴다는 얘기는 이미 했다.

여름방학이 되어 나는 바빠졌다. 평소에도 나는 이 도시에서 가장 바쁜 초등학생이었지만 여름방학이 되고 내가 직접 하루의 계획을 세우게 되면서부터는 더욱 바빠진 것이다. 나는 이미 세상에서 가장 바쁜 초등학생일지도 모른다.

나는 아침에 일어나는 시간을 앞당겼다. 아침 다섯 시에 일어날 때도 있었다. 그 시간이면 아버지도 일어나지 않은 때라 집 안에서 아무 소리도 들리지 않는다. 내 방도 복도도 캄브리아기 바다의 여울 같은 물색이다. 아침에 주택가 쪽으로 나 있는 창문을 열면 차가운 공기가 흘러 들어와서 내 두뇌를 명석하게 한다. 그래서인지 나의 연구는 아침에 더 잘 진행된다.

아침 일찍 일어나는 대신 나는 낮에 낮잠을 잤다. '바다'를 관측하러 나갈 때는 파라솔 아래에서 잤고, 집에 있을 때는 어머니와 여동생과 함께 거실 바닥에 누워 배에 홑이불을 덮고 잤다. 낮잠을 자지 않으면 저녁 무렵에 이미 졸리고 지쳐서, 여동생의 헝겊 곰인형처럼 축 늘어지고 만다.

너무 더운 날은 우치다와 우리 집에서 레고나 게임을 하기도 하고, 우주에 대해 토론도 했다. 도서관에도 갔다. 우치다와 함께 하마모토네 집에 가서 하마모토 아버지의 우주에 관한 책을 읽기도 했다. 하마모토의 집은 우치다의 집과 같은 아파트에 있기 때문에 바로 놀러 갈 수 있다. 하마모토의 집에 가면 신난다. 방 안에서 볼 수 있는 작은 플라네타륨도 있고, 하마모토의 어머니가 맛있는 과자도 주기 때문이다. 여름방학이라는 건 매우 멋진 발명이다.

우리는 '바다'에 대한 연구를 하는 틈틈이 파라솔 아래서 체스를 두기도 하고 우치다가 가져온 공으로 놀기도 했다. 초원에 트럼프를 늘어놓고 신경쇠약 놀이를 한 적도 있다. 하마모토는 여기저기 놓인 트럼프를 뒤집어본 뒤에 "신경이 쇠약해졌어!" 하고 외치고는 파라솔 아래에서 뒹굴곤 했다.

우리는 보통은 하루 온종일 그 초원에서 지냈지만 재버워크의 숲에서 사람이 나오는 일은 한 번도 없었다. 말하자면 그곳은 숲 깊숙이 숨어 있는 비밀 초원이었다.

그 초원에 있으면 우주적인 기분이 들어서 우리는 우주 얘기를 하게 된다.

나와 우치다는 '웜홀'에 정신이 없었다. 웜홀이란 우리의 우주를 또 다른 우주와 이어주는 통로다. 블랙홀도 웜홀이 아닐까 하는 의견이 있다고 한다. 우치다는 블랙홀이 막혀 있는 것이 아니라 다른 우주로 이어지고 있다는 아이디어가 매우 마음에 든다고 했다.

"어쩌면 블랙홀에 빨려 들어가도 빠져나와서 또 다른 우주로 갈 수 있을지도 몰라." 우치다가 말했다. "도중에 중력으로 쪼그라들지 않으면 말이야."

"그럼 반대편은 어떻게 되어 있는데?" 하마모토가 물었다.

"블랙홀하고는 반대일 테니까 화이트홀이야."

하마모토는 얘기를 하는 동시에 레고 블록도 조립하곤 했다. 그 애는 가방에 넣어가지고 온 파란 블록으로 빈틈없는 벽을 만든다. 나처럼 우주정거장을 건조하는 게 아니라 벽만 만들고, 사용하는 레고 블록도 파랑색뿐이다. 그래도 그 애는 신나게 만든다. 옆에서 보고 있으면 그게 정말로 신나는 일인 것 같기도 하다.

"너는 벽밖에 안 만드니?" 내가 물어봤다.

"왠지 이게 좋아."

레고 블록이 다 떨어지면 만든 벽을 부숴버리고 처음부터 다시 만들기 시작한다. "블록이 더 많으면 좋을 텐데. 큰 벽을 만들면 재밌을 거야."

"그래 재밌을지도 모르겠구나." 내가 말했다.

"하마모토는 이상해." 우치다가 말했다.

"그렇게 이상해?"

하마모토에게 추궁을 당할 때면 우치다는 어쩔 줄 모르는 얼굴을 했다.

"……이상하다고 할 정도로 이상하진 않지만."

하마모토는 레고 블록을 가슴에 끌어안듯이 하고 "우후후" 하고 웃었다.

나는 큰 직사각형의 파란 벽이 초원에 수없이 늘어서 있는 광경을 상상했다. 하마모토가 사다리를 놓고 올라가서 작은 파란 블록을 하나하나 쌓아올린다. 플라스틱으로 된 파란 벽은 햇빛에 반짝반짝 빛난다. 파란 벽을 구성하는 블록 수는 하마모토가 발견한 하마모토 수와 일치한다. 그리고 파란 벽은 하마모토가 발견한 수식에 따라 줄지어 있다. 줄지어 선 수많은 파란 벽 너머로 '바다'가 조용히 떠 있다.

무척 아름다운 광경이다.

* * *

아침부터 맑게 갠 하늘에 뜨거운 바람이 불었다. 산 너머에는 소나기구름이 피어올랐다.

오전 중에 나는 시원한 내 방에서 스즈키에 대한 연구를 했다.

그때까지의 메모를 정리한 다음 노트 한 페이지에 반 아이들의 이름을 쓰고 서로 친하게 지내는 그룹을 동그라미로 둘러쌌다. 내 모눈종이 메모장에는 매끈매끈한 타일에 떨어진 물방울같이 여러 개의 동그라미가 만들어졌다. 가장 작은 동그라미 속에 나와 우치다가 있다. 물론 하마모토도 넣을 수 있다.

그렇게 다 그리고 보니 스즈키 제국이 결코 크지 않다는 걸 알 수 있었다. 스즈키와 늘 함께 있는 건 고바야시 일행이다. 숫자로 보자면 나와 우치다, 하마모토 그룹과 별 차이 없다. 그렇다면 왜 스즈키가 우리 반의 임금님처럼 굴고 있는가 하면, 그건 다른 작은 그룹들이 막상 일이 벌어지면 스즈키가 하라는 대로 하기 때문이다. 신기한 구조다. 무척 흥미롭다.

점심을 먹은 다음 나는 배낭을 챙겼다. '바다'에 대한 연구를 하러 나가는 거다. 내가 현관에서 신발을 신고 있자니까 여동생이 "오빠 어디 가?" 하고 외쳤다. "실험이야" 하고 내가 대답했다.

"나도 갈래! 갈래!"

"안 돼."

"왜? 왜!"

"글쎄 힘들고 어려운 실험이라니까. 넌 알 수도 없고."

"그렇지 않아. 나도 알아!"

"3 더하기 5 더하기 8은?"

"으응, 아……."

여동생이 생각에 잠긴 사이에 나는 얼른 모자를 쓰고 집 밖으로 뛰어나왔다. 여동생이 고래고래 악을 쓰는 소리가 들려 조금 안쓰러운 마음도 들었지만 이건 아무에게도 알릴 수 없는 비밀실험이니까 어쩔 수 없다.

급수탑이 있는 언덕에서 하마모토와 우치다와 만나 재버워크의 숲을 빠져나갔다. 뜨거운 바람이 숲의 나무를 흔들자 나뭇잎 사이로 햇빛이 새어 들어왔다.

우리는 탐사선을 한 번 더 '바다' 안으로 투입해볼 생각이었다. 나는 초원의 파라솔 아래서 탐사선 '펭귄2호'를 만들기 시작했다. 하마모토는 커다란 흰색 모자를 쓰고 혼자서 초원을 가로질러 시냇물 쪽으로 걸어갔다. 우치다는 파라솔 아래 의자에 앉아 노트를 편 채 철학자 같은 얼굴을 하고 있었다. 뜨거운 바람이 불어와 그 애의 노트가 팔락팔락했다.

"우치다, 넌 노트에 뭘 쓰니?"

"으응" 하고 우치다가 머리를 끌어안았다. "……난 설명하는 거, 잘 못해."

"그래? 난 잘한다고 생각하는데."

"이건 내가 스스로 생각한 거라서."

"스스로 생각한 거라서 설명하는 게 어려워?"

"설명이 서툴러서, 뭐야 그거 별거 아니잖아 하는 말을 들으면 서운하니까. 게다가 정말로 별 볼 일 없는 걸지도 모르고."

"난 결코 별 볼 일 없는 거라고 말하지 않을 건데."

"너야 안 그러겠지만, 그래도 왠지 창피해."

"창피한 건 성가신 일이야."

"응, 성가셔."

"스즈키가 하마모토를 좋아하는데도 좋아한다고 말하지 못하는 거랑 비슷한 건가?"

"잘 모르겠어. 그럴지도 모르지."

"그렇다면 더 이상 물어보지 않을게. 하마모토의 아버지도 말했어. 정말로 중요한 연구는 다른 사람들한테 너무 많이 얘기하면 안 된다고. 소중히 해야 한다고."

그 뒤, 우치다는 노트에 집중하고 나는 탐사선 펭귄2호 건조에 집중했다.

내가 탐사선을 대충 완성하고 얼굴을 드니 하마모토가 혼자서 '바다'로 다가가고 있는 것이 보였다. "하마모토, 조심해!" 하고 내가 외치자 그 애는 손을 들어 팔랑팔랑 흔들었다. 쌍안경으로 들여다보니 '바다'의 표면에는 굵고 푸른 혈관 같은 형태의 건조물이 떠올라와 혈액을 순환시키는 것처럼 움직였다. 지금까지 본 적이 없는 구조였다. 하마모토는 뒷짐을 지고 '바다' 주위를 조심조심 걷다가 고개를 갸우뚱했다.

그 애가 갑자기 이쪽을 보고 손을 크게 흔들었다. 그러고는 "이리 와봐! 어서!" 하고 외쳤다.

"뭐지?"

나는 서둘러 일어나 초원을 달려갔다.

내가 옆에 가 서자 '바다' 주위를 걸어서 돌던 하마모토는 아무 말 없이 걷던 방향 쪽을 가리켰다. 바라보니 남자아이와 여자아이가 이쪽으로 등을 보이며 서 있는 모습이 보였다. 여자아이는 하마모토와 같은 커다란 흰 모자를 쓰고 있었고 남자아이는 나와 같은 반바지 차림이었다. "저 아이들은 누구? 어디에서 왔지?" 나는 하마모토에게 속삭였다.

"몰라."

"파라솔 있는 곳에서는 안 보였어."

"조금 전에는 여자애뿐이었는데 갑자기 남자애도 나타났네."

하마모토는 눈썹을 찌푸리고 걱정스러운 표정을 지었다. 이 비밀의 초원에 다른 아이들이 나타난 적은 한 번도 없었다. 더구나 이 신기한 아이들은 '바다'의 그늘에 숨듯이 서서, 우리에게 말을 걸려고도 하지 않는다. 나와 하마모토는 천천히 그 아이들 쪽으로 걸어갔다. 그러자 그 신기한 아이들도 우리와 똑같이 앞으로 걸어가서 따라잡을 수가 없었다.

"이봐! 너희들은 누구니?" 내가 소리를 질렀다.

그때 "아오야마" 하고 부르는 소리가 들렸다. 나와 하마모토가 돌아보자 우치다가 옆에 와서 신기하다는 얼굴로 서 있었다. "뭐가 보이니?"

우리가 그 신기한 아이들에 대해 설명하려고 앞을 보니 상대는 세 명으로 늘어나 있었다.

"늘어났어!" 내가 소리쳤다. "남자아이가 둘이 됐어!"

그때 하마모토가 눈을 가늘게 뜨고 관찰하더니 말했다. "어쩌면 저건 우리가 아닐까?"

"그런 일이 있을 수 있나?"

나는 오른팔을 크게 흔들어봤다. 그러자 건너편에 있는

남자아이가 똑같이 팔을 흔든다.

"하마모토야, 뒤를 한번 돌아봐줄래?"

하마모토가 뒤를 돌아보자 건너편에 있는 여자아이가 이쪽을 봤다. 하마모토와 쌍둥이처럼 닮은 모습이었다. 하마모토를 똑같이 닮은 그 여자아이는 내 얼굴을 뚫어져라 바라보면서 "이쪽에서도 보여!" 하고 말했다. 내 옆에서 뒤를 보고 있는 하마모토도 동시에 같은 말을 했다. 매우 까다로운 사태다.

우리가 뒤를 돌아보자 그쪽에서도 세 아이가 우리와 똑같은 방향을 쳐다보고 있는 것이 보였다.

"어떻게 된 일이지?" 우치다가 말했다. "우리가 많아졌어."

* * *

우리는 파라솔이 있는 곳으로 돌아와서 방금 관찰한 신기한 현상에 대해 검토했다.

나는 노트에 둥근 '바다'를 그리고 그 옆에 서 있는 우리를 그렸다. 그리고 '바다' 주위를 빙 도는 화살표를 그려 넣었다. "우리 뒷모습이 보였다는 건 빛이 '바다' 주위를 한 바퀴 돌아서 우리 눈에 도달했다는 얘기야. '바다' 주위에서 빛의 진행방식이 일그러져 있는 건지도 몰라."

"블랙홀 같은 거?"

우치다가 말했다. "그렇다면 어째서 우리가 빨려 들어가지 않는 거지?"

"빛을 구부릴 정도의 힘은 있지만 중력이 센 건 아니야."

"그거, 이상해." 하마모토가 말했다. "빛이 곧장 도달하지 않는다면 여기에서 '바다'를 관측할 때 좀 더 이상한 모양으로 보여야 하는 거 아니야?"

나는 생각에 잠겼다. 확실히 하마모토의 말대로다.

"그렇다면 우리가 저기 서 있을 때 특정한 빛만이 '바다' 바깥쪽을 한 바퀴 돈 거라고 해야 해."

"그런 게 가능해?"

"모르겠어. 하지만 좀 전에 하마모토가 '바다' 주위를 돌고 있을 때, 난 '바다'의 표면에서 새로운 활동이 일어나는 걸 봤어. 파란 혈관 비슷한 것이 떠올랐어. 그 구조물하고 빛을 일그러지게 만든 것 사이에 무슨 관계가 있을지도 몰라."

"재가 우리를 놀리고 있는 건가?"

우치다가 불안한 듯 말했다. "글쎄, 우리가 정말 깜짝 놀라긴 했지."

"탐사선을 집어넣은 것에 대한 복수일까?" 하마모토가 중얼거렸다.

우리는 파라솔 아래에서 서로 바짝 달라붙은 채 ‘바다’를 바라봤다. ‘바다’는 무척 크게 부풀어 있었다. 하지만 좀 전에 내가 목격한 혈관 같은 구조물은 사라지고 없었다.

“우리 이제 어떻게 하면 좋을까? 탐사선을 집어넣는 건 그만두는 게 좋겠지?”

나는 건조 중인 탐사선 펭귄2호를 보이며 말했다. 우치다와 하마모토도 생각에 잠겼다.

우치다가 얼굴을 들고 시냇물 쪽을 봤다.

“또다시 빛이 이상해지고 있어.” 우치다가 말했다. “저기 강 쪽에 사람이 보여.”

나는 얼굴을 들었다. 초원을 가로질러 흐르는 시냇물 주변에 아이들 셋이 서 있었다.

“저 애들은 아까 그 애들이 아닌데.” 하마모토가 말했다.

“우치다, 저거 혹시 스즈키네 아냐?”

그때 “돌격!” 하고 외치는 스즈키의 목소리가 초원에 울려 퍼졌다. 고바야시가 땀으로 번쩍거리는 얼굴로 “와아” 하고 소리를 지르며 우리 기지를 향해 달려왔다.

몸집이 큰 나가사키가 가장 빨리 달려와 우리 기지로 뛰어들었다.

우치다는 “히익!” 하고 도망쳤고 하마모토는 옆으로 밀쳐졌다.

나가사키와 고바야시가 둘이서 한꺼번에 몸을 부딪쳐와서 나는 중심을 잃고 엉덩방아를 찧었다. 틈을 주지 않고 고바야시가 덮쳤다. 나는 아이들을 밀어젖히려고 애썼지만 내 위에 올라탄 고바야시 위로 나가사키까지 올라탔다. 고바야시가 "으윽" 하면서 침을 흘렸다. 나는 "으악" 하고 비명을 질렀다. 무척 무거웠고 무척 더웠다. 괴로운 싸움이었다.

뒤이어 스즈키 제국 황제가 유유히 나타났다. 그는 고바야시와 나가사키 위에 임금님처럼 앉았다. 점점 더 무거워져서 나는 숨도 겨우겨우 쉬어야 했다. 내가 "무거워……" 하고 말하자 스즈키가 "무겁냐! 무겁냐!" 하며 몸을 흔들었다. 나도 몸부림쳤지만 고바야시와 나가사키도 "무거워……" 하고 외치며 몸부림쳤다. 신이 난 건 스즈키뿐이었다. 임금님이란 그런 거다. 스즈키가 고바야시와 나가사키 위에서 내 얼굴을 들여다봤다. 한껏 뽐내는 얼굴이었다. 그 애의 땀이 뚝뚝 떨어졌다.

"내가 이겼어. 졌다고 말해!"

"말, 안 해." 내가 말했다. "왜냐, 하면, 아직, 진, 건, 아니, 니까."

"너, 정말 지독하구나!"

"난, 지독, 해."

하마모토가 벌떡 일어나 스즈키를 밀쳐내려 했다. 스즈키가 하마모토를 노려보며 말했다. "꼼짝 마. 안 그러면 아오야마의 얼굴을 밟아버릴 거야!"

"왜 이런 짓을 하는 거니?"

하마모토는 화를 낸다기보다 어이없어했다. "바보 같으니."

"입 다물어. 아오야마가 졌다고 말하면 용서해줄 거야."

"아오야마, 졌다고 말해." 하마모토가 차가운 목소리로 말했다. "별것 아니잖아."

"말, 안 할, 거야."

"아오야마, 고집부리지 마. 그러다가 깔려 죽어."

스즈키는 "깔아뭉개버릴 거다!" 하고 외치면서 또 몸을 흔들었다. "누나가 또 도와주러 올 줄 알고? 누나한테 도움을 받는 건 치사해. 두 번 다시 고자질하지 않겠다고 약속해."

"그런, 약속은, 안 해."

"뭐야, 치사한 자식!"

"몰, 랐, 니. 난, 치사해."

스즈키는 깜짝 놀랐는지 말문이 막혔다. 침을 삼키고 나서 "치사한 건 나쁜 거야"라고 진지한 얼굴로 말했다. "치사한 건 나빠."

"어, 떻게, 여기, 를, 알았, 니?"

"우리는 강을 탐험해 왔어." 스즈키가 탐험지도를 흔들어 보였다. "너네랑은 달리 우리는 여름방학에도 탐험을 계속 했거든. 오늘은 저 위험한 숲을 빠져나왔어."

"저, 강? 초등학교, 뒤, 에서부터?"

"그래. 우리는 계속 강을 더듬어 왔어."

이 초원에 흐르는 시냇물은 저 초등학교 뒤 빈터를 흐르는 강의 하류였던 거다. 나는 그 발견을 스즈키에게 빼앗긴 게 조금 분했다. 어디까지나 아주 조금이었지만.

"프로미넌스!" 하고 하마모토가 외쳤다.

"뭐야?" 하고 스즈키가 얼굴을 들었다.

내 위에 올라타 있던 고바야시가 얼굴을 들고, '바다' 쪽을 바라봤다. '바다'의 표면에서 나팔 모양의 구조물이 여러 개 올라왔다. 프로미넌스가 시작된 거다. "뭐야, 저건? 움직이잖아." 고바야시가 헉헉대며 말했다. "징그러워."

"저건 위험해. 지면에서 가스가 나올 거야."

"뭐라고? 가스라고? 마시면 죽어?" 고바야시가 말했다.

"죽어." 하마모토가 말했다.

"그거, 그럼 안 되잖아." 나가사키가 말했다.

꼭대기에 있는 스즈키는 조금도 움직이지 않았다. "어차피 거짓말이지? 너희는 아무렇지도 않잖아. 난 조금도 무섭지 않아."

"이제 곧 무서운 일이 일어날 거야."

그때 어디선가 끼욱끼욱끼이끼이 하는 소리가 들려왔다.

"뭐야, 저 소리는?" 스즈키가 중얼거렸다.

내가 고개를 비틀고 보니 초원 남쪽 숲 입구에 거꾸로 서 있는 누나의 모습이 보였다. 누나는 큰 밀짚모자를 쓰고 마치 대장처럼 떡 버티고서 펭귄들을 이끌고 오고 있었다. 나무숲 속에서 펭귄들이 쏟아져 나왔다.

"자아 가라, 펭귄 제군! 스즈키를 해치워!"

누나가 외치는 소리와 함께 스즈키의 얼굴색이 변했다.

펭귄이 다가오자 끼욱끼욱끼이끼이 하는 소리가 계속 커졌다. 고바야시가 깜짝 놀라 일어서자 스즈키는 균형을 잃고 굴러떨어졌다. 나는 겨우 숨을 크게 들이쉴 수 있었다. 스즈키는 "뭐 하는 거야!" 하고 화를 냈고 고바야시와 나가사키는 "무거워서 죽는 줄 알았어" 하고 화를 냈다. "어쭈, 너희들, 나한테 덤빌 셈이야?" 하고 스즈키가 소리쳤다.

스즈키 제국의 내분이 일어난 틈에 펭귄들이 돌격해 왔다.

펭귄은 대략 열 마리 정도였다. 파라솔을 밀쳐 넘어뜨리고 의자를 뒤집어엎고 철벅철벅 발소리를 내면서 난폭하게 다가왔다. 나는 자칫 펭귄에게 밟힐 뻔했는데, 스즈키 일행은 펭귄의 물갈퀴에 찰싹찰싹 넓적다리를 맞고는 "아파" 하고 비명을 질렀다. 펭귄들이 센 건 당연하다. 그들은 물갈퀴를 사용해 바닷속을 우주처럼 날아다니니까.

펭귄 무리가 지나간 뒤에 정신을 차리고 보니 스즈키가 안 보였다. 고바야시와 나가사키는 어안이 벙벙해서 서 있었다.

"스즈키는 벌써 도망간 모양인데."

내가 풀밭에 누운 채로 말했다.

"뭐야, 저게. 젠장!"

고바야시와 나가사키는 모여 있는 펭귄들과 나를 번갈아 보더니 혀를 차며 재버워크의 숲으로 도망쳤다. 숲과 초원의 경계 부근에 누나가 서 있다가 도망가는 고바야시와 나가사키를 향해 외쳤다. "더 빨리 뛰어. 펭귄들이 쫓아간다!"

누나가 걸어와서 나를 일으켜 세워줬다. 누나는 밀짚모자의 챙을 들어 올려 초원 너머에 있는 '바다'를 바라봤다. "흐음, 저게 너희들의 연구대상이구나."

"그래요."

"신기한 걸 발견했구나. 그래서 결국 저건 뭐니?"

"몰라요."

누나가 멀찍이 떨어져 서 있는 하마모토에게 씨익 웃어 보였지만 하마모토는 웃지 않았다. 하얀 모자 아래에서 누나를 뚫어져라 바라보기만 했다.

“우치다는 어디 갔지?”

“저기구나.” 누나가 초원 서쪽을 가리켰다.

우치다가 숲에서 나와 이쪽을 향해 오는 것이 보였다.

“우치다야, 프로미넌스!”

하마모토가 소리치며 ‘바다’를 가리켰다.

크게 늘어난 나팔 모양의 구조물 끝에서 작은 ‘바다’가 튀어나왔다. 하나는 우리 머리 위를 넘어 숲속으로 날아갔다. 그리고 다른 하나는 데굴데굴 초원을 굴러 곧장 우치다가 서 있는 곳을 향해 갔다.

“우치다, 위험해!”

내가 소리쳤지만, 우치다는 멈춰 서서 자기를 향해 굴러오는 작은 ‘바다’를 바라본 채 꼼짝도 하지 않았다. 너무나 놀라서 몸이 굳어버린 모양이었다. 작은 ‘바다’는 햇빛을 반짝반짝 반사시키면서 마치 여름 하늘의 파편같이 초원을 굴러갔다.

누나가 풀밭 위에 뒹굴고 있는 탐사선 펭귄2호를 집어 들었다.

그러고는 팔을 크게 휘둘러 그걸 던졌다.

묵직한 탐사선 펭귄2호는 공중을 날아가면서 부글부글 부풀어 오르더니 펭귄으로 바뀌었다. 그것이 날개를 파닥거리며 우치다를 향해 날아갔고, 다음 순간 우치다 앞으로 굴러가는 작은 '바다' 속으로 미끄러져 들어갔다. 둥근 젤리 덩어리같이 생긴 '바다'가 부르르 요동쳤다. 펭귄이 '바다' 내부에서 한 바퀴 도는가 싶더니 '바다'는 펵 하고 터져버렸다. 낡은 체온계가 깨졌을 때 나오는 수은 구슬처럼 소프트볼 크기의 파편들이 번쩍번쩍 빛을 내며 초원을 굴러갔다.

스즈키네를 해치워준 펭귄들이 모여들어 '바다'의 파편을 부리로 쪼아대자 그것들은 가루로 부서져 안개처럼 변하더니 사라져버렸다. 펭귄들은 그게 재미있다는 듯이 계속 부리로 쪼아댔다.

그런 펭귄들 속에 우치다가 우두커니 쭈그리고 앉아 있었다.

"그럼 너희들. 연구 열심히 해라."

누나는 손을 흔들고 초원을 가로질러 북쪽으로 갔다. 펭귄 몇 마리가 엄마 뒤를 좇듯 그녀의 뒤를 아장아장 따라갔지만 누나는 신경 쓰지 않고 쓱쓱 걸어갔다. 펭귄들은 뒤로 처져서 초원에 서 있었다. 외로워 보였다.

내가 "누나" 하고 손을 흔들자 누나는 숲 입구에서 돌아보고 손을 흔들었다.

누나는 그렇게 어두운 나무숲 속으로 사라져버렸다. 마치 뉴트리노(중성미자. 중성자가 양성자와 전자로 붕괴될 때 생기는 소립자—옮긴이)가 초원을 가로지르듯이 재빨랐다.

"이게 다 무슨 일이야?" 하마모토가 말했다.

* * *

나는 새로운 발견을 기록해야 한다.

▷ 펭귄들은 '바다'를 부숴버린다.

* * *

나는 아버지와 함께 드라이브를 하러 나갔다.

해변의 드라이브 코스 같은 버스길을 달려 대학교 쪽으로 갔다. 대학교 건물 사이를 빠져나가자 산으로 들어가는 좁은 길이 나왔다. 길을 따라 구불구불 달려 산을 빠져나간 다음에는 고속도로처럼 훌륭한 고가도로 밑을 지나갔다.

"이 길은 어디로 가는 걸까?" 아버지가 말했다.

"어디로 가는 걸까요?" 내가 말했다.

나는 아버지와 함께 드라이브하는 것이 좋다.

집을 나설 때 우리는 특별하게 행선지를 정하지 않는다. 그냥 아무 길이나 잡아서 "이 길은 어디로 가는 걸까?" 하고 물으며 달린다. 나는 우리가 어디에 가 닿을지 모른다. 아버지도 모른다. 아버지가 핸들을 잡고 "이 길은 어디로 가는 걸까?" 하고 말하면, 나는 그 아스팔트 도로가 아버지도 본 적 없는 세계의 끝으로 이어질 것 같은 느낌이 든다. 그러나 아버지와 내가 세계의 끝에 도착한 적은 없다. 우리는 모르는 도시에 도착해서 그 거리의 커피숍이나 햄버거가게에서 잠시 쉬고 돌아올 뿐이다.

그날 우리는 언덕으로 이루어진 도시에 도착했다.

큰 언덕길 양쪽에 주택가가 쭉 이어져 있었고 걸어 다니는 사람은 별로 없었다. 햇빛이 쏟아졌고 주위는 조용했다. 오후 두 시밖에 안 되었는데도 건물에 내리비치는 햇빛의 색깔이 석양빛처럼 보이는 것이 신기했다. 언덕 꼭대기에 있는 급수탑까지 올라가는 도중에 우리는 갈색 스포츠클럽 건물을 발견했다. 우리는 건물 주차장에 차를 세우고 커피숍으로 들어갔다. 냉방이 잘돼 서늘한 커피숍에서 아버지가 커피를 마시고 나도 커피를 마셨다. 아버지는 커피를 그대로 마시고 나는 커피에 설탕을 넣었다. 어머니는 내가 커피를 마신다는 걸 모른다. 어머니는 내가 커피를 마시는 걸 좋아하지 않기 때문에 나는 아버지와 드라이브할 때만 커피를 마신다. 나는 진짜 커피를 마셔보기 위해 조금씩 설탕을 줄이는 훈련을 하는 중이다.

"집에 가는 길에 서점에 들러볼까?" 아버지가 말했다. "우주정거장에 대한 책은 읽었니?"

"읽었어요. 그 책을 참고로 해서 레고 블록으로 우주정거장을 만들었어요."

"어느 부분이 재미있었니?"

아버지한테 새 책을 받으려면 아버지의 시험에 합격해야 한다. 전에 사준 책에 대해 어느 부분이 재밌었는지를 설명해야 한다. 그 시험에 합격하지 못하면 책을 사주지 않는 것이 '규칙'이다. 하지만 난 시험에 합격 못 한 적이 없다.

나는 국제 우주정거장의 구조와 역사에 대해 좌악 얘기했다. 아버지는 음, 음, 하고 고개를 끄덕이며 들었다. 마지막에는 "흐음, 그렇구나" 했다.

"네가 어른이 될 때쯤이면 우주여행을 할 수 있을지도 모르겠구나."

"아마 돈이 많이 들 거예요."

"그거 문제인데."

"하지만 우주 엘리베이터가 만들어진다면 좀 더 쉽게 갈 수 있을지도 몰라요. 그러면 난 우치다랑 같이 갈 거예요."

"우치다도 같이 가고 싶어 할까?"

"……어쩌면 우치다는 안 갈지도 몰라요. 그 애는 블랙홀을 무서워하거든요. 난 우주에 가더라도 블랙홀에 빨려 들어갈 확률은 낮다고 생각하지만요."

"확률이 아무리 낮아도 우치다가 싫으면 할 수 없지."

"네. 우치다와는 그냥 로켓을 쏘아 올리는 거나 보러 갈 거예요. 그건 약속했어요."

커피숍 창문으로 보이는 주차장에는 스포츠클럽에 다니는 어른들이 이리저리 돌아다니고 있었다. 스포츠클럽 안에는 햄스터가 운동하는 쳇바퀴같이 아무리 걷거나 달려도 앞으로 나아갈 수 없는 기계가 놓여 있다. 난 그걸 보면 늘 신기하다.

"나는 아버지와 드라이브하면 어쩐지 세계의 끝에 도착할 것 같은 느낌이 들어요."

"그럼 재미있겠구나."

"하지만 세계의 끝은 그렇게 가까이에 있지 않다는 것도 잘 알아요. 난 벌써 초등학교 4학년이니까요. 세계의 끝은 더 멀리 있을 거예요. 우주 끝이라든가."

"그럴 리가."

아버지는 진지한 얼굴로 말했다. "세계의 끝은 멀리 있지 않아."

"그럴까요?"

"그렇고말고. 세계의 끝은 밖에만 있는 게 아니라고 아버지는 생각한단다. 웜홀도 그렇지 않을까? 너랑 아빠 사이에 있는 이 테이블 위에 실은 웜홀이 이미 출현했을지도 몰라. 그건 정말로 한순간의 일이라서 우리한테 안 보이는 것뿐일 수도 있어."

나는 커피잔을 봤다. 그리고 잔 옆에서 다른 우주로 통하는 입구가 열리거나 닫히거나 하는 모습을 상상했다. 진짜라면 재미있는 일이다.

"세계의 끝은 접혀서 세계의 안쪽에 숨어들어가 있어."

아버지는 신기한 말을 했다.

그래서 나는 늘 세계의 끝에 다다를 것처럼 느끼는 걸까?

아버지는 커피를 마시며 미소 지었다. "누나에 대한 연구는 잘되어가니?"

"아주 어려워요."

"요전번에 강의 들으러 갔을 때 누나랑 얘기를 해봤다. 머리가 좋은 재미있는 사람인데, 수수께끼 같은 데가 있더구나. 치과 선생님도 그렇게 말했어."

"연구가 진행될수록 더더욱 알 수 없는 사람이에요."

"네 연구가 어떤 건지는 모르지만, 아버지가 전에 한 말 기억하니?"

"문제란 무엇인가."

"내가 풀어야 할 문제란 무엇인가."

"몰라요. 문제가 여럿 나타났어요. 모두 다 어려워요."

"그건 해결에 다가가고 있다는 징표일지도 몰라."

"왜요?"

"그 문제들은 제각각인 것처럼 보이지만 결국엔 하나의 문제일지도 모르니까."

"그럴 수 있나요?"

"그럴 수 있지."

나는 노트를 꺼내서 '그건 하나의 문제일지도 모른다'라고 썼다. 나는 그 말의 의미를 반복해서 생각해봐야만 한다. 펭귄 하이웨이 연구와 '바다' 연구는 실은 별개의 것이 아니라 하나의 연구일지도 모르지 않은가.

"잘 생각해볼게요."

"매일 발견을 기록해둘 것. 그리고 그 발견을 복습해서 정리할 것."

아버지는 그렇게 말하고 커피를 마셨다.

* * *

하마모토의 파란 노트에는 '바다'의 크기가 기록되어 있다. 하마모토는 모눈을 사용해서 그래프를 정확하게 그려낸다. 그 그래프에 의하면 '바다'의 크기는 요즘 확대일로에 있지만 최근에는 확대되는 속도가 느려졌다.

그날 초원의 파라솔 아래에서 우리는 공동연구회의를 열었다. 하마모토는 하얀 모자를 깊이 눌러쓰고 접이식 의자에 앉아 있었다. 기분이 안 좋은 듯 무릎을 끌어안고 말이 없었다. 우치다는 나와 나란히 풀밭에 앉아 불안한 표정으로 그 애를 올려다봤다. 왜 하마모토가 기분이 안 좋은가 하면 누나가 펭귄을 만든다는 걸 내가 비밀로 했기 때문이었다.

하마모토는 의자 위에서 마치 심문하듯 말했다. "아오야마, 넌 훨씬 전부터 알고 있었지?"

"그래."

"아오야마는 치사해. 난 '바다' 연구에 대해 다 말해줬는데 넌 네 연구에 대해 가르쳐주지 않았어. 나도 펭귄이 어디에서 오는지 알고 싶었는데."

"난 비밀로 해야만 했어. 누나하고 약속했거든. 게다가 펭귄에 대해 다른 사람들에게 들켜서 누나가 연구자에게 붙잡힐까 봐 걱정도 됐어."

"난 비밀을 잘 지켜."

"그건 맞는 말이야."

"넌 날 믿지 않았니?"

"그런 거 아니야."

내가 쩔쩔매자 우치다가 "하지만" 하고 말했다. "지금은 하마모토 너도 알고 있잖니? 그러니까 이제 된 거 아니야?"

"앞으로 그런 일은 비밀로 하지 마. 연구에 방해가 되잖아."

"그럴까?" 하고 우치다가 말했다.

"그건 하마모토가 말한 대로야. 난 '바다' 연구와 펭귄 하이웨이 연구를 별개라고 생각했어. 하지만 지금까지 발견한 걸 정리해보니까 '바다'와 펭귄의 출현은 관계가 있다는 생각이 들어. 그것들을 따로따로 연구하면 문제를 해결할 수 없어. 이건 하나의 문제야."

"그래. 맞아." 하마모토가 딱 잘라 말했다.

우치다가 의기소침해했다. "난 몰랐어."

"그러니까 펭귄 하이웨이 연구에 대해 하마모토랑 우치다에게 말하지 않았던 걸 난 반성해. 그리고 한 가지 제안을 하고 싶어. 누나한테도 이 연구에 가담해달라고 하는 게 어떨까?"

하마모토와 우치다는 내 제안을 놓고 생각에 잠겼다.

하마모토는 눈썹을 찌푸렸다.

"난 그 사람이 아오야마에게 사실을 말하고 있다고 믿을 수가 없어. 자신이 어떻게 펭귄을 만들 수 있는지 모른다는 말, 사실일까?"

"그건 사실이야."

"하지만 이상해. 자기 일이잖아?"

"하지만 누나는 나쁜 사람이 아니야. 펭귄에 대해서도 나한테 거짓말한 게 아니야. 누나도 잘 몰라. 그래서 나한테 연구를 부탁한 거야."

"글쎄."

"하마모토, 너 치과를 싫어해서 그런 식으로 말하는 거니?"

"그게 아니야."

"또 싸우네." 우치다가 말했다. "케이크 먹지 않을래?"

하마모토가 보온병을 꺼내 얼음을 넣어 차갑게 식힌 홍차를 종이컵에 따랐다. 나는 가방에서 유방케이크를 세 개 꺼냈다. "분명 화가 난 상태일 테니까 맛있는 케이크를 사두는 게 좋을 거야" 하고 우치다가 조언해줘서 여기 오기 전에 사둔 거였다.

홍차를 마시고 유방케이크를 먹는 사이에 하마모토는 화가 조금 풀렸는지, 이렇게 말했다.

"생각해볼게."

공동연구회의가 종료된 뒤에 나는 한동안 '바다'를 관측해봤지만 크기가 조금 줄어든 것 말고는 특별히 이상한 현상은 발생하지 않았다. 때때로 숲과 초원의 경계 부근에 펭귄이 나타나 아장아장 걸어 다니곤 했다. 그때마다 하마모토는 "펭귄!" 하고 외쳤다.

'바다'에 탐사선을 투입하는 계획은 연기했다. 탐사선 펭귄1호는 소실되었고 펭귄2호는 진짜 펭귄이 되어버렸다. 지금쯤 숲속을 왔다 갔다 하고 있을 거다. 그리고 탐사선 펭귄 3호는 아직 완성되지 않았다. 레고 블록이 차례차례 사라져 버리기도 했고, 펭귄1호 안에 넣었던 온도계랑 펜라이트를 대신할 것도 없었다. 나아가 요전번의 신기한 광학 현상이 있고 나서 '바다'가 우리를 갖고 장난친다는 가설을 세우게 됐는데, 그 점도 우리를 불안하게 했다.

우치다가 직접 만든 연을 날릴 준비를 했다. 우리는 그것을 도왔다. 내가 치과에서 받아 온 잡지에서 예쁜 사진을 잘라냈고, 우치다가 그 사진을 연에 붙였다.

드디어 화사하고 예쁜 연이 완성됐다.

우리는 초원에서 연을 날리며 놀았다.

* * *

그러고 나서 일주일, 우리 가족은 할아버지 할머니 댁에 갔다. 매해 여름이 되어 아버지가 휴가를 내면 우리는 차를 타고 그곳에 간다.

'바다'를 관측할 수 없는 건 슬픈 일이지만 나만 집에 남을 수는 없었다. 게다가 내가 가지 않으면 할아버지 할머니가 매우 슬퍼할 것이다. 할아버지 할머니는 내 아버지의 아버지와 어머니다. 가기 전날 나는 하마모토와 우치다에게

"내가 없는 동안 연구 잘해줘" 하고 부탁했다.

할아버지 할머니 댁은 우리 도시에서 차로 두 시간 정도 달려간 곳에 있다. 우리가 사는 주택가보다 훨씬 오래된 곳이다. 집 뒤에는 작은 산이 있어서 여름방학 내내 매미 소리가 들려온다. 산 깊숙한 곳에는 물웅덩이 같은 귀여운 연못이 있고 그 옆에는 할아버지가 채소를 키우는 밭이 있다. 그곳에 머무는 동안 나는 할아버지 뒤에 딱 붙어 따라다니며 채소 재배를 도왔다.

나는 할아버지가 좋다.

할아버지는 천천히 걷고 느릿느릿 말한다. 할아버지는 우리 중 누구보다 말을 느리게 한다. 내가 말을 너무 많이 하면, 할아버지는 "천천히 말하거라" 한다. "뭘 말하는지 모르겠구나"라고.

할아버지는 단것을 좋아해서 나와 둘이서 산책 나갈 때면 늘 단 과자를 산다. 나와 할아버지는 밭 구석의 움푹한 곳에 불을 지피거나 산속 대나무 숲을 거닐면서 그 과자를 먹는다. 나는 그렇게 할아버지와 함께 지내면서 여러 가지 얘기를 들었다. 할아버지가 젊은 시절 외국을 돌아다닌 얘기, 아버지가 대학생이었을 때의 얘기. 나는 나중에 그것들을 노트에 기록했다.

밤이 되어 내가 할아버지 방에 노트를 보이러 가면 할아버지는 몹시 감탄한다.

"넌 학자구나."

할아버지의 방에는 오래된 책과 도구가 많고 향 비슷한 냄새가 난다. 할아버지는 방을 정리하는 것을 싫어하고 누군가가 자신의 물건을 옮기는 것도 싫어한다. 할아버지의 방에는 할아버지가 앉는 초록색의 부드럽고 오래된 소파와 작은 의자가 있다. 할아버지는 소파에 앉아 보온병에 든 커피를 잔에 따라 설탕을 넣어 마신다. 나는 작은 나무의자에 앉아 할아버지와 대화를 나눈다. 할아버지의 방은 매우 어지럽기 때문에 어디에 뭐가 있는지 알 수 없다. 내가 할아버지에게 드린 지도도 어디에 있는지 모른다. 할아버지는 "어딘가 있겠지"라고 천천히 말하고 커피를 마신다. "어딘가에 있을 테니 괜찮아."

할머니는 할아버지와 완전 딴판이다.

나는 할머니도 좋다.

할머니는 늘 집 안을 돌아다니고 우리 중 누구보다도 말이 빠르다. 아버지의 말에 의하면 젊은 시절에는 말이 더 빨라서 화를 낼 때는 무슨 말을 하는지 아무도 알아들을 수 없었다고 한다. 할머니는 집 안을 돌아다니면서 나에게 방을 청소하는 방법이랑 정리하는 방법을 가르쳐준다. 솜씨 있게 분류하면 무척 기분이 좋다는 걸, 나는 할머니에게 배웠다.

할머니에게는 분류 3원칙이 있다.

▷ 자주 사용하는 것과 가끔 사용하는 것을 나눌 것.

▷ 절대로 없어지면 안 되는 것과 없어져도 상관없는 것을 나눌 것.

▷ 나누기 힘든 건 결코 나누지 말 것.

할머니는 여러 가지 것을 여러 가지로 나눠서 서랍이 많이 달린 큰 책장에 넣어둔다. 나는 할머니가 그 책장을 정리하는 걸 보는 게 좋다. 내가 옆에서 보고 있으면 할머니는 서랍 안에 있는 신기한 것을 꺼내서 어디에 쓰는 물건인지 알아맞혀보라고 한다. 깨진 접시도 있고 와인 병의 코르크 마개도 있다. 할머니는 안 쓰는 것은 버리니까 거기 있는 건 모두 쓰임새가 있는 것이지만, 용도를 알아맞히는 건 쉽지 않다. 내가 고민하고 있으면 할머니는 자랑스러운 표정을 짓는다.

그 집에서 정리가 안 된 곳은 할아버지 방뿐이다. "이 방을 정리하면 네 할아버지가 죽어버릴까 봐 그냥 놔둔단다." 할머니가 말했다.

어머니는 아버지가 할머니를 닮았다고 한다. 하지만 한 곳 정도는 역시 할아버지도 닮았다고 했다.

"아버지는 보통 때는 할머니를 닮았어. 하지만 일에 열중하면 점점 할아버지가 되어가." 어머니가 말했다.

그 집에 묵는 동안 우리 가족은 이 층 빈방에서 잔다. 처음에는 우리 집과 냄새가 다른 것이 신경 쓰이는데, 그 냄새에 익숙해져 아무렇지도 않을 무렵이면 우리는 돌아와야 한다.

＊＊＊

할아버지 할머니 댁에서 일주일 만에 돌아온 다음 날은 학교의 소집일이었다. 오래간만에 학교에 가니 아이들이 새카맣게 타 있었다. 사람이 햇볕을 받으면 이렇게 변신한다는 건 놀라운 일이다. 나는 볕에 잘 타지 않는다.

선생님이 올 때까지 나는 하마모토랑 우치다에게 할아버지 할머니 댁에서 있었던 일을 들려줬다. 그런데 하마모토가 불쑥 얼굴을 들고 "스즈키가 이상해" 하고 중얼거렸다.

"뭔가 이상해."

스즈키 쪽을 돌아봤더니 그 애는 멍하니 자기 자리에 앉아 있었다. 그 애답지 않았다. 반 아이들은 오래간만에 만난 것이 기뻐서 시끌벅적했는데 스즈키 주변은 태풍의 눈처럼 조용했다. 고바야시와 나가사키도 왠지 스즈키에게 가까이 다가가려 하지 않는 것 같았다.

스즈키가 얼굴을 들고 이쪽을 돌아보더니 나와 눈이 마주치자 얼른 눈길을 돌렸다.

“스즈키가 왠지 조용하네?” 우치다가 말했다. “무슨 일이지?”

스즈키 제국 황제가 혼자서 생각에 잠기다니, 지금껏 본 적이 없던 일이다.

열린 창문으로 뜨거운 바람이 불어 들어와 커다란 크림색 커튼을 팔랑팔랑 흔들었다. 즐거운 목소리가 가득한 교실 안에서 한 가지 신기한 소문이 돌았다. 소문을 들은 우치다가 전한 바에 의하면 다른 반 아이가 시영운동장 북쪽에 있는 수로에서 이상한 생물을 목격했다는 것이었다.

그 수로는 버스길 아래를 지날 때 10미터쯤 되는 지하수로를 통과하게 돼 있다. 그곳은 ‘터널 빠져나가기’라는, 스즈키 제국의 유명한 형벌에 사용되곤 하던 바로 그 수로였다. 비가 많이 내릴 때 물을 흘려보내기 위한 수로이므로 보통 때는 말라 있어서 기어서 지나갈 수 있다. 나도 한 번 직접 탐험을 해본 적이 있다.

그런데 다른 반 애가 수로를 빠져나가려다 어두운 수로에 웅크리고 있는 커다란 생물을 발견했다는 것이다. 그 생물은 젖어 있었고 물고기 같은 비릿한 냄새가 났다. 크기는 대형견 정도. 하지만 털은 하나도 없고 매끈매끈했다. 몸을 둥글게 웅크리고 있었기 때문에 어디에 머리가 있는지는 알 수 없었다고 한다. 그 애가 가까이 다가가자 그 생물이 불시에 튀어 오르듯이 몸을 펴고는 타닥타닥 발소리를 내면서 터널 저편으로 도망쳤다고 한다. 생물이 웅크리고 있던 곳은 콘크리트가 흠뻑 젖어 있었다.

"신종 동물일까?"

우치다가 말했다.

"들고양이나 들개가 아닐까? 물에 젖어서 쉬고 있었을 가능성이 있어."

"하지만 비는 내리지 않았대."

신기한 일이었다.

소집일에는 달리 할 일이 없기 때문에 학교는 오전에 끝났다.

그날 오후 나는 치과에 갔다. 내가 모르는 사이에 충치균이 성장했는지 어떤지 알아보는 게 좋겠다고 생각했기 때문이다. 내가 치과에 들어서자 어느 날인가 그랬던 것처럼 스즈키가 먼저 와서 앉아 있었다. 그 애는 학교에서처럼 멍한 표정을 하고 물고기 모양의 은색 모빌을 올려다보고 있었다. 내가 들어온 걸 보고는 몸을 움찔하고 눈길을 돌렸다.

나는 잡지를 넘기며 "스즈키" 하고 불렀다. "요전번에는 굉장한 싸움이었지. 펭귄들이 오지 않았다면 우리가 졌을 거야."

스즈키는 아무 말도 하지 않았다.

"하지만 네가 강을 탐험해줘서 기뻐. 덕분에 도시의 지도가 더 충실해졌어. 초등학교 뒤에 있는 강을 따라 내려가면 그 초원이 나온다는 것을 알게 된 건 훌륭한 발견이야."

내가 칭찬을 해도 스즈키는 딴전을 피웠다. 뭔가 이상했다.

"오늘 너 참 이상하다."

스즈키가 욱했다. "난 이상하지 않아. 너희들이 이상해. 지난번의 펭귄도 그래."

"펭귄이 정말 많았지. 나도 깜짝 놀랐어."

"어떻게 그렇게 펭귄이 많은 거야?"

"누가 키우던 애완 펭귄이 도망친 건지도 모르지."

"적당히 둘러대지 마. 넌 정말 거짓말만 하는구나."

"나는 '그럴지도 모른다'고 말한 것뿐이야. 가능성을 시사한 것뿐이지 거짓말은 아니야."

"또 알 수 없는 소리를 하네."

거기서 스즈키는 목소리를 죽였다. "여기 누나는 어떻게 그 펭귄들을 인솔할 수 있는 거지?"

"그건 확실히 수수께끼야."

"그것만이 아니야."

스즈키가 중얼거렸다. "그 초원의, 그 이상한, 떠 있는 거……."

"땅 표면에서 나오는 가스 말이니? 그게 어때서?"

내가 기다려도 그 애는 공중을 노려본 채 아무 말도 안 한다.

"뭐 신경 쓰이는 거라도 있니?"

"이제 됐어."

"나한테 얘기하고 싶은 게 있는 거 아니야?"

"별로."

그러고는 스즈키는 입을 다물어버렸다.

"아무것도 없다면 됐어. 난 억지로 묻지 않아."

그 애는 결국 아무 말도 하지 않았다. 내가 검진을 끝내고 나오자 스즈키는 벌써 돌아가고 없었다.

내가 소파에 앉아 기다리고 있으니까 누나가 진찰실에서 나왔다. 그녀는 내 옆에 털썩 앉았다. 소파가 누나의 무게로 움푹 들어갔고 나는 중력이 큰 별에 잡아끌리듯이 누나 옆으로 이끌려갔다.

"스즈키한테 무슨 소리 했니, 소년?" 그녀가 말했다. "좀 이상하던데."

"난 아무 말 안 했어요."

"정말? 내 눈을 보고 말해봐."

난 누나의 눈을 보고 "난 아무 말 안 했어요"라고 말했다. 그녀는 "어라?" 했다.

"그럼 날 무서워하는 거였나? 펭귄을 시켜서 공격한 것 때문에?"

"그럴지도 몰라요. 그렇지 않을지도 모르고요. 스즈키는 오늘 아침부터 상태가 좀 이상해요."

대기실에는 달리 기다리는 사람이 없었기 때문에 나는 치료비를 낸 다음 누나와 한동안 작은 소리로 얘기를 나눴다.

"누나가 하마모토랑 우치다 앞에서 갑자기 펭귄을 만들어 내서 놀랐어요. 자칫하면 스즈키네한테도 들킬 뻔했어요. 누나는 좀 더 신중하게 행동해야 해요."

"미안. 우치다가 위기 상황이었기 때문이야."

"우치다는 누나 덕분에 살았어요."

"그랬지?"

"누나는 펭귄이 '바다'를 부숴버린다는 걸 알았나요?"

"알 리 없잖아. 그냥 열심히 던졌을 뿐이야."

"그 실험으로 '바다'와 펭귄이 서로 관계가 있다는 게 명확해졌어요. 난 누나가 우리의 '바다' 연구에 협력해줬으면 해요. 하지만 하마모토는 반대예요. 난 하마모토를 설득할 필요가 있어요."

누나는 내 얼굴을 보고 씨익 웃었다.

"그건 어려울 거야."

"그럴까요?"

누나는 한동안 뭔가를 생각하더니 무릎을 탁 쳤다.

"하마모토랑 사이가 좋아지도록 우리 다 같이 수영장에라도 가지 않을래?"

"그거 정말 재미있을 것 같네요. 나 헤엄 잘 쳐요."

* * *

스즈키 제국 황제가 혼자서 초원에 온 건 소집일로부터 며칠 지나서였다.

그 애는 재버워크의 숲에서 초원으로 나오는 입구에 서서 우리 쪽을 살폈다.

나와 하마모토는 체스를 두고 있었고 우치다는 노트를 앞에 두고 팔짱을 낀 채 생각에 잠겨 있었다. 체스 판에서 얼굴을 든 하마모토가 숲 쪽을 보고 "스즈키가 와 있어" 하고 속삭였다.

스즈키 제국 황제는 혼자였다. 그는 우리가 숲 입구에 매달아놓은 해먹 옆에 서서 말없이 이쪽을 노려보듯 하고 서 있었다. 초원 쪽으로 들어오려고도 하지 않았다. 우리가 마주 쳐다보자 그는 빙그르르 몸을 돌려 돌아가려고 했지만, 다시 돌아와서 역시 똑같은 위치에 섰다.

"결투를 신청하려는 건지도 몰라." 우치다가 말했다.

"결투는 원치 않는다고 말하고 싶군." 내가 말했다.

"결투 같은 거 재미없어." 하마모토가 말하며 일어서서 스즈키를 향해 손을 흔들었다. "거기서 뭐 하니? 무슨 볼일이라도 있는 거야?" 하고 물었다. 그래도 스즈키는 숲에서 나오지 않았다. 할 수 없이 우리가 그쪽까지 걸어갔다. 스즈키는 아무 말도 하지 않은 채 손에 들고 있던 걸 내밀었다. 나와 우치다가 스즈키에게 빼앗겼던 탐험지도였다. 펼쳐보니 초등학교 뒤에서 흘러나오는 강이 도시와 숲을 빠져나와 이 초원까지 이어지고 있는 것이 엉터리이긴 하지만 비뚤비뚤한 선으로 그려져 있었다. "돌려주는 거야?" 하고 내가 묻자 스즈키는 고개를 끄덕였다. 지난번에 우리 관측 스테이션을 습격했을 때의 기세등등했던 모습은 사라지고 없었다. 그 애가 힐끗 '바다' 쪽을 봤다.

하마모토가 맥이 빠진다는 듯이 말했다. "싸우러 온 거 아니었어?"

"아니야."

"스즈키, 뭐 하고 싶은 얘기가 있으면 우리 관측 스테이션 쪽으로 갈까?"

"난 여기가 더 좋아."

스즈키는 '바다' 쪽을 바라보았다. 그렇게 한동안 말없이 서 있다가 짧게 자른 머리를 마구 긁어댔다. 그런 식으로 심각하게 고민하는 스즈키를 보는 건 처음이었다.

"그렇게 계속 아무 말 않고 있을 거야?" 하마모토가 화가 난다는 듯이 말했다.

스즈키도 화난 얼굴을 했다.

"굉장히 이상한 일이 일어났어."

"이상한 일?"

"너희들 뭔가 알고 있지?"

"네가 제대로 설명해주면 우리도 제대로 들을게."

그러자 스즈키는 자신이 겪은 이상한 체험에 대해 얘기하기 시작했다.

이야기는 지난번에 스즈키 제국이 우리 관측 스테이션을 습격했을 때부터 시작된다. 그날 누나가 "자 가라, 펭귄 제군!"이라고 외치고 펭귄들에게 공격 명령을 내렸던 그 혼란의 와중에, 스즈키는 일단 퇴각하자고 생각해서 초원에서 재버워크의 숲 쪽으로 도망쳤다. 고바야시와 나가사키도 따라올 거라고 생각했는데 그 애들은 따라오지 않았다. 스즈키는 '멍청한 녀석들'이라고 생각하며 숲속에서 상태를 살피고 있었다. 그러는 사이에 고바야시와 나가사키는 스즈키와는 다른 방향으로 도망쳐버렸다.

스즈키는 그 애들을 쫓아가려 했지만 그때 하마모토가 "프로미넌스!"라고 외치는 소리가 들렸다. '뭐지?' 하고 생각하며 나무 사이로 초원을 바라보니 물로 만들어진 큰 공 같은 것이 굉장한 기세로 스즈키를 향해 날아왔다.

스즈키는 악 하며 눈을 감았다. 커다란 젤리가 퍽 하고 몸을 감싸고 그대로 지나쳐 가는 것 같았다. 그 뒤에 머뭇머뭇 눈을 뜨니 조금 전과 똑같이 숲속이었다. 몸도 젖지 않았고 다친 데도 하나 없었다. 하지만 초원을 보니 조금 전까지 있던 우리의 모습이 보이지 않았다. 누나도 없었다.

스즈키는 조금 이상하다고 생각했지만 고바야시와 나가사키를 쫓아가기 위해 재버워크의 숲 속을 달려갔다. 그러나 고바야시와 나가사키는 아무 데도 보이지 않았다. 숲에서 나와 고바야시네 집에 가보니 아까 스즈키네 집으로 놀러 갔다는 거였다. 스즈키는 점점 더 이상한 기분이 들었다.

그러고 나서 스즈키가 주택가의 가로수 길을 따라서 집으로 걸어가는데 마침 자기 집에서 고바야시와 나가사키가 뛰어나오는 게 보였다. 뒤에서 말을 걸려던 스즈키는 고바야시와 나가사키와 함께 집에서 나온 남자아이의 모습을 보고 "누구지? 저 녀석!" 하고 생각했다. 그 남자아이가 고바야시를 향해 뭔가 말을 하며 옆을 봤을 때 스즈키는 그 아이가 자신을 똑 닮았다는 사실을 알아차리고 비명을 지를 뻔할 정도로 놀랐다. 저도 모르게 전봇대 뒤로 숨자 자신을 똑 닮은 남자아이가 고바야시와 나가사키와 함께 걸어갔다.

스즈키가 집에 들어가니 어머니가 깜짝 놀랐다. "어머나! 무슨 일이니? 벌써 왔어?"

저녁이 다 되었을 시간이었는데도 시계를 보니 시곗바늘은 아직 정오를 조금 지난 곳을 가리키고 있었다. 머리가 흔들리면서 뭐가 뭔지 알 수 없게 된 스즈키는 그대로 자기 방으로 들어가 이불을 뒤집어쓰고 잠들어버렸다.

저녁이 되어 어머니가 깨워서 현관에 나가보니 고바야시와 나가사키가 와 있었다. 그 애들은 마구 화를 냈다. 어떻게 혼자만 먼저 도망쳐서 집에 돌아와 자고 있느냐고 비난하는 것이었다. 스즈키는 자신의 몸에 일어난 일들을 설명하려고 했지만 잘 설명할 수 없었다. 우물우물하는 사이에 고바야시와 나가사키는 점점 더 화가 나서 돌아가버렸다.

그 뒤 스즈키는 그때 본 또 하나의 자신이 돌아오는 게 아닐까 하고 무서워서 저녁밥도 못 먹을 정도였다고 한다.

그것이 스즈키가 겪은 신기한 체험이었다.

"나 이상한 말을 한 거지? 너희들 날 우습게 보지?"

우리는 아무 말도 안 했는데 스즈키는 혼자서 소리쳤다. "고바야시랑 나가사키도 날 우습게 봐!"

"분명 이상한 얘기긴 해."

"하지만 사실이야. 거짓말이 아니라고. 나랑 꼭 닮은 녀석은 도대체 뭐지? 그때 날아온 이상한 물건이 몸에 닿아서 내가 이상해진 거야."

"확실히 너의 경험은 괴상하게 들리긴 하지만 나는 널 우습게 보지는 않아. 우리는 네 몸에 닿았던 이상한 물건에 대해서도 연구를 하고 있으니까."

"네가 거짓말을 하지 않았다는 증거는 있니?" 하마모토가 말했다.

"거짓말 아니라잖아!"

스즈키는 얼굴이 새빨개져서 발을 동동 굴렀다. "거짓말 아니라니까!"

주위는 차차 어두워지고 있었다. 나무숲을 넘어와 도달한 빨간 석양이 초원 건너편을 붉게 물들였고 '바다'는 번쩍번쩍 빛났다. 빨리 재버워크의 숲을 빠져나가지 않으면 해가 져버릴 것이다.

"연구하고 있다면서, 그게 뭔지 나한테도 가르쳐줘."

"그럴 수는 없어." 하마모토가 말했다.

"어째서?"

"이건 우리의 연구인걸. 외부 사람에겐 비밀이야."

"아오야마. 나랑 똑 닮은 녀석은 도대체 뭐니? 얘기 좀 해봐."

"좀 더 연구를 해봐야 알 수 있어. 그리고 정말로 알고 싶다면 좀 더 정중하게 부탁해."

스즈키는 화가 나서 뺨이 부풀었다.

"너희들은 치사해!"

"우리는 치사하지 않아."

"너희들 뭔가 이상해. 소곤소곤거리고 말이야. 요전번에 펭귄들도 그렇고, 저기 떠 있는 이상한 것도 그렇고. 너희들 뭔가 음모를 꾸미고 있는 거지?"

"음모가 아니야. 우리는 연구 활동을 하고 있는 거야."

"나한테 가르쳐주지 않으면 너희가 숲속에서 이상한 짓을 하고 있다고 애들한테 말할 거야. 그러면 너희도 다 털어놓아야 할걸."

"그러면 안 돼. 우리 연구 활동이 엉망이 될 거야."

하마모토가 한 발 앞으로 나아가 "한번 해보지그래?" 했다. "그런 짓을 했다가는 어떻게 될지 잘 알고 있겠지. 난 평생 널 용서하지 않을 거야. 평생 원망할 거라고."

스즈키는 입을 다물고 말았다.

분명 그 애는 하마모토에게 평생 용서받지 못하는 게 싫은 거다.

하마모토가 돌연 '바다' 쪽을 돌아보더니 "앗!" 하고 큰 소리를 냈다.

우리도 '바다'가 무슨 활동을 시작했나 싶어서 눈을 동그랗게 뜨고 돌아봤다. 하지만 '바다'는 초원 저편에 조용히 떠 있을 뿐, 아무 변화가 없었다.

"하마모토, 뭘 본 거니?"

"아니. 거짓말이야." 그 애는 아무렇지도 않은 얼굴로 말했다.

우리가 다시 앞을 보자 스즈키는 이미 그 자리에 없었다. 깜짝 놀라 도망가버린 거였다. '바다'에 어지간히 놀란 모양이다.

그날 밤 나는 졸음을 참고 노트를 노려보며 스즈키의 체험을 고민해봤다.

중요한 것은 다음의 사실이다.

▷ 스즈키가 또 하나의 스즈키를 목격한 것.

▷ 숲에 있을 땐 분명 저녁이었는데 갑자기 낮이 된 현상.

▷ 스즈키가 먼저 도망갔다고 고바야시와 나가사키가 오해한 것.

이런 사실들로부터 나는 다음과 같은 가설을 세웠다.

▷ 스즈키는 '바다'를 통과함으로써 시간여행을 경험했다.

물론 이것은 어디까지나 가설에 지나지 않는다.

* * *

역 건너편에 '후생연금 휴가센터'라는 시설이 있고 그곳에는 큰 수영장이 있다. 수영장은 여름이 되면 수많은 사람들로 복작거린다. 물이 흐르는 미끄럼틀도 있고 옆에서는 민트초코 아이스크림과 야키소바를 판다. 나는 민트초코 아이스크림을 무척 좋아한다. 그 수영장의 물은 강처럼 흐른다.

초등학교에서 수영대회가 있었을 때 1학년 아이들이 다 같이 물의 힘을 알아보기 위한 실험을 했다. 아이들이 모두 물에 들어가 수영장 가장자리를 따라 걸어갔다. 그러자 물에 점점 흐름이 생겨나서 수영장의 물 전체가 빙글빙글 돌기 시작했다. 우리는 걷는 걸 멈추려 해도 흐름 때문에 밀려갔다. 수영장 바깥에 선 선생님이 "자, 반대 방향으로!" 하며 손바닥을 치면 그 전까지와는 반대 방향으로 걸어야 했다. 다 같이 꽥꽥거리며 발을 내디뎠다. 하지만 그건 힘든 작업이었다. 물의 힘은 굉장히 셌다. 알을 낳기 위해 강을 거꾸로 오르는 연어들은 굉장한 에너지를 갖고 있구나 하고 그때 나는 생각했다. 연어가 아닌 우리는 꽥꽥거리면서 밀려갈 수밖에 없었다.

매우 재미있는 실험이었다.

움직이지 않는 물에 떠 있는 것보다 흐르는 물에 떠 있는 쪽이 재미있다. 유수풀을 발명한 사람은 무척 머리가 좋은 사람이다.

그날은 마치 남쪽 섬같이 쾌청한 날씨였다. 누나가 수영장에 데리고 가주기로 되어 있었기 때문에 우리는 오전 열 시에 치과 앞에 모였다. 짙은 푸른색 야구 모자를 쓴 누나는 마치 남자애처럼 보였다. 내가 치과 앞에 갔을 때 하마모토와 우치다는 이미 와 있었다. 하마모토는 외국 여자애같이 보이게 하는 밤색 머리카락을 짧게 잘랐다. "머리카락이 짧아졌구나" 하고 내가 지적하자 "그래" 하고 대답했다.

누나는 마치 탐험이라도 하러 가는 것처럼 우리 한 명 한 명을 확인한 다음 "그럼 출발"이라고 말했다. 우리는 시영버스를 타고 역 앞까지 갔다. 수영장에 도착해서 옷을 갈아입고 나자 누나는 우리에게 꼼꼼하게 준비체조를 시켰다. "체조를 잘하고 나서 수영장에 들어가지 않으면 심장마비로 죽어." 누나가 말했다.

여름방학이라서 수영장은 매우 혼잡했다. 수면이 햇빛을 반사해 하얗게 보였다. 어른이나 아이나 수영장 안에서 둥둥 흘러갔다. 철벅철벅하는 물소리와 헤엄치는 사람들의 환성이 하도 요란해서 나는 머리가 멍해졌다. 미끄럼틀 너머로 보이는 하얀 뭉게구름이 수영장 옆에서 파는 소프트크림처럼 보였다.

누나는 영리한 돌고래 같았다. 체조를 하고 깡충깡충 뛸 때마다 젖가슴이 흔들렸다. 누나의 가슴을 보다가 돌고래는 포유류니까 유방이 있겠구나, 하고 문득 깨달았다. 돌고래의 유방은 어디에 있을까. 아기 돌고래는 어떻게 젖을 빨까. 바닷물도 함께 입으로 들어와서 맛이 짜지는 않을까. 나는 계속 생각했다. 돌고래한테 유방이 있다면 흰긴수염고래한테도 유방이 있을 것이다. 아기 흰긴수염고래는 태어날 때부터 우리보다 크니까 엄마 흰긴수염고래의 유방은 유방이라고 생각할 수 없을 정도로 클 것이다.

"소년!" 하고 누나가 큰 소리로 불렀다. "뭘 보고 있니?"

"생각을 하고 있었어요."

"거짓말."

"정말이에요."

"가슴만 보고 있으면 안 돼."

"보고 있지 않았어요. 가슴에 대해서 생각은 했지만 누나의 가슴은 아니에요."

누나는 한숨을 쉬었다. "스즈키가 너를 싫어하는 이유를 알 것 같아."

체조를 마치고 누나를 따라 수영장으로 들어갔다. 유수풀은 우리를 천천히 날라 갔다.

"헤엄칠 필요도 없네" 하면서 누나는 물 위에 떠 있었다. 우치다는 튜브에 의지해 물 위에 떠서는 싱글싱글 웃었다. 우치다는 튜브를 좋아한다. 하마모토가 우치다의 튜브를 붙잡고 흔들자 우치다가 "위험해!" 하고 외쳤다. 하마모토는

"아하하" 하고 웃었다.

수영장을 두 바퀴 정도 돈 다음 나는 내가 잘하는 잠수를 했다. 있는 힘껏 물을 가르자 내 몸은 스스로도 놀랄 정도의 스피드로 앞으로 미끄러져 나아갔다. 우주 공간을 날아가는 로켓 같았다. 더구나 나는 함께 흘러가는 다른 사람들 사이를 누구에게도 부딪치지 않고 쓱쓱 빠져나갔다. 놀랍도록 빠른 속도였다.

누구보다도 빨리 헤엄쳤다는 것에 만족해서 수면 위로 얼굴을 내밀었는데, 남겨놓고 온 줄 안 누나의 얼굴이 눈앞에 있어서 깜짝 놀랐다. 주르르 흘러내리는 물방울이 보일 정도로 얼굴을 가까이 갖다 대고, 누나는 "크흐흐" 하고 웃었다. "난 정말 속도가 빨라, 하고 생각했지?"

"누나도 빠른 거 인정해요."

"고마워. 하지만 난 빠른 속도에는 질렸으니까 조금 쉴 테야."

누나는 쓱쓱 수영장 가장자리로 가서 물 위로 올라갔다. 누나의 엉덩이가 돌고래처럼 반들반들 빛났다. 누나가 돌아보고 수영장을 흘러가는 우리에게 손을 흔들었다.

내가 느린 속도로 헤엄치고 있는데 튜브로 물 위에 떠 있던 우치다가 다가왔다. "어라, 하마모토는?" 하고 내가 물었다.

"뒤처졌어. 하지만 괜찮아. 하마모토는 장난을 쳐서 싫어.

나를 물에 가라앉히려고 했다니까."

"그거 성가시구나."

우리는 함께 흘러갔다.

"우치다, 흰긴수염고래한테도 유방이 있다는 사실을 넌 어떻게 생각하니?" 내가 말했다.

"그런 말 하면 누나한테 또 혼나."

우치다는 어이없다는 듯 말했다. "너는 유방을 너무 좋아해."

"난 좋아하는 게 아니야. 유방을 연구하고 있는 것뿐이야."

"그거, 좋아한다는 거 아닌가?"

"반드시 그렇지는 않다고 생각하는데."

우리는 쓱쓱 헤엄치면서 유방에 대해 여러 가지 얘기를 했다. 하지만 우치다는 별로 대답이 없다. 그 애는 가슴 연구에는 별로 흥미가 없는 거다.

"하마모토한테는 유방이 없어." 내가 말했다.

"어른이 아닌걸."

"신기해. 왠지 신기한 것 같아."

우치다는 이상한 표정을 지었다.

내가 존재하는 유방과 존재하지 않는 유방에 대해 생각하고 있자니까 물 밑에서 하마모토가 튀어나와 우치다의 튜브에 달라붙었다. 우치다는 "와와와!" 하고 외치며 물속으로 가라앉았다. 하마모토는 아하하 하고 웃었다. 하마모토가 우치다를 물에 가라앉히고 싶어 하는 건 문제다.

나는 혼자서 먼저 물 밖으로 나왔다. 그리고 누나를 찾아 수영장 옆을 걸어갔다. 외국인같이 선글라스를 낀 그녀는 큰 파라솔 아래에서 테이블에 팔꿈치를 대고 의자에 앉아 커다랗고 투명한 컵에 든 콜라를 스트로로 빨고 있었다.

내가 맞은편 의자에 앉자 누나가 목욕타월을 건네주었다.

"나중에 너희들 모두에게 소프트크림을 사줄까?" 누나가 말했다.

"다들 좋아할 거예요."

"저길 봐봐, 저 구름. 굉장하지?"

나는 파란 하늘을 올려다봤다. 아까 본 뭉게구름이 아직 거기에 있었다. 수영장은 왁자지껄 시끄럽지만 저 빛나는 구름 위는 굉장한 바람이 부는 텅 빈 세계다. 난 늘 그런 생각을 한다.

"하마모토는 아직 나를 조심하고 있는 것 같더구나."

"까다로워요."

"나한테 중요한 건 네가 수수께끼를 제대로 풀어주는 거야."

"내가 풀어야 할 문제가 무척 많아요."

"또 약한 소리 하네."

"하지만 아버지는 문제가 많아 보이지만, 실은 그것들이 모두 어떤 하나의 문제일지도 모른다고 했어요."

"너는 뭐가 가장 큰 수수께끼라고 생각하니?"

"난 '바다'라고 생각해요."

"'바다'라…… 그거 만만치 않겠는걸. 잘 모르는 거니까."

"펭귄도, 누나의 능력도, '바다'의 능력과 관계가 있어요. 난 그렇게 생각해요."

"네가 생각하고 싶은 대로 생각해. 난 잘 모르지만."

누나는 그렇게 말하고 콜라를 마셨다. 그리고 수영장 옆을 바라봤다.

누나의 옆얼굴을 보다 보니, 급수탑 언덕에 있는 하얀 아파트로 놀러 갔을 때 마룻바닥에서 잠들어버린 누나를 관찰하던 일이 떠올랐다. 나는 그날의 일도 노트에 잘 기록해놓았지만 오늘의 일도 노트에 기록해둘 것이다. 그러므로 어느 정도 시간이 흘러도 이런 식으로 누나와 함께 지낸 일들을 선명하게 기억해낼 수 있을 것이다. 그때 문득 어떤 생각이 들었다. 지금 이렇게 누나와 함께 있는 건 누나와 함께 있는 걸 기억해내는 것하고는 전혀 다른 게 아닐까. 누나와 함께 지금 이렇게 수영장 옆에 있고, 무척 덥고, 물소리와 사람소리가 시끄럽고, 그리고 하늘에 소프트크림 같은 뭉게구름이 떠 있는 걸 올려다보고 있는 것과, 그것들을 노트에 기록한 문장을 나중에 읽는 것은, 내가 지금까지 생각했던 것보다 훨씬 다른 게 아닐까. 상당히 다를 거야.

나는 그런 생각을 했지만, 그 느낌은 잘 기록할 수가 없었다. "헤이, 소년" 하고 누나가 작은 소리로 말했다. "만약 내가 펭귄을 만들어낼 수 없게 되면 넌 더 이상 나에 대한 연구를 하지 않을 거니?"

"내 연구는 그런 것과는 상관없이 계속될 거예요."

"왜?"

"왜냐하면 누나는 무척 흥미로운 사람이니까요."

나는 번쩍번쩍 빛나는 수영장을 바라봤다. 하마모토와 우치다가 수영장을 한 바퀴 돌아와서 우리에게 손을 흔들었다. 햇빛을 반사해 빛나는 어른과 아이, 여러 형태의 부표가 모두 흘러갔다. 지금 저기서 울리고 있는 사람들의 웃음소리가 왠지 먼 세계에서 들려오는 소리같이 느껴졌다.

누나는 테이블에 양팔을 얹고 멍한 얼굴로 수영장을 바라보았다.

"여름방학 동안에 해변 도시에 가보고 싶어."

그녀가 말했다. "바다를 보고 싶지, 소년?"

* * *

우리는 다시 초원에 모여 '바다'를 관측했다.

하마모토가 노트에 그래프를 그리는 것을 우치다가 흥미롭게 들여다봤다. 하마모토의 관측에 의하면 '바다'는 축소기를 맞이하여 다시금 작아지고 있었다. 표면에 가끔 파도 같은 것이 움직일 뿐 프로미넌스 같은 큰 현상은 일어나지 않았다.

나는 파라솔 아래서 노트에 그림을 그려가며 스즈키의 시간여행 가설에 대해 설명해봤다. 하지만 그건 너무나도 대담한 가설이었다. 우치다와 하마모토도 고개를 갸우뚱했다. "실험을 좀 더 해봐야겠어" 하고 하마모토가 말했고 우치다도 "그래 맞아" 했다. 아이들의 말이 옳다는 생각이 들었다.

"스즈키한테 한 번 더 '바다'에 들어가보라고 하면 되지 않을까?"

하마모토가 진지한 얼굴로 말했다.

"그렇게 무서워하는데 들어가줄 리 없어." 우치다가 말했다.

"확실히 이 가설을 증명하는 건 매우 어려운 일이야. 만약 프로미넌스가 다시 발생하기를 기다려서 누군가가 한 번 더 날아오는 '바다'와 접촉한다 하더라도 이번에는 캄브리아기 같은 시대로 가버릴지도 몰라. 그러면 두 번 다시 돌아올 수 없어."

"탐사선을 사용할까?"

"프로미넌스가 발생할 때 솜씨 좋게 탐사선을 던져 넣을 수 있을까?"

"어렵겠지. 더구나 '바다'는 축소기에 들어갔어."

오전 시간을 몽땅 '바다'를 관측하고 토론하는 데 사용했다.

열두 시가 되어 우리는 해변에서 피크닉을 하듯 파라솔 아래서 점심을 먹었다. 하마모토와 나는 샌드위치를 가지고 왔고, 우치다는 보온병에 담아 온 뜨거운 물을 부어 컵라면을 익혔다. "좋겠다" 하고 하마모토가 말했다. 우치다는 으쓱했다. 초원에서 컵라면을 먹는 건 마치 진짜 캠핑을 하는 것처럼 멋졌다.

누나가 연구에 참가하기 위해 온 건 우리가 점심을 다 먹었을 무렵이었다. 내가 체스를 하다가 얼굴을 들자 그녀는 재버워크의 숲과 초원의 경계에서 양산을 들고 서 있었다. 그녀는 나를 보고 씩 웃으며 양산을 흔들어 보이고는 초원을 가로질러 왔다. 햇살이 강한 탓인지 모르겠지만 누나의 얼굴이 조금 창백해 보였다.

"덥구나. 연구는 잘돼가니?"

"별로요." 내가 말했다. "'바다'가 기운이 좀 없네요."

"전에 봤을 때보다 작아진 것 같아."

하마모토가 누나에게 노트를 보여주었다. "지금은 축소기예요." 그 애가 말했다.

누나는 "흐음, 그렇군"이라고만 말하고 쌍안경으로 '바다'를 관찰했다.

"저건 우주선이야, 실은."

누나가 말했다. "나는 저걸 타고 지구에 왔어. 여러분을 지배하기 위해."

우리는 너무 놀라서 조용해졌다.

"정말이에요?" 우치다가 물었다.

"거짓말이야."

누나는 그런 거짓말을 진지한 얼굴로 하니까 정말 문제다.

"정말은 뭐라고 생각해요?" 하마모토가 물었다.

"뭘까? 저건 너희들이 연구하는 거잖아. 난 몰라."

"펭귄과 '바다'의 관계는?"

"잘 모르겠는걸."

"펭귄은 왜 '바다'를 부숴버리는 거죠?"

"정말 나도 깜짝 놀랐어."

하마모토는 마치 심문하듯 질문을 해댔지만 누나는 생글생글 웃을 뿐 거의 아무런 대답도 하지 않았다. 하마모토는 초조한 듯 볼펜을 씹었다.

우리는 누나에게 펭귄을 만드는 실험을 해달라고 했다.

누나는 내가 가방에서 꺼낸 콜라 캔을 쥐고 파라솔 밑에서 나왔다.

"여러분, 잘 봐둬."

우리가 숨을 멈추고 지켜보는 가운데 누나는 캔을 던졌고 캔은 제대로 펭귄이 되어 데굴데굴 초원 위를 굴러갔다. 그 현상은 몇 번을 봐도 신기하다. 펭귄은 허겁지겁 일어나서 누나 있는 데로 걸어왔다. 누나가 검지를 내밀어 빙글빙글 돌리자 펭귄은 깜짝 놀란 듯 멈춰 서서 누나의 손가락 움직임을 눈으로 좇았다.

"저 펭귄, 눈이 돌아가겠어요."

하마모토가 작은 소리로 말했다.

"귀여운 녀석." 누나는 펭귄에게 말을 걸었다. "표정이 진지하구나!"

누나의 손가락에 질린 펭귄은 멍하니 하늘을 올려다봤다.

"덥지 않을까?" 하고 하마모토가 말했다.

"저 펭귄들은 아무렇지도 않아." 내가 말했다.

나는 펭귄과 '바다'의 관계를 어떻게 조사할지, 실험 방법을 생각해보았다. 펭귄을 탐사선같이 '바다'에 집어넣을 수는 없다. 만약 '바다'가 그 때문에 부서져버리면 우리의 연구는 끝날 것이다. 반대로 '바다'에 탐사선을 집어넣었을 때처럼 펭귄이 사라져버리면 펭귄이 너무 불쌍하다. 이런 걸 이른바 딜레마라고 한다는 걸 나는 안다.

"'바다'에 가까이 가보는 것뿐이라면 괜찮지 않을까?"

하마모토가 제안했다. 그래서 내가 펭귄을 안은 채로 우리는 함께 '바다' 가까이까지 가봤다.

펭귄을 안고 '바다'에 다가가자 '바다' 표면에 테트라포드 같은 형태의 구조물이 떠올랐다. 누나가 "오!" 하고 감탄했다. 테트라포드는 파랗고 딱딱한 젤리 같았다. 내가 펭귄을 안고 '바다' 주위를 걷자 테트라포드가 따라오듯이 '바다'의 표면을 이동했다.

나는 '바다'에 더 가까이 다가가봤다.

"위험하다니까……" 하고 우치다가 뒤에서 말했다.

펭귄은 부리를 '바다' 쪽으로 향하고 얌전하게 있었다. 테트라포드가 부들부들 떨더니 흐물흐물 무너져 내렸고, '바다'의 표면은 양념을 빻는 절구처럼 가운데가 쑥 패어 들어갔다. 그 파인 곳도 부들부들 떨었다. 마치 '바다'가 펭귄이 무서워서 그러는 것 같았다. 떨림이 점점 더 심해지더니 표면에서 야구방망이 크기의 원뿔들이 솟아나기 시작했다.

"큰일 났다, 큰일 났어." 누나가 신이 나서 말했다.

그 순간 원뿔 중 하나가 나를 향해 뻗어왔다. 우리는 저마다 비명을 지르며 흩어져 달아나기 시작했다. 달리면서 돌아보니 '바다'의 표면에서 여러 개의 원뿔이 흔들거리면서 튀어나와 펭귄을 찾는 것 같았다.

우리는 파라솔 아래로 돌아와 '바다'를 관측했다. 솟아올랐던 원뿔들은 점점 작아져 원래 상태로 돌아갔다.

그러고는 조용해졌다.

나는 풀밭에 앉아 '바다'에서 원뿔이 솟아나던 모습을 그림으로 그렸다. 하마모토도 내 옆에 앉아서 노트를 펼쳤다. 누나와 우치다는 펭귄과 놀았다. 누나가 쪼그리고 앉아 손뼉을 치니까 펭귄이 소리를 듣고 아장아장 걸어갔다.

"저 언니는 뭔가 더 알고 있어." 하마모토가 중얼거렸다. 얼굴을 들고 보니 그 애는 눈썹을 찌푸린 채 누나 쪽을 보고 있었다. "펭귄의 비밀도, '바다'의 비밀도 분명 다 알고 있어."

"누나는 몰라. 그러니까 우리가 연구해야 해."

"넌 저 언니랑 사이가 좋아서 냉정하게 생각할 수 없는 거야."

"그렇지 않아."

하마모토가 나를 봤다. "화났니?"

"아니. 나는 결코 화가 안 나. 이십사 시간 냉정해."

"그렇지 않을 때도 있을 텐데."

"넌 왜 그렇게 의심이 많니?"

하마모토가 노트를 탁 덮고는 볼펜을 씹기 시작했다.

우치다와 누나가 “저기!” 하고 외치면서 초원을 가로지르는 시냇물 너머를 가리켰다. 초원과 숲의 경계에 펭귄들이 나타나 마치 바다로 뛰어들기 직전처럼 서로 몸을 기댄 채 흔들흔들하고 있었다. 누나 옆에 있는 펭귄도 물갈퀴를 파닥이며 몸을 흔들었다. 숲 쪽에 있는 펭귄들이 누나 옆의 펭귄을 알아봤는지 어떤지 나는 알 수 없다.

그때 나는 누나의 다리가 조금 휘청거리는 것을 봤다.

* * *

토요일 저녁 나는 해변의 카페로 걸어갔다.

현 경계에 있는 산 너머로 뭉게구름이 피어오르고 있었다. 붉게 물든 구름은 딸기시럽을 뿌린 달콤한 디저트처럼 보였다. 나는 물 입자가 모여서 구름이 된다는 것을 알고 있다. 그런데도 구름을 올려다보면 늘 ‘맛있어 보이는구나’ 하고 생각하게 되는 건 왜일까. 식탐이 많아서일까. 내가 달콤한 것을 상상하며 걸어가는 사이에 구름이 천천히 모양을 바꾸어 전체적으로 묵직해졌다. 누나의 젖가슴 같았다.

해변의 카페 창가 자리에서 누나가 손을 흔들었다.

카페 안은 서늘했고 공기는 상쾌했다. 천장에 매달아놓은 은색 흰긴수염고래가 에어컨 바람에 날려 흔들렸다. 누나는 까다로운 얼굴을 하고 테이블에 팔꿈치를 괸 채 노트에 뭔가를 쓰고 있었다. 며칠 만나지 않는 동안 더 마른 것 같았다.

내가 맞은편에 앉자 누나가 노트를 덮고 씩 웃었다.

"뭘 쓰고 있었어요?"

"비밀일기."

"비밀일기?"

"그래. 그래서 못 보여줘. 일기는 원래 남에게 보이는 게 아니거든."

"누나도 자신을 객관적으로 관찰하고 있나요?"

"어려운 얘길 하는구나. '객관적으로'라니."

"나에 대해서도 쓰고 있나요?"

"물론 쓰고 있지." 누나가 웃었다. "연구하고 있어."

"나를 연구해도 아무것도 발견할 수 없을 거예요."

"그렇지 않아."

누나와 둘이서 체스를 하는 건 오랜만이었다. 체스 판을 노려보는 누나의 얼굴은 창백해 보였고 체스를 두는 손가락도 가늘었다. 가슴도 줄어든 것 같았다.

"누나는 살이 빠졌어요." 내가 말했다.

"밥을 안 먹으니까."

"왜 안 먹는데요?"

"글쎄. 식욕이 없어."

나와 체스를 두면서도 누나는 물만 마셨다. 그렇게 마시면 배가 부글부글거릴 것이다. "물은 생명의 원천"이라고 누나는 말하지만 바다의 물고기들도 물만 마시고 사는 건 아니다. 우리 동물에게는 에너지가 필요하다. 바나나든 고기든 덮밥이든, 영양분이 있는 걸 빨리 먹어야 한다고 나는 주장했다.

내가 체스에서 세 번 연속으로 이기자 누나는 "그만할래" 했다.

"넌 체스에 가장 강한 초등학생이야. 나는 상대가 안 돼."

"누나는 밥을 안 먹어서 머리가 활동을 못 하는 거예요."

"먹고 싶지 않은 걸 어떻게 해."

"난 금방 배가 고픈데."

"넌 배도 자주 고프고 밤에도 금방 잠이 들지. 좋은 일이야."

"누나는 잠을 못 자요?"

"별로 못 자."

누나가 어두운 창밖을 바라봤다. 창에 비친 누나는 더 말라 보였다.

"누나는 이제 펭귄을 만들지 않는 게 좋겠어요."

"그럼 연구를 못 하잖니?"

"누나는 펭귄을 만들고 나면 기운이 없어지잖아요. 난 그게 걱정이에요. 게다가 누나의 능력이 세상에 알려지면 분명 정부나 방송국 사람이 달려올 거예요. 대학 선생님들이 와서 누나를 실험대상으로 삼을지도 몰라요. 미국 항공우주국 사람도 올지 몰라요. 커다란 소동이 벌어질 거고, 그러면 나하고도 더 이상 체스를 할 수 없어요. 그렇게 되면 누나는 외로워져요."

"그렇게는 안 될 거야. 이런 얘기를 어른들이 믿을 것 같니?"

"난 그래도 방심하면 안 된다고 생각해요."

"그럼 어디 한번 아버지한테 얘기해보렴. 보나 마나 안 믿을걸."

"아버지가 믿을지 안 믿을지는 나도 몰라요."

"거봐."

누나는 왠지 자랑스러운 듯이 말했다. "게다가 만에 하나 그런 대소동이 일어날 것 같으면 난 실험대상 따위가 되기 전에 휘리릭 사라질 거야. 그래도 되잖니?"

나는 그건 좋지 않다고 생각한다.

그날 밤 우리는 해변의 도시로 갈 계획을 짜며 시간을 보냈다. 누나가 식욕을 회복해서 좀 더 건강해지면 우리는 함께 갈 거다. 아버지가 매일 타는 전철을 타고 가서 두 번 환승을 하면 누나가 예전에 살던 해변의 도시까지 갈 수 있다.

나는 누나가 가르쳐준 노선 이름을 노트에 썼다. 아버지 회사가 있는 곳보다 훨씬 멀다. 우리는 세 시간쯤 전철을 타야 한다.

"내가 살던 집 옆에 성당이 있어."

"우리 도시의 성당 같은 곳인가요?"

"더 훌륭해."

"누나는 그 성당도 다녔어요?"

"아니. 그냥 밖에서 바라보기만 했어."

나는 하느님이 정말 있는지 잘 모르겠다. 그래서 누나가 성당에 다니는 것도 이해하기 힘들다.

"하느님은 있을까요?"

"글쎄." 누나가 고개를 갸우뚱했다. "잘 모르겠어."

"성당에 다니면서도 몰라요?"

"하느님이 정말 있는지, 아버지한테 물어보렴."

누나가 그렇게 말했다.

누나와 얘기하는 동안 나는 자꾸 졸렸다. 드디어 아버지가 데리러 왔다. 아버지는 누나가 마른 걸 알아보고 "얼굴색이 안 좋네요" 하고 말했다. "피곤할 텐데 미안합니다."

"괜찮아요."

누나는 웃으며 나에게 손을 흔들었다. "잘 자라."

나는 아버지와 함께 밤의 주택가를 걸어 집으로 돌아왔

다. 밤이 되면 공기가 시원해진다. 하늘에는 별이 많이 떠 있었다. 만약 재버워크의 숲에 있는 초원에서 캠프를 하면 더 많은 별을 볼 수 있을 것이다. 천체망원경이 있으면 토성의 띠도 볼 수도 있을 것이다. 하지만 한밤중의 숲과 캄캄한 초원에 떠 있는 '바다'는 무서울 것 같았다. 다음번에 가면 '바다'는 어떤 모습을 하고 있을까. 은색으로 빛나고 있을까.

"누나는 얼굴색이 안 좋더구나. 게다가 많이 마른 것 같았어."

아버지가 걱정스럽게 말했다.

"식욕이 없대요."

"누나가 피곤할 때는 같이 놀자고 하지 말아야겠지?"

"나도 그렇게 생각했어요. 그래서 이제부터 사양하려고요."

나는 아버지에게 펭귄 얘기를 해볼까 했지만 역시 마음이 내키지 않았다. 아버지가 믿어줬으면 하는 마음도 있었고 믿지 않았으면 하는 마음도 있었다.

* * *

바람이 창문을 때리는 소리에 눈을 떴다. 여섯 시 반이니까 해가 뜰 시각인데 마치 겨울 아침처럼 어두웠다. 블라인드 틈새로 보이는 하늘이 먹물을 떨어뜨린 양 흐렸고 마당에 있는 층층나무 가지가 바람에 흔들렸다. 태풍이 온 거다.

내가 침대에 앉아 하늘을 관측하고 있는데 일 층에서 "다녀오세요" 하는 어머니의 목소리가 들렸다. 아버지가 출근하는 거였다. 물방울이 흘러내리는 유리창 너머로 밖을 내다보니 버스정류장을 향해 걸어가는 아버지의 등이 보였다. 우산이 바람에 일그러졌다. 아버지가 바람에 날려 가진 않을까 걱정됐다. 창문을 조금 열었더니 후텁지근한 바람에 물방울이 실려 들어와 얼굴에 부딪혔다.

나는 일어났다. 집 복도와 계단은 어두웠고 집 안 여기저기서 창유리가 덜컹거리는 소리가 들려왔다.

일 층 거실에서는 어머니가 아침밥을 준비하려는 참이었다. 나는 어머니에게 오늘은 실험을 할 거라고 설명했다. 나는 누나의 모습을 보고 밥을 먹지 않으면 어떤 상태가 되는지 실험해보고 싶어졌다.

"그래서 난 오늘 밥을 먹지 않을 거예요."

"그런 실험, 엄마는 반대야."

"내일은 두 배를 먹을게요. 오늘 하루만 할 거니까 괜찮잖아요?"

"두더지는 하루만 밥을 안 먹으면 죽어."

"난 두더지가 아니잖아요."

어머니는 마지못해 고개를 끄덕였다.

"오렌지주스만이라도 마시렴."

이건 실험이니까 누나와 똑같은 조건으로 해야 한다.

"난 물을 마실 거예요."

"질렸다!" 어머니가 슬픈 듯이 말했다. "네 맘대로 하렴."

태풍 때문에 비바람이 심해서 그날은 밖으로 나갈 수가 없었다. 나는 방 창문을 조금 열고 내가 독자적으로 개발한 풍속계로 바람의 강도를 측정하며 지냈다. 그렇지만 바로 배가 고파졌다. 나는 노트에 배가 어느 정도 고픈지를 객관적으로 기록하려 했지만 어느 정도 배가 고픈지를 어떻게 쓰면 좋을지 알 수가 없었다. 누나의 배고픈 정도와 나의 배고픈 정도를 어떻게 비교하면 좋을지 생각해보려 했지만 머리에 떠오르는 건 나의 배가 고프다는 것뿐이었다. 만약 책상 서랍에 과자라도 있었다면 바로 먹어버렸을 거다.

나는 점심도 먹지 않았다.

무척 괴로운 때를 넘기자 허기가 조금 덜해졌다. 나는 레고 블록으로 하마모토처럼 벽을 만들어봤다. 그러고 나서 침대에서 뒹굴며 식물도감을 보려고 했으나 다시 배가 고파져서 집중해서 읽을 수가 없었다. 나는 이미 아침밥과 점심밥을 먹지 않았다. 그런데 이제 저녁도 안 먹을 거라는 생각을 하자 그만 울고 싶어졌다.

오후가 되어 나는 일 층에 내려가 물을 마셨다.

동생이 유리문에 달라붙어 마당을 보고 있었다. 강한 바람이 불어와 유리를 흔들자 동생은 깜짝 놀라 유리문에서 떨어지면서, "아, 깜짝이야!" 했다.

"유리가 깨지겠어."

"안 깨져" 하고 가르쳐줬다.

나는 힘이 없어서 거실 바닥에 누웠다. 동생이 내 옆에 앉아 "오빠는 왜 밥을 안 먹어?" 하고 물었다. "어디 아파?"

"아프지 않아. 하지만 기운이 없어."

어머니가 "낮잠 잘래?" 하며 홑이불을 꺼내 왔다. 우리는 홑이불을 배에 두르고 거실 바닥에 누웠다. 동생은 뭐라고 중얼거리는가 싶더니 금방 잠들었다. 그 애는 배에 홑이불을 두르면 잠드는 구조로 되어 있다. 나도 보통 때는 바로 잠이 드는데 오늘은 배가 고픈 탓인지 좀처럼 잠이 오지 않았다.

"오늘은 저녁도 안 먹을 거니?" 어머니가 졸린 목소리로 말했다.

"안 먹어요."

"정말 질렸다. 너 배고프지?"

"하지만 실험을 하기로 했으니까 참을 거예요."

"고집이 세구나" 하더니 어머니는 숨소리를 내며 잠이 들었다.

나는 태풍이 집 전체를 덜컹덜컹 흔드는 소리를 들으며 천장을 올려다봤다. 무척 슬픈 기분이 들었다. 집 안팎이 다 어슴푸레하니 아무것도 할 기운이 나지 않았다. 허기졌을 때의 세계란 무척 쓸쓸하구나, 하고 생각했다.

그래도 깜빡 잠이 든 모양이었다.

누군가가 내 몸을 흔들어서 헉하고 잠에서 깼다. 집 안은 훨씬 어두워져 있었다. 태풍이 잦아들어 바람이 약해졌지만 하늘은 아직 회색이었고 비가 후드득후드득 내리면서 마당의 포치를 적셨다. 어머니는 없고 어머니가 덮었던 홑이불만 개어진 채 있었다. 홑이불을 몸에 두른 여동생이 내 옆에 앉아 불안해 보이는 표정을 짓고 있었다.

"왜 그래?"

내가 묻자 여동생은 갑자기 훌쩍훌쩍 울기 시작했다.

여동생이 울면서 "엄마가 죽어" 해서 나는 정말로 깜짝 놀랐다. 잠자는 동안에 엄마에게 무슨 큰일이 일어났나 싶었다. 허둥지둥 일어나 "엄마는 어디 있는데?" 하고 물었지만 여동생은 고개를 옆으로 흔들 뿐이었다. 나는 여동생 옆에 앉아서 "왜 엄마가 죽는다는 거니?" 하고 천천히 물어봤다. 그랬더니 "엄마가 죽어"라고 한 것은 '언젠가 엄마가 죽을 거야'라는 말이었다는 걸 알 수 있었다. 여동생은 미래의 일을 생각하다가 무서워진 것이었다.

"그건 아주 먼 훗날의 일이야." 내가 말했다.

"하지만 죽잖아?"

여동생은 굉장히 집착한다. "아빠도 오빠도 죽지?"

"그건 그렇지."

"왜 그런 건데?"

"왜냐하면 인류는 생물이니까. 생물은 언젠가는 죽어. 개도, 펭귄도, 흰긴수염고래도."

"그런 건 싫어."

"그런 투정을 부리면 안 돼."

여동생은 홑이불을 뒤집어쓰고 훌쩍훌쩍 울었다. 잠에서 깨어나보니 어머니가 어디론가 가고 없고, 태풍 때문에 집 안은 어두웠을 거다. 그래서 그 애는 혼자서 이것저것 생각을 했을 거다.

아무것도 모르고 제멋대로이고 어리광쟁이였던 시절, 나도 여동생과 똑같이 소중한 사람들이 모두 언젠가는 죽어서 만날 수 없게 된다는 사실을 알고 정말로 깜짝 놀랐던 적이 있다. 물론 나는 모든 생물은 언젠가 죽는다는 사실을 알고 있었지만, 그 사실이 나와 관계가 있을 거라는 생각은 하지 않았었다. 그러다가 어느 날 밤, 내가 아무리 운이 좋아도, 내가 아무리 싫어도, 절대로 죽음으로부터 도망칠 수 없다는 사실을 알게 되었다. 그때는 정말 어두컴컴한 큰 벽이 막무가내로 내게 밀려오는 것 같았다.

나는 한밤중에 그 무서운 발견을 하고 나서는 아버지와 어머니가 자고 있는 방으로 가서 그 발견에 대해 설명하려고 했다. 하지만 막상 그것은 너무나 무서운 발견이라서 한 마디도 할 수가 없었다. 그 사실을 말하고 나면 뭔가 큰일이 일어날 것만 같았다.

동생이 훌쩍훌쩍 우는 걸 보면서도 난 너무나 배가 고파 머리가 잘 돌아가지 않아서 뭔가 동생을 신나게 할 만한 말을 해줄 수 없었다. 하지만 배가 불렀더라도 아무 말 못 했을 가능성이 높다. 아무리 열심히 설명해줘도 '생물은 언젠가 죽는다'는 것을 동생이 이해하지 못하리라는 것을 나는 알고 있었다. 왜냐하면 지금 내가 동생에게 해줄 수 있는 정도의 설명으로는 그날 밤의 나 역시 납득시키지 못했을 것이기 때문이다.

나는 우는 여동생의 머리를 쓰다듬어줬다.

그게 내가 할 수 있는 전부였다.

드디어 어머니가 돌아왔다. 전달할 물건이 있어서 잠깐 이웃집에 다녀온 거였다. 어머니는 호들갑스럽게 "어머나, 무슨 일이니?" 하면서 커튼을 치고 주방의 전깃불을 켰다. 나와 여동생의 불안한 기분은 그 순간 눈 녹듯이 사라졌다.

나는 어머니에게 여동생이 운 이유를 얘기했다.

어머니는 "아이고 그래, 불쌍하게" 하면서 여동생을 안아 줬다.

* * *

그날 밤 저녁식사 시간, 나는 이 층의 내 방에 있었다.

너무나도 배가 고픈 데다 여동생이 울기도 한 탓에 나는 슬픈 기분이 되어 있었다. 마지막으로 이렇게 슬픈 기분이 든 것이 언제였는지 기억나지 않을 정도로 슬펐다. 이런 일은 노트에 기록해놓지 않아서 전혀 알 수가 없었다. 난 슬픔이라는 기분은 계측할 수 없다는 사실을 깨달았다. 얼마만큼 배가 고픈지를 계측할 수 없는 것처럼.

나는 기운이 없어서 이부자리에 누워 창밖을 바라봤다. 태풍은 지나갔고 하늘을 뒤덮었던 구름은 갈라져서 틈새가 보였다. 코가 민감해져서 저녁식탁의 맛있는 냄새가 계단까지 올라와 떠돌고 있는 것 같았다. 거실 테이블에 식기를 늘어놓는 소리가 들리더니 동생이 "오빠는?" 하고 묻는 소리도 났다. 그때 나는 내가 어머니가 만든 저녁식사를 얼마나 좋아하는지 알았다.

누나는 얼마나 괴로울까 하는 생각도 했다. 누나가 창백한 얼굴을 하고 그렇게 기운이 없는 것도 무리가 아니었다.

나는 노트를 꺼내 누나에 대한 메모를 정리했다. 배고픔을 잊으려고 누나가 건강했을 때와 기운이 없었을 때에 대한 것들을 모두 기억해내서 날짜별로 노트에 기록했다. 그렇게 일람표를 만들고 보니, 누나는 기운이 넘쳤다 없어졌다를 잠수함이 떴다 가라앉았다 하듯이 반복하고 있었다. 나는 세로선에는 누나를 만날 수 없을 정도로 기운이 없을 때를 0, 간신히 전화를 하거나 말을 전할 수 있을 때를 1, 만날 수는 있지만 기운이 없을 때를 2, 기운이 넘칠 때를 3, 펭귄을 만들었을 때를 4 하는 식으로 수치를 표시하고 가로선에는 날짜를 적어 그래프를 그렸다. 점을 느슨하게 연결하자 누나의 건강상태를 보여주는 파도가 만들어졌다.

나는 배가 고픈 와중에도 이러한 연구를 할 수 있었던 데 만족해서 이불 속으로 들어갔다.

다음에 눈을 떴을 때는 한밤중이었다.

열두 시가 넘어 있었다. 나는 하루 동안 실험을 제대로 해냈다. 아침까지는 도저히 기다릴 수 없어서 일 층으로 내려갔다. 어머니와 여동생은 이미 잠들었지만 거실에는 불이 켜져 있었다. 아버지가 술을 마시며 텔레비전을 보고 있었다. 내 발소리를 듣고 아버지가 돌아봤다.

"어, 일어났구나" 하고 아버지가 말했다. "배고프지?"

"아버지, 난 에너지가 완전히 떨어졌어요."

"힘든 실험을 했다더구나."

아버지는 "잠깐만" 하면서 일어나 부엌으로 갔다. 그리고 어머니가 준비해둔 샌드위치를 꺼내고 감자랑 베이컨이 들어간 수프를 냄비에 데워줬다. 김이 나는 수프가 테이블에 놓이자 난 그 냄새까지 다 먹어버릴 것 같은 기분이었다. 수프를 한입 입에 넣자 기뻐서 눈물이 다 날 지경이었다. 감자가 든 수프와 치즈 샌드위치, 둘 다 내가 지금까지 먹어본 어떤 음식보다도 맛있었다. 나는 수프를 두 그릇이나 먹고도 모자라 냄비에 남아 있는 것까지 모두 먹어치웠다.

"맛있지?"

"맛있어요."

"그래. 실험결과는 어땠니? 성과가 있었어?"

"네, 있었어요."

* * *

태풍이 지나가자 다시 더운 날들이 돌아왔다. 8월도 벌써 후반에 접어들었다.

그 무렵 우리 도시에 돌아다니던 신기한 소문을 어머니가 듣고 와서 알려줬다. 우편함과 자동판매기가 사라져버린 얘기. 버스길에 설치된 가로등 램프가 아무도 모르게 꺼져 있었다는 얘기. 그 밖에 도감에도 실려 있지 않은 큰 새들이 날아와 고압 철탑에 앉아 있었다는 얘기, 저녁 무렵에 급수탑 위에서 원숭이 같은 짐승이 춤추는 그림자를 봤다는 얘기, 희끄무레한, 물고기 같기도 하고 도마뱀 같기도 한 이상한 생물이 밤에 집회소 앞길을 돌아다니는 걸 봤다는 얘기 등등.

"펭귄이 나온 뒤로는 이상한 사건들뿐이야."

어머니는 그렇게 말했다.

우편함과 자동판매기가 사라지는 건 누가 훔쳐 간 것일 수도 있다. 고압 철탑의 새, 급수탑의 원숭이, 길 위의 도마뱀같이 생긴 생물은 누가 키우던 애완동물이 도망쳐 나온 것일지도 모르고. 하지만 난 그런 신기한 현상들이 모두 우리 연구와 관계가 있는 건 아닐까 하는 생각이 들었다. 아버지가 말했듯이 모든 문제가 하나의 문제라고 한다면.

나는 누나를 만나고 싶었지만 누나는 기운이 없어진 뒤로 어떻게 지내는지 알 수가 없었다. 한번은 누나의 아파트까지 가보기도 했다. 인터폰을 울려도 대답이 없었다. 나는 누나에게 뭐든 먹을 것을 주고 싶었기 때문에 오렌지주스와 부드러운 과자가 든 봉지를 문손잡이에 걸어놓았다. 노트를 찢어 "저예요. 아오야마"라고 쓴 종이를 봉지에 함께 넣어뒀다.

나는 내가 만든 그래프를 보고 누나가 조만간 기운이 날 거라고 예측했다. 그래프는 일정하게 파도를 그리고 있었기 때문에 곧 다음 회복기가 온다는 걸 알 수 있었다. 그리고 그 그래프가 나를 다음 발견으로 이끌어줬다.

***

우리는 관측 스테이션으로 갔다.

재버워크의 숲에서 초원으로 나섰을 때 하마모토가 "어라?" 하고 소리를 질렀다. 왜냐하면 축소기에 들어갔던 '바다'가 다시 확대기에 들어가 부풀기 시작했기 때문이다. 푸른 하늘에서 내리비치는 햇빛을 받아 '바다'가 반짝반짝 빛났고 표면에는 소용돌이가 여러 개 만들어져 있었다.

그날 나는 파라솔 아래 앉아 내 노트를 다시 읽으며 색인을 붙이고 있었다. 우치다는 연을 띄우고 있었고, 내 옆에서는 하마모토가 노트에 '바다' 관측기록을 쓰고 있었다. 그 애는 형광펜으로 '바다'의 반경을 표시한 그래프를 깨끗하게 다시 그리는 참이었다.

"하마모토 너 참 잘하는구나." 내가 말했다.

"잘하지?" 하마모토는 생글생글 웃었다.

나는 하마모토에게 그래프를 옮겨 그려달라고 하려고 노

트를 내밀면서 옮겨 그릴 페이지를 펴기 위해 노트를 팔랑 팔랑 넘겼다. 그때 누나의 건강상태를 표시한 그래프가 눈에 띄었다. 굶기 실험 중에 그린 거라서 하마모토의 '바다' 그래프보다 선이 훨씬 삐뚤빼뚤했다. 하지만 두 그래프는 대충의 모양새가 무척 닮았다.

"이걸 봐." 나는 노트를 풀 위에 놓았다. 그리고 하마모토의 노트를 그 아래 나란히 놓았다.

두 개의 그래프는 비슷한 페이스로 파도를 그리고 있었다. '바다'가 확대기가 되면 누나는 기운이 난다. '바다'가 축소기에 들어가면 누나는 기운이 없어진다. 하마모토는 눈을 동그랗게 뜨고 놀라더니 조금 냉정해졌다.

"하지만 조금씩 어긋났어. 딱 맞지는 않아."

"'바다'의 변화가 있고 나서 며칠 뒤에 누나의 몸상태에 변화가 와. 이 피크도, 이 피크도, 둘 다 같은 간격으로 왔어. 연동되어 있는 거야."

"야, 굉장한데!"

하마모토가 외쳤다. "대발견이야."

우리가 왁자지껄 떠들어대자 우치다가 얼른 달려왔다. 내가 방금 발견한 것에 대해 설명하자 그 애도 "대발견이구나!" 하며 기뻐했다. "하지만 그래서 뭐가 어떻다는 거니?"

"누나는 '바다'와 깊은 관계가 있다는 거야."

"그래서?" 우치다가 말했다.

"그래서……."

나는 생각에 잠겼다. 그래서 어떻다는 거지? 누나는 펭귄을 만든다. 펭귄은 '바다'를 부서뜨린다. 그리고 '바다'의 크기와 누나의 몸상태는 연동되어 있다. 이것은 도대체 어떤 관계일까.

"이제 막 발견을 한 것일 뿐, 아직 가설을 세울 수는 없어. 누나에게 좀 더 협조해달라고 해서 제대로 연구를 해봐야 돼. 지금은 누나의 건강상태가 안 좋으니까 기다려야겠지."

"그 언니는 조심하는 게 좋아."

하마모토가 진지한 얼굴로 말했다.

"이 발견도 말하지 않는 게 좋겠어."

"왜?"

"만약 그 언니가 정말로 우주인이라면 어떻게 해?"

우치다가 불안한 얼굴을 했다.

"누나는 아니라고 했어."

"그 언니는 우주인이고 저 '바다'는 우주선이라면 어떻게 해? 우리에게 비밀을 들켰다는 걸 알면 우리를 죽일지도……."

"하마모토, 네 의견은 문제가 있어."

내가 말했다. "그렇다면 우리가 여기까지 연구해오는 것을 우주인들이 잠자코 보고만 있었을 리 없잖아."

"우리가 아이니까 방심했던 건지도 몰라."

"넌 의심이 많구나."

"아오야마 넌 왜 그 언니를 믿는 건데? 좀 냉정해져봐."

"난 냉정해. 너야말로 논리적으로 생각하면 좋겠어."

"내 생각엔 너야말로 논리적이지 않아."

나와 하마모토는 말다툼을 벌이며 서로를 노려봤다.

우치다가 손을 흔들면서 "싸움은 그만둬"라고 했다. "너희 둘 다 지금은 냉정하지 않아."

하마모토는 흥 하고 콧소리를 냈다.

"넌 가슴이 좋아서 그 언니를 좋아하는 거지?"

"내가 가슴을 좋아하는 건 인정해. 하지만 그건 누나를 좋아하는 것하고는 별개야."

"하지만 그 언니한테는 가슴이 있어."

"그래, 큰 가슴이 존재하고 있지."

"이제 됐어."

하마모토가 소리쳤기 때문에 나와 우치다는 깜짝 놀랐다.

나는 이제 뭐가 뭔지 모르게 됐다. 하마모토는 입술을 깨물며 입을 다물고 말았고 말을 걸어도 대답을 하지 않았다. 마치 눈의 여왕처럼 차가운 얼굴을 하고 파라솔 아래 묵묵히 앉아 레고 블록으로 파란 벽을 만들었다. 파라솔 아래 있기가 거북해서 나와 우치다는 초원을 걸었다.

파라솔에서 멀리 떨어졌을 때 우치다가 돌아봤다.

"아, 깜짝 놀랐네. 하마모토가 저렇게 화를 내다니."

"수수께끼야."

"하마모토는 힘든 애야." 우치다가 말했다. "하지만 하마모토가 화낸 이유, 나는 왠지 알 것 같아."

"그게 뭔데?"

"말 안 할래. 진짜 그런지 아닌지 모르거든."

"가르쳐주면 내가 도와줄 수 있을 텐데."

그때 숲 건너에서 끼이끼이끽끽 하는 소리가 들렸다.

괴로워하는 새의 비명 같은 소리도 들렸다.

우치다가 내 팔을 꽉 잡으며 "뭘까?" 했다. 소리는 초원 저편에 있는 남쪽 숲 깊은 곳에서 들려왔다. 뭔가 커다란 것이 나무에 부딪혀서 나뭇잎이 와삭와삭 흔들렸다.

어두운 나무숲을 뭔지 모를 하얀 물체가 빠져나가는 것이 보였다. 나무에 가려서 잘 보이지 않았지만 대형견 정도 크기에 몸은 밋밋하고 하얀 것이 젖은 듯 빛났다. 손과 발의 모양은 사람처럼 생겼다. 너무나 섬뜩한 광경이라서 우리는 꼼짝도 할 수 없었다.

그 하얀 물체가 나무숲 깊이 어둠 속으로 사라지자 다시 새의 비명 같은 소리가 들렸다.

“지금 저건 뭐지?” 우치다가 말했다.

“뭔지는 몰라도 이상한 일이 일어나고 있어.” 내가 대답했다.

* * *

나는 중요한 발견을 노트에 기록한다.

▷ ‘바다’가 확대되면 누나는 건강해진다.

▷ ‘바다’가 축소되면 누나는 건강이 나빠진다.

episode 4

펭귄 하이웨이

프로젝트 아마존의 최종 보고.

나와 우치다는 둘이서 강 탐험을 하기로 했다. 하마모토는 기분이 안 좋았고 누나도 건강이 안 좋았기 때문이다. 한 연구가 중지됐을 때 우리는 다른 연구를 한다.

지난번 탐험으로 초등학교 뒤 빈터를 지나는 강이 대학교 뒤쪽에서 흘러온다는 것을 알아냈다. 그래서 이번에는 그 지점에서 거꾸로 거슬러 올라가기로 계획을 세웠다.

우리는 큰길가 버스정류장에서 만나 대학교로 가는 버스를 탔다. 버스는 시립도서관을 지나 국도로 들어갔다. 차창 밖을 보니 벼가 쑥쑥 자라나 논이 초록색 초원처럼 보였다. 푸른 하늘에는 양 떼 모양의 구름이 떠 있었다. 또 다른 것니가 빠지려고 흔들거리는 문제만 빼면 탐험하기에 적합한 날이다.

나는 버스의 움직임에 따라 흔들리면서 "우리 둘이 탐험하는 건 오래간만이네" 하고 말했다. 우치다가 "그래" 하고 즐거운 목소리로 내 말을 받았다.

국도변의 '대학교 앞' 정류장에 내렸을 때는 더워서 머리가 흔들릴 지경이었다. 내리비치는 햇빛을 반사해 학교 정문이 번쩍번쩍 빛났다. 대학교 건너편 숲에서는 매미 울음소리가 규칙적으로 울렸다. 국도를 달리는 트럭이 뜨거운 바람과 함께 모래먼지를 일으키며 지나갔다.

"공기가 오염됐어." 우치다가 말했다.

대학 캠퍼스는 조용했다. 빌딩 사이의 통로를 걸어가는데 마치 미로를 걷는 것 같았다. 카페테리아에는 불이 꺼져 있었고 유리문에는 '폐점'이라는 팻말이 걸려 있었다.

우리는 대학교 뒤쪽, 지난번 탐험을 끝낸 지점에 도달했다. 풀이 많이 자랐고 벌레가 날아다녔다. 강은 펜스에 둘러싸여 있었다. 우리는 바닥에 쭈그리고 앉아 지도를 펼쳐놓고 나침반으로 방향을 확인해보고 나서 출발했다.

대학교 부지 바깥쪽을 감싸듯이 돌며 흐르는 강을 따라가니 콘크리트로 사방을 덮은 곳이 나왔다. 건물들도 있었는데, 그 모양새가 우주선이 착륙한 것같이 신기했다.

"여기는 무슨 연구소인가?"

"미래 같아."

우리는 건물을 조사할 시간이 없다고 판단해 그냥 지나치기로 했다.

콘크리트로 덮인 곳을 지나가자 나무들 사이로 아스팔트 도로가 놓여 있었고 수로는 그 오른쪽을 따라 흘러갔다. 아스팔트 도로가 어쩐지 낯익은 느낌이 들어서 생각해보니, 아버지와 드라이브하다가 지나간 길이었다. 수로 맞은편의 대나무 숲에서는 차가운 공기가 흘러나왔다.

아스팔트 도로를 따라가니 앞쪽에 Y자로 나뉜 갈림길이 나왔다. 왼쪽으로 향한 길은 아버지와 드라이브를 했던 길이다. 오른쪽으로 향한 길은 오래된 동네로 이어지는 길이었고 수로도 그쪽으로 흘렀다.

"요전번에 아버지랑 이 길을 가봤어."

"그래. 이 길은 어디로 가는 길이니?"

"정확히 지도를 그린 게 아니라서 잘은 모르겠어. 하지만 우리는 언덕길에 있는 커피숍에 들어가 커피를 마셨어. 아버지와 나는 차로 탐험을 갈 때면 언제나 커피를 마셔."

"너 커피 마셔? 어른 같네."

"집에서는 안 마셔."

"난 커피 젤리는 좋아하는데."

"나도 사실은 커피 젤리가 더 맛있어. 하지만 커피 마시는 것도 다 훈련이니까."

우리는 오래된 집 사이를 빠져나갔다. 그 집들은 레고 블록으로 만들어놓은 듯한 우리 도시의 집과는 달랐다. 큰 돌담이 있고 오래된 기와지붕이 있었다. 현관 앞에는 밭을 경작하는 기계가 놓여 있기도 했다. 여기저기 논밭이 있고 잠자리가 많이 날아다녔다. 밭에서 일하던 할머니가 얼굴을 들고 수건으로 땀을 닦는 모습도 보였고 뎅그렁뎅그렁하는 풍경 소리도 들려왔다. 할아버지 할머니 댁에 온 것 같았다.

"우리 꽤 멀리 왔어." 우치다가 말했다.

"응, 굉장히 멀리 온 것 같아."

"아오야마, 이 강은 역시 세계의 끝에서 흘러오는 것 같지?"

"그래."

"만약에 정말 그렇다면 재미있을 거야. 나도 그렇게 생각하게 됐어."

그 오래된 동네는 우리 도시보다 시원한 느낌이 들었다. 분명 논이 많기 때문일 거다.

우리는 꽤 많이 걸은 터라 휴식을 취하기로 했다. 작은 신사 돌계단에 담요를 펴서 기지를 만들고는 찬 보리차에 찐빵을 먹었다.

논 쪽에서 불어오는 시원한 바람이 땀을 식혀주었다.

* * *

신사 돌계단 옆에는 키가 큰 오래된 소나무가 있었다. 이 신사는 우리가 태어나기 훨씬 전부터 있었을 것이고 소나무도 우리가 태어나기 전부터 살아 있었을 거다.

"나무는 사람보다 오래 살아." 내가 말했다.

"그래."

"지구의 역사에 비하면 인간은 금방 죽어."

"정말 그래."

나는 태풍이 불던 날 어두운 거실에서 여동생이 울던 모습이 생각났다. 그날은 무척 불안한 기분이 들었는데, 이렇게 우치다와 함께 차가운 돌계단에 앉아 뜨거운 햇살을 받고 있는 시간에는 그런 기분을 전혀 느낄 수가 없다.

내가 여동생이 운 날 얘기를 하자 우치다는 "난 그 기분 알아" 하고 중얼거렸다.

"우치다 너도 그런 생각을 하니?"

"난 늘 생각해. 특히 밤이 되면."

"매일?"

"매일. 아빠랑 엄마가 언젠가는 죽는 것도 무섭고, 내가 죽는 것도 무서워. 어째서 우리는 죽는 거지? 누가 그렇게 정한 거지?"

"생물은 반드시 죽어. 넌 그걸 알잖아?"

"알아. 하지만 아는 거랑 마음이 놓이는 건 전혀 다른 문제야."

우치다는 천천히 말했다. "완전히 달라."

"그렇겠지. 나도 그렇게 생각해."

"그래서 난 네 여동생의 기분을 알 것 같아."

잠시 후에 우치다는 가방 속에서 노트를 꺼냈다. 그 애가 초원의 관측 스테이션에서 메모할 때 쓰는 노트였다. 우치다는 철학자 같은 얼굴로 노트를 펼쳤다. 그리고 "난 굉장히 신기한 걸 발견했어"라고 말했다.

"뭔지 얘기해줘."

"설명을 잘할 수 있을지 모르겠어. 이상하게 들릴지도 몰라."

"그래도 괜찮아. 난 듣고 싶어."

"너니까 얘기하는 거야. 하마모토한테는 말하지 마."

우치다는 발견을 해놓고도 조금도 자랑스러운 것 같지 않았다. 마치 자신이 발견한 것에 대해 말하는 게 두렵기라도 한 것 같았다.

"내가 연구하는 건, 죽는다는 건 뭘까에 대해서야."

우치다가 얘기를 시작했다.

"죽은 뒤의 세계는 어떤 걸까. 내가 죽고 난 뒤에도 다른 사람들은 살아 있겠지만, 살아 있는 사람들에 대해 난 이미 생각할 수도 없다는 것. 그건 어떤 것일까. 그런 생각을 해오다가 깨달았어. 어쩌면 우리는 아무도 죽지 않는 게 아닐까 하고."

우치다는 불안한 눈으로 나를 봤다. 나는 잠자코 우치다를 바라봤다.

"다른 사람이 죽는 것하고 내가 죽는 건 완전히 달라. 그건 정말 절대로 달라. 다른 사람이 죽을 때 나는 아직 살아 있고 죽는 것을 밖에서 보고 있어. 하지만 내가 죽을 때는 그렇지 않아. 내가 죽은 뒤의 세계는 이미 세계가 아니야. 세계는 거기서 끝나."

"다른 사람에게는 그 세계가 아직 있는데?"

"다른 사람은 내가 죽는 걸 밖에서 보니까 그런 거야. 하지만 그건 내가 보는 게 아니야."

"예를 들어 우치다 네가 여기서 갑자기 죽는다면 너한테 세계는 그걸로 끝이야. 하지만 난 아직 여기에 있고 나에게 세계는 아직 끝난 게 아니야."

"그렇지만…… 그렇긴 하지만……."

우치다는 무척 답답한 것 같았다. 내가 쓸데없는 소리를 한 건 아닐까. 나는 그 애가 하고자 하는 말을 이해하려고 노력했다.

우치다는 얼굴이 새빨개져서 땀을 줄줄 흘렸다. 그 애는 잠시 생각하고 나서 노트의 첫 페이지에 선을 그어 Y자를 만들고는, 한쪽 끝에는 '살아 있다'라고 쓰고 다른 한쪽 끝에는 '죽었다'라고 썼다.

"예를 들어 내가 여기서 교통사고를 당했다고 치자."

"그건 큰 사고야?"

"큰 사고야. 난 죽을지 살지 알 수 없어. 자, 이쪽 선은 내가 죽은 세계, 이쪽 선은 내가 살아 있는 세계야."

"그럼 우리는 지금 여기 이 세계에 있는 게 되네."

"난 살아 있는 동안 여러 사건을 만날 거고, 그때마다 죽을지 살지 알 수 없어. 어떤 순간이든 그 어느 한쪽이겠지? 그때마다 세계는 이렇게 두 갈래로 나뉘게 돼. 그래서 난, 나라는 존재는 언제나 반드시 이쪽의 내가 아직 살아 있는 세계에 있다고 생각해."

"하지만 다른 한쪽 세계에 있는 너는 죽은 거잖아? 그쪽 세계에 내가 있는 거라면, 난 우치다는 죽었다고 생각할 거야."

"너의 세계에서는 그렇지. 하지만 이쪽 세계에서는 난 반드시 살아 있어. 가지가 갈라질 때마다 난 이쪽의 사는 쪽으로, 계속 사는 쪽으로 나아갈 거야."

"어떻게 단언할 수 있어?"

"이 사실을 생각하는 나 자신은 반드시 살아 있으니까. 내가 죽어버린 쪽의 세계에서는 이런 걸 생각할 수 없어. 이미 세계는 끝난 거니까."

"하지만……."

"너의 세계에서는 나는 죽을지도 몰라. 하지만 그건 네가 내가 죽는 걸 밖에서 봤기 때문이야. 내가 나를 보고 있는 게 아니야. 난 이쪽 세계에 있어…… 알겠니?"

우치다는 불안한 듯 내 눈을 들여다봤다.

난 그 애가 무슨 말을 하는지 어쩐지 알 것 같은 기분이 들었다.

"그러니까, 예를 들어 내가 우치다가 죽는 걸 봤다 하더라도 그게 정말로 우치다 본인에게도 죽음인지 아닌지는, 나로서는 알 수 없다는 거구나? 그건 증명할 수 없어."

"그래. 맞아! 바로 그거야!"

나는 팔짱을 끼고 생각에 잠겼다. 무척 신기한 기분이 들었다. 나는 지금까지 그런 걸 생각해본 적이 없었다.

"그건 너만이 아니라 나한테도 해당되는 거네."

"우리는 그 누구도 죽지 않는 게 아닐까 하고 내가 말한 건 그런 뜻이었어."

"이건 정말 굉장한 가설이야."

"나도 이 생각이 떠올랐을 때는 깜짝 놀랐어. 하지만 너한테 잘 설명할 자신이 없었기 때문에 계속 혼자서 연구해왔어. 어차피 이건 가설일 뿐이지만."

"훌륭한 연구야."

우치다는 마치 무거운 짐을 내려놓은 듯 기쁘게 웃었다.

* * *

우리는 걷기 시작하여 이윽고 오래된 동네를 빠져나왔다.

그러자 우리 앞에 또다시 국도가 나타났다. 강은 지하수로가 되어 국도 밑을 지나갔다. 그 앞은 울창한 숲이었다. 우리는 숲 입구에서 지도를 펼쳐놓고 지금까지 더듬어 온 강의 흐름을 그려 넣었다. 강은 국도에 면한 대학교를 둘러싸듯이 곡선을 그리며 빙 돌아 흘렀다. 눈앞의 숲은 아마도 국도와 우리 도시 사이에 남북으로 뻗어 있는 숲일 것이다. 우리는 지금까지 이 숲을 탐험해본 적이 없다.

"해가 지기 전까지 아직 시간이 있어. 가는 데까지 가보자."

우리는 방충 스프레이를 뿌리고 숲으로 들어갔다.

강 양쪽은 잡초가 우거진 경사면이었다. 강은 어둡고 축축한 계곡 바닥을 흘러갔다. 사방팔방에서 매미 소리가 마치 우리를 내리누르듯이 들려왔다.

숲이 너무 깊을 것 같으면 되돌아가자고 생각했었는데 우리는 금방 숲 맞은편으로 빠져나왔다. 그곳은 넓은 초원이었고 초원 맞은편에는 또 숲이 보였다. 우리 쪽에서 봐서 왼쪽에는 초원과 주택지를 경계 짓는 긴 펜스가 이어졌고, 펜스 너머로 레고 블록으로 만든 것 같은 작은 집들이 점잖게 줄지어 서 있었다. 아마도 옆 주택가일 것이다. 그리고 우리 쪽에서 봐서 오른쪽에는 높은 벽이 이어지고 있었다. 만리장성 같았다. 보통의 펜스와는 달리 쉽게 넘을 수 있을 것 같지가 않았다.

우리는 강을 따라 초원을 곧장 걸어갔다.

우치다는 긴 풀을 잡아 뜯어 휘둘렀다. "수원은 저 숲속에 있을까?"

"몰라."

"수원은 어떻게 생겼을까?"

"이건 어디까지나 내 상상인데, 캄브리아기의 바다같이 큰 연못이 있고, 거기에 투명한 물이 한가득 고여 있어. 그리고 신기한 생물이 있는 거야. 연못 옆에는 연못을 관측하는 작은 연구소가 있고. 어디까지나 내 상상이지만."

"그렇다면 재미있겠네."

우리는 금방 초원을 가로질러버렸다. 강은 숲 깊은 곳에서 흘러나왔다.

숲속을 걸어가면서 나는 몇 번이나 나침반으로 방향을 확인하고 지도를 봤다. 그리고 강이 어디에서 흘러오는지를 추측해보려고 했다. 강은 오른쪽으로 완만하게 굽어졌다.

"이상해." 내가 중얼거렸다. "이 숲은 재버워크의 숲하고 이어져 있어. 이 강은 재버워크의 숲에서 흘러오는 것 같아. 우리는 자꾸만 그 초원 쪽으로 돌아가고 있어."

걸어가면서 올려다보니 햇빛이 나뭇가지 사이로 힐끔힐끔 새어 들어왔다. 그 빛이 점점 붉어지는 것으로 보아 저녁때가 되었다는 것을 알 수 있었다. 내가 나침반을 들여다보고 있는데 우치다가 "펭귄"이라고 말했다.

건너편 강가에 펭귄이 한 마리 서 있었다. 주변에 다른 펭귄은 안 보였다. 홀로 서 있는 펭귄은 버스터미널의 자동판매기처럼 쓸쓸한 분위기를 풍겼다. 그리고 자동판매기만큼이나 태연자약했다. 펭귄은 똑바로 앞만 바라볼 뿐, 우리가 가까이 다가갔는데도 움직이지 않았다. 골똘히 무슨 생각에 잠겨 있는 것 같았다.

"그래그래."

우리는 말을 걸며 펭귄 앞을 지나갔다.

잠시 걸어가다 돌아보니 펭귄은 아직도 같은 자세로 강옆에 멍하니 서 있었다.

그때 펭귄 앞을 흘러가는 강에서 하얗게 부푼 생물이 기어 나오는 것이 보였다. 그 생물은 살찐 어른 정도의 크기였다. 흰긴수염고래를 작게 만든 것 같은 모양새였는데 등에는 박쥐의 날개 같은 작은 날개가 달렸다. 그리고 마치 사람의 것을 짧게 줄인 것 같은 팔다리를 써서 아장아장 네발로 기는 것이었다. 나는 도서관에서 생물도감을 하루 종일 통째로 넘겨본 적이 있는데, 그런 나조차 한 번도 본 적이 없는 생물이었다.

우치다가 깜짝 놀라 내 옷을 잡았다.

다음 순간 그 흰긴수염고래 같은 것이 펭귄을 덮쳤다. 멍하니 서 있던 펭귄이 끼익 하고 비명을 질렀다. 흰긴수염고래같이 생긴 생물은 입을 쩍 벌려 한입에 펭귄을 삼켜버렸다. 그러자 헬륨을 채운 것처럼 녀석의 몸이 둥글게 부풀었다. 살짝 벌린 입에서 바람이 불어 나와 숲의 나무와 잡초를 흔들었다. 그 생물은 끄윽 하고 이상한 소리를 내더니 주르르 미끄러지듯 강으로 돌아갔다.

"우치다, 방금 그거 봤니?"

내가 말했다. "저 이상한 생물이 펭귄을 삼켜버렸어."

"처음 보는 생물이야."

펭귄이 사라져버리는 걸 본 우리는 마음이 몹시 불안해졌다.

그 장소에 있으면 조금 전의 이상한 생물이 다시 기어 나올 것 같아서 우리는 속도를 내어 걸었다. 숲을 빠져나오면서 도시에 떠돌아다닌다는 소문을 생각해보았다. 고압 철탑에 날아와 앉는다는 큰 새. 급수탑 위의 원숭이같이 생긴 짐승. 집회소 앞길을 돌아다닌다는 도마뱀같이 생긴 생물.

저 멀리 밝은 빛이 보였다.

"이제 곧 이 숲이 끝나겠다." 우치다가 밝은 목소리로 말했다. "저기 가면 수원이 있을지도 몰라."

우리는 나무줄기를 악기처럼 두드리면서 빛을 향해 달렸다. 어두운 숲 밖으로 뛰어나가자 갑자기 우리 머리 위로 푸른 하늘이 펼쳐지면서 남국같이 뜨거운 햇살이 쏟아져 내려왔다. 뜨거운 바람이 불어와 초원의 풀이 바다처럼 파도쳤다. 나는 어느새 매미 소리가 딱 그쳤다는 걸 느꼈다. 바람소리 말고는 아무 소리도 들리지 않았다.

"아오야마, 여긴 거기잖아."

"이건 좀 이상해." 나는 중얼거렸다.

우리가 더듬어 온 강은 왼쪽으로 완만하게 곡선을 그리며 초원 가운데를 지나갔고 강 맞은편 초원에는 '바다'가 떠 있었다. '바다'는 크게 부풀어 올라 표면에 와 닿는 햇빛을 초원 가득 흩어놓았다. '바다'가 반사하는 흔들리는 빛의 그물 속을 걸어가자니, 우리는 마치 캄브리아기 바다의 여울에 가라앉아 있는 것 같았다.

나는 초원에 앉아 지도를 펼쳤다.

"스즈키는 초등학교 뒤에서 강의 하류를 향해 탐험했다고 했었지. 그리고 이 초원에 도착했어. 우리의 관측 스테이션을 그 애들이 습격한 날 말이야."

"여기 그려져 있는 파란 선이 걔네들이 따라온 그 강이야" 하고 우치다가 지도를 가리켰다.

"우리는 스즈키네랑 같은 지점에서 출발해서 강 상류를 향해 탐험했어. 그런데 시립도서관 뒤하고 대학교를 돌아서 결국 같은 초원에 도착했어. 이 강은 하류로 내려가도, 상류로 거슬러 올라가도, 결국은 이 초원에 도착하게 돼 있어. 이런 일은 있을 수 없다고 생각하는데."

그건 정말로 이상한 수수께끼였다.

나와 우치다는 잠자코 일어서서 초원을 걸어갔다.

관측 스테이션의 파라솔 쪽으로 걸어가니 하마모토가 파라솔 아래 의자에 앉아 있는 게 보였다. 그 애는 우리를 발견하고 쌍안경을 들여다보더니 손을 들었다. "어이" 하고 부르는 소리가 들렸다.

우리도 손을 흔들어줬다.

"하마모토는 증거가 없다고 하겠지. 아니면 과학적으로 이상하다든가."

"우리는 '바다'가 빛을 구부리는 현상을 관측했어. 이 초원의 상공에서 구름이 이상한 모양으로 변하는 현상도 관측했고. 그리고 스즈키가 '바다'에 접촉해서 시간여행을 경험했다는 가설도 세웠어. '바다' 주위에서는 시공이 우리의 상식하고는 다르게 움직여. 그러니까 우리가 탐험한 강이 같은 장소를 돌고 있는 것도 여기 '바다'가 있기 때문이 아닐까?"

"새 가설이구나."

"내 가설에 의하면 이곳은 존재해서는 안 되는 초원이야. 왜냐하면 빛이 구부러지는 것, 시간을 뛰어넘는 것, 강이 순환하는 것, 이 모든 것은 우리 세계의 법칙에 어긋나니까."

"이 '바다'는 뭘까? 아오야마 넌 뭔지 알겠니?"

나는 뒤돌아 초원 저편에 솟아 있는 '바다'를 올려다봤다.

언덕에 있는 커피숍에서 아버지가 한 말이 생각났다.

세계의 끝은 접혀서 세계의 안쪽에 숨어들어가 있다.

* * *

나는 노트를 다시 꼼꼼히 들여다볼 필요가 있다.

이것으로 프로젝트 아마존은 종료되어 '바다' 연구와 하나가 됐다.

지금까지의 발견에서 '바다' 연구는 펭귄 하이웨이 연구와 같다는 것이 분명해졌다.

그리고 펭귄을 연구하는 건 누나를 연구하는 것과 같다.

모든 건 하나의 문제다.

* * *

누나에게서 전화가 걸려왔다.

"안녕, 소년. 나 이제 건강해졌단다."

"누나가 건강해졌을 거라고 생각했어요."

"어떻게?"

"난 누나를 연구하는 연구자니까요. 이 세상 누구보다 자세히 알고 있는."

누나는 전화기 건너편에서 킥킥 웃었다.

"연구는 좀 쉬고 슬슬 바다에 가볼래? 여름방학이 이제 곧 끝나잖니."

"네."

우리는 해변의 도시로 가기로 했다.

약속한 날 아침, 나는 보통 때보다 일찍 일어났다. 보통 때도 무척 일찍 일어나는데, 그날은 일어나보니 아직 해도 뜨기 전이었다. 나는 창문을 열고 아침 공기를 들이마셨다.

유리같이 짙푸른 색깔의 하늘을 바라보면서 처음으로 바다에 가는 사람에게 딱 맞는 날씨라고 생각했다. 창가에 서서 아침이 오기를 기다리고 있자니까 얼마 안 있어 해가 떠오르면서 짙푸른 색깔의 어두운 하늘이 투명한 물색으로 바뀌어갔다. 나는 해변 도시의 아침을 상상해보았다. 누나가 태어난 집은 바다가 멀리까지 보이는 높은 언덕에 있는, 넝쿨로 뒤덮인 오래된 집이라고 한다. 그 집에는 누나의 부모님이 둘이서 살고 있고, 항상 바다 냄새가 나는 바람이 불며, 옆 언덕길 꼭대기에는 오래된 성당이 있다고 했다.

만나기로 한 버스터미널에 가니 누나가 커다란 하얀 모자를 쓰고 버스시간표를 보고 있었다.

"오랜만이구나." 누나가 웃었다. 누나가 건강해 보여서 기뻤다.

"오렌지주스하고 과자, 고마웠다."

"영양보충이 됐나요?"

"그럼."

"나도 누나처럼 밥을 먹지 않는 실험을 해봤어요."

"기가 막혀. 어쩌자고 그랬니?"

"괴로운 실험이었어요. 두 번 다시 안 할 거예요."

"그래, 다시는 그런 거 하지 마."

누나가 내 짐을 가리키며 웃었다. "굉장한 짐이구나. 모험

여행이라도 가려고?"

"난 여러 가지에 대비하거든요. 유비무환."

버스터미널에서 시영버스를 타고 역으로 향했다.

만약 우리 도시에 계획대로 새 기찻길이 들어오면 이런 식으로 버스를 타고 멀리 돌아가지 않고도 누나가 태어난 해변의 도시로 갈 수 있다. 빨리 그날이 오면 좋겠다. 하지만 새 기찻길이 우리 도시에 들어오려면 앞으로도 몇 년은 걸릴 거다. 어쩌면 내가 어른이 될 때까지 기다려야 할지도 모른다.

누나와 단둘이 멀리 나가는 건 처음 있는 일이라서 나는 조금 긴장했다.

"인생에서 처음으로 보는 바다겠네?"

"기념해야 할 날이에요."

"너를 바다로 데리고 가줄 친절한 사람이 누군지 말해봐."

"그건 누나지요. 고맙게 생각하고 있어요."

누나는 흔들리는 버스 안에서 해변의 도시에 대해 얘기해줬다. 그 도시는 산의 경사면에 있어서 비가 오면 빗물이 집 앞 골목을 폭포수처럼 흐른다고 했다. 그리고 옆 동네에 있는 학교에서 전철을 타고 집으로 돌아올 때는 산의 경사면에 켜진 가로등이 보석처럼 빛난다고 했다.

역에 도착하자 나는 누나가 가르쳐준 대로 우리가 갈 역까지의 기차표를 샀다. 노선도를 구석구석 살펴보지 않으면 못 찾을 만큼 먼 역이었다. 우리는 플랫폼의 벤치에 앉아 전철을 기다렸다.

"내일 아버지가 프랑스에 가요."

"어머나, 그래? 멀리 가시네."

"아버지는 회사 일로 프랑스의 큰 연구소에 가요. 난 외국에 나가본 적이 없어요. 누나는 있나요?"

"나도 없어. 하지만 프랑스는 좋아해. 아버지는 오랫동안 가 계시니?"

"삼 주예요."

"그럼 네가 집을 잘 지켜야겠구나."

"난 잘해요. 문단속도 잘하고. 내일은 아버지가 일찍 출발하기 때문에 나도 일찍 일어나야 해요."

드디어 전철이 와서 우리를 태웠다.

차창 밖으로 역 앞 빌딩과 주택가, 그리고 논의 풍경이 흘러갔다. 하늘은 바다같이 푸르렀다. 왜 바다도 파랗고 하늘도 파랄까 하는 의문이 떠올라서 노트에 적어뒀다.

전철을 타고 현 경계에 있는 터널을 빠져나가면 해변의 도시에 갈 수 있다. 하지만 첫 번째 역을 지난 뒤부터 누나는 갑자기 기운이 없어졌다. 누나는 내 몸에 기대듯이 하고 힘들게 숨을 쉬었다. 깜짝 놀라 올려다보니 누나는 눈을 감고 있었고 이마에는 송글송글 땀이 솟았다. 누나의 뺨이 펭귄의 배처럼 하얘 보였다.

"몸이 안 좋아요?"

"아주 조금, 현기증이 나."

누나는 눈을 감은 채 미간을 찌푸렸다.

누나가 괴롭게 내쉬는 숨소리를 듣는 사이에 언젠가도 이런 식으로 전철을 타고 가다 도중에 내린 적이 있다는 사실이 생각났다. 계속 전철을 타고 가면 안 좋은 일이 일어날 것 같았다.

"오늘은 바다에 가는 거 그만둬요."

누나는 불만스러워했다. "왜? 잠깐 쉬기만 하면……."

"무리하는 건 좋지 않아요. 오늘은 그만두는 게 좋겠어요."

현 경계에 있는 터널로 들어가기 직전의 역에서 나는 누나의 손을 잡아당겨 전철에서 내렸다. 텅 빈 플랫폼 맞은편에는 반대 방향으로 돌아가는 전철이 서 있었다. "돌아갈 것까지야……" 하고 누나가 말했지만, 나는 그대로 누나를 잡아끌어 그 전철에 올라탔다.

그렇게 우리는 그 전까지 본 풍경이 거꾸로 흘러가는 걸 바라보며 돌아왔다.

우리 도시로 돌아와 전철에서 내려 버스를 갈아타고 가는 동안 누나는 별로 말이 없었다. 나도 과묵했다.

버스는 열한 시쯤 터미널에 도착해서 우리를 내려놓고 유턴해서 역을 향해 돌아가버렸다. 누나는 텅 빈 대합실 벤치에 앉아 쉬었다. 나는 누나 옆에 앉아서 보온병의 홍차를 마셨다. 내가 차가운 홍차를 권해도 누나는 마시지 않았다. 이렇게 몸상태가 나쁜 누나를 보는 건 처음이었다. 대합실 안은 무척 더워서 땀이 물처럼 주룩주룩 흘렀다.

드디어 누나가 자리에서 일어섰다. 누나는 다리가 후들거려서 내 어깨를 잡았다. 나는 누나가 쓰러지지 않도록 힘을 주고 섰다. "오늘 아침까지는 건강했는데" 하고 누나가 말했다. "바다에 못 가서 미안."

"괜찮아요."

"신사구나. 하지만 넌 아이니까 조금 더 투정을 부려도 돼."

"난 아이가 아니에요."

"아이면서 뭘." 누나가 희미하게 웃었다. "내일, 다시 가자."

"난 더 나중에 가도 돼요."

누나는 자동판매기에서 뽑은 차가운 콜라 캔을 이마에 갖다 댔다. 그리고 초원에 서 있던 펭귄들처럼 멍하니 푸른 하늘을 올려다봤다.

“여름방학이 끝나는구나.”

“아무리 신나는 거라도 반드시 끝나는 날이 오는구나, 하고 생각해요.”

“진리구나.”

누나는 그렇게 말하더니 비척비척 걷기 시작했다.

나는 서둘러 누나 옆으로 가서 어깨를 내밀었다.

프라이팬처럼 달궈진 아스팔트 위에 우리의 그림자가 까맣게 비쳤다.

터미널 한가운데까지 왔을 때 내 어깨를 잡고 걷던 누나가 갑자기 주저앉았다. 나도 함께 쭈그리고 앉아 누나의 등을 문질러줬다. 아스팔트는 뜨거운데 누나의 몸은 얼음장같이 차가웠다. 그런데도 누나의 차갑고 매끈매끈한 이마에서는 땀방울이 솟아났다.

누나는 고개를 숙인 채 괴로운 듯이 신음했다.

누나의 이마에서 떨어진 땀방울이 아스팔트 위에서 빛났다. 땀방울은 마치 유리구슬같이 아스팔트 표면에 볼록 솟아 있었다. 가만히 바라보고 있자니까 땀방울이 서서히 움직이기 시작했다. 하지만 그건 나의 착각이었고 실제로는 땀방울 아래 아스팔트가 움직이는 거였다.

나는 누나의 등에 손을 얹은 채 주위를 둘러봤다.

우리를 중심으로, 버스터미널의 아스팔트가 부드러운 점토같이 녹아내려 흘러서 소용돌이를 만들고 있었다. 소리는 전혀 나지 않았다. 흐름의 속도에 따라 롤케이크의 단면같이 여러 개의 층이 생겼다. 그 층들은 곧 파도치듯이 위아래로 구부러지기 시작했다. 부드럽고 매끄럽게 움직이는 아스팔트는 물에 젖은 것처럼 번쩍거렸다. 나는 캐러멜 공장 같다고 생각했다.

녹은 것처럼 움직이는 아스팔트의 파도 사이에서 여러 모양이 들여다보였다. 그것은 때로는 사람의 손이나 발이기도 했고 뻐끔뻐끔 움직이는 물고기의 아가미이기도 했고 복잡하게 갈라진 뿔, 또는 커다란 날개이기도 했다. 그것들이 서로 달라붙었다 떨어졌다 하면서 아스팔트 표면으로 떠올랐다가 사라졌다. 뭔가가 땅 밑에서 나오려고 하는데 어떤 모양으로 나올지 아직 결정하지 못하고 있다는 느낌이 들었다.

아스팔트가 부풀어 오르면서 작은 고래의 등 같은 것이 보였다. 그것들이 몇 마리나 나타나서 나와 누나 주위를 빙글빙글 돌았다. 그 등에는 뿔이 달리기도 하고 날개가 돋기도 하고 손발이 나기도 했다.

누나가 힘겹게 "재버워크" 하고 중얼거렸다.

할 수 있는 게 아무것도 없는 나는 그저 그 으스스한 현상을 관찰만 하고 있어야 했다.

어느 정도 시간이 흘렀는지는 모르겠지만 그 현상은 시간이 가면서 점차 가라앉았고 드디어는 아스팔트의 원래 모양으로 돌아왔다. 조금 전까지 일어났던 현상의 흔적은 거의 남지 않았다.

"어떻게 된 걸까, 나."

누나는 작은 소리로 말하며 양손으로 얼굴을 가리려고 했다.

"이상한 일만 일어나. 한밤중이 되면 우리 집에서 생물들이 숲으로 나가는 거야. 젖어 있는 그것들이, 찰박찰박 소리를 내며 네발로 기어서 나가는 거야. 기분 나쁜 녀석들이야."

"재버워크?"

"모르겠어. 난 언제나 잠들어 있으니까. 나가는 기색만 알 수 있을 뿐이야."

"누나는 재버워크를 만드는 거예요."

"나도 모르는 사이에 말이니? 어떻게 그럴 수가 있지, 소년?"

난 아무 말도 할 수 없었다.

* * *

아버지가 프랑스로 출장 가는 날 아침은 짙은 안개가 도시를 감싸고 있었다.

나는 아버지를 배웅하기 위해 버스터미널까지 함께 걸어갔다. 아버지는 쇼핑센터에서 산 새 여행가방을 들었다. 여동생이 아직 자고 있어서 어머니는 집에 남았다.

안개가 아버지와 내 몸을 적셨고 아침 공기는 가을처럼 차가웠다. 버스길을 걸어가는데 아스팔트 도로의 끝이 안개 속에 묻혀 보이지 않았다. 도시의 가로수와 집, 풀이 자란 빈터, 자동판매기. 모든 것이 안개에 가라앉았다. 안개 속으로 햇빛이 비쳐들자 주변이 뿌옇게 금색으로 빛났다. 넓은 빈터 앞에 서자, 맞은편이 안개에 싸인 것이 마치 아프리카의 아침 같았다.

"프랑스까지 얼마나 걸려요?"

"열 시간 이상 비행기를 타야 돼."

"나도 언젠가 프랑스에 갈 거예요."

"선물은 뭘 사 올까?"

"난 노트를 갖고 싶어요. 하마모토가 갖고 있는 것 같은 외국 노트."

"그래, 노트를 사 오마."

우리는 안개 속을 걸어갔다. 아버지는 큰 여행가방을 들고 쓱쓱 걸어간다. 여행가방은 나 혼자서는 들 수 없을 정도로 무겁다. 아버지는 힘이 무척 세다.

"연구는 잘돼가니?"

나는 생각했다. "여러 가지 문제가 사실은 하나의 문제라는 건 조금 알 것 같아요."

"아버지는 삼 주 후에나 돌아올 거야. 그러니까 묻고 싶은 게 있으면 지금 물어보렴."

"뭘 물어봐야 할지 모르겠어요."

"어라, 마음이 약해졌구나."

"그것들이 연결돼 있다는 것은 알겠지만 어떤 구조로 연결돼 있는지를 모르겠어요. 너무 복잡해서 가설을 세울 수가 없어요."

"관계있는 걸 모두 커다란 종이에 메모해보렴. 신기한 것, 작은 발견들, 모두를 말이야. 중요한 건 한 장의 종이 위에 모두 적을 것. 그리고 가능한 한 작은 글씨로 쓸 것."

"왜 작은 글씨로 써야 하죠?"

"중요한 것들을 한눈에 볼 수 있도록. 그렇게 해놓고 몇 번이고 반복해서 바라보는 거야. 어느 메모랑 어느 메모가 관계가 있는지, 여러 가지 조합을 머릿속으로 생각해보는 거지. 계속 생각해야 해. 밥을 먹을 때도 걸어 다닐 때도. 그러면 써놓은 메모가 머릿속에서 자유로이 돌아다니게 돼. 그렇게 되면 매일 잠도 잘 잘 수 있어."

"그렇게 하면 알 수 있어요?"

"어느 순간 여러 가지가 갑자기 연결될 때가 와. 하나의 메모가 또 하나의 메모와 연결되고 거기에 또 다른 메모가 끌어당겨져 오지. 그럼 유레카야."

"그래도 모를 때는요?"

"그럴 때는 알 때까지 놀면 돼. 노는 게 더 좋을 때도 있거든."

"그럼, 그렇게 한번 해볼게요."

아버지와 나는 버스터미널에 도착했다.

안개 속의 버스터미널은 쓸쓸했다. 정류장과 대합실이 안개 속에서 희뿌옇게 보였다. 버스터미널 건너편 나무숲의 반쯤은 짙은 안개의 바다에 가라앉아 있었다. 아스팔트 도로도 안개에 싸여 있어서 버스가 못 오면 어쩌나 걱정이 될 정도였다.

아버지와 내가 버스를 기다리고 있는데 안개 저 멀리에서 사람 그림자 하나가 이쪽을 향해 걸어왔다. 산책하듯 여유로운 발걸음이었다. "누나" 하고 나는 깜짝 놀라 말했다.

"안녕하세요." 누나가 인사했다.

"안녕하세요, 산책 중이신가요?" 아버지가 말했다.

"산책 겸 배웅이에요. 어제 아오야마한테서 들었어요. 프랑스에 가신다면서요. 아오야마, 집 잘 지켜야 돼."

"난 잘해요."

아버지는 누나의 얼굴을 보고 "얼굴색이 좋아졌네요"라고 말했다. "지난번 카페에서 봤을 때는 건강이 몹시 안 좋아 보여서 걱정했습니다."

"어제도 아오야마하고 바다에 가려고 했는데 도중에 피곤해져서 못 갔어요."

"아들이 무리한 부탁을 하면……."

"난 무리한 부탁 안 해요."

"우리 아들은 연구를 너무 열심히 하는 게 결점이에요."

"전 아무렇지도 않은데요. 아버님은 걱정되시나요?"

"물론 늘 걱정하고 있지요. 하지만 이젠 너무 익숙해져서 걱정이랄 것도 없어요. 알고 계시는지 모르겠지만 우리 아들은 지금 힘겨운 문제를 끌어안고 있다네요."

"알아요."

"세상에는 해결하지 않는 편이 좋은 문제도 있어요."

"그럴까요?"

"만약 이 아이가 붙들고 있는 문제가 그런 문제라면 아이가 크게 다칠 수 있지요. 내가 걱정하는 건 그것뿐이랍니다."

아버지는 그런 수수께끼 같은 말을 했다.

엔진 소리가 나서 누나가 뒤를 돌아봤다.

안개에 덮인 도로 저편에서 큰 셔틀버스가 천천히 달려왔다. 도시의 끝에 있는 버스정류장에 공항으로 가는 버스가 오는 것이 신기했다. 어느 날엔가 이런 식으로 버스를 타고 우주로 출발할 날이 온다면 정말 멋질 거라는 생각이 들었다.

운전수 아저씨가 내려와서 아버지의 여행가방을 트렁크에 실었다.

"다녀오마." 아버지가 내 머리에 큰 손을 올려놓으면서 말했다.

"다녀오세요." 내가 인사했다.

셔틀버스가 떠난 뒤에 나와 누나는 안개 속을 걸었다. "도시가 전부 세계의 끝 같구나." 누나가 말했다. 흔들거리는 젖니를 만지작거리고 있자니까, 누나가 "뽑아줄까?" 하고 웃으며 말했다.

"괜찮아요. 내가 직접 뽑을 거예요."

우리는 예전에도 같은 말을 주고받았었고, 그건 내 노트에 잘 기록돼 있다. 펭귄들이 처음 우리 도시에 나타나서 내가 펭귄 하이웨이 연구에 착수했던 5월의 일이었다. 그로부터 113일이 지났다. 그동안 무척 많은 일이 있었기 때문에 나는 113일치 이상 성장한 것 같은 기분이었다.

"소년, 수수께끼는 아직 못 풀었니?"

"아직 조금 더 있어야 해요."

"기다릴게."

누나는 우리 집 앞까지 왔다가 돌아섰다.

그리고 안개에 가라앉은 주택가를 쓱쓱 걸어갔다. 나는 젖니를 잡아당기면서 누나가 걸어가는 모습을 바라봤다. 누나가 안개 저편에서 뭐라고 해서 나는 얼른 "뭐라고요?" 하고 외쳤지만 누나는 그대로 걸어가버렸다. 누나가 뭐라고 했는지 모르겠다.

나는 짙은 안개에 휩싸인 채 서서 젖니를 잡아당겼다. 갑자기 톡 하고 젖니가 빠지면서 입안에 피 맛이 번져나갔다.

손바닥에 젖니를 올려놓고 한참 들여다보다가 집으로 들어왔다.

* * *

여름방학이 끝나고 새 학기가 되었을 때 우리 학교에는 대소동이 일어났다.

스즈키네 애들이 아무도 본 적 없는 신기한 생물을 잡아서 학교에 가지고 왔기 때문이다. 다른 반 아이들이 보여달라며 교실로 찾아왔고, 상급생과 하급생들도 번갈아가며 구경하러 왔다. 선생님들도 보러 올 정도였다.

선생님들도 그런 생물은 처음 본다고 했다. "굉장한 발견이야" 하는 선생님도 있었고 어쩐지 기분 나쁘다면서 도망가버린 선생님도 있었다.

스즈키 제국의 황제가 얼마나 잘난 체를 했는지 모른다.

스즈키네는 그 생물이 들어 있는 수조를 교실 맨 뒤에 놓고 찾아오는 아이들에게 보여줬다. 수많은 아이들이 수조를 빙 둘러싸면 스즈키는 "생물이 놀라면 안 돼" 하면서 수조에 천을 덮고 조금씩만 보여주었다. 그러고는 시영운동장에서 느릿느릿 움직이는 그 생물을 잡은 무용담을 자랑스럽게 늘어놓았다.

우리도 보고 싶어서 줄을 섰는데 내 순서가 되자 스즈키는 수조를 재빨리 가려버리고는 "넌 안 돼"라고 했다. "이건 우리의 연구니까."

하마모토가 "다른 아이들은 다 봤잖아"라고 항의했다. "왜 우리만 안 된다는 거야?"

"너희도 너희가 하는 연구에 대해서 가르쳐주지 않았잖아? 그래서야."

스즈키의 주장에는 어느 정도 수긍이 가는 면이 있었다.

수조 때문에 너무 소란스러워지자 선생님들이 스즈키의 수조를 교무실로 옮겼다. 수조가 우리 교실에서 없어진 걸 모르고 구경하러 온 아이들은 실망하고 돌아갔다. 스즈키는 처음에는 아이들에게 더 이상 자랑을 할 수 없게 된 게 불만스러운 것 같았지만, 선생님이 "나중에 연구자들이 조사하러 오면 협력해주렴" 하고 얘기하자 자만심을 되찾고 또다시 잘난 척을 했다.

"선생님들은 훌륭한 연구자들이 그 생물을 조사하게 될 거라고 했어." 우치다가 가르쳐줬다. "만약 신종이라면 학회에서 발표하게 될 거래."

그 생물을 본 아이들에게서 얘기를 듣고 나는 노트에 상상도를 그려봤다. 크기는 고양이 정도. 모양은 고래 같고 피부는 젖어서 반들반들하다. 이상한 팔다리가 나 있다. 마치 사람의 손발을 짧게 한 것 같다나. 등에는 박쥐의 날개 같은 게 달려 있다. 굉장히 작지만 나와 우치다가 숲속에서 목격한, 펭귄을 삼켜버린 생물과 똑같았다.

하마모토가 내 노트를 들여다봤다. "이 생물도 그 언니가 만들었다고 생각하니?"

"이건 재버워크야."

내가 중얼거렸다. "누나가 만들었어."

스즈키네가 신기한 생물을 잡았다는 소식은 순식간에 우리 도시에 퍼진 모양이었다. 학교가 끝나고 집에 돌아갔더니 어머니도 알고 있었다.

"스즈키가 진귀한 생물을 발견했다면서." 어머니는 간식을 먹으며 말했다.

"네. 오늘 학교에 가져와서 엄청나게 소란을 떨었어요."

"어떤 생물이니?"

나는 노트에 그린 상상도를 보이며 설명했다. 어머니는 얼굴을 찌푸렸다. "아유 징그러워. 어쩐지 기분 나쁜 생물이구나. 요전번에 집회소 앞을 왔다 갔다 했다는 것도 이게 아닐까."

"모르지요."

"펭귄도 그렇지만 애완동물을 버리는 사람은 정말 문제야."

어머니는 그 신기한 생물이 도감에도 실려 있지 않은 미지의 생물이라고는 꿈에도 생각하지 못하고 그냥 애완동물인 줄 안다. 하긴 어머니는 생물도감을 구석구석 살펴본 적이 없으니까.

그날 나는 괜히 가슴이 소란스러웠다. 대부분의 경우 나는 냉정을 잘 유지해왔기 때문에 그런 상태에 잘 적응이 되지 않았다. 그러고 있을 때 마침 하마모토에게서 전화가 걸려와서 관측 스테이션에 가기로 했다. 나는 우치다에게도 전화를 걸었다.

우리는 급수탑 언덕에서 만나 재버워크의 숲을 지나갔다.

숲에서 빠져나와 초원으로 나섰을 때, 우리는 너무나 놀라 그 자리에 멈춰 서고 말았다. '바다'는 믿을 수 없을 정도로 팽창을 해서 초원을 거의 반이나 차지하고 있었다. 그 페이스로 계속 커진다면 며칠 사이에 '바다'는 우리의 관측 스테이션을 집어삼켜버릴 것이다.

우리는 긴급회의를 열었다.

"'바다'의 확대기가 계속 연장되고 있어."

하마모토가 노트를 보며 말했다. "왜 이렇게 갑자기 커지는 거지?"

"펭귄들이 없기 때문일 거야. 최근에 초원에서 펭귄을 본 적 없지?"

"그러고 보니 그러네."

"재버워크가 펭귄을 먹어버리기 때문이야."

우치다가 말했다. "그 징그러운 녀석."

"너희가 본 생물은 정말로 스즈키네가 발견한 생물하고 같았니?"

"크기는 다르지만 같은 재버워크라고 생각해."

"스즈키네가 쓸데없이 큰 소란을 피웠어. 게다가 '바다'도 이렇게 커졌고. 이제 곧 어른들이 몰려올 테니 우리의 연구도 외부에 알려지게 될 거야."

"지금까지 비밀을 들키지 않은 건 운이 좋았기 때문이야. '바다' 연구를 다른 사람에게 양보하는 건 각오해야 해. 슬픈 일이지만 그렇게 될 경우 난 우리의 실험 데이터를 제공할 거야. 큰 연구 프로젝트는 그렇게 추진되는 법이야."

"우리 얘기를 들어줄 것 같아?"

"모르지. 너무 신기한 일이니까."

"모든 연구는 하나라고 아오야마 네가 말했지?"

"응."

"그럼 어른들한테 그 언니에 대해서도 얘기해야 할걸. '바다'를 부수는 건 펭귄들이고 펭귄을 만드는 건 그 언니잖아. 넌 그래도 좋아?"

나는 아무 말도 할 수 없었다.

우리는 어떻게 해야 할까.

그때 하마모토가 무서운 얼굴을 하고 숲 쪽을 돌아봤다. 어두운 나무숲을 꼼짝 않고 노려보다가 "스즈키네 아니야?" 하고 날카로운 목소리로 말했다.

"아무것도 안 보여." 우치다가 말했다. 나는 "신경이 날카로워져서 헛것을 본 거야" 하고 말했지만 확신은 없었다. 스즈키네가 그 생물을 잡고 신이 나서 더 신기한 '바다'까지 연구하려고 들 수도 있었기 때문이다.

우리는 앞으로 우리의 연구가 어떻게 될지 걱정하면서 숲을 빠져나왔다.

다음 날이 되자 소란은 더 커졌다.

스즈키네가 잡은 생물은 교무실 구석에 엄중하게 보관되어 있었고 학생들은 아무도 볼 수 없었다. 스즈키네만 특별 대우로 교무실을 드나들고 있었다. 방과 후에는 대학교 선생님이 와서 스즈키네에게 얘기를 들었고, 텔레비전 방송국에서 취재를 온다는 소문도 돌았다.

교무실에서 대학교 선생님과 면회하고 돌아온 스즈키를 아이들이 둘러쌌다.

"뭘 물어봤니?" 하고 아이들이 물어도 스즈키는 씩 웃을 뿐이었다. "이건 중요한 기밀이야. 나불나불 말해버리면 사회문제가 돼" 하면서.

우리는 복도에서 스즈키를 붙잡았다.

"스즈키, 너 대학 선생님한테 무슨 말을 했니?"

"중요 기밀이라서 말 못 해."

하마모토는 스즈키의 팔을 살짝 잡았다.

"우리 연구에 대해서는 말하지 않았겠지?"

스즈키는 애써 태연한 얼굴을 했지만 하마모토가 큰 눈으로 그 애의 눈을 들여다보자 눈길을 돌리면서 우물거렸다. "우리가 발견한 것만 말했어, 그것뿐이라고."

스즈키가 하마모토의 손을 뿌리치고 도망치듯이 복도를 달려갔다.

"안 좋은 예감이 들어."

하마모토가 중얼거렸다.

* * *

정말로 텔레비전 방송국과 신문 기자들이 우리 도시로 와서 취재를 했다. 스즈키네는 그 이상한 생물과 함께 사진을 찍기도 하고 인터뷰를 하기도 했다. 봄에 발생한 펭귄 사건도 다시 화제가 되었다. 우리 도시는 '신기한 생물이 출현하는 도시'라고 해서 갑자기 유명해졌다.

점심시간에 선생님이 텔레비전을 켜자 인터뷰를 하는 스즈키네가 영상에 나왔다. 나는 그때 처음으로 스즈키네가 잡은 생물을 봤다. 우리가 숲속에서 목격한 동물과 비교하면 상당히 작은 땅딸막한 녀석이었는데 귀여운 구석도 있었다. 아기 재버워크일지도 모른다. 재버워크는 수조 안에서 작게 납작 엎드린 채 꼼짝 않고 있었다.

수업이 끝난 후에 선생님이 앞에 서서 설명을 했다.

"오늘부터 시영운동장 건너편에 있는 숲에서 대학교 조사단이 조사를 한다고 해요. 시영운동장이 기지가 된다니까 한동안은 사용 못 합니다. 방해가 되지 않게 조심합시다."

나는 손을 들었다. "선생님, 그 조사단은 무엇 때문에 숲에 들어가나요?"

"생태학과 기상학 조사를 한다고 해요. 아오야마는 흥미가 많은 모양이구나."

"그건 스즈키네가 발견한 생물하고 관계가 있나요?"

"선생님은 잘 모르지만 아마 그렇지 않을까?"

"조사가 끝나면 숲에 들어갈 수 있나요?"

"그 숲은 원래 출입금지일 텐데."

선생님이 무서운 목소리로 말했다. "조사가 끝나도 들어가면 안 돼요."

하마모토가 창백한 얼굴로 이쪽을 봤다.

우리의 불길한 예감이 적중했다.

학교가 끝나고 하마모토와 우치다와 나는 서둘러 학교를 나왔다. 우리 셋은 답답한 마음에 집으로 가지 않고 급수탑이 있는 언덕을 향해 걸어갔다.

"'바다'를 찾아냈을까?" 하마모토가 말했다.

"찾아낸 게 확실해. 단순히 그 생물을 조사하는 거라면 이렇게 서둘러서 조사단이 올 리 없잖아. 그 사람들은 분명 '바다'를 찾아냈을 거야. 그리고 '이건 너무 이상한 거라서 위험할지 모른다'고 판단했을 거야. 그래서 바로 행동에 들어간 거지."

숲이 가까워질수록 거리가 시끌벅적했다. 길가에 서서 얘기하는 아주머니들도 있었다.

드디어 급수탑 언덕에 도착해서 보니 언덕을 올라가는 콘크리트 계단 아래 노란색 로프가 쳐져 있고 '조사 중' '출입 금지'라고 쓴 안내판이 걸려 있었다. 로프를 넘어 안으로 들어가려고 하자 계단 위에서 안경을 낀 젊은 남자가 뛰어 내려와 "안 돼. 안 돼" 하고 엄한 목소리로 제지했다.

"우리는 이 숲에 볼일이 있어요."

"조사 중이니까 외부 사람은 못 들어가."

그 사람이 계단 위에서 지켜보고 있어서 숲으로 들어갈 수가 없었다.

다른 루트로 숲에 들어갈 수는 없을지 알아보려고 우리는 급수탑이 있는 언덕을 돌아 주택가를 지나서 시영운동장 쪽으로 걸어갔다. 운동장 가까이는 분위기가 더 굉장했다. 주차장에는 하얀 텐트가 여러 개 쳐져 있었고 까다로운 얼굴을 한 사람들이 모니터를 노려보거나 계측기를 만지작거리거나 작은 화이트보드에 그림을 그려가며 얘기를 주고받고 있었다. 발전기의 윙윙거리는 소리가 들려왔다.

주차장을 보던 하마모토가 문득 "아빠!" 하고 불렀다.

하마모토가 텐트 쪽으로 걸어갔고 나하고 우치다도 따라갔다. 하마모토 선생님은 다른 사람들과 함께 모니터를 노려보고 있다가 하마모토가 걸어오는 것을 보고 느릿느릿 자리에서 일어나 곰 같은 얼굴을 득득 긁었다. 오른쪽 귀에는 볼펜을 끼고 왼손에는 구겨진 모눈 노트를 들고 있었다.

"여기서 뭐 하고 있는 거니?"

"아빠, 이건 무슨 연구예요?"

"숲속에서 매우 중요한 현상이 관측됐어. 나도 갑자기 조사단에 참가하게 됐단다."

"어떤 현상인데요?"

내가 묻자 선생님은 까다로운 얼굴을 했다. "그건 아직 말할 수 없단다. 조사 중이니까."

"우린 숲에 들어가고 싶어요."

"안전성에 관한 조사가 끝날 때까지는 안 돼. 자, 다른 사람한테 방해가 되니까 어서들 집에 가보거라."

하마모토는 다시 선생님에게 매달리려 했지만, 나와 우치다는 그 애의 손을 잡아당겼다. 여기서 아무리 얘기를 해도 숲속에 들여보내줄 것 같지 않았고, 의심을 받으면 오히려 일만 복잡해질 것 같았기 때문이다. 하마모토는 뺨이 부어서 걸어 나왔다.

바로 그때 하마모토가 주차장 안의 텐트에 스즈키네가 있는 걸 발견했다.

"스즈키네가 왜 저기에 있는 거예요?"

하마모토 선생님이 "조사에 협력해달라고 부탁했단다"라고 말했다. "저 애들이 숲속에서 일어나고 있는 현상에 대해 알려줬어. 그래서 이번에 긴급조사가 결정된 거란다. 숲속에서 일어나는 일에 대해 저 애들에게 여러 가지로 얘기를 들을 필요가 있어."

그 순간 하마모토는 나와 우치다의 손을 떨쳤다. 밤색 머리를 홱 젖히더니 마치 로켓처럼 굉장한 기세로 달리기 시작했다. 하마모토 선생님은 "기다려!" 하고 붙잡으려 했지만 그 동작이 겨울잠에서 막 깨어난 곰같이 느려서 하마모토는 손쉽게 선생님의 손을 빠져나갔다.

"재 좀 잡아줘."

선생님이 외치자 조사단 사람들이 하마모토를 잡으려 했다. 그 애는 이리 훌쩍 저리 훌쩍 사람들 손에서 벗어나면서 순식간에 스즈키네가 있는 곳으로 달려갔다. 스즈키네가 깜짝 놀라며 일어섰다.

하마모토가 손을 들어 올려 스즈키의 뺨을 때렸다. 큰 풍선이 터지는 것 같은 소리가 났다. 스즈키는 너무나 놀라서 자신을 보호하려는 생각조차 못 했을 것이다. 나도 스즈키와 같은 입장이었다면 분명 마찬가지로 멍청해졌을 거다. 옆에 있는 조사단 사람들과 고바야시, 나가사키도 모두 깜짝 놀랐다. 하마모토가 "널 평생 용서하지 않을 거야" 하고 주차장 전체에 울릴 만한 목소리로 외치자, 스즈키의 얼굴이 당장이라도 울음을 터트릴 듯이 일그러졌다.

"뭐야." 스즈키가 외쳤다. "네가 뭔데."

뒤따라간 하마모토 선생님에게 억지로 끌려가는 동안에도 하마모토는 "용서 안 해"를 반복했다. 나는 지금까지 살아오면서 그렇게 화가 난 여자아이를 본 적이 없었다.

* * *

시영운동장에서 쫓겨난 뒤에 우리는 우리 집에 가서 긴급회의를 열었다.

하마모토는 벽에 기대앉아 파란 레고 블록으로 묵묵히 벽을 만들었다. 아버지에게 야단맞고 쫓겨난 것에 화가 난 거다. 어머니가 가져다준 달콤한 과자도 그 애의 마음을 풀어주지 못했다.

'바다'는 이미 조사단에게 발견됐을 가능성이 높아 보였다. 하마모토 선생님이 말한 '중요한 현상'이란 '바다'를 말하는 게 분명했다. 조사단은 최신식 관측기기를 사용해 '바다' 연구를 개시할 거다. 그 연구에 참가할 수 없는 것이 아쉬웠다.

"아오야마 넌 어떻게 할 거니?" 우치다가 말했다.

"우리는 '바다'에 대해서 연구를 해왔어. 우리의 중요한 발견은 조사단에게 넘겨줘야 한다고 생각해. 하지만 우리 연구의 중심에는 누나가 있어. 누나에 대한 걸 연구자들에게 말할 순 없어. 난 딜레마에 빠졌어."

"딜레마라."

난 하마모토의 얼굴을 봤다. 그 애는 그렇게 한마디 하고는 다시 파란 벽 만들기에 열중했다.

"우리는 연구를 중지해야 해. 그리고 연구에 대해서는 모두 잊어버리자. 연구 성과를 기록한 노트도 아무에게도 보이지 말자. '바다'와 펭귄의 관계나 펭귄과 누나의 관계 같은, 우리가 그동안 밝혀낸 것들을 모두 잊어버리는 거야."

"아오야마 넌 그래도 좋아?" 하마모토가 말했다.

"나는 진행 중인 연구가 많아. 이제부터 다른 연구를 할 거야."

"난 '바다'를 계속 관찰해야 한다고 생각해."

"하지만 숲은 봉쇄됐어."

"탐험지도를 보여줘봐."

내가 지도를 꺼내 바닥에 펼쳤다. 하마모토는 지도 위로 몸을 내밀고 심각한 표정으로 들여다봤다. 그 애는 프로젝트 아마존에서 나와 우치다가 마지막에 더듬어 간 루트를 손가락으로 가리켰다.

"재버워크의 숲으로 들어가는 루트는 여러 개가 있어. 급수탑 언덕을 넘어갈 수 없다면 반대쪽에서 숲을 빠져나가면 돼. 너희 둘이 걸어갔던 이 루트는 국도를 따라 숲으로 들어가게 돼 있어. 조사단 사람들도 여기까지 봉쇄하지는 않았을 거야."

나는 고개를 끄덕였다. "그렇구나. 숲 전체를 봉쇄할 수는 없으니까."

하마모토는 숨을 크게 쉬고 일어섰다.

"가자!"

"지금?"

"난 정말 화가 나. 이 연구는 우리 연구잖아."

우리는 허겁지겁 준비를 했다. 조금 늦은 시간이었기 때문에 나는 숲속에서 해가 지는 경우에 대비해 계단 아래 창고에서 큰 손전등을 꺼내 가방에 넣었다.

우리는 집을 나섰다.

프로젝트 아마존 때는 강의 흐름을 따라 걸어가다 보니까 대학교와 오래된 도시를 지나서 숲으로 갔었다. 그건 꽤 멀리 돌아가는 셈이었다. 그렇게 가지 않고 버스터미널 끝에서 풀로 뒤덮인 산책도로를 걸어가면 국도까지는 금방 갈 수 있고 그곳에서 국도를 따라 걸어가면 나와 우치다가 숲으로 들어간 지점에 더 빨리 다다를 수 있었다.

우리는 국도로 나와 트럭이 휙휙 모래바람을 일으키며 오가는 아스팔트 도로를 걸었다. 옆에 울창한 숲이 이어지고 있어서 어둠침침했다. 보도가 좁은 탓에 트럭이 일으키는 바람이 우리를 날려버릴 것 같았다. 하마모토는 트럭이 지나갈 때마다 귀를 막았다. 차가 다니지 않을 때는 숲속에서 쓰르라미 소리가 들려왔다. 우리는 계속 앞으로 가다가 강이 지하수로를 통해 국도를 가로지르는 지점에서 도로를 빠져나와 강을 따라 숲으로 들어갔다.

숲속은 이미 해 질 녘같이 어두웠고 풀이 우거진 계곡에서는 강물 소리가 크게 들렸다. 숲을 빠져나가자 초원이 나왔고 잠자리가 수없이 많이 날아다녔다. 동쪽 하늘은 차차 짙은 푸른색으로 변해갔고 서쪽 하늘은 오렌지색으로 물들었다. 초원 왼쪽으로 보이는 주택가 창문에서는 벌써 불빛이 새어 나왔다. 초원 건너편에 있는 재버워크의 숲은 거대한 크기의 새카만 생물이 웅크리고 있는 것처럼 보였다.

우리는 손전등을 켜고 어둠이 내리는 재버워크의 숲으로 들어갔다.

그리고 하마모토의 계획대로 조사단의 포위망을 돌파해 재버워크의 숲 속 초원에 도달했다. 우리 셋은 깜짝 놀라 그 자리에 멈춰 섰다.

'바다'가 초원 가득히 펼쳐져 있었기 때문이다. 그 크기가 어느 정도인지 측정하기도 어려웠다. '바다'의 남반구는 초원에 함몰된 모양새라서, 말하자면 거대한 물가슴이 초원에 놓여 있는 것 같았다. 주위를 빙 돌며 올려다보니 돔 형상의 '바다' 꼭대기는 저녁햇살을 받아 그곳만 새빨갛게 물들어 있었다.

하마모토가 '바다'를 올려다보며 "확대기가 계속되고 있어. 이렇게 커진 건 처음이야" 하고 확인하듯이 말했다.

"'바다'가 이대로 계속 확대되면 우리가 사는 곳까지 오게 될 거야."

그때 우치다가 내 팔을 잡았다. "아오야마, 뭔가 있어."

돌아보니 초원 저편, 우리가 관측 스테이션을 설치한 곳을 중심으로 여기저기 새카만 그림자가 보였다. 매끄러운 몸을 구불거리며 납작 엎드려 있는 것 같았다. 그 그림자들은 무슨 오브제처럼 굳은 채 움직이지 않았다. 나는 작은 소리로 "하마모토!" 하고 속삭였다. 우리는 자세를 낮게 하고 풀숲에 숨었다. "조사단? 펭귄?" 하고 하마모토가 중얼거렸다.

"양쪽 다 아니야. 저건 재버워크야."

"스즈키네 패거리가 잡았던 거? 크네."

"많이 있어."

한동안 숨을 죽이고 있었지만 재버워크들이 전혀 움직이지 않아서 우리는 슬슬 이동해보기로 했다. 그때 초원과 숲의 경계에서 뭔가가 움직이는 것이 보였다. 아장아장 걸어오는 건 한 마리의 펭귄이었다. 뒤에 따라오는 동료는 없었다. 펭귄은 물갈퀴를 동동거리면서 허둥지둥 초원을 가로질러 오더니 우리 눈앞에 섰다. 지친 것 같았다.

그러자 방금 펭귄이 나온 숲의 나무들 사이에서 몇 마리의 재버워크가 미끄덩하고 미끄러져 나왔다. 재버워크가 걷는 방식은 괴상망측했다. 흰긴수염고래 같은 몸통에 사람의 팔다리 같은 것이 부자연스럽게 붙어 있어서 억지로 거북하게 걷는 듯 보였다. 하마모토가 "징그러워" 하고 말했다.

"펭귄이 위험해."

재버워크 무리는 초원 위를 미끄러져 펭귄에게 다가왔다. 펭귄은 몹시 지쳐서 자신의 등 뒤에서 괴물들이 다가오는 것을 알아차리지 못하는 것 같았다.

갑자기 우치다가 달려 나갔다. 너무나 갑작스러운 일이라 나와 하마모토는 풀숲에서 바라보기만 해야 했다.

우치다는 초원을 달려가서 펭귄을 끌어안았다. 그 순간 숲에서 나온 재버워크들이 속도를 높여 우치다를 향해 달려들었다. 우치다가 펭귄을 끌어안은 채 재버워크와는 반대 방향으로 뛰기 시작했다. 나와 하마모토도 우치다를 쫓아 달려갔다.

지금까지 꼼짝 않고 있던 새카만 그림자들이 우리를 알아차렸는지 이쪽을 돌아보고 네발로 달려왔다. 우치다는 나와 하마모토가 미처 다 쫓아가기 전에 옆에서 달려온 재버워크와 부딪쳤다. 내던져진 펭귄이 초원을 뒹구르르 굴러갔다. 나는 서둘러 펭귄을 구하려 했지만 재버워크가 더 빨랐다.

펭귄은 순식간에 재버워크에게 꿀꺽 잡아먹히고 말았다. 재버워크의 몸통이 헬륨가스를 넣은 것처럼 부풀어 오르더니 입에서 새어 나온 바람이 초원의 풀을 흔들었다.

우치다가 "아아!" 하고 외쳤다. "먹어버리다니!"

우치다가 재버워크에게 달려들어 몸을 부딪치자 다른 재버워크가 우치다에게 달려들었다. 이번엔 내가 우치다를 덮치고 있는 재버워크를 향해 돌격했다.

그때 하마모토가 손전등을 켜서 재버워크들을 비췄다. 그러자 아기 울음 같은 소리가 여기저기서 들려오는가 싶더니 재버워크들이 손전등 불빛을 피해 초원 여기저기로 도망치기 시작했다.

"불빛을 싫어하는구나! 여기야!"

하마모토가 관측 스테이션 쪽을 가리키며 외쳤다. 나는 우치다의 팔을 잡고 하마모토가 서 있는 쪽으로 달렸다.

하마모토는 관측 스테이션에서 노트를 펴고 '바다'의 크기를 재빨리 측정했다.

바로 코앞까지 '바다'가 다가와 있었고, 이제 조금만 더 확대되면 우리 관측 스테이션을 삼켜버릴 것 같았다. '바다'는 마치 금속으로 만들어진 것처럼 차갑게 빛났다. 우리 셋과 '바다' 사이에는 열 마리가 넘는 재버워크가 네발로 버티고 서 있었다. 그들은 이미 우리를 잊어버렸는지 먼 곳을 보듯 얼굴을 하늘로 향하고 실루엣처럼 가만히 서 있었다. 그 모습을 보면서 나는 초원에 서서 하늘을 바라보던 펭귄들이 떠올랐다. 펭귄과 재버워크는 둘 다 마치 다른 혹성에서 온 우주생명체가 자신의 고향을 찾듯 멍하니 하늘을 바라본다.

"재버워크는 정체가 뭘까?"

혼자 중얼거리는데 어딘가에서 어른들이 고함치는 소리가 들려왔다. 우리 등 뒤에 있는 숲에서 강렬한 조명등이 켜지는가 싶더니 '바다'의 표면으로 서치라이트 불빛 같은 것이 비쳐 지나갔다. 재버워크들이 허둥지둥 도망쳤다. 그런데 서치라이트의 새하얀 빛이 이번엔 숲 쪽을 돌아본 우리에게 쏟아졌다. 아무것도 보이지 않았다.

"아이들이 있어!" 하는 조사단의 목소리가 들렸다.

이렇게 우리의 '바다' 연구는 끝났다.

시영운동장 기지까지 끌려 돌아오니 거기에 있는 모든 어른들이 우리를 무서운 얼굴로 노려보았다. 텐트의 백열등 불빛을 받고 서 있는 하마모토 선생님은 더 무서운 얼굴을 하고 있었다. 하마모토 선생님은 학교 선생님처럼 긴 설명은 하지 않았다. 다만 우리에게 "어떻게 숲에 들어갔니?" 하고 물었다. 우리는 숲 반대쪽으로 들어갔다고 솔직히 얘기했고 선생님은 고개를 끄덕였다.

"두 번 다시 들어가서는 안 된다. 알겠니?"

"하지만……" 하마모토가 말을 꺼낸 순간 선생님은 천둥 같이 큰 소리로 외쳤다. "두 번 다시 들어가면 안 돼!"

우리가 의자에서 튀어 일어날 정도로 큰 소리였다.

이런 상황에서는 하마모토도 아무 말 할 수 없었다.

나는 그래도 하마모토 선생님에게 '바다'의 위험성에 대해서만큼은 알려주려고 했다. '바다' 내부에 들어간 탐사선이 사라져버린 사실을 이야기하려 했지만 선생님은 그럴 시간을 주지 않았다.

"아오야마야. 그건 네가 걱정할 게 아니란다." 선생님이 말했다.

우리는 그대로 텐트 아래에서 기다려야 했다. 하마모토는 고개를 숙인 채로 한 마디도 하지 않았고 우치다는 울었다. 조사단 사람이 와서 우치다에게 손수건을 건넸다.

잠시 후 각자의 부모님이 왔고 우리는 각자의 집으로 돌아갔다.

* * *

다음 날 아침 나는 학교에 가려 했지만 몸이 말을 듣지 않았다. 마치 내 몸이 내 몸이 아닌 것처럼 무거웠다. 방에 들어온 어머니가 내 이마에 손을 댔다. "열이 있구나" 하고 어머니가 말했다. "어제 위험한 짓을 한 벌이야. 오늘은 쉬어라."

"난 바쁜데."

"무슨 소리니?"

어머니는 사과가 들어간 요구르트와 옥수수 수프를 줬다.

그날 나는 침대 위에서 지냈다. 동생이 학교에 가고 나서 어머니는 세탁기와 청소기를 돌렸다. 블라인드 틈새로 밝은 빛이 새어 들어왔다. 나는 무척 바쁘게 살았기 때문에 이렇게 날이 밝을 때까지 침대에 누워 지내는 일이 좀처럼 없었다. 신기한 느낌이 었다. 나는 아버지가 여행 가기 전에 들려준 조언이 떠올라 큰 종이를 베갯머리에 놓고 지금까지 노트에 썼던 연구 성과를 요약해 적어보았다.

▷ 누나는 펭귄을 만든다.

▷ 펭귄들은 펭귄에너지로 살아간다.

▷ 펭귄들은 전철에 태우면 증발한다.

▷ 누나는 기운이 생기면 펭귄을 만들고 싶어진다.

▷ 누나는 펭귄을 너무 많이 만들면 기운이 없어진다.

▷ 누나는 재버워크를 만들면 기운이 생긴다.

▷ 펭귄들은 '바다'를 부숴버린다.

▷ 재버워크는 펭귄을 제거해버린다.

▷ '바다'와 누나의 상태는 연동되어 있다.

▷ '바다'는 시공을 뒤틀리게 한다.

나는 침대에 배를 깔고 엎드려 계속 노트를 바라봤다. 나는 그 노트를 반복해서 읽고 머릿속에서 그 메모가 빙글빙글 돌아다닐 때까지 계속해서 생각했다. 이 메모들은 서로 어떤 관계가 있을까. 어떻게 하면 모든 것을 잘 이을 수 있을까. 그러나 유레카는 좀처럼 오지 않았다.

점심 전에 어머니가 와서 "얘! 얌전히 누워 있지 않으면 안 나아" 하고 말하더니 내 노트와 종이를 가지고 가버렸다. 나는 강철같이 튼튼한 초등학생이다. 내가 마지막으로 열이 났던 건 지난해 12월이었다. 나는 그때 아팠던 일을 노트에 써두었다. 그 후 아무 탈 없이 잘 지내서 바로 어제까지도 활기차게 다녔는데, 지금은 꼼짝도 할 수 없게 되어버렸다. 이렇게 아픈데도 내 몸 안에서 무슨 일이 일어나고 있는지 모른다는 건 불안한 일이다.

점심에는 어머니가 우동을 만들어 와 내 방에서 함께 먹었다. 어머니와 함께 계란이 들어간 우동을 먹고 있자니 아직 노트 쓰는 법과 책 읽는 법을 몰랐던 아기 때로 돌아간 것 같았다.

어머니가 장을 보러 간 사이에 나는 책상에서 주머니에

쏙 들어가는 크기의 휴대용 노트와 볼펜을 꺼내 어머니에게 들키지 않게 베개 밑에 숨겼다. 그러고 나니 겨우 마음이 안정됐다. 노트가 옆에 없으면 나는 안심이 되지 않는다는 걸 어머니는 모른다.

＊＊＊

블라인드 사이로 들어온 빛이 천장에 비치는 것을 바라보자니 이런저런 생각이 들었다. 하마모토와 우치다와 스즈키는 지금 뭘 하고 있을까. 조사단은 '바다'를 잘 조사하고 있을까? 집 밖에서는 여러 가지 일이 일어나고 있을 텐데 나만 떨어져서 침대에 누워 있구나 등등. 집 안은 마치 뭉게구름 위에 있는 것처럼 조용했다. 나는 누나가 걱정됐다. 누나는 방심하는 면이 있으니 조사단에게 잡히지 않게 내가 도와줘야 하는데, 하고 생각했다.

그런 생각을 하다가 나는 꾸벅꾸벅 졸았다.

처음에는 수직으로 서 있는 굉장히 긴 철봉을 계속 미끄러져 내려가는 짧은 꿈을 몇 번이나 꿨다. 꿈속에서 나는 그 철봉이 우주 엘리베이터라고 굳게 믿고 있었다.

그리고 정신을 차리고 보니 나는 우주비행사였다.

내가 타고 온 우주선은 언덕 위에 있는 급수탱크와 똑 닮았고 빙글빙글 회전해 우주선 안에 중력을 만들어냈다. 승무원은 나뿐이었다. 나는 혼자서 멀리 날아가 신기한 별에 도착했다.

나는 큰 젖가슴처럼 부풀어 오른 초록 언덕 옆에 우주선을 착륙시키고 나서 미지의 혹성을 탐험하러 나섰다. 하늘은 지구의 여름같이 푸르고 뭉게구름이 떠 있었다. 젖가슴 같은 언덕 밑자락부터는 콘크리트 블록으로 구획을 나누어 모눈종이의 모눈 같아 보이는 빈터가 지평선까지 이어져 있었다.

나는 일렬로 늘어선 고압 철탑을 따라 걸어갔다.

빈터 군데군데에는 자동판매기가 놓여 있었고 그 주위에는 펭귄이 있었다.

이 혹성에 서식하고 있는 생물은 펭귄뿐인 것 같았다. 그들이 보았을 때 나는 하늘에서 갑자기 떨어진 우주인일 것이다. 그런데도 내가 "여봐" 하고 말을 걸 때 펭귄들은 전혀 놀라지 않았다. 펭귄들은 빈터 한가운데서 푸른 하늘을 올려다보거나 배를 깔고 엎드려 있었다.

나는 멀리까지 걸어갔다. 땅고르기를 해놓은 빈터는 점점 좁아지고 대신 초원이 늘어났다. 그러더니 마지막에는 텅 빈 해변이 나왔다. 고압 철탑의 행렬은 거기서 끝났다. 바다는 무척 차가운 색깔이었고 수평선 저 너머로는 쇼핑센터의 불빛이 늘어서 있었다.

아무도 없는 모래사장을 걸어가자 큰 흰긴수염고래가 모래사장에 올라와 있었다. 살았는지 죽었는지 알 수가 없었다. 내가 올려다보자 "안녕" 하고 흰긴수염고래가 말했다. 괴로워 보이지는 않았다. 오히려 여유로운 목소리였고 어디선가 들어본 목소리 같기도 했다.

그 흰긴수염고래가 재버워크라는 걸 꿈속의 나는 알고 있었다.

나는 모래사장에 앉아 바다를 바라봤다.

그때 "왔구나" 하는 부드러운 목소리와 함께 누나가 내 옆에 앉았다 .

"누나가 어떻게 여기에?"

"옛날부터 여기 있었어. 여기는 지구인걸."

"난 지구에서 꽤 먼 곳까지 날아갔는데."

"정말정말 멀리까지 가면 원래 있던 장소로 돌아오는 법이야."

누나는 눈앞의 바다를 가리켰다.

"저건 캄브리아기의 바다야, 소년."

"캄브리아기는 훨씬 먼 옛날이라고 생각했어요."

"훨씬 먼 옛날까지 가면 원래 있던 장소로 돌아오는 법이야."

모래사장 위로 펭귄들이 아장아장 걸어오더니 그대로 멈춰 서서 꼼짝 않고 수평선 저 너머를 바라봤다.

흰긴수염고래가 뭐라고 중얼중얼거렸다.

“재버워크, 무슨 말을 하는 거니?”

“하느님도 실패하는 일이 있겠지요.”

흰긴수염고래가 말했다. “그렇겠지요.”

“그런 건 용납 못 해.”

“펭귄들은 누구나 다 그렇게 말합니다.”

“난 펭귄이 아니야.”

“바다가 온다! 바다가 온다!”

흰긴수염고래는 수수께끼 같은 말을 했다.

어느새 바다 저편이 어두워졌다. 쇼핑센터의 불빛은 사라졌고 어두운 구름이 뭉게뭉게 피어올랐다. 수평선 위로 보라색 번개가 불꽃처럼 후다닥 내달렸다. 나는 번개를 무서워하는데 그때는 왠지 아무렇지도 않았다.

나는 문득 여기가 정말 지구라면 모든 것이 사라진 거로구나 하고 생각했다. 아버지와 어머니 그리고 여동생도, 하마모토와 우치다도, 스즈키네도, 해변의 카페도, 치과도, 학교도. 내가 먼 곳을 여행하는 동안 모두 사라져버렸다. 돌이킬 수 없는 행동을 했다는 생각이 들었다. 나는 결코 울지 않는 초등학생이지만 눈물이 나왔다.

"왜 우니? 소년."

"모르겠어요."

"……미안해."

"누나가 잘못한 게 아니에요."

"미안해."

누나가 사과할 때마다 나는 더욱 외로운 기분이 되었다.

"불쌍하게도. 많이 아프구나."

어디선가 소리가 들리고 차가운 손이 내 뺨에 닿았다. 기분이 무척 좋았다. 눈을 뜨자 누나가 침대 옆에 놓아둔 의자에 앉아 내 얼굴을 들여다보고 있었다. 누나는 뺨이 포동포동하고 가슴이 커져서 건강해 보였다. 방 안이 어둠침침해서 몇 시쯤 됐는지 시간을 알 수가 없었다. 머리가 멍했다. 내 눈가에는 눈물이 어렸고 누나의 얼굴이 푸르게 보였다.

"난 건강한데 네가 쓰러졌구나. 희한한 일인데."

"열이 났어요."

"그건 알아."

"난 꿈을 꿨어요. 꿈에 누나가 나왔어요."

누나는 웃음 짓고 내 머리를 가볍게 두드렸다.

"난 누나한테 연락하려고 했어요. 대학교의 조사단이 숲으로 들어갔어요."

"그것도 알아."

"그러니까 펭귄을 만들면 안 돼요. 발견되면 큰일이니까."

"그래. 네가 건강해질 때까지 참을게. 언제쯤이면 다 나을까?"

"난 강하니까 금방 나을 거예요."

"잘 먹어야지. 인간에게는 에너지가 필요해."

"누나도 잘 먹어야 해요."

누나는 조금 생각한 다음 "소년" 하고 속삭였다. "밥을 안 먹는 실험을 했었지? 그걸 나도 해봤어."

"누나는 그런 실험을 하면 안 돼요. 가슴이 작아지니까."

누나는 킥킥 웃었다. "나도 때로는 실험을 해."

"힘들었나요?"

"힘들지 않았어. 오늘까지 아무것도 안 먹었는데."

그때 내 머리는 열 때문인지 잘 움직이지 않았다.

"펭귄에너지 덕이야." 누나가 말했다.

"펭귄에너지는 펭귄을 위한 에너지지 사람을 위한 에너지가 아니에요."

누나가 내 눈을 바라봤다.

"난 인간이 아니야."

"누나가 인간이 아니라고요?"

"난 펭귄들을 만들었지. 그렇다면 나를 만든 건 누굴까?"

"난 지금 머리가 잘 안 돌아가요. 열 때문이에요."

"미안."

누나는 침대에 몸을 구부리고 차가운 이마를 내 이마에 갖다 댔다. 왜 그렇게 사과를 하는 걸까. 꿈속에서 흘린 눈물이 눈가에서 흘러넘쳐 내 얼굴을 따라 흘렀다.

"울지 마, 소년." 누나가 말했다.

"안 울어요." 내가 말했다.

* * *

아침에 침대 속에서 눈을 뜨니 블라인드 틈새로 하늘이 보였다. 작은 구름이 여기저기 흩어져 있었다. 창을 열자 가을바람처럼 서늘한 바람이 방 안으로 불어 들어왔다. 열은 완전히 내렸고 내 머리는 비가 내린 뒤의 푸른 하늘처럼 맑았다.

나는 일 층 거실에서 아침을 먹었다. 식욕이 넘쳤다. 건강해진 거다.

내가 잠든 사이에 프랑스에 출장 간 아버지에게서 국제전화가 왔었다고 한다. 내가 열이 나서 누워 있다는 말을 듣고 아버지가 걱정을 많이 했으니까 다음에 전화가 오면 직접 받으라고 어머니가 말했다.

"내가 자고 있을 때 누가 문병 왔었나요?"

"치과 누나가 왔었는데. 기억나니?"

"네, 기억나요. 하지만 꿈인가 했어요."

아침 거리의 찬 공기를 마시며 학교를 향해 걸어가는데 갑자기 슬픈 기분이 들었다. 왜 그런 기분이 드는지 처음에는 알 수 없었다. 슬퍼지는 이유가 뭘까, 하고 생각하는데 누나와 나눈 대화의 조각들이 머리에 떠올랐다.

주머니에서 휴대용 노트를 꺼냈다. 나는 노트를 할 수 있게끔 충분히 훈련해왔기 때문에 머리가 몽롱한 상태였다 할지라도 노트를 해놓았을 가능성이 있었다.

읽기 힘든 글자이긴 했지만 작은 모눈 노트에 메모가 남아 있었다. 다른 혹성을 탐험하는 꿈, 그리고 누나가 한 말. 나는 걸어가면서 그 메모를 꼼꼼히 읽었다.

치과를 지나 펭귄들이 처음 출현했던 빈터 앞으로 다가갔을 때였다. 차가운 바람이 불어오면서 빈터의 풀이 수런수런거렸다. 그때 정말 갑작스레 내가 방금 읽은 메모와 지금까지 써온 메모의 단편들이 한꺼번에 머릿속으로 날아 들어와서 마치 레고 블록으로 아름다운 푸른 벽을 만들 때처럼 착착 짜 맞춰졌다. 나는 정신을 놓고 가만히 있으면서, 다만 그것들이 한순간에 짜 맞춰져가는 것을 지켜보기만 했다.

정신을 차리고 보니 그 푸른 벽은 이미 완성되어 있었다.

나는 나도 모르는 사이에 빈터 앞에 멈춰 서 있었다. 머리에 쥐가 날 정도로 신기한 느낌이 들었고 다른 아무것도 생각할 수 없게 됐다. 앞서 걸어가던 동생이 돌아보았다. "오빠!" 하고 그 애가 불렀지만 나는 대답하지 않았다. 동생은 그대로 다른 아이들과 함께 걸어가버렸다.

나는 혼자서 빈터 옆에 서 있었다.

그리고 "유레카" 하고 중얼거렸다.

* * *

아침의 유레카가 내 머리를 가득 채워서 그날은 다른 것은 모두 대충대충이었다. 노트를 펼쳐놓고 가설을 세우는 일만으로도 정신없이 바빴다. 하마모토는 '바다' 연구에 대해 얘기하고 싶은 모양이었지만 내가 계속 애매한 대답만 했더니 뜨악한 얼굴을 하고 자기 자리로 돌아가버렸다.

"아오야마 너 좀 이상하다." 우치다가 말했다.

"그래?"

"말도 전혀 안 하고. 반쯤 정신 나간 사람 같아. 열이 아직 안 내렸어?"

"그럴지도 몰라."

나는 수업시간에도 창밖으로 하늘에 떠 있는 구름을 보면서 누나에 대한 생각만 했다.

그날 스즈키는 무척 조용했다. 지금까지 쉬는 시간마다 자기가 신종 생물을 발견했다며 자랑을 해댔었는데, 오늘은 한 마디도 말이 없었다. 그 애는 힐끗힐끗 하마모토를 쳐다봤지만, 하마모토는 스즈키 쪽을 보려고도 하지 않았다.

방과 후에 스즈키가 내 책상으로 왔다.

"하마모토가 평생 용서하지 않겠다고 했는데……" 하고 그 애가 말을 꺼냈다. "난 뭐 특별히 그렇게 얘기를 많이 하려고 했던 게 아니야."

"하지만 말해버렸잖아?"

"그건, 이것저것 마구 질문을 해대잖아. 마치 우리가 거짓말을 하는 것처럼 말하는 사람도 있어서 억울했어. 이 얘기 저 얘기 하다 보니까 다 말하게 됐어. 너희들의 연구까지 말할 생각은 정말……."

"연구라니 무슨 얘기야?"

"너희들의 연구. 그 숲속의 이상한 거."

"우리는 아무것도 몰라. 우리는 그런 연구 한 적 없어."

"거짓말하지 마." 스즈키가 난감한 얼굴을 했다. "왜 그렇게 말하는 거니?"

"스즈키, 우리는 이미 모든 걸 다 잊기로 했어. 우리의 연구는 다 끝났어. 나머지는 조사단이 잘 연구해주겠지."

"너, 화났니?"

"난 결코 화내지 않아. 하지만 하마모토는 다르지."

"내 탓이야?"

"너한테는 안됐지만, 그래 네 탓이야."

"부탁이야. 하마모토한테 말해줘. 난 그럴 생각이 아니었다고."

스즈키가 그런 말을 하며 내 책상에 달라붙어 있는데, 천장 옆에 있는 스피커에서 지직지직 소리가 나더니 교내방송이 흘러나왔다. 교장 선생님의 목소리였다.

"여러분, 학교 근처에서 사고가 있었다고 합니다. 선생님들의 지시가 있을 때까지 학교 밖으로 나가지 마세요. 학교 안은 안전합니다. 반복하겠습니다. 선생님들의 지시가 있을 때까지 학교 밖으로 나가지 마세요. 학교 안은 안전합니다."

그리고 방송은 그쳤다.

스즈키가 의아한 표정으로 "사고라니 뭐지?" 하고 중얼거렸다. 교내방송이 나오는 동안 조용했던 교실이 차차 시끌벅적해졌다.

"다들 자리에 앉아라." 선생님이 말했다. "조용히."

옆 반 선생님이 와서 교실 입구에 선 채 우리 반 선생님하고 얘기를 주고받았다. 선생님들은 걱정스러운 얼굴이었다. 나는 선생님들의 입술 움직임을 가만히 관찰해봤지만 무슨 얘기를 하는지 알 수 없었다. 선생님에게서 눈을 떼고 교실

안을 돌아보다 하마모토와 눈이 마주쳤다. 그 애는 창백한 얼굴이 되어 내 쪽을 보고 있었다. 내가 고개를 갸우뚱해 보이자 그 애가 일어나서 선생님들이 있는 곳으로 걸어갔다. 교실의 소란스러움이 잦아들고 반 아이들이 숨을 삼켰다.

하마모토가 선생님들과 무슨 얘기를 했다. 선생님들은 난처한 표정을 지었다.

스즈키의 시선은 하마모토를 좇고 있었다. 우치다가 내 쪽을 보고 "뭐지?" 하고 입술을 움직였다. 나는 "몰라" 하고 대답했다.

자리로 돌아온 하마모토의 얼굴색은 점점 더 나빠졌다. 양손으로 얼굴을 감싸고 엎드렸다. 나는 자리에서 일어나 하마모토에게로 갔다. "무슨 일이니?" 하고 작은 소리로 물었다.

"잘 몰라. 조사단에서 사고가 났고 다섯 명이 행방불명이래."

"행방불명?"

"우리 아버지도 행방불명."

"무슨 사고였대? 선생님들이 말해줬어?"

"선생님들은 말 안 해. 하지만 얼굴을 보면 알아."

"'바다'가 원인일까?"

"달리 뭐가 있겠어?"

하마모토는 얼굴을 들고 젖은 눈으로 나를 바라봤다. “너, 사실은 ‘바다’ 연구를 포기하지 않았지? 어떡하면 좋아? 아오야마야. 넌 어디까지 알고 있는 거니?”

나는 잠시 생각했다.

“내가 아는 건 우리가 뭘 하면 좋을까 하는 것뿐이야.”

“그럼 그걸 하자.”

선생님이 “아오야마, 제자리로 돌아가” 하고 말했다.

나는 선생님 쪽을 돌아보며 손을 들었다.

“선생님, 하마모토가 속이 안 좋대요. 보건실에 데리고 가도 될까요?”

* * *

우리는 보건 선생님에게 들리지 않게 작은 목소리로 의논했다.

“어쨌든 학교 밖으로 나가야 해.”

“밖에 나가서 어떻게 하려고?”

“이 문제를 해결하려면 누나의 힘을 빌릴 수밖에 없어. 너의 아버지를 구할 수 있을지 어떨지는 모르지만. 하지만 그것 말고는 방법이 없어.”

그때 보건실 문이 열리는 소리가 나더니 학생이 선생님과 얘기하는 소리가 들렸다. 나와 하마모토는 커튼 너머로 들려오는 목소리에 귀를 기울였다. 잠시 후 커튼 틈새로 우치다가 얼굴을 내밀었다. "어디 갈 거면 나도 같이 가." 우치다가 말했다.

우리는 보건 선생님이 화장실에 간 사이에 보건실을 빠져나왔다.

텅 빈 복도를 조금 달려가면 바로 신발장이 있다. 우리는 신발을 신고 신발장에 몸을 숨긴 채 교문 쪽을 바라봤다.

유리문 밖으로 선생님들이 우왕좌왕하고 있는 모습이 보였다. 대피해 온 우리 도시의 사람들이 교문으로 들어오는 모습도 보였다. 체육관 쪽으로 가는 모양이었다. 다들 불안해 보이는 얼굴이었다. 그 사람들 속에 우리 어머니도 있을지 모른다. 우리는 선생님들이 안 보이는 틈에 교문 밖으로 나갈 생각이었는데, 이렇게 사람이 많으니 교문으로는 못 나갈 것 같았다.

그때 스즈키와 고바야시와 나가사키가 달려왔다.

"너희들, 뭐 하니?" 스즈키가 말했다.

"너하고는 상관없는 일이야." 하마모토가 말했다. "너희들은 어떻게 빠져나왔니?"

"학교에서 나갈 거면 도와줄게" 하는 스즈키의 말에 우리는 놀라서 그 애 얼굴을 봤다. "사고가 났다는 거, 그 숲하고 관계가 있는 거지?" 그 애가 말했다.

"너한테도 추리력이라는 게 있구나."

"나, 바보 아니야."

"어쨌든 사람이 많아서 교문으로는 못 나가."

"토끼우리가 있는 데로 돌아가서 담을 넘으면 돼. 이걸로 날 용서해줄 거지?"

"그건 몰라."

하마모토가 말했다.

우리는 스즈키의 안내에 따라 안뜰을 빠져나갔다. 교장 선생님이 당황했는지 딩동딩동 하고 교내방송을 알리는 소리만 두 번 울리고 나서 학교 안은 조용해졌다.

스즈키의 말로는 자기네들은 여러 번 토끼우리 뒤쪽 담을 넘어 학교 밖으로 나갔다고 한다. 땅이 볼록 솟아 있는 곳을 밟고 요령껏 뛰어오르면 담 꼭대기에 손이 닿는다고 했다. 보통 때는 교문으로 나갈 수 있으니 담을 넘을 필요가 없지만, 그런 지식도 뜻하지 않게 도움이 되는구나 하고 나는 감탄했다.

우리는 토끼우리 뒤로 돌아갔다.

스즈키가 맨 먼저 시범을 보였다. 그 애는 담 위에 걸터앉아 "빨리빨리" 하고 속삭였다. 우치다는 가볍게 달려가 담에 달라붙어 올라갔다.

하마모토는 아무리 해도 잘 올라갈 수가 없었다. “고바야시, 밑에 엎드려” 하고 스즈키가 명령하자 고바야시는 마지못해 땅바닥에 엎드렸다. 하마모토는 “미안” 하고 고바야시 위에 올라섰다. 그래도 담에 겨우 손이 걸릴 뿐이라서 몸을 올릴 수가 없었다. 나는 그 애의 엉덩이를 밀었다.

“앗, 엉덩이! 내 엉덩이를 만졌어!” 하마모토가 소리쳤다.

“어쩔 수 없어.”

“조용히 해, 들키겠다!”

스즈키가 말한 대로였다. 하마모토가 겨우 다 올라갔을 때쯤 선생님들의 소리가 들려왔다. 스즈키와 우치다와 하마모토는 재빨리 담 너머로 뛰어내렸다. 나는 서둘러 담에 매달렸다. 내가 잡히지 않을 수 있었던 건 고바야시와 나가사키가 선생님들에게 힘껏 달라붙어서 막아주었기 때문이다.

담 너머에서 선생님들이 “이놈들!” 하고 화를 내는 소리가 들려왔다. “돌아와!”

우리는 주택가의 골목길을 허둥지둥 달려갔다.

“이제 어떻게 할 거니?” 헐떡이며 스즈키가 외쳤다. 그 애는 살집이 있어서 달리기는 잘 못한다.

“치과 누나를 만날 거야.” 내가 말했다.

“누나도 대피한 거 아닐까?”

“누나는 그런 거 안 해.”

만약 누나가 자신의 정체를 깨달았다면 분명 침착하게 있을 거라고 나는 생각했다.

다행히 우리는 대피해 오는 사람들과 마주치지 않고 골목을 빠져나갈 수 있었다. 어떤 할아버지가 걸어왔지만 특별히 문제는 없었다. 우리가 할아버지에게 "대피 권고가 나온 거 같으니까 초등학교로 가세요" 하자 할아버지는 "그래?" 하고 알려줘서 고맙다고 했다.

좁은 골목을 조심조심 빠져나가 큰길가로 나오니 이차선 도로에는 달리는 차가 한 대도 없이 조용했다. 거리에 면한 문방구나 아이스크림가게도 불이 꺼진 채 조용했다. 마치 우리가 학교에 있는 동안 세계가 끝나버린 것 같았다.

그리고 어디서 왔는지 수많은 소방차가 거리를 따라 일렬로 줄지어 서서 우리 도시를 갈라놓고 있었다. 우리는 그렇게 많은 소방차를 본 적이 없었다. 조용한 주택가 도로에 큰 소방차와 작은 소방차가 모형같이 줄을 지어서 새빨갛게 빛났다. 짙은 푸른색 제복을 입은 아저씨들이 소방차 옆에 서 있었다. 소방차에서 조금 떨어진 곳에 구급차도 두 대 서 있고 경찰차도 보였다. 그냥 보면 주위가 너무 조용해서, 아무 일도 없는데 왜 이러나 하는 생각이 들 정도였다. 하지만 급수탑이 있는 언덕 위를 바라보니 은색으로 빛나는 거대한 돔 같은 것이 솟아 있고 저 멀리 숲에서는 뭐가 갈리는 것 같은 이상한 소리가 들려왔다.

"굉장하구나." 스즈키가 말했다.

정말 그랬다.

"도시가 봉쇄됐군." 내가 말했다. "여기를 빠져나가지 않으면 치과까지 못 가."

"몰래 가자."

모여 있는 사람들이 모두 급수탑이 있는 언덕 쪽에 정신을 빼앗긴 사이 우리는 구슬이 카펫 위를 굴러가듯 조용히 길을 건넜다. 그리고 그대로 문방구와 아이스크림가게 사이의 골목으로 들어가 주택가로 접근해 갔다.

이제 치과까지 달려가기만 하면 된다고 생각했는데 그만 순찰을 돌고 있던 소방관 아저씨들에게 들키고 말았다.

"너희들 뭐 하고 있니?"

한 명이 상냥한 목소리로 물었다.

"대피 권고가 나왔으니까……."

"준비, 땅!"

스즈키가 외쳤다.

그 애의 신호에 우리는 일제히 달리기 시작했다. 소방관 아저씨들은 양손을 펼치고 우리를 막아섰지만 흩어져 달리는 우리 모두를 잡을 수는 없었다. 우치다와 하마모토는 잡혔지만 나는 소방관 아저씨들 사이를 빠져나왔다.

스즈키가 내 앞을 달리고 있었다.

"하마모토랑 우치다가 잡혔어!" 내가 외치자 스즈키는 달리면서 돌아봤다. 그때 누가 뒤에서 내 어깨를 잡았다. "이놈!" 하는 화난 목소리가 났다.

스즈키가 맹렬한 기세로 되돌아와 나를 붙잡은 아저씨의 허리에 달라붙었다. 덕분에 난 아저씨의 손에서 빠져나올 수 있었다.

"달려! 달려가!"

스즈키의 목소리를 등 뒤로 들으며 나는 지금까지 살아오면서 그렇게 빨리 달린 적이 없을 정도로 온 힘을 다해 달렸다. 내가 생각해도 너무나 빨랐는데, 그 속도를 기록으로 남기지 못하는 것이 아쉬웠다.

나는 아무도 다니지 않는 가로수 길을 달려갔다.

해변의 카페 앞을 지나는데 누나가 창가 자리에 앉아 있는 것이 보였다. 누나는 테이블에 팔꿈치를 대고 꾸벅꾸벅 졸고 있었다. 해변의 카페는 불이 꺼져 있고 손님은 한 명도 없었다. 야마구치 씨의 모습도 안 보였다. 다들 대피한 거다.

내가 카페 안으로 들어가 맞은편에 앉자 누나는 반짝 눈을 떴다. 내가 온 것이 당연한 일이기라도 한 듯 누나는 침착한 표정이었다. 나는 누나를 만나서 기뻤다.

"안녕." 내가 말했다.

"안녕."

누나는 하품을 했다. "이제 괜찮아?"

"건강해졌어요. 나는 누나가 치과에 있을 줄 알았어요."

"대피 권고가 나왔지? 오늘은 치과가 휴일이야. 대피하는 건 바보 같고, 어쩌면 네가 올지도 모른다는 생각이 들어서 여기서 기다렸어."

"내가 올 걸 알고 있었어요?"

"네가 생각하는 건 다 알아."

누나가 창밖을 보고 "앗" 하고 외쳤다. 소방관 아저씨들이 쫓아온 모양이었다.

나와 누나는 아저씨들이 지나갈 때까지 숨어 있었다.

테이블 아래에서 누나는 내 이마에 자기 이마를 갖다 대듯이 하고 웃었다.

"소년, 이것으로 수수께끼는 풀린 거네?"

나는 고개를 끄덕였다.

* * *

나는 테이블 밑에서 모눈 노트를 다시 봤다. 그리고 가설을 정리했다.

"누나는 지구인이 아니에요." 내가 말했다.

"응, 난 인간이 아니야."

"누나에게서 그 사실을 듣고 난 아오야마 가설을 만들었어요. 누나가 인간이 아니라 펭귄에 가까운 존재라면 누나의 '밥을 먹지 않는 실험'도 이해할 수 있고 누나가 전철을 타면 펭귄처럼 몸상태가 안 좋아지는 것도 설명할 수 있어요. 누나는 펭귄에너지로 살고 있어요."

"펭귄에너지는 어디에서 오지?"

"나는 누나의 몸상태와 '바다'의 상태를 그래프로 비교해 본 적이 있어요. 누나의 몸상태는 '바다'의 지름과 연결되어 있었어요. '바다'가 커지기 시작하면 누나는 기운이 넘쳐요. 반대로 '바다'의 지름이 작아지면 누나도 기운이 없어져요. 그 사실에서 나는 펭귄에너지는 '바다'에서 오는 게 아닐까 하고 생각했어요. 누나와 펭귄들은 '바다'에서 눈에 보이지 않는 형태로 방사되는 에너지로 살고 있어요. '바다'가 커지면 에너지의 양도 커지니까 누나는 건강해져요. 그럼 누나와 펭귄이 전철을 탔을 때 힘들어지는 이유도 설명할 수 있어요. 전철을 타고 일정 거리 이상 가면 '바다'에서 나오는 에너지가 다다르지 못해서 힘들어지는 거예요."

"그건 이상해."

누나가 손을 들었다. "펭귄은 '바다'를 부수잖니? 행동이 모순되지 않아?"

"확실히 펭귄은 '바다'를 부서뜨려서 작게 만들어요. 그렇기 때문에 누나가 펭귄을 많이 만들수록 '바다'는 망가져서 축소돼요. 그러면 방사되는 펭귄에너지의 양이 적어져서 누나는 기운이 없어지는 거예요. 한편 펭귄들에게는 재버워크라는 천적이 있어요. 재버워크들이 펭귄을 먹으면 펭귄 수는 적어지고 '바다'는 다시 확대되기 시작해요. 그러면 누나는 건강해지고요."

"마치 생태계의 균형 같구나."

"이걸 나는 펭귄시스템이라고 이름 붙였어요. 펭귄들과 재버워크는 대립하고 있고, '바다'는 그 사이에서 균형을 취하고 있는 것 같아요. 그럼 '바다'는 도대체 뭘까에 대해 나는 계속 생각해봤어요. 우리는 지금까지 '바다'의 신기한 성질을 여럿 발견했어요. 특정한 빛만 구부린다거나 시간여행을 하게 한다거나 하늘에 떠 있는 구름의 형태를 바꾼다거나 하는 거요. 우리는 프로젝트 아마존에서 강을 탐험했는데 그 강은 '바다'가 떠 있는 초원을 지나 같은 곳을 영원히 돌며 흐르는 강이었어요. 그런 건 물리적으로는 있을 수 없는 일이지만, '바다'가 있기 때문에 가능하게 된 거예요."

"물리적으로 있을 수 없는 거라면, 있을 수 없는 거겠지."

"우리의 세계에서는 있을 수 없어요. 그래서 나는 계속 '바다'를 믿을 수 없을 정도로 괴상망측한 물체로 여겼어요.

그러다가 혹시 '바다'라는 건 우리 세계에 존재해서는 안 되는 어떤 것이 아닐까 하고 생각해봤어요. 우리는 '바다'를 계속 물체라고 생각했어요. 하지만 '바다'가 있어서는 안 될 구멍이라면? 우리 세계의 찢어진 곳, 하느님이 만들다 실패한 곳, 그런 구멍이 우리에게는 '바다'같이 보이는 거라면? 그런 식으로 생각하면 펭귄들이 왜 오는지, 그 의미가 이해되는 거예요."

"좀 어려운걸."

"펭귄들이 '바다'를 부서뜨린다는 표현은 정확한 게 아니에요. '바다'는 애초에 있어서는 안 될, 망가져서 생긴 구멍이고, 펭귄들은 그 구멍이 커지는 걸 막기 위해 거기를 수리해서 구멍을 작게 만들고 있었던 거예요. 펭귄들의 행동이 모순된 것처럼 보이는 건 그들이 '바다'라는 망가진 부분을 수리하기 위해 존재한다는 걸 우리가 몰랐기 때문이고요."

누나는 손을 들어 내 말을 멈추고 한동안 생각하다가 말했다.

"그럼 내가 펭귄들을 만드는 건 세계의 구멍을 막기 위해서?"

"난 그렇게 생각해요."

"나는 최근에 펭귄을 만들지 않았어."

"누나는 밤이 되면 재버워크를 만들어요. 숲에는 재버워크가 많이 있었어요. 스즈키가 잡아서 대소동이 일어났던 것도 재버워크예요. 내가 누나에게 조언했지요. 펭귄 이외의 것을 만들어보라고. 그러면 건강해질 거라고. 즉 누나가 펭귄 이외의 것을 만들면 그것은 재버워크가 되고 펭귄들을 먹어버려요. 그러면 '바다'는 커지고 누나는 건강해지죠. 누나는 괴로움으로부터 도망치기 위해 재버워크들을 만들었어요. 그 대신 이 세계의 부서진 부분은 커져갔고요. 지금처럼."

나와 누나는 창밖을 봤다.

부풀어 오른 '바다'가 재버워크의 숲을 집어삼켜가고 있었고 숲 위의 하늘에 뜬 구름은 깔때기 모양이 되어 있었다.

"대략, 알겠어."

누나는 담담히 말하며 일어섰다. "대충 내가 생각했던 것과 일치해."

"정말이에요?"

"정말이야."

누나는 양손을 허리에 대고 창밖을 바라봤다. 누나의 얼굴은 윤이 났다. 나는 가설을 세웠지만 누나가 인간이 아니라는 사실은 믿을 수 없었다. 가설을 세우는 건 믿는 것하고는 다른 거였다.

누나는 시선을 창밖에 둔 채 "갈까, 소년?" 하고 말했다.

* * *

누나와 나는 해변의 카페를 나와 조용한 주택가를 빠져나갔다. 감시차량에 한 번 발견되어 확성기로 주의를 들었지만 그 뒤로는 요령껏 숨어서 앞으로 나아갔다. 여름축제를 했던 공원에서 숲 쪽을 바라보니 거대한 돔 같은 '바다'가 진짜 바다처럼 요동치며 빛나고 있었다.

"숲을 거의 다 집어삼켰구나."

누나가 말했다.

"조사단은 저 '바다' 안에 있을 거예요."

"'바다'에 들어가면 어떻게 될까?"

"몰라요. 탐사선은 돌아오지 않았어요."

"펭귄들이 있으면 괜찮을까?"

주택가를 지나가는 동안 누나 옆에서 차례차례 펭귄이 생겨났다. 아파트가 불에 구운 떡처럼 부풀어 오르더니 펭귄이 생겨났고, 가로등 전구가 펭귄이 되어 내려왔다. 자동판매기에서 펭귄이 나타나고 빈터에 굴러다니는 빈 주스 캔과 오토바이 잔해까지, 모든 것이 펭귄으로 변해버렸다. 누나가 휘파람을 불며 손을 드니까 방금 태어난 펭귄들이 여기저기서 몰려들어 영국 신사처럼 등을 펴고 누나를 따라왔다.

시영운동장 주차장에 다다랐을 때 우리 등 뒤로는 펭귄들이 큰 무리를 이루어 뒤따르고 있었다. 누나가 주차장 바로 앞에 멈춰 서니까, 펭귄들도 서로 부딪치면서 주춤거리더니 정지했다.

누나는 주차장을 들여다봤다.

“아무도 없네.”

“다들 도망쳐버렸을 거예요.”

숲이 울부짖는 굉장한 소리가 울려왔다. 나무줄기가 찢어지는 것 같은 소리와 나뭇잎이 서로 부딪치는 소리였다.

시영운동장 주차장에서 보니 숲의 나무들 너머로 부풀어 오른 ‘바다’가 바로 눈앞에 있는 것처럼 크게 보였다. ‘바다’에 닿은 나무들이 흔들리는 소리 같은 것도 숲으로부터 들려왔다. 눈을 가늘게 뜨고 관찰해봤지만 ‘바다’의 내부가 어떻게 되어 있는지는 잘 알 수 없었다. 숲속이 온통 밝은 바다색으로 빛나 보일 뿐이었다.

조사단이 머물던 기지에는 이미 아무도 없었다. 나란히 줄지어 있는 텐트는 그대로였고 기계도 놓아둔 채였지만, 다들 떠나고 없었다. 조사단에게 어떤 일이 일어났는지는 알 수 없지만 어쨌든 하마모토 선생님과 조사단원들에게 사고가 일어나자 다른 단원들은 모두 허겁지겁 퇴각했을 것이다.

누나와 나는 펭귄들과 함께 주차장으로 들어갔다.

주차장에 놓여 있는 모든 기계가 일제히 부풀어 올라 터지더니 모두 펭귄이 되어 사방팔방에서 아장아장 걷기 시작했다. 그 현상은 누나가 주차장을 가로질러 가는 동안 계속 일어났고 거기에 주택가에서 흘러들어온 펭귄들까지 더해졌기 때문에 주차장은 마치 겨울을 나려는 펭귄들로 메워진 남극의 해안가 같은 풍경이 되어버렸다. 누나가 휘파람을 불자 펭귄들은 숲을 향해 움직이기 시작했다.

"누나는 펭귄 서커스단의 단장이 될 수 있었어요."

"그거 멋있구나. 그랬으면 좋았을걸."

조사단이 머물던 기지 바로 앞에는 숲과 주차장을 가로막는 높은 펜스가 있었다. 조사단은 그 펜스 끝에 있는 잠긴 문으로 드나들었던 모양인데 우리는 그럴 필요가 없었다.

숲을 향해 가던 펭귄들이 펜스에 부딪쳐서 펜스를 쓰러뜨려버렸다.

누나가 쓰러진 펜스 위를 넘어갔고 나도 따라갔다. 펜스에 올라선 채 주차장을 돌아다본 누나는 "우와!" 하고 탄성을 질렀다.

"펭귄들이 몰려와!"

우리가 펜스 너머로 뛰어내려 나무숲 속으로 걸어 들어가자 등 뒤에서 펜스가 무너지는 큰 소리가 났고 그 위로 펭귄들이 끼우끼우 울며 쏟아져 들어왔다. 우리는 그 기세에 밀려 나무숲 속으로 나아갈 수밖에 없었다.

"큰일 났어, 소년! '바다'가 바로 앞에 있어!"

누나가 외쳤을 때는 바다가 우리 바로 눈앞까지 육박해와 있었다. 숲과 '바다'의 경계에는 청록색으로 빛나는, 소용돌이치는 물벽이 있었다. 맞은편에서 희미하게 빛이 새어 나와 숲속을 밝게 비췄다. 물벽에서 피구공 크기의 물공이 뿜어져 나와 나무들 사이를 굴러가자 바로 펭귄들이 몰려들어 그것들을 분해해버렸다.

나무숲에서 여러 마리의 재버워크가 나오는 것이 보였다. 흰긴수염고래 같은 매끄러운 얼굴을 한 재버워크들은 엄청난 수의 펭귄을 보고도 조금도 멈칫거리지 않았다. 그들은 큰 입을 벌리고 펭귄들을 차례차례 삼켰지만 펭귄의 수가 너무 많아서 도저히 감당해낼 수가 없었다. 재버워크들은 순식간에 검은 쓰나미 같은 펭귄 무리 속으로 휩쓸려 들어가버렸다.

앞장 선 펭귄들이 한 마리 또 한 마리 물벽으로 뛰어들었다. 그들은 뛰어들자마자 빛나는 물속에서 나선을 그리듯이 빙그르르 회전하더니 그대로 로켓처럼 하늘을 향해 날아가 시야에서 사라져버렸다.

나와 누나는 펭귄들과 '바다'의 사이에 끼어서 도망칠 곳이 없었다.

누나가 문득 나를 잡아당겨 끌어안았다. 다음 순간 펭귄의 거대한 무리가 나를 밀어 올리듯이 하며 '바다'로 뛰어들었다.

'바다'의 내부공간은 신비로운, 부드러운 빛으로 가득 차 있었다. 캄브리아기 바다의 여울은 이렇게 밝을 거라고 나는 생각했다. 눈을 꼭 감고 있는 누나의 얼굴이 내 얼굴에 딱 붙어 있었다. 누나의 얼굴은 차가운 것 같으면서 따뜻했다. 우리와 함께 '바다'로 빨려든 펭귄 수십 마리가 마치 우주 로켓처럼 하얀 거품 꼬리를 만들며 서로서로 교차하면서 하늘로 올라가는 것이 보였다.

* * *

정신을 차리고 보니 나와 누나는 수면 위를 하늘하늘 떠돌며 푸른 하늘을 바라보고 있었다.

한 줄기 비행기구름이 하늘을 가로질렀다.

누나가 일어나서 "여기가 '바다' 안인가?" 하고 중얼거렸다. 나도 일어나서 주위를 둘러봤다. 사방의 끝까지 밝은 바다가 펼쳐져 있었다. 아래를 보니 우리는 펭귄들이 모여서 만든 거대한 검은 비트 판 같은 것에 올라타 있었다. 때때로 큰 파도가 밀려오면 우리는 펭귄들과 함께 붕 떠올라 파도를 넘었다. 우리의 펭귄호는 무척 훌륭한 배였다.

수평선에는 여름처럼 뭉게구름이 솟아올라 있었는데, 구름의 모양이 마치 필름을 빨리 돌렸을 때처럼 계속해서 바뀌어갔다. 누군가가 솜사탕의 모양을 요리조리 바꿔가며 놀고 있는 것 같았다. 그런가 하면 반대 방향의 수평선에서는 수평선 위만 밤처럼 어둡고 그 어둠을 보라색 번개가 번쩍번쩍 가르며 지나갔다.

"아무래도 우리, 살아 있나 봐요."

"조사단은 어디에 있을까?"

누나가 중얼거렸다. "펭귄들아. 데려가주렴."

우리는 천천히 앞으로 나아갔다.

그 신기한 바다에는 여기저기에 섬이 흩어져 있었다. 마치 지구가 모두 물에 가라앉고 아주 적은 땅만이 물 위에 나와 있는 것 같았다.

내가 처음 다가간 건 커다란 쇼핑센터였다. 반 이상이 물에 가라앉아 있었다. 이끼로 뒤덮여 폐허가 된 그곳은 가만히 보니까 우리 도시에 있던 쇼핑센터였다. 쇼핑센터는 사람이 아무도 없는 난파선 같았고 옥상에는 큰 새들이 무리 지어 앉아서 바다 위를 지나가는 우리를 가만히 지켜봤다.

"세계의 끝 같은 곳이구나." 누나가 말했다.

"난 세계의 끝에 처음으로 발을 들이민 건지도 몰라요. 내가 인류의 대표가 됐네요."

"어린 대표군."

"이 한 걸음은 작은 한 걸음이지만 인류에게는 큰 한 걸음이에요."

하지만 실은 나는 조사단 사람들에게 이미 선수를 빼앗긴 셈이었다.

쇼핑센터에는 상륙할 곳이 없어서 우리는 앞으로 더 나아가봤다.

수면 위로 솟아나 있는 고압 철탑을 여러 개 지나가니 사바나 같은 초원으로 뒤덮인 섬 위에 얼룩말들이 달리고 있었다. 저 멀리 수평선 위로는 하늘까지 뻗은 섬이 하나 보였다. 나는 그것이 우주 엘리베이터가 아닐까 하고 생각했다.

"저기를 보렴."

누나가 일어나서 가리켰다.

집이 몇 채 서 있는 섬이었다. 섬은 콘크리트로 모눈 모양의 구획이 되어 있고 그중 두 군데에만 집이 서 있었다. 내가 사는 주택가에 있는 집처럼 작고 귀여운 집이다. 나와 누나는 그 섬에 상륙해서 한동안 여기저기 돌아다녀봤다. 태반이 풀로 덮인 빈터에 자동판매기 한 대가 오도카니 놓여 있었다. 돌아다니는 동안 우리 가족이 도시로 이사 온 지 얼마 안 됐을 때의 일이 생각났다. 마치 그때의 우리 도시를 미니어처로 만들어놓은 것 같았다.

"이상한 섬이네요."

누나는 자동판매기에 기대 하늘을 바라보며 "수수께끼구나" 하고 말했다.

그 섬에서 그다지 멀지 않은 곳에 조금 더 큰 섬과 대륙이 있었다. 거기에는 이미 많은 펭귄들이 모래사장에 올라가 모여 있었다. 밀려드는 파도를 맞으며 멍하니 서 있는 펭귄도 있고 아장아장 모래사장을 걷는 펭귄도 있었다. 나와 누나가 그쪽으로 건너가 모래사장에 상륙해보니 펭귄 행렬이 모래사장을 가로질러 쭉 이어지고 있었다. 모래사장이 끝나는 곳에 도시가 서 있는 게 보였다. 언덕길 같은 급경사면에 만들어진 도시였다.

"저기 해변의 도시가 있어."

누나가 말했다. "바로 저기야."

우리는 펭귄 하이웨이를 따라서 모래사장을 걸어갔다. 파도 소리가 들렸다. 누나가 바다 건너편을 가리켰다. "저것 좀 봐."

바다 건너편에서 신기한 현상이 일어나고 있었다.

바다의 한 귀퉁이에서 풍선같이 둥근 거품이 바다 표면으로 격렬하게 떠올라, 터지기도 하고 한데 합쳐지기도 하고 있었다. 우리가 서 있는 모래사장에서 풍선 정도 크기로 보이니까 정말은 누나보다도 더 큰 거품일 것이다. 그러더니 거품 틈새에서 흰긴수염고래의 머리가 나타났다. 해수면 아래에서 떠올라 온 것이 아니었다. 바다 표면에서 흰긴수염고래가 만들어진 거였다. 몸이 바닷물로 만들어졌기 때문에 하늘의 푸른색이 비쳐 보였다. 거대한 투명 고래가 몸을 뒤집으면서 공중으로 뛰어올랐다가 다시 바다로 잠수하는 동작을 반복했다. 그러자 고래의 몸이 점차 무너지면서 목이 가늘어졌다. 목이 긴 용 같다는 생각을 하고 보니, 이번에는 큰 날개가 생기고 목과 머리는 녹아내리듯이 작아졌다. 그러다가 몸에서 일각수의 뿔 같은 것이 수없이 솟아나기도 하고 코끼리같이 긴 코가 파도 사이로 보였다 가려졌다 하기도 했다.

그 괴이한 현상은 멈추지 않고 계속됐다.

반복하고 또 반복하면서 여러 가지 것들을 만들며 마음에 드는 형태를 찾고 있는 것 같았다. 마음에 들지 않으면 그대로 부숴버린다. 마치 보이지 않는 커다란 아이가 레고 블록을 조립하며 놀고 있는 것 같았다. 그렇게 계속해서 변해가는 모양들은 아무리 바라보고 있어도 싫증이 나지 않을 만큼 재미있었다.

"하느님이 실험을 하고 있는 것 같아."

누나가 그런 말을 했다.

드디어 모래사장이 끝나는 곳에 이르렀다. 거기서부터는

해변의 도시였다. 바다에서 산으로 향하는 경사면에 외국풍의 집들이 많이 늘어서 있고 여기저기로 마치 미로 같은 언덕길이 나 있었다. 사람이 사는 기색은 없었다. 좁은 골목길에 펭귄들이 얌전히 줄지어 서 있을 뿐이었다. 건물들이 터널을 이룬 곳이랑 가로수를 따라 벤치가 놓여 있는 골목을 우리는 걸어갔다. 흰색 벽 집의 열린 창문으로 커튼이 바람에 날리는 것이 보였다. 당장이라도 누가 창밖으로 몸을 내밀고 바다를 향해 양손을 펼칠 것 같았다.

"내가 인간이 아니라면, 바닷가 도시에 대한 기억은 뭘까?"

누나는 골목길을 걸으며 말했다.

"나는 아버지랑 어머니를 기억하고 있고, 지금까지 살아온 기억이 있어. 그것도 전부 만들어낸 걸까?"

"모르겠어요."

"어쨌든 우리는 바닷가 도시에 왔구나."

우리는 천천히 언덕길을 올라갔다. 우리 뒤를 쫓아오는 펭귄들이 골목을 가득 메우며 열심히 올라오고 있었다.

"펭귄들은 밖에서 '바다'를 부숴주기를 기다리고 있는 걸까요?"

"있잖니, 만약에 이 '바다'가 사라지고 세계가 완전히 수리되면, 난 어떻게 될까."

"모르겠어요."

"……사실은 알고 있지?"

"내 가설이 옳다면 펭귄들은 사라지겠지요."

"나는?"

나는 말문이 막혔다.

"그게 너의 답이니, 소년?" 누나는 부드럽게 말했다.

"이건 아직 나의 가설이에요."

"네가 틀렸을 가능성도 있다는 얘기구나."

"크죠."

우리가 가는 길 앞에 있는 높은 언덕에서 검은 연기가 오르고 있는 것이 보였다.

연기가 나는 쪽을 향해 비탈길을 올라가는데 계단 중간에 대학생쯤 되는 형이 앉아 있었다. 조사단 기지에서 우치다가 야단을 맞고 울고 있을 때 손수건을 준 사람이었다. 그는 비탈길을 올라오는 누나와 내 모습을 보고 놀랐는지 아무 말도 못 한 채 우리를 바라보고만 있다가 잠시 후 뒤를 돌아보고 "선생님! 선생님!" 하고 외쳤다.

성당 앞은 돌이 깔린 작은 광장처럼 되어 있었고, '바다'가 집어삼킨 조사단은 모두 그곳에 모여 있었다. 돌아갈 방법을 몰라서 무인도에 표류한 로빈슨 크루소처럼 거기서 모닥불을 피우고 있었다. 드디어 하마모토 선생님이 달려와서 한동안 말없이 나를 바라봤다. 정말로 난감하다는 얼굴을 한 선생님은 수염이 무성한 커다란 초등학생 같았다.

"아오야마" 하고 하마모토 선생님이 말했다. "넌 어떻게 여기에 와 있는 거니?"

나는 꾸벅 인사를 하고 "우리는 여러분을 구하러 왔어요" 라고 말했다.

펭귄들은 우리의 등 뒤에서 차례차례 밀려와 좁은 경사면의 온갖 곳을 메워나갔다. 그리고 자신이 있어야 할 장소를 찾으면 거기서 직립부동이 되어 하늘을 올려다봤다.

"슬슬 집에 갈 때가 됐나?"

누나가 말하고 펭귄처럼 하늘을 올려다봤다.

"'바다'를 조금만 남겨놓을 수는 없나요?"

"왜?"

"조금만이라도 남아 있으면 펭귄에너지가 남게 돼요. 그럼 누나는 건강하게 지낼 수 있어요."

"그게 생각대로 잘될까?"

누나는 높은 지대의 골목에 있는 담 위로 뛰어올라 해변의 도시를 내려다봤다. 해변의 도시는 모여든 펭귄들로 구석구석이 다 메워졌다. 모든 펭귄이 숨을 삼키며 누나의 신호를 기다리는 모양이었다.

"그럼 우리 이제, 집으로 돌아가자."

누나는 그렇게 말하고 캄브리아기 같은 푸른 하늘로 손을 올렸다.

모여 있던 펭귄들 사이에서 웅성거리는 소리가 파도처럼 전달되어갔다. 하늘을 올려다보던 펭귄들은 차례차례 푸른 하늘을 향해 날아오르기 시작했다. 순간적으로 주위가 어두워질 정도로 많은 펭귄이 날아올랐다. 펭귄들은 사방팔방으로 날아갔고, 그들이 날아오르자마자 하늘에는 비행기구름 같은 궤적이 생겨나면서, 그 궤적을 중심으로 푸른 하늘이 갈라지듯 금이 가기 시작했다.

이리하여 '바다'는 붕괴됐다.

하늘에서 금이 간 곳이 여럿 모여서 커다란 금이 되었고, 그것이 거대한 망치를 휘두르듯이 우리를 향해 내리치나 싶더니, 다음 순간 우리는 시영운동장 주차장에 서 있었다. 우리 등 뒤에서는 '바다'가 무너져 내리며 만들어진 다양한 크기의 '바다' 조각들이 데굴데굴 굴러가듯 주택가로 흘러가기 시작했다.

우리는 '바다'의 잔해에 둘러싸이지 않으려고 조사단 사람들과 함께 운동장의 스탠드 위로 도망쳤다. 조사단 사람들은 아직 자신들이 무엇을 보고 있는지 잘 모르는 것 같았다.

우리가 보는 앞에서 붕괴된 '바다'가 숲에서 흘러나와 쓰나미처럼 주택가로 흘러갔다. 소리는 나지 않았다. '바다'의 파도 위를 펭귄들이 쓱쓱 헤엄치며 돌아다니는 것이 보였다. 흐르기 시작한 '바다' 표면에 작은 무지개가 여럿 생겨났다가 사라졌다. 파도가 조각나고 운동장에 공 모양의 '바다'가 굴러가면 펭귄들이 그것들을 분해해버렸다.

"펭귄들이 뭘 하고 있는 건가?"

하마모토 선생님이 물었다.

"난 잘 몰라요." 내가 말했다.

"이 물 같은 물질은 뭐지? 아오야마, 넌 무슨 일이 일어나고 있는지 알고 있는 거 아니니?"

"알고 있을지도 몰라요. 하지만 이건 나의 소중한 연구예요. 난 이 연구의 비밀을 아무한테도 가르쳐주지 않을 거예요."

하마모토 선생님은 무서운 얼굴로 나를 바라봤다. 나도 선생님을 바라봤다.

선생님은 그대로 입을 다물어버렸다.

스탠드에서 숲 쪽을 올려다보고 있자니까 나무숲 건너편으로 보이는 급수탑 꼭대기에 재버워크들이 비척비척 모여드는 것이 보였다. 급수탑 위로 올라간 재버워크들은 굳은 듯이 정지해 있더니 차례차례 풍선이 터지듯이 사라져갔다.

드디어 '바다'가 완전히 붕괴돼버리자 도시에 몰려오던 쓰나미의 기세도 차차 가라앉았다.

"자, 이제 가자."

누나가 그렇게 말하고 나에게 손을 뻗었다. 나는 누나와 손을 잡고 스탠드에서 내려갔다. 조사단 사람들은 스탠드 위에서 꼼짝 않은 채 우리를 배웅했다. 하마모토 선생님이 한 발 앞으로 나와 "두 사람!" 하고 큰 소리로 불렀다. "위험해. 우리와 함께 있어요."

"선생님, 안녕히 계세요. 안녕." 누나가 말했다.

"위험하다고요."

"하지만 선생님. 우리에게는 중요한 할 일이 있어요."

나와 누나는 조사단 사람들에게 손을 흔들고 스탠드를 내려와 시영운동장 밖으로 나갔다.

도시 여기저기에 붕괴되어 흘러내린 '바다'의 잔해가 굴러다니고 있었고, 우리를 뒤따라오는 펭귄들이 그것들을 조금씩 부서뜨렸다.

도시에는 아무도 없었고, 펭귄들의 울음소리만이 쓸쓸히 들려왔다. 우리는 세계의 끝에서 돌아왔는데, 이쪽도 세계의 끝인 것 같았다. 주택가를 걸어가며 뒤돌아보니 재버워크의 숲 위로 솟아올랐던 거대한 '바다'의 돔은 흔적도 보이지 않았다.

그 대신 붕괴된 '바다'는 주택가를 자유로이 돌아다녀서, 우리가 해변의 카페에 도착했을 때는 치과 옆 빈터까지 밀려와 있었다. 누나가 '바다'의 조각들을 발로 차자, 그것은 유리구슬 같은 작은 구슬이 되어 공중을 날았다. 그렇게 싱겁게 사라져버리는 거였다.

우리는 아무도 없는 해변의 카페로 들어갔다.

누나는 카운터 안으로 들어가 커피를 내렸다. "마실 줄 안다고 했지?" 하고 누나가 물어서, 나는 "네" 하고 대답했다. 우리는 늘 앉는 창가 자리에 앉아 김이 오르는 커피잔을 들었다. 따뜻한 커피가 반가웠다. 몸이 젖은 나는 그제야 잊고 있던 추위가 느껴졌기 때문이다.

"설탕 넣을래?"

"아뇨."

"무리하는 거 아니니?"

우리는 커피를 마시며 창밖을 바라봤다.

해변의 카페까지 밀려왔던 '바다'가 차차 뒤로 물러났다. 여기저기 나타났던 무지개도 보이지 않게 됐다.

치과 옆 빈터에 펭귄들이 모여들었다.

처음에는 몇 마리밖에 없었는데, 인적 없는 주택가 여기저기서 흘러들듯이 끊임없이 펭귄들이 나왔다. 도저히 다 헤아릴 수가 없었다. 남극에 사는 펭귄이 모두 이사를 온 게 아닌가 싶을 정도로 엄청난 수였다. 펭귄들은 아장아장 열심히 걸어와서 빈터를 메운 펭귄 무리에 끼어들고는, 안심했다는 듯이 움직임을 멈췄다.

펭귄들은 모두 하늘을 올려다보면서 뭔가를 기다리는 것 같았다.

나와 누나는 체스 판을 테이블에 올려놨다.

하지만 체스를 한 건 아니다.

"소년, '바다'는 완전히 붕괴된 모양이구나."

"엄청난 수의 펭귄이에요."

누나는 평온하고 부드러운 얼굴로 창밖의 펭귄들을 바라보았다.

빈터에서 불거져 나올 정도로 많던 펭귄들이 하늘을 올려다본 채로 서서히 사라지기 시작했다. 여기저기서 작은 소용돌이 바람이 일어나 해변의 카페 유리창을 흔들었다. 펭귄들은 아무 소란도 떨지 않은 채 조용히 사라져갔다.

누나가 뺨을 괴고 나를 봤다.

"나도, 내 기억도, 모두 만들어낸 거였다니."

"누나는 수긍이 가요?"

"수긍할 수 없어."

"나도 수긍할 수 없다고 생각해요."

"아오야마, 난 왜 태어난 걸까?"

"몰라요."

"넌 너 자신이 왜 태어났는지 아니?"

"난 우치다랑 때때로 그런 얘기를 해요. 하지만 그건 우리 한테는 어려운 얘기예요. 우치다는 그런 생각을 하고 있자면 머리가 띵해진다고 해요."

"그래. 그럼, 어쩔 수 없구나."

"하지만 언젠가는 내가 왜 태어났는지 알게 될 수도 있겠죠."

"알게 되면 가르쳐줄래?"

"가르쳐줄게요."

누나는 자리에서 일어나 내 옆으로 와 앉아서 양팔로 나를 감싸안았다. 내가 언덕 같다고 생각한 젖가슴은 무척 부드럽고 따뜻했다. 누나의, 바닷바람같이 따뜻하고 촉촉한 숨결이 내 귀에 닿아 근질거렸다. 그렇게나 따뜻하고 촉촉한 누나가 우리 세계의 사람이 아니라는 사실이, 나로서는 도저히 받아들여지지 않았다.

"난 인간이 아니래."

"믿을 수 없어요."

"그러고 보니 넌 인류의 대표였지."

"그래요. 언젠가 정말로 인류의 대표가 될 거예요. 난 우주에도 갈 거예요."

"그만큼 훌륭해지면 내 수수께끼도 풀 수 있겠구나. 그때 날 찾으러 오렴."

"만나러 갈 거예요."

나는 예전에 누나의 잠든 얼굴을 바라보면서 왜 누나의 얼굴은 이런 식으로 만들어진 걸까 하고 생각한 적이 있었다. 그렇다면 왜 나는 여기에 있는 걸까. 왜 여기에 있는 나만이 여기에 있는 누나만을 특별히 생각하는 걸까. 왜 누나의 얼굴이며 뺨을 괴는 방식이며, 빛나는 머릿결이며, 내쉬는 한숨을 계속해서 보고 싶어지는 걸까. 태고의 바다에서 생명이 태어나 정신이 아득해질 정도의 시간이 걸려서 인류가 나타나고, 그러고 나서 내가 태어났다는 것을 나는 알고 있다. 하지만 나는 가설을 세우고 싶은 것도 아니고, 이론을 만들고 싶은 것도 아니다. 내가 알고 싶은 것은 그런 것이 아니었다. 그런 것이 아니었다는 것만이, 내가 진정으로 알고 있는 유일한 것이다.

"그럼, 이제 슬슬 안녕이라고 해야 할 시간이구나."

누나는 내게서 떨어지더니 일어서서 발걸음을 내디뎠다.

나도 일어나려 했지만, 누나가 해변의 카페 입구에서 뒤돌아보고, "넌 여기 있어" 하고 말했다.

"위험할지도 모르니까."

누나는 의자에 앉아 있는 나를 보고 씨익 웃었다.

"울지 마, 소년."

"난 울지 않아요."

그리고 누나는 해변의 카페 밖으로 나갔다.

맑게 갠 하늘 아래로 바람이 불기 시작했다. 바람에 날리는 누나의 머리카락이 금속처럼 빛났다. 그녀는 천천히 도로를 건너가서 치과 옆 빈터로 들어갔다. 우리 도시에 처음으로 펭귄이 나타났고, 그리고 펭귄들이 사라진 빈터다. 해변의 카페 안은 쥐죽은 듯이 조용했지만, 나는 누나가 풀을 밟으며 걸어가는 소리를 상상할 수 있었고, 누나의 머리카락을 흔드는 바람의 감촉도 상상할 수 있었다.

누나는 팔랑팔랑 산책하듯이 발걸음을 내디뎠다.

누나는 빈터 한가운데 서서 이쪽을 향해 손을 흔들었다. 다음 순간 바람이 크게 일고 해변의 카페의 유리창이 세차게 흔들렸다. 바람은 젖가슴처럼 부풀어 오른 언덕들을 흔들어 폭포가 떨어지는 것 같은 소리를 내며 우리 도시를 빠져나갔다.

바람이 그쳤을 때, 빈터에는 더 이상 누나의 모습이 없었다.

나는 한동안 혼자 앉아 있었다.

그렇게 창가 자리에 홀로 앉아 있는 기분을 노트에 기록했다. 그것을 지금 와서 다시 읽어봐도 도저히 그때의 기분을 느낄 수 없다. 그런 기분을 느낀 것은 내 인생에 한 번밖에 없다. 인생에 한 번밖에 없는 경험을 노트에 기록하기란 무척 어렵다는 걸 나는 배웠다.

잠시 후에 나는 해변의 카페를 나왔다.

아무도 없는 주택가에 따사로운 햇볕이 내리쬐고 있었다.

도시의 소리에 귀를 기울여봤지만, 불온한 소리는 아무데서도 들려오지 않았다. 싸늘한 바람이 불어와 빈터의 풀을 흔드는 소리가 들려올 뿐이었다. 언덕 위에 솟아 있는 급수탑도, 길가의 자동판매기도, 텅 빈 아스팔트 도로도, 숲 건너편에 솟아 있는 고압 철탑도, 모든 것이 그대로였다.

내가 느티나무 가로수 길을 걸어가자, 맞은편에 소방차의 빨간 행렬이 보이고 수많은 사람들이 모여 있는 것이 눈에 들어왔다. 구급차의 램프가 빛나고 있었다. 담요를 덮은 조사단 사람들과 그들을 둘러싼 소방관 아저씨들. 곰같이 큰 하마모토 선생님이 웅크리고 앉아 뭔가를 안고 있었다. 그 뭔가는 선생님에 비해 너무나 작아서 처음에 나는 선생님이 혼자서 웅크리고 있는 줄 알았을 정도다.

소방관 아저씨들이 길을 걸어가는 나를 봤다.

갑자기 맞은편이 어수선해지면서 고함소리가 들리더니 사람들이 나를 구하기 위해 달려오려 했다. 그때 선생님의 팔 안에서 하마모토가 튀어나와 누구보다도 빠르게 나에게 달려왔다. 그래서 나에게 매달렸을 때, 나는 그 애가 울고 있다는 것과 그 애의 몸이 정말로 인형같이 작고 가냘프다는 것을 알았다.

우리는 한동안 그대로 가만히 있었다.

하마모토가 한숨을 쉬듯이 작은 목소리로 말했다. "언니는?"

"누나는 가버렸어."

하마모토는 커다란 눈으로 내 얼굴을 뚫어져라 쳐다봤다.

"아오야마, 너 우니?"

"난 울지 않기로 했어."

누나에게 말한 대로, 난 울지 않았다.

* * *

프랑스에서 귀국한 아버지는 우리 도시가 신문과 텔레비전을 온통 메우고 있는 것을 보고 놀랐다.

우리 도시에서 발생한 현상이 너무나도 신기해서 전국의 내로라하는 사람들이 모두 한마디씩 하는 모양이었다. 어떤 사람은 지진설을 주장했고, 또 어떤 사람은 회오리바람설을 주장했다. 다른 어떤 사람은 그런 설들을 짜 맞춘 것에다 '점성粘性 구름'설을 갖다 붙였다. 심지어 '집단 환각'설을 내놓은 사람도 있었다. 그런 식으로 여러 사람이 저마다 그럴싸한 가설을 내세웠지만 도통 무슨 말인지 알 수 없는 이야기가 되어버리는 바람에 그 이야기들도 서서히 사람들에게

잊혀갔다. 당연한 일이지만, 아오야마 가설을 내세운 사람은 없었다.

그리하여 상공을 날아다니는 헬리콥터와 텔레비전 방송국의 차가 끊기고, 드디어 도시는 조용해졌다.

나는 평소의 나날로 돌아와 많은 연구 프로젝트를 끌어안고 다망한 나날을 보내고 있다.

하마모토 선생님은 '바다' 속에서 일어난 일에 대해 공식적으로도 아무 얘기를 하지 않았고, 하마모토에게도 아무 말 하지 않았다고 한다.

그 사건을 입에 올리는 사람은 급격히 줄어들었다. 스즈키네 아이들이 잡은 생물도 사라졌고, 우리 도시에 흘러넘쳤던 '바다'의 흔적도 사라졌고, 모든 것은 사라져버렸다. 모두들 마치 꿈을 꾼 것 같은 기분이라서 그런 것에 대해 진지하게 얘기할 마음이 생기지 않았을 것이다. 우리 역시 '바다'나 누나나 펭귄에 대한 이야기를 피하는 편이었다.

어느 날, 내가 우치다와 함께 시립도서관에서 자석에 대한 연구를 하고 있자니까, 하마모토가 어느 틈에 다가와 옆 소파에 앉았다. 우리는 한동안 자석에 대해서 얘기를 나눴는데 하마모토가 갑자기 "아오야마, '바다'는 뭐였다고 생각하니?" 하고 물었다. 단단히 마음먹고 꺼낸 말 같았다. 우치다가 나를 가만히 쳐다봤다.

"난 지금도 생각 중이야."

"가설은 세웠어?"

"글쎄. 난 내가 세운 가설이 마음에 안 들어."

"가르쳐주지 않을래?"

"이 연구는 무척 오랜 시간이 걸릴 거야. 이제 시작이야."

"그렇구나. 알았어."

하마모토는 끄덕하고 고개를 숙였다.

"아오야마 너라면 꼭 알아낼 수 있을 거야." 우치다가 말했다. "난 그렇게 생각해."

평일에는, 학교에 나가서 하마모토와 체스를 하거나 우치다와 놀거나 한다. 스즈키가 우리한테 짓궂은 장난을 하지 않게 된 것은 기쁜 일이다. 우리는 때때로 스즈키와 함께 게임을 하기도 한다. 휴일이 되면 나는 도서관에 가거나 우치다와 하마모토와 함께 도시를 탐험한다. 상대성이론과 생명의 기원에 대해서도 토론한다. 치과에도 다니고 해변의 카페에도 간다.

대충 그런 느낌인데, 변한 것이 몇 가지 있다.

우리는 아무리 애를 써도 재버워크의 숲 깊은 곳에 있었던 초원을 찾을 수 없었다. 원래 존재하지 않았던 초원은, '바다'의 증발과 함께 우리의 세계에서 사라져버렸다. 또 프로젝트 아마존에서 우리가 탐험했던 원 모양으로 순환하는 강은 일부가 사라지고 일부는 말라서, 이제 더 이상 강이 아니게 되었다.

그리고 나는 누나를 만날 수 없게 됐다. 치과에 가도, 해변의 카페에 가도, 어디에도 누나의 모습은 없었다.

* * *

가을이 깊어진 어느 날, 나는 아버지와 함께 드라이브를 했다.

우리는 아주 멀리까지 갔다. 솜을 늘여놓은 것 같은 얇은 구름이 여기저기 흩어져 있는 하늘 아래를 달려갔다. 완만한 언덕을 여럿 넘어 멀리 있는 도시에 도착한 우리는 아버지도 모르는 작은 기차역의 커피숍에서 커피를 마셨다.

아버지가 프랑스에서 귀국한 뒤로 그날까지 아버지와 나는 한 번도 누나 얘기를 하지 않았다.

"쓸쓸해졌구나." 아버지가 말했다.

"그러네요."

"누나한테서 무슨 말을 들었니?"

"누나는 안녕, 하고 멀리 떠났어요."

"그래. 하지만 갑작스러운 일이었지."

나와 아버지는 한동안 말없이 커피를 마셨다.

“아버지는 세상에는 해결하지 않는 게 좋은 문제도 있다고 했어요. 내가 해결하려고 하는 문제가 그런 거라면 나는 상처 입게 될 거라고.”

“그렇게 말했지.”

“그걸 알 것 같은 기분이에요. 하지만 해결하지 않을 수 없었어요.”

“해결하지 않는 편이 본인에게는 행복이겠지만, 주위가 그것을 용납하지 않을 때도 있어. 네가 말하는 건 그런 거지?”

“왜 누나는 가야만 했을까요?”

“그걸 넌 불합리한 일이라고 생각하니?”

“불합리한 일이라고 생각해요.”

아버지는 테이블에 커피잔을 내려놓고 생각에 잠겨 창밖을 내다보았다. 테이블에는 아버지의 노트와 내 노트가 놓여 있다. 아버지가 프랑스에서 사 온 새 노트다. 노트 표지가 반짝반짝 빛났다.

“거기에도 세계의 끝이 있구나.” 아버지가 말했다.

“어디요?”

“네가 불합리하다고 생각하면서도 넌 어떻게 할 수 없는 그것 말이야.”

“난 아직도 세계의 끝에 대한 생각을 놓을 수가 없어요.

하지만 무척 까다로워요."

"그래도 모두 세계의 끝을 봐야 해."

"왜 보는데요?"

"글쎄, 왜일까?"

나는 생각에 잠겼다. 아버지는 매우 어려운 말을 한다. 수수께끼 같은 데를 갖고 있다는 점에서, 아버지랑 누나는 닮았다.

"세계의 끝을 보는 건 슬픈 일이기도 하지요?"

"물론 그래. 슬퍼서 우는 사람도 있어."

"초등학교에 들어간 때부터, 난 계속 울지 않았어요."

"그건 네 생각대로 하면 돼."

"난 생각대로 해요."

나는 커피를 마셨다. 설탕을 넣지 않은 커피는 매우 썼다. 쓴맛이 그다지 좋지는 않았지만 몸이 따뜻해지는 건 좋았다. 배 속 깊숙이 커피가 들어갈 때마다 나는 건강해지는 것 같기도 하고, 슬퍼지는 것 같기도 하다.

"아버지, 나는 누나를 무척 좋아했어요."

"알고 있었단다." 아버지가 말했다.

* * *

내가 사는 곳은 교외에 있는 도시다. 완만하게 이어지는 언덕 위에는 작은 집들이 많이 있다. 역에서 멀어질수록, 레고 블록으로 만든 것 같은 밝은 색깔의 예쁜 집들이 많아진다. 화창하게 갠 날이면 도시 전체가 반짝반짝 빛나서 마치 달콤한 과자 선물세트를 보는 것 같다. 우리 도시에는 쇼핑센터가 있고 고압 철탑이 있고 치과가 있고 해변의 카페가 있고 언덕 위에는 우주선같이 생긴 급수 탱크가 있고 사바나 같은 빈터가 있고, 그리고 우리가 다니는 초등학교가 있으며, 우리가 사는 집이 있다.

나는 무척 일찍 일어나서 이제 막 날이 밝은 거리를 홀로 탐험한다. 그럴 때, 우리 도시는 텅 비어 있어서 나는 당장이라도 세계의 끝에 도달할 수 있을 것 같다.

나는 세계의 끝을 향해 매우 빠르게 달려갈 작정이다. 사람들이 도저히 쫓아오지 못할 정도로 빨리. 세계의 끝으로 통하는 길은 펭귄 하이웨이다. 그 길을 따라가면 다시 한 번 누나를 만날 수 있다고 나는 믿는다. 이것은 가설이 아니다. 나의 신념이다.

오늘 계산해봤더니 내가 어른이 될 때까지는 3000하고 748일이 남았다. 하루하루 세계에 대해 배워나가면 나는 어제의 나보다 계속 더 나아질 것이다. 그렇게 해서 어른이 되면 내가 얼마만큼 훌륭해져 있을지 짐작도 안 간다. 나는 분명 밤이 되어도 졸리지 않는, 하얀 영구치를 갖춘 훌륭한 어른이 되어 있을 것이다. 키도 클 거다. 근육도 충분히 붙어 있을 것이다. 그렇게 되면 결혼해달라는 여자도 많을지 모른다. 하지만 난 이미 상대를 정해놓아서 결혼해줄 수 없다.

나는 누나와 함께 밤샘도 할 수 있을 것이고 잠든 누나를 업어줄 수도 있을 것이다. 나는 매우 훌륭해져 있을 테니까, 누나는 감탄 또 감탄을 할지도 모른다. "굉장하구나" 하고 칭찬해줄지도 모른다. 하지만 "흐으응" 하고 만다 해도 난 상관없다.

다시 한번 "흐으응" 하는 누나의 목소리가 듣고 싶다.

* * *

우리는 이번에야말로 전철을 타고 해변의 도시로 갈 것이다.

전철에서 나는 누나에게 여러 가지에 대해 얘기해줄 생각이다. 어떻게 펭귄 하이웨이를 달렸는지. 누나와 헤어진 후 내가 탐험한 장소와 내가 만난 사람들, 내가 눈으로 본 것들, 내가 스스로 생각한 모든 것들. 그래서 누나를 다시 만나는 그 순간까지 내가 어떻게 얼마만큼이나 어른이 됐나 하는 것.

그리고 내가 얼마나 누나를 좋아했나 하는 것.

얼마만큼, 다시 만나고 싶어 했나 하는 것.

옮긴이의 말

SF, 그 이상

몇 년 전 내가 번역했던 『밤은 짧아 걸어 아가씨야』의 작가 모리미 도미히코는 기발하고 과감한 상상력으로 어디서도 본 적 없는 새로운 로맨틱판타지를 선보인 기상천외한 작가였다. 그런 첫인상을 갖고 있던 나는 이 작품을 처음 읽기 시작하면서 조금 의아했다. 초등학교 4학년인 주인공이라니? 성장소설인가? 그런데 나는 순식간에 소설 속으로 빠져들었다. 나도 모르게 주인공에게 어릴 때의 나를 투사하거나, 지금은 훌쩍 커버린 내 아이를 떠올리고 있는 나 자신을 발견할 수 있었다.

하지만 곧 동네 빈터에서 펭귄이 나오고 체스 판에서 박쥐가 날아오르고 우산에서 식물이 피어나고 조그만 수로에

고래가 출몰하는 장면이 이어지기에 어, 역시 판타지인가 하고 고개를 끄덕이다가, 블랙홀이며 세계의 끝, 시공간의 휨 따위의 단어가 자주 등장하는 것을 보고는 어, SF군 했다. 그 둘을 합하면 SF 판타지인가? 나중에 이 작품이 일본에서 SF대상을 수상했다는 사실을 확인하고, 그 생각이 틀린 게 아니었다는 것을 알았다. 『스페이스 오디세이』의 작가 아서 클라크는 SF는 일어날 수 있는 일을 다루는데 우리 대부분은 그 일이 일어나지 않기를 바라며, 판타지란 일어날 수 없는 일을 다루지만 우리는 종종 그런 일이 일어나기를 바란다고 설명하며 SF와 판타지를 구분했다. 하지만 이 작품은 둘 다에 해당한다. 이는 아마 주인공이 아무런 편견 없는 어린아이이기 때문에 가능했을 것이다.

주인공 아오야마는 작고 조용한 마을에서 모든 현상을 기록하고 연구하며 새로운 것을 깨쳐간다. "다른 사람에게 지는 건 부끄러운 일이 아니지만 어제의 나 자신에게 지는 건 부끄러운 일이다. 하루하루 세계에 대해 배워나가면 나는 어제보다 조금씩 훌륭해진다." 이런 조숙하고 훌륭한 태도를 지닌 아오야마는 마을에서 일어난 신기한 일들을 그냥 지나치지 않는다. 어느 날 갑자기 마을에 나타난 펭귄 무리에 대한 의문은 치과 누나가 캔으로 펭귄을 만들어내는 광경을 목격한 후 더욱 복잡해지고, 꼬리를 무는 기이한 일들을 조사하면서 아오야마는 점차 하나로 연결된 진실에 다가가게 된다.

하지만 이 과정에서 모리미 도미히코 특유의 유머는 여전하다. 우리의 주인공 아오야마는 펭귄뿐만 아니라 누나의 젖가슴, 혹은 젖가슴이 있는 누나에 대해 깊은 관심을 갖고 있는데, 필경 미인이며 늘씬하기도 할 치과 누나에 대한 연모는 은은하면서도 코믹하게 그려진다. 아오야마의 가슴에 대한 무한 애정은 순수하며 티가 없어서 슬며시 미소를 띠게 만든다. 스즈키 제국과의 아이들다운 갈등이나 누나와 하마모토와의 은근한 삼각관계, 버릇없는 여동생 운운하는 대목이나 '어른스럽지 못한 행동'을 반성하는 애늙은이 같은 말투도 시종 웃음을 자아낸다.

그러면서도 이 소설은 시공간이 휘어지게 만드는 미지의 '바다'와 아오야마 앞에 나타난 누나의 존재를 통해서 우주와 영원, 순간의 아름다움을 섬세하고도 차분하게 엮어내며, 이 소설의 의미망을 우주적으로 확대시킨다. 이 작품을 읽으면서 『데미안』의 싱클레어가 몇 년 어리다면 아오야마 같지 않을까 생각하며 역시 성장소설인가 싶기도 했다. 왜 하필이면 헤르만 헤세의 『데미안』이 생각났을까. 아이가 진실을 찾아 나아가는 진지한 모습은 알을 깨고 나아갈 때 같은 아픔을 주지만, 그러나 아프다고 하여 나아가지 않을 수는 없다는, 어른이 되어 돌아볼 때만 알 수 있는 고백적 진실, 사랑과 이별의 아픔, 성장의 아픔을 함께 전달하고 있기 때문이다. 소년은 일련의 문제를 해결한 후 '세계의 끝을 보는 건 슬픈 일이기도 하다'는 사실을 배우게 된다.

"아버지는 세상에는 해결하지 않는 게 좋은 문제도 있다고 했어요. 내가 해결하려고 하는 문제가 그런 거라면 나는 상처입게 될 거라고."
"그렇게 말했지."
"그걸 알 것 같은 기분이에요. 하지만 해결하지 않을 수 없었어요."

앞서 말했듯 이 작품은 일본SF대상 수상작이지만, 이처럼 이 소설의 진정한 매력은 과학적 소재를 잘 다룬 픽션이라는 데 있기보다는, 여러 얼굴을 가지고 다양한 방향으로 정보와 감동을 방사하는 작품이라는 데 있지 않을까 싶다. 그러니 독자가 이 책을 굳이 SF소설이라고 생각하고 접근하지 않는다면, 독자의 관심이나 시각에 따라 다양한 재미를 선사해줄 것이다. 당신이 유년의 추억을 떠올렸다면 성장소설이, 당신이 환상적인 세계에 매료되었다면 판타지소설이, 당신 SF 마니아라면 SF가 될 것이고, 당신이 그 밖의 다른 무엇을 원한다면 이 소설은 기꺼이 그 무엇을 보여줄 것이다. 그리고 덤으로, 마지막 페이지에 이르러서는 누가 볼까 쑥스럽게도 눈물이 핑 돌며 눈시울이 붉어지게 하는, 한동안 책을 덮지 못하게 하는 모리미 도미히코의 새로운 면모를 발견할 수 있을 것이다.

옮긴이 서혜영

서강대 국어국문학과를 졸업하고, 한양대 일어일문학과 박사과정을 수료했다. 옮긴 책으로 『밤은 짧아 걸어 아가씨야』 『하자키 목련 빌라의 살인』 『진달래 고서점의 사체』 『고양이섬 민박집의 대소동』 『도쿄밴드왜건』 『반상의 해바라기』 『거울 속 외딴 성』 『사랑 없는 세계』 『열심히 하지 않습니다』 『내 몸의 지도를 그리자』 『달의 영휴』 『떠나보내는 길 위에서』 『태양은 움직이지 않는다』 『기억술사1』 『어쩌면 좋아』 『어두운 범람』 『수화로 말해요』 『명탐정 홈즈걸』(전 3권) 등이 있다.

펭귄 하이웨이

초판 1쇄 2011년 8월 1일
개정판 1쇄 2018년 10월 15일
개정판 2쇄 2024년 8월 19일

지은이 모리미 도미히코 | **옮긴이** 서혜영
펴낸이 박진숙 | **펴낸곳** 작가정신
편집 황민지 | **디자인** 이현희 | **마케팅** 김영란
재무 이하은 | **인쇄 및 제본** 한영문화사

주소 (10881) 경기도 파주시 광인사길 143 2층
대표전화 031-955-6230 | **팩스** 031-955-6294
이메일 editor@jakka.co.kr | **블로그** blog.naver.com/jakkapub
페이스북 facebook.com/jakkajungsin
인스타그램 instagram.com/jakkajungsin
출판 등록 제406-2012-000021호

ISBN 979-11-6026-101-1 03830